大漢光武

卷五（完）帝王業

酒徒 著

帝王業

更始元年十月底，大漢皇帝劉玄，携文武百官移都洛陽。臨行前，劉玄頒下旨意，封劉秀為破虜大將軍，武信侯，著其行大司馬事，持節鎮慰河北。

隨即，又封鄧奉為南陽侯，武威將軍，留鎮新野。

前後兩道聖旨，道道暗藏玄機。有心人一看，就知道劉秀此行凶吉難料。然而，對於劉秀來說，這已經花了無數錢財賄賂劉玄身邊人之後，才換來的最佳結果。因此，一接到聖旨，他立刻將妻子和陰家交給了鄧奉照顧。帶上嚴光、朱祐、賈復、銚期等人，輕裝上路。

唯恐走得慢了劉玄變卦，大夥星夜兼程，沒幾天，就來到了黃河渡口。眼看著周圍天高地闊，風起雲湧，一個個心中暢快至極，彼此間相對著轉身，擊掌大笑。

笑聲未落，一條狹窄的渡船，已經在茫茫河面上若隱若現。搖櫓的老丈看到有客人，立即努力將渡船靠向岸邊，船上的童子，則扯開稚嫩的嗓子，低聲唱道：

「諧不諧，在赤眉。
得不得，在河北。
馬兒三個頭，魚兒兩條腿。
羊兒滿地跑，誰能吃了誰？」

……

馬三娘正樂呵呵的與劉秀擊掌，聽童謠的調子古怪，忍不住輕輕皺起了眉頭，「小傢伙唱的是什麼意思？馬兒怎麼會有三個頭，魚兒如何又生了兩條腿？」

「恐怕他自己，也不知道是什麼意思！」已被劉秀任命為主簿的馮異，笑著輕輕搖頭，「這是有心人編出來的，譜上曲子，借兒童之口傳播給他自己造勢而已。從戰國時，就有人使用類似的招數，算不得新鮮！」

「馬兒三個頭，想必說的是河北的銅馬軍，由銅馬、青犢、尤來三部組成。兩條腿的魚兒，說得該是自稱劉子輿的王朗，至於那兩條腿的羊兒，自然是真定王劉揚了。」嚴光的反應也很迅速，笑了笑，低聲在旁邊插嘴。

「大漢雖然名義上取代了新莽，但河北這些地方勢力，卻遲遲沒有歸順朝廷。文叔奉命去鎮慰河北，首先要面對的，就是這一馬，一魚，一羊！」馮異欽佩地看了他一眼，繼續低聲補充。

他和嚴光兩個，都以足智多謀而聞名。既然得出了一樣的結論，即便沒有揭開真相，但距離真相也沒多遠了。當即，隊伍中的王霸和臧宮，臉上就都現出了慎重之色，右手也本能地握向了刀柄。而馬三娘，卻撇了撇嘴，俯身抓起一塊石頭，迅速射向水面，「好好的人不去做，卻做什麼馬、魚和羊。等咱們渡過黃河，找到我大哥，就直接拿繩子套馬，結網捕魚，然後再把那頭羊架在火上直接烤熟，剛好可以過個肥年。」

「啊，哈哈哈……」眾人被馬三娘的豪氣感染，一個個開懷大笑。隨即，卻又看到後者扔進黃河的那塊石頭，竟連打了六七個水漂。頓時都覺技癢，也爭先恐後抓起地上的小石塊，向河裡擲去，將面上砸得水柱四濺。

不多時，渡船靠岸。眾人分成了數組，按順序輪流渡河。劉秀照慣例，跟馬三娘走在了最後一組。待輪到他上船時，夕陽恰恰落在了河道當中，剎那間，浮光躍金，整條黃河，彷彿都化作了一頭金色的巨龍，隨時都可能乘風而起。

「水向東流日向西，嫁狗隨狗嫁雞隨雞，若是嫁給了山中的猴兒，拎著樹葉做寒衣。若是嫁給了賣貨郎，站在窗前看柳枝。若是嫁給弄船的漢，早晨出家門，晚上帶條魚……」一個人撐著渡船來來去去多回，難免枯燥。那艄公對著落日長河，忽然放聲高歌。
歌詞很酸，還帶著幾分自吹自擂，但其中慷慨豪邁之意，卻直沖霄漢。
劉秀聽了，不禁就想起自己當年，與鄧奉、嚴光、朱祐兄弟四個，還有馬三娘，一同押送鹽車前往冀州的情景。剎那間，衣袂飄飄，肋下生風。
當年，就是在這滔滔黃河之中，他們五人用計幹掉了那鐵蛟怪鼉。接下來，又在巍巍太行之上，連續擊敗孫登、王麟、王朗，還有吳漢。雖然接連遭遇危險，最後卻逢凶化吉。
而今天，他再一次站在渡船上，前方同樣是危險重重。他能不能像上次一樣，將所有磨難都盡數踏於腳下？應該能，當初陪同他渡河的，只有三娘和鄧奉、嚴光和朱祐，以及百十名毫無紀律可言的老兵痞。而這次，雖然劉玄沒肯給他一兵一卒，至少，他身邊除了將領之外，還有四百多百戰餘生的弟兄。
「文叔，你還記得，那年我們離開河北，也是在這渡船之上，你自己說過些什麼嗎？」馬三娘的聲音，忽然在他耳畔響起，隱隱帶著幾分期待。
「我？」劉秀迅速扭頭，恰看到馬三娘如花笑靨，心中不禁一熱。然而，他卻無論如何，都想不起，馬三娘指得是哪句話。這麼多年相處下來，他早就習慣於三娘的存在，就像習慣於自己的左手和右手。早就忘記了將每一句話，每一次承諾都牢牢地記在心中。
「你說，河北雖亂，卻是英雄立身之地，等見過了家人，就要與我再回到這裡，行俠仗義，為民除害！」馬三娘一看劉秀的表情，就知道後者給不了自己需要的答案。然而，她卻絲毫沒有介意，笑了笑，大聲替劉秀重複，「我等了又等，沒想到還真的能跟你再一起渡河北上！」
「這幾句話我記得！」劉秀心中一暖，解釋的話脫口而出，「這回，咱們就一起行俠仗義，為民除害！」

「水向東流日向西，嫁狗隨狗嫁雞隨雞，若是嫁給那讀書郎，窗前畫眉日遲遲。若是嫁給那無心的鬼呦，白髮對水愁青絲……」那艄公的酸歌繼續從船尾傳來，飄飄蕩蕩，縈繞不散。

馬三娘笑著朝水面啐了一口，隨即將滿頭秀髮盤到頭頂，用帕子輕輕裹緊。她的頭髮很黑，無論如何都不會發白。哪怕喜歡上了一個無心的，也沒必要發什麼愁。只要終日守在他身邊，影子自然會落進他胸口，代替心臟來為他跳動。

「三姐……」劉秀忽然有些內疚，想了想，輕輕握住了馬三娘的右手。

終日握刀廝殺，這隻手已經不像第一次緊握時那般柔軟。然而，卻能令他感覺到無比的安寧。

「等找到地方立足，我就去派人跟馬大哥提……」

「提什麼？」馬三娘看了他一眼，促狹地打斷。

「提親！」劉秀毫不猶豫地給出答案，然後將手握得更緊。

寒風刺骨，卻吹不冷兩顆滾燙的心臟。無數難忘的回憶，瞬間化作一座巨大的橋梁，橫亙兩顆心臟之間。無論這兩顆心原本差得多大，距離曾經有多遙遠。

「靠岸了——！」艄公忽然停止了酸歌，拉長聲音，大聲喊道。

劉秀忽然將手鬆開，然後促挾而又快速的捏了一下馬三娘的手心，隨即不再看她那羞紅的嬌顏，轉身呼喊士兵，集結下船。

前幾批渡河的將士，已經搭建好了行軍灶。又從船夫手上，買了十幾條黃河大鯉魚。不多會兒，河畔就飄起了魚湯的濃濃香氣。弟兄們敞開肚皮，大快朵頤！

「這黃河大鯉魚果然名不虛傳！」吃過飯，朱祐心滿意足地打了個飽嗝，笑著說道，「可惜士載那小子沒口福，只能留在新野繼續受劉玄的窩囊氣。」

「恐怕未必是窩囊氣，劉玄那廝，天性涼薄，也把別人想得都跟他一樣！」嚴光看了他一眼，輕輕搖頭，「咱們幾個人，論武藝，恐怕士載當排第一。他比馬大哥，銚將軍和賈君文差一些，比劉玄手下那些土雞瓦狗，卻強出至少兩倍。此番劉玄找藉口把他和文叔分開，恐怕是想施展當初拉攏李秩的故技！」

「他想得美，士載就是瞎了眼睛，也不可能覆那李秩的舊轍？」朱祐聞聽，立刻不屑地撇嘴，「況且李秩到現在，還被劉玄關在大牢裡頭。」

「你看著吧，用不了幾天，李秩就會被放出來。高官厚祿還有封爵，一樣都不會少。」嚴光笑了笑，輕聲補充，「他先前之所以不放李秩出來，就是怕文叔再找藉口鬧事兒。畢竟，他欠了文叔不止一次救命之恩。可文叔已經離開了他身邊，他就不用忌憚什麼了，當初答應給李秩的報酬，也到了結算的時候！」

「可惡！」朱祐氣得咬牙切齒。偷偷地看了一眼劉秀，卻發現劉秀好像根本沒聽見他們在議論什麼一般，雙手抱著膝蓋坐在不遠處的火堆旁，安靜得宛若一塊岩石。

「不過，話又說回來了，即便他重賞李秩，士載肯定也不會上他的當！」嚴光也迅速意識到，自己剛才的話，很容易引起誤會，連忙笑著做出糾正，「士載當年讀書時，就養了滿腔的浩然之氣。長安有一個大戶人家，買了名妓貓膩來拉攏他，到最後，他卻撕了賣身契，賠了一筆錢，偷偷地將小貓膩送回了她自己的老家。」

「那當然，也不看看他是誰的兄弟！」朱祐立刻得意了起來，彷佛當年割捨欲望，將美女送回家的，是他自己一般。

「真懷念當年咱們一起讀書的時光。」嚴光喝了口魚湯，露出一臉陶醉的模樣，「王莽這輩子，雖然做了無數錯事，但太學降低門檻，廣納天下有才之士的政策，卻是沒錯！否則，咱們四個，恐怕誰都沒資格進那座藏書樓！」

「是啊！」朱祐滿臉紅光，笑著點頭，「還免費讓咱們吃了四年飽飯呢，比劉玄講究多了。只可惜，這一件善舉，無論如何抵不上那成百上千件惡行！」

「那是自然！」嚴光笑了笑，再度輕輕點頭。然後，忽然收起笑容，嘆息著道：「只是，當年大夥都盼著王莽早點兒完蛋，卻誰都沒料到，王莽完蛋了，換了一個人上來，結果還不如王莽。」

「那是沒換對人！」朱祐是個樂天派，立刻笑著以掌擊地，「如果換了文叔做皇帝，肯定比王莽強，比劉玄更是強上百倍！」

「仲先，不要亂說！」先前像石頭一樣靜靜烤火的劉秀，忽然又了反應。扭過頭，朝著朱祐低聲吩咐：「咱們眼下只有四百多人，能不能在河北立足，還很難確定！」

「好，只做，不說，堅決不說！」朱祐立刻擺出一幅畢恭畢敬模樣，拱手回應。

馮異、銚期、賈復、傅俊和臧宮等人聽了，紛紛抿嘴兒笑。誰都不覺得朱祐的話，有什麼過分。在他們心裡，從來就沒把劉玄當過君王。更不會認為，劉秀將來給劉縯報完了仇之後，不會取劉玄而代之。

他們甚至還堅信，劉秀肯定會成功，哪怕中途遇到一些坎坷，結局一定會無比光明。因為，那場黃沙，那顆流星，都是他們親眼所見。除了天命所歸四個字之外，他們找不到第二種解釋。

正笑得開心之時，忽聽到一串清脆的馬蹄聲，「的的，的的，的的的的……」大夥扭頭望去，只見一個長相粗獷的漢子，帶著兩個隨從疾馳而至，遠遠地，就朝著劉秀抱起雙拳，「明公，末將接駕來遲，死罪，死罪！」

「嗯？」劉秀聽得一楞，毫不猶豫將手握住了刀柄。

「是季林兄！」在他身後的劉隆，卻一個箭步躥了出去，朝著來人大笑著張開雙臂，「你這廝，怎麼才來。我沒等離開長安之時，就已經派人給萬大哥送去了信。萬大哥呢，還有其他弟兄們呢，他們去了哪裡？」

「元伯兄，稍待！」那漢子趕忙下馬，先張開雙臂跟劉隆抱了抱，然後再度徒步走向劉秀，單膝跪地，「明公，在下周況，字季林，乃是萬二當家麾下的左部校尉。奉了萬二當家之命，前來迎接明公歸山！」

「萬二當家，你說的可是君游？」劉秀眉頭輕皺，眼前立刻浮現了一個熟悉的身影。「他收到了我讓元伯給他寫的信？信上有何標記？他此刻又在什麼地方？」

想當年，他帶領眾人擊敗吳漢，救了大夥的性命。萬修和劉隆兩個，立刻宣布將善哉大當家的位置，永遠留給他。後來隨著時間推移，他本以為萬修等人已經忘記了當初的約定，誰料，去年春天，劉隆居然不遠千里前來相投。

所以，此番奉命去鎮慰河北，他立刻想起了萬修這路伏兵。早在出發之前，就暗中交代劉隆，派遣心腹死士騎著快馬，將消息送到了萬修面前。

「啟稟大當家，二當家正是您說的萬君游！信使用絹布所寫，末尾畫了歲寒三友為花押。」那周況的口才相當便給，立刻提高聲音做出回應，「四天前，二當家收到了元伯兄的信，高興得一整夜沒睡。第二天清早，就將在下和山寨中的其他頭領召集了到一起，宣布要帶著大夥投奔大當家您，共謀大業！」

「大司馬，花押是我親手所畫！」劉隆迅速接過話頭，向劉秀低聲作證，「周兄弟原來跟的也是我，那日跟隨在一線天跟吳漢拚命的，也有他。」

「哦！」劉秀聞聽，眼睛的警惕之意迅速化解，伸手拉起周況，笑著說道：「周校尉辛苦了。沒什麼遲不遲的，我們也是剛剛渡過黃河！」

「多謝明公寬宏！」周況雖然是個土匪，做事卻比正規軍還一板一眼。先堅持著又向劉秀行了個禮，然後才緩緩站起身，繼續低聲補充：「明公，元伯兄，萬二當家原本準備親自前來迎接。但是，那孫登賊子，卻聯合了一群亡命之輩，突然殺向了咱們的山寨。二當家無奈，只好先派了卑職出來，替他接應明公您回家！」

「哦？」劉秀聞聽，再度輕輕皺眉，「那孫登帶了多少人馬來犯，山寨可否有危險？君游他，君游的身體恢復得如何？」

「明公放心，山寨固若金湯！」周況的臉上，立刻湧起了幾分得意。揮舞著手臂，大聲說道。「二當家身手也更勝從前。孫登那廝雖然帶了三萬多人來犯，卻根本無法攻上山。只要先將他攜帶的糧草耗盡，咱們不用損失一兵一卒，就能大獲全勝！」

「這倒是個穩妥之策！」劉秀清楚山中具體情況，只能順著周況的介紹，去判斷萬修的舉措是否恰當。

「明公，卑職帶了五百騎兵過來。」周況想了想，繼續補充，「應該能護得您的周全。如果咱們現在就啟程，也許等您到了山寨，剛好可以從背後打孫登一個措手不及！」

「那就出發！」劉秀聞聽，毫不猶豫地做出決定。

最近幾個月來在宛城跟劉玄鬥智鬥勇，他和麾下眾將，都已經厭倦到了極點。因此，聽聞有仗可打，立刻個個都心癢難搔。在周況的帶領下，大夥星夜兼程。又走了五天，終於在傍晚時分，抵達了太行山區。

山道崎嶇，不便縱馬。於是眾人跳下了坐騎，拉著韁繩緩緩而行。從日落走到月升，漸漸人困馬乏。劉秀回頭看了看，果斷命令隊伍停在了相對開闊處，立刻紮營休整。

「火光，那邊有火光，應該是咱們的人。」周況跳上一塊大石頭，手打涼棚向前看了幾眼，帶著幾分興奮大聲叫喊，「孫登不知道我去接明公，是咱們的人應該沒錯。明公，為了以防萬一，請准許卑職給他們發暗號！」

「季林可以自行決定！」劉秀見他做事謹慎，嘉許地點頭。

周況聞言大喜，迅速將手放在嘴邊，學起了鷓鴣叫，「嘎嘎，嘎嘎，嘎嘎嘰嘎……」

「嘎嘎，嘎嘎，嘎嘎嘰嘎……」九曲十八彎的山路另外一頭，很快也傳來了鷓鴣的回應。在安靜的冬夜裡，顯得格外清晰。

「的確是二當家！」周況謹慎換了三種鷓鴣的叫聲，每一次，都得到了對方的回應。放下手，欣喜地向劉秀彙報。「他們說，孫登已經退兵。二當家親自帶著弟兄們來接明公上山！」

「君游太客氣了！」劉秀肚子中，也湧起了幾分欣喜。笑了笑，主動向前邁開腳步，「那咱們就迎他一下，對著走路，好過原地等待！」

「一起去，一起去！」嚴光、朱祐和馬三娘，笑著響應。都恨不得立刻與萬修相見，把盞敘舊。

「一起去，一起去！」賈復、銚期、馮異身體內頓時也充滿了力氣，帶領著親兵緊緊跟上。「我等早就聽聞過太行萬君游大名，沒想到他居然是自家兄弟！」

錦上添花，不如雪中送炭。眼下劉秀最缺的就是士兵，而先前通過劉隆的嘴，大夥已經得知，萬修在太行山中聚集起來的嘍囉，有四五千眾。而只要將這四五千兵馬拉出山外，劉秀這邊，就立刻有了自保之力。只要再能找到一座小城落腳，哪怕馬武一時半會兒趕不過來，也能獨自打出一片天地。

「怪不得大司馬不在乎劉玄給不給他兵馬，原來在太行山中，早就留下了暗棋！」有親兵先前一路忐忑，到此刻，終於鬆了一口氣。喘息著，小聲嘀咕。

「大司馬做事，哪回不是一步十算？」另一名親兵也擦了把頭上汗，笑著點頭，「就拿咱們返回宛城來說吧，你們都在嘀咕，說大司馬應該先向劉玄示弱，忍辱負重。而大司馬偏偏反著做，把那劉玄臊得無地自容，卻不敢拿他怎麼著。」

「可不是嗎？大司馬做事，甭說咱們，劉玄那廝也猜不到！」其餘親兵，也你一句，我一句，大聲議論。

長時間深處險地，他們每個人的精神，都一直如弓弦般繃得緊緊。如今終於要跟自己人匯合到一處，不由自主地，就全都鬆了一口氣。而就在此時，通往高處的山路拐彎地帶，數百支火把，蜂擁而下。宛若翻滾的岩漿，將半面山坡，照得一片大亮。

「唏吁吁，吁吁吁，吁吁吁……」被親兵們牽在手裡的戰馬，仰起頭，發出一連串警覺的咆哮。

「季林，讓他們站住，情況不對！」憑藉常年征戰養成的直覺，劉秀果斷下達命令。「其他人，停步，原地結陣！」

「是！」朱祐、嚴光等人，果斷答應一聲，迅速收攏跟過來的親兵們，結陣應變。而前來接應大夥的周況，卻詭異向劉秀笑了笑，一頭栽進了山路邊的樹叢。

「不好，此子不是君游所派！」劉秀立刻明白自己上了當，拔刀砍向周況背影。哪裡還來得及？只聽空氣中，忽然傳來一種奇怪的輕嘯，「嗖嗖嗖……」

從前上方翻滾的「岩漿」內，飛出無數的流星，直奔大夥的頭頂。

「防箭！」劉秀大吼一聲，側身擋住馬三娘的胸口，同時迅速揮舞鋼刀。

那根本不是什麼流星，而是箭鏃反射的火光！上當了，賊人利用了他急於跟萬修匯合之心，將他騙到了陷阱裡，試圖將他和他麾下的弟兄們，一舉全殲。

身後的親信都是身經百戰的老兵，一聽到主將的聲音，毫不遲疑的趴倒在地上，隨即快速滾向山路兩側。那些曾出聲示警的馬兒，卻無處可藏，剎那間，渾身上下插滿了羽箭，轟然栽倒！

「殺——」數千山賊，從山坡上的石塊後，樹叢裡，鑽了出來。揮刀撲向劉秀和他身後的弟兄們，就像一群捕獵的惡狼。

他們以逸待勞，且占盡了天時地利，哪怕單個人的戰鬥力遠不如劉秀的親兵，彼此配合起來，卻如同山洪暴發一般，根本無法阻擋。

而先前周況故意安排在劉秀身邊的那些嘍囉，也抽出兵器，撲向最近幾天跟他們一路同行劉家親兵，痛下殺手。

山中枯草連天，很快便被掉在地上的火把點燃，火勢在很短的時間內，就綿延到一里開外。沖天的火光中，野獸驚恐的四處奔逃。滾滾的黑煙拔地而起，宛若一條惡龍，在群山之巔張牙舞爪。

縱使劉秀臨危不亂，縱使賈復、銚期能以一抵百，落入陷阱的漢軍，還是迅速崩潰。上百人第一時間，就被身邊的嘍囉謀殺，上百人，稀裡糊塗地，就倒在了敵軍的羽箭之下。還有上百人，慌不擇路，一頭扎進了烈火，然後再也沒法跑出來，直接慘叫著變成了一支支火把。

「死！」劉秀大叫著，將一名山賊頭目砍翻。隨即又是一刀，將第二名山賊劈成了血淋淋的兩半。他身邊的山賊被嚇得紛紛後退，但是，卻有更多的山賊，從高處衝了下來，前仆後繼。

「文叔，快走，快走！」馬三娘逼退自己的對手，快步上前，護著劉秀退向山外。「這裡山坡太緩，敵軍容易結陣。咱們去狹窄處，去狹窄處憑險而守！」

「妳先走！」劉秀大吼著，砍翻第三名對手，隨即與馬三娘一道且戰且退。

周圍的火勢越來越大，如果不趕緊找到藏身之處，哪怕不死在敵人之手，也會被烈火烤成肉乾。所以，此時此刻，根本容不得任何人強逞英雄。

「文叔，三姐，這邊，這邊……」朱祐護著嚴光，從不遠處匆匆跑過，一邊跑，一邊大聲向劉秀發出召喚。

幾名嘍囉仗著熟悉山路，從上方一躍而下。朱祐側身閃了閃，回手一刀，將其中一人砍進了火堆。另外數人，自動分成兩組，一組纏住他不放，餘者獰笑著將嚴光包圍起來，亂刀齊下。

「去死！」劉秀大急，與馬三娘雙雙加速，搶在嚴光被亂刃分屍之前，衝過去，將嘍囉們挨個砍倒。朱祐獨自一人迎戰四名嘍囉，卻面無懼色，猛地使了一記夜戰八方，將對手逼得倉皇後退。

「去死！」劉秀揮刀從背後，將朱祐的一名對手砍倒。然後又替好朋友擋住另外一名對手。馬三娘則拉住渾身是血的嚴光，大聲詢問：「子陵，你受傷了嗎？傷在了哪裡，指給我，我給你包紮！」

「沒事，沒事，皮外傷。血，血都是別人的！」嚴光用力擺了擺另外一隻手中的鋼刀，大聲回應，「走，快走。咱們人少，對山路也沒敵人熟悉。先撤離這兒，然後找機會聯絡萬修，讓他派人來支援！」

「你走第一個！」馬三娘鬆開嚴光的手，舉刀護住他的後背。

一夥嘍囉咆哮著衝了過來，被她單人擋住，殺得東倒西歪。又一夥嘍囉從山坡上繞路去追嚴光，被她三步併做兩步迎上去，砍得抱頭鼠竄。

「三姐，妳護著子陵先走！這交給我！」劉秀又砍翻了自家的對手，快步上前，替馬三娘斷後。

馬三娘朝他微微一笑，走下來，跟他並肩而立，「一起！讓仲先護著子陵先走。」

「好！」劉秀知道只要自己沒脫離危險，馬三娘肯定不肯離開，果斷用力點頭。

二人雙雙揮刀，彼此掩護著，擋住追過來的敵軍。宛若一堵堤壩，擋住了滾滾濁浪。

濁浪撲過來，被擋回去。在此撲過來，又被擋了回去。遠去的山路上，銚期、賈復終於穩住了陣腳，組織起百餘名弟兄，快速向堤壩靠攏。

路邊的草叢中，忽然有一具弩弓悄悄地揚起。先前跳進樹叢逃命的周況，獰笑著將弩尖對準劉秀，狠狠扣動了弩機。

「噗！」一道鮮艷的血光，照亮了所有人的眼睛。

得手了！周況內心一陣激動，口中發出桀桀怪笑，然而下一個瞬間，他卻丟下弩機，尖叫著轉身逃命。朱祐和嚴光兩個，發了瘋般闖過火堆，揮刀砍向周況的頭頂。一刀不中，又是一刀。兩刀不中，再來第三。

周況躲閃，招架，踉蹌逃命，大聲呼救，卻根本得不到及時接應。轉眼間，就被二人亂刀分屍。

「三娘！」抬手抹去了臉上的淚水，朱祐調轉頭，踉蹌著奔向劉秀！

剛才周況所發出的必殺一擊，被馬三娘用身體擋住了，沒有碰到劉秀一根寒毛。

馬三娘倒在了劉秀懷裡，鮮血已經染紅了半邊身體。

火光，在她和劉秀身邊跳動，跳動。就像夏日裡盛開的牡丹。

時間突然慢了下來，山中突然靜了下去。劉秀怔怔看著馬三娘心窩處的那支弩箭，想要拔出來，卻遲遲沒勇氣伸手。

「你拔啊，快拔啊！三姐受的是輕傷，三姐受的肯定是輕傷！」嚴光以比朱祐還快的速度，衝上前，一把將劉秀推了個趔趄。

劉秀的身體晃了晃，隨即，又迅速站穩。雙手抱著馬三娘，宛若泥塑木雕。

「拔啊，你發什麼傻！你不拔，我來！」朱祐哭喊著從另外一側擋住劉秀，伸手去抓三娘胸口處的箭桿。

劉秀沒有躲，也沒阻止，任由他放手施為。然而，在手指跟箭桿接觸的剎那，朱祐卻僵住了，也迅速變成了一座木雕。

馬三娘早就沒了呼吸，臉上，卻帶著滿足的笑容。

她的一雙美目，也早已失去了光彩，卻還在一眨不眨地的盯著劉秀。彷彿這輩子，沒有看夠。所以要將劉秀記在心中，直到下一個轉世輪回。

「三姐——」嚴光嘴裡，發出了一聲淒厲的叫聲，轉頭衝向附近的嘍囉，一刀一個，將他們砍翻在地。

「三姐，等我！」劉秀的身體動了動，張嘴吐出了一口血。彎下腰，將馬三娘放在了平坦處，隨即，也揮刀衝向了敵人。

「三姐，等我給妳報仇！」朱祐哭喊著追上，像瘋虎般，在嘍囉隊伍中往來衝殺。每一招都是進攻，再也不做任何防守。

山風忽然變大，火焰像瘟疫一樣，瘋狂的向附近山頭蔓延。

黑煙滾滾，如同被驚醒的妖魔鬼怪，在莽莽太行亮如白晝的上空，肆意張牙舞爪。

烈焰、殺戮、死亡、痛苦，緊緊包裹著每個人，讓他們幾乎為之窒息。彷彿只有立刻死去，才能逃離這一切。

「轟！」一團火焰在路邊炸開，將躲避不及的數名嘍囉直接吞沒。

「呼啦啦！」幾團火焰，化作一道怒潮，將追過來的嘍囉拍翻在地，瞬間吞噬一空。

劉秀周圍的山賊們，被嚇得紛紛轉身逃命。山坡上，卻有另外數百名嘍囉，叫囂著衝下來，試圖搶在火焰蔓延開之前，徹底鎖定勝局。

「轟隆！」又是一聲巨響，幾棵被點燃的參天古樹，帶著滾滾濃煙，迎頭砸下，將他們砸了個人仰馬翻。

無數火星跳起，在濃煙之中，彙聚，彙聚，彙聚，轉眼間，竟生成了一幅奇異的圖畫。

一隻金紅的鳳凰，穿過濃煙，飄向半空，在群山之巔，張開絢麗的翅膀。

「鳳，鳳凰！」一名山賊揮舞著環首刀，驚恐的喊叫著。

其餘山賊也看到了這一幕，驚詫地停住腳步。

「啾——！咻——！」

那火鳳凰突然發出一聲清亮的鳴叫，雙翅齊揮，無數火星從半空中落下，頃刻間，便將山賊們腳下，化作了一片連綿火海。

「啾——！咻——！」

火鳳凰又發出一聲鳴叫，充滿不捨和淒絕。牠的身形，逐漸化作無數亮點，匯入漫天星河。

「三娘！」火海邊緣，朱祐強撐著將右手伸出，似乎想抓住什麼，最終，卻只能無力的垂下。

「三姐！」劉秀半跪於地，終於痛哭失聲。

「水向東流日向西，嫁狗隨狗嫁雞隨雞，若是嫁給那讀書郎，窗前畫眉日遲遲。若是嫁給那無心的鬼呦，白髮對水愁青絲……」長夜中，隱約有歌聲在半空飄飄蕩蕩。

後半夜，另一股敵人繞過被大火吞噬的山頭，來到了劉秀等人原先站立的地方。他們的速度不可謂不快，但還是撲了空。

「他們人呢？」山風灼熱，還不時吹來屍體被烤焦的氣味，令人幾欲作嘔。一個體型剽悍的傢伙揮了揮手中的環首刀，疑惑地問道：「難道他們都燒死在林中了？」

「一群廢物，自尋死路！」另一名將領看到火光中，似是還有若干人影在掙扎著站起，以為是劉秀一夥，開懷大笑。其餘兵卒見狀，以為這場戰鬥，已因敵人集體自焚而結束了，精神大為放鬆，紛紛爭相調侃，顯示自己不凡的口才。

「這幫蠢貨定是嚇傻了，才往火林裡鑽！」

「我看他們是太冷了，想進去烤烤火，結果把自己烤熟了。」

「也可能是想吃燒烤，就把自己給烤了！」

「折騰了大半宿，也沒砍幾個人頭，虧大了！」

……

既然敵人已經全軍覆沒，他們也樂得輕鬆。一邊罵罵咧咧地調侃著，一邊收兵往回返。忽然，從正前面的枯草堆中，跳出來一個黑影。帶隊的將領被嚇得打了個激靈，急忙用箭去射。那黑影應聲倒地，幾個膽大的走過去一看，原來不過是隻野鹿，不由得在此放聲狂笑。

就在這時，幾個鬼魅般的影子從枯草中飄然而現，個個蓬頭垢面，身上還帶著一股焦糊味道。但他們手上的兵器，卻閃著異常凜冽的寒光，毫不留情的劈了過來，將眾嘍囉砍了個人仰馬翻。

「劉秀，劉秀沒死！」那射鹿的將領，慌忙想將箭矢搭在弓上，卻被「鬼魅」迎面一刀劈來，「哧嚓」一聲，弓臂先斷成兩截，緊接著，他面門也中了一刀，眼睛、鼻子和嘴唇，立時全部一分為二。

山賊們本就沒有什麼陣型，這會兒更加慌亂無章，徒勞的舉起兵刃反抗著，心中卻始終想不明白，眼前的敵人究竟是從哪裡鑽出來的。

劉秀等人，哪會給他們思考和反抗的機會？結隊衝殺過去，將群賊一排接著一排，如割麥子般割倒！

又一個將領模樣的人，策馬而至，舉槍砸向劉秀。劉秀先側了下身子，然後一刀斜向上撩去，從那敵將的大腿根一直劈到下顎，鮮血頓時如噴泉般湧濺而出。

敵將慘嚎一聲，墜於馬下，劉秀毫不猶豫踩著他的屍體上跳，凌空一刀，劈碎了另一個敵軍的頭顱。

「去死，去死，全都去死！」朱祐咆哮著，跟上劉秀。他的戰鬥力雖遠遠遜色於前者，但此時此刻，卻如同瘋了一般，根本不顧及自身的安危。招招只攻不守，凡是被他纏上的敵人，全都被他用環首刀砍成了肉醬。

「仲先！」嚴光看到了朱祐奮不顧身的模樣，喉頭哽住，也咬著牙劈開一條血路，上前與他匯合。不斷殺敵的同時，還要護住朱祐的後背和兩翼。

嘍囉們手中的火把落地，再度引燃了地上的枯草，濃煙迅速占領了整個戰場。煙熏火燎之中，無數人在慘叫，在怒吼，在求饒。但形勢卻漸趨明朗。

先前還曾經如狼似虎的山賊，當遭到劉秀等人的偷襲後，立刻，就被打回了原形。甚至連一炷香的時間都沒撐到，便徹底崩潰了。

有人想負隅頑抗，卻根本沒有還手之力。有人想跪地求饒，可才放下武器，腦袋就被憤怒的漢軍砸了個稀爛。唯一的保命方式就是逃走，很快，大部分嘍囉都轉身而去。少數幾個膽大包天者，也被身邊同伴裹挾著向後倉皇撤退。

「一群廢物！」沖天的烈焰中，眼見著上千士卒被數百人的隊伍追得漫山遍野逃竄，一個金盔金甲的將軍，氣得破口大罵。

「大當家，周校尉，周校尉好像死了！」一名嘍囉倉皇跑過來，向金甲將軍彙報。

「死就死吧，原本老子也沒想留著他！」金甲將軍撇了撇嘴，對周況的死訊不屑一顧。

「大當家，趙寨主，趙寨主那邊，也，也頂不住了！」又一名嘍囉氣喘吁吁地靠近，高聲向金甲將軍示警。

「老子看到了。」金甲將軍瞪了他一眼，隨即，抽刀在手，高高地舉過了頭頂，「弟兄們，跟我上。殺劉秀，拿著他的人頭去洛陽領賞！」

「殺……」他身後的嘍囉，齊聲回應。然後如潮水般衝向戰場。

「孫大當家終於來了！」

「我們有救了！」

「兄弟們快跑！」

……

正在潰退的嘍囉們，忽然士氣大震。扯開嗓子大聲叫嚷。

然而，讓他們無比震驚的是，身穿金甲的孫登，居然沒將胯下坐騎絲毫放慢。帶著背後新來的生力軍，直接踩向了他們頭頂。

於是，這群剛剛看到生的希望的潰卒，頃刻就徹底墜入了無盡的黑暗，要麼被踩成肉泥，要麼被一刀砍死，就連他們的慘嚎，轉瞬也淹沒在隆隆馬蹄聲中。

「啊哈哈哈，哈哈哈哈……」孫登一邊繼續策馬加速，一邊放聲狂笑。彷彿被踩成肉泥的，不是自己麾下嘍囉，而是生死寇仇。

兩軍交鋒，最忌諱被自家潰兵衝垮陣腳。他上次輸給劉秀，就是因為這個緣由。所以，這次無論如何都不會重蹈覆轍。

他要直接衝過去，衝到劉秀面前。親手殺死此人，洗刷當年的恥辱。

他要踩著劉秀的屍體，前往洛陽，拜大將軍，封萬戶侯！

「結陣，準備迎戰！」眼看著敵軍越來越近，劉秀扯開嗓子，大聲吩咐。

敵強我弱，敵眾我寡。今天這一仗，他看不到任何勝利的希望。

但是，就算死，也絕不能死在逃跑的路上，那樣，就無顏去見九泉之下的三娘。

「文叔，上馬！」忽然，身後有人大吼。劉秀才一側身，就看見一匹馬擦肩而過。顧不上驚喜，他一把抓住馬繮，翻身躍上馬背。

與此同時，馮異、銚期、賈復等人也騎馬而至。原來馮異從剛才起，就在一直設法歸攏馬匹，雖然只有區區百餘匹，至少總有了一戰之力。

但這只是從劉秀等人的角度去看，孫登那邊的將領看到，卻忍不住放聲大笑。他們都是跟隨孫登在河北征戰已久的老將，雖見過無數膽大不要命的，卻也沒見過如此狂妄自大的。

然而，還沒等他們的笑聲落下，劉秀依舊策馬掄刀，迎面殺至。刀鋒宛若匹練，直奔衝在最前面之人的胸口。「咚——」那人被一刀劈落下馬，胸甲同時裂成兩半。

「噗！」銚期手中長槊宛若遊龍，將劉秀左側的敵將挑上半空。

「啪！」「啪！」「啪！」賈復只管那鐵戟當拍子使，像拍蒼蠅般，將劉秀右側的敵軍拍得東倒西歪。

先前還在嘲笑劉秀自不量力的孫登部下，立刻明白了，他們招惹了一群什麼樣的怪物。總計百十個人，如同一條巨龍，逆著孫家軍的「水流」快速前進。無論水流多麼湍急，遇著它們，都只有支離破碎的份兒。

不斷有人慘叫著落馬而死，很多嘍囉甚至連出手的機會都沒有，就被慌忙閃避的自己人擠下了山坡。很快，孫登的部隊就詭異的分成了兩股，彼此互不相連。而兩支隊伍之間，劉秀等人衝殺過去的地方，則留下了一支寬闊的血路，屍骸狼藉。

「來人，來人，給我擋住，擋住他們！」孫登見劉秀等人銳不可當，登時心裡就發了慌，急忙令親兵衛隊緊緊護在自己的前面，確保自己萬無一失。

對「小心駛得萬年船」這句話，他向來篤信不疑。這使得他屢次死裡逃生，然後反敗為勝。不知不覺間，成就了他「銅馬帝」的美名。與此同時，也更讓他對劉秀恨之入骨，發誓下次見到劉秀，一定親手將後者碎屍萬段。

然而，當真見到劉秀向自己殺過來的時候，孫登不知怎的，從心底深處突然冒出一股寒氣，本能就想撥馬逃走。

「大當家，咱們有三千人，他們才不過百人！」二當家董珂沒領教過劉秀的厲害，拉住孫登的戰馬韁繩，高聲提醒。

「你，你去，告訴，告訴弟兄們，穩，穩住！帶上我的親兵去，穩，穩住，後退者殺無赦！」孫登激靈靈打了個哆嗦，暗罵自己無用。果斷命令董珂帶領麾下精銳前去攔截。「此戰，此戰如果取勝，皇上那裡，功勞，功勞分你一半兒！」

「謝大當家！」董珂要的就是這句話，立刻點起五百餘膽子最大，身手最好的嘍囉，逆著自家潰兵衝上。沿途不斷揮刀亂砍，殺了足足兩百名自己人之後，終於又將陣腳穩了下來。

劉秀的前衝速度，立刻變慢。他手中的鋼刀左右翻飛，將一個又一個馬上部下的嘍囉殺死，但更多的嘍囉卻咆哮著湧上前，宛若飛蛾撲火。

賈復、銚期兩個，還像先前一樣英勇。可周圍的敵軍卻一層又是一層，無論怎麼殺，都殺不完。距離二人不遠處，狀若瘋虎的朱祐，也被裡三層外三層的敵人團團包圍，渾身上下，鮮血淋漓。大部分鮮血都是敵人的，但他自己身上，也被砍出了十幾道傷口。好朱祐，居然死活不吭一聲，每次被人砍中，都立刻還上一刀，招招準備跟對方同歸於盡。

地上的枯草都被塗上了厚厚的血漿，已分辨不出它本來的顏色。山間的空氣跟清新冷冽沒有半點關係，腥臭令人作嘔。唯一不變的，只有愈發瘋狂的火魔，不知什麼時候，又蔓延到了大夥身邊，隨時準備擇人而噬。

透過明亮的火光，孫登終於清晰的看到了劉秀成年後的模樣。與當初打敗他，奪了他山寨的那個劉秀，已經有了極大的區別。身高更高，眉毛更濃，額頭上的棱角也更鮮明。變化最大的，則是那雙眼睛。不像上次那般充滿了朝氣，而是變得無比深邃。目光偶爾閃動，就像兩點寒星。

那是仇恨，無法隱藏的仇恨。孫登自己，當年被奪了基業之後，也曾經如此有過同樣的目光。他的心臟又抽了抽，忽然湧起幾分悔意。他忽然明白，此戰，如果自己不能將劉秀殺死，今後恐怕永遠會被劉秀追殺，哪怕躲到天涯海角。

於是乎，他決定不給劉秀任何機會。親自策動坐騎，去鼓舞士氣。將先前潰退下來的嘍囉們收攏到一起，然後大聲許下賞格，「他們不到一百人了，上，大夥一起上。誰殺了劉秀，老子賞他一百兩黃金，榮華富貴，與他一人一半兒！」

重賞之下，必有勇夫。先前曾經被劉秀像趕鴨子般驅散過一回的嘍囉，忽然發現敵人已經成了強弩之末。頓時士氣再度暴漲，咆哮著重新加入戰團。

「既然敢拿我的山寨，就應該知道會有今天！」孫登咬著牙，冷笑著從馬鞍後拉出一把弩弓，準備親手給劉秀最後一擊。

爭先恐後的嘍囉們，擋住了他的視線。他焦躁地移動弓臂，卻很難瞄正目標。扭頭看了看，正準備找塊大石頭爬上去，居高臨下。忽然間，卻看到在自己的側後方，又湧過來一支盔甲鮮明的隊伍。

「文叔——，堅持住，萬某來也！」新抵達的隊伍前方，萬修扯開嗓子，大聲表明身份。

「大當家，大當家，二當家帶領我們救你來了！」萬修身後，數千弟兄扯開嗓子，齊聲高喊。

「嗖！嗖！嗖！嗖！嗖！」

人未至，一波火箭先到，直奔孫登頭頂。

眼見漫天的火流星向自己頭上疾落，孫登又怒又懼，卻無可奈何，只能撥馬往後退去。如此一來，他身前的「人肉盾牌」可倒了大楣，雖然有人及時舉起兵刃，砍斷了幾支箭，但大部分人，卻被射了個措手不及。但羽箭上面的油布落在馬鬃上，立時發出刺啦怪響和刺鼻的焦糊味兒，戰馬受驚高揚四蹄，將主人掀翻在開始熊熊燃燒的草地上，四散奔逃。

火光照亮了整個天空，萬修的眼神比鷹隼還要銳利，粗略向周圍一掃，他就看到孫登那張猥褻的面孔，揮刀上前，兜頭就剁，「狗賊，拿命來！」

而那孫登，哪有勇氣跟他放對廝殺？毫不猶豫撥轉坐騎，丟下正在圍攻劉秀的二當家董珂和一眾心腹，撒腿就逃。

萬修來了，萬修身邊的嘍囉，不比他身邊的少。

而劉秀身邊，卻還有數十名弟兄，一時半會兒不可能被殺死。

殺不死劉秀，他今天就可能被劉秀所殺。

所以，此地已經不可久留。

論保命的本事，孫登可謂冠絕太行。轉眼間，就策馬逃出了十餘丈外，隨即，將馬頭迅速撥歪，直接踏上了一個人跡罕至的小徑。

「哪裡走！」萬修恨他謀害自己的恩公，策動坐騎，緊追不捨。

兩人一前一後，沿著小路風馳電掣。彼此間的距離在急劇縮短。這時，腳下山路忽然變得陡峭，戰馬的速度，越來越慢，越來越慢。

「我命休矣！」孫登心中，發出一聲悲鳴。咬著牙拔出佩刀，準備在死去之前，拉著萬修同歸於盡。就在此刻，他的側前方拐彎處，居然又出現了一股兵馬，鬼魅般，將半邊山坡都擋得嚴嚴實實。

「救命——」孫登大喜，扯開嗓子高聲呼救。

回應他的，卻是一陣令人頭皮發麻的呼嘯。數不清的羽箭，從天空中落下，將他和萬修兩個的頭頂徹底覆蓋。

一石二鳥，他們要殺我滅口！憑藉多次害人害出來的經驗，孫登立刻判斷出了對方的來意，猛一咬牙，直接躍下馬背，然後順勢往緩坡一側的火樹銀花中滾了過去。

「啊——」萬修也沒想到，新來的隊伍，招呼都不打就準備將他和孫登同時幹掉。尖叫著用雙腿夾緊馬腹，猛地將身體倒掛在了疾馳的馬肚子之下。

「嗚嗚——！」戰馬被數十支箭同時射中，轟的一聲摔倒在地。好萬修，果斷鬆開雙腿，脫離馬背，一個翻滾，也藏進了火場周圍陰影當中。

「殺掉劉秀，賞錢萬貫！實封千戶！」新來的隊伍前方，一名臉蒙黑布的將領，扯開嗓子頒發賞格。對萬修和孫登二人的死活，不屑一顧。

「殺劉秀，殺劉秀！」他身後的士卒們，沿著萬修和孫登兩人走過山路，咆哮著衝了下去，宛若一群飢餓的野狼。

得到萬修所部嘍囉支援，剛剛緩過一口氣來的劉秀等人，立刻又陷入了苦戰之中。全靠賈復、銚期二人的武藝高強，才能背靠著一片火場苟延殘喘。

眼見勝券在握，那蒙臉的漢子爆發出夜梟般的桀桀怪笑，大喝道：「劉秀，陛下讓我送……」

「嗖——！」就在他得意忘形之際，兩支羽箭突然凌空而至，勁道之猛，竟貫穿他的頭顱，直接在他後腦勺處，露出了兩個明晃晃的箭鏃！

「嗚——！」

一道道龍吟般的號角聲也隨之傳了過來，隨著陽光一道，穿破了長夜的黑暗。

所有人的身軀都為之一震，或驚喜，或恐慌。只見東側正在燃燒的小土丘上，又出現了一面耀眼的旗幟，上面端端正正地寫著一個大字：嚴！

「嚴尤來了！」

「嚴尤來替王莽報仇了！」

「謝將軍死了，快走，快走……」

跟在蒙面將領身後的生力軍，頓時士氣崩潰。掉轉頭，以比先前快了兩倍的速度，落荒而逃。在過去的十五年裡，嚴尤的名氣實在是太響了，是以天下義軍和土匪流寇，幾乎無人不認識他的旗幟！只要這面旗幟出現，就意味著莽軍又要大獲全勝，義軍也好，土匪流寇也罷，則又要面臨一場滅頂之災。

只有三次例外，但那三次，領軍與嚴尤作戰的，都是劉秀。而今天，劉秀卻是他們的捕獵目標！這時候，有人終於想起了劉秀的功勞，然而，卻為時已晚。只見嚴字大旗之下，一隊人馬披著明亮的晨曦，縱馬踏過火海。為首一人在飛馳的時候，舒展猿臂左右開弓，箭矢如連珠一般瞬息而至，每發一矢，必有一人慘叫落馬。

箭壺射空的同時，此人棄弓抽刀，匹練般劈向面前的敵人，轉瞬即殺的血浪翻飛。須臾，已經來到劉秀面前，刀背一磕，替他擋下一桿長矛，接著用力往上一撩，那長矛登時反飛出去，射穿了後面的敵人，帶出一蓬血花。再一揮刀，抹開了那兩手空空的敵人喉管。

劉秀到這時，才有機會仔細打量這個援軍將領的面容。

只見此人雖然滿臉是血，卻仍掩不住眉宇間的那股勃勃英氣。身材雖然高大魁梧，面孔卻乾淨稚嫩宛若垂髫少年！

「仲華！」驚呼聲，從劉秀的嘴裡脫口而出。眼前這個英姿勃發的青年將領，正是當年在太學時的小學弟，鄧禹鄧仲華。

難怪，他會舉著嚴尤的大旗！

劉秀心中百感交集，忽然想到在新野時，嚴光曾經告訴自己的消息。鄧禹在汝南打得自己的族兄，殿前大將軍劉賜找不著北，最後，劉玄只得派出奮威將軍劉信取代劉賜，率領大軍直撲承陽，一舉剿滅了偽漢承元皇帝劉望和輔佐此人的嚴尤、陳茂。此後，鄧禹便下落不明。原來，他竟輾轉也來到了河北！

「文叔師兄，你且歇息一番，看我來為你退敵！」鄧禹對著劉秀一笑，隨即，再度撥轉了馬頭，「弟兄們，跟我殺賊！」

「殺賊！」數百弟兄，跟在鄧禹身後，迅速化作一把長刀。輕而易舉就追上了敵軍，將後者殺了個人仰馬翻。

「殺賊——」劉秀咆哮著，舉起鋼刀，也衝向了逃命的敵軍。手起刀落，將一名躲避不及的嘍囉砍成了兩半。

「殺賊！」朱祐踉蹌著，跟在劉秀身後。再往後，還有嚴光、賈復、銚期和所有死裡逃生的將士。大夥都恨極了坑害自己的伏兵，不願意再放他們離開。

伏兵們無論來自孫登的麾下，還是那支身份不明的隊伍，都組織不起有效抵抗，只能倉皇逃命。而劉秀和鄧禹，則帶著各自的弟兄，緊追不放。很快，他們就咬住了伏兵當中規模最大的一夥，從這支隊伍的尾巴，一路殺向隊首。

「擋住他們，擋住他們！」孫登麾下的二當家董珂亡魂大冒，一邊加速逃命，一邊要求麾下親信替自己斷後。

幾個鐵桿心腹，紅著眼睛回頭拚命，試圖替他爭取時間。鄧禹不屑地發出一聲冷笑，鋼刀閃電般當空劈落，轉眼間，就將這些亡命之徒全都送回了老家。隨即，再度策動坐騎，朝著董珂緊追不捨。

董珂心中大驚，果斷轉過身體，用長槊砸向鄧禹頭頂。好鄧禹，一個側挑將對方的槊桿挑歪，緊跟著，又是一刀，正中董珂肩窩。

「啊——」董珂嘴裡發出大聲慘叫，仰面朝天落馬。緊跟著，一軲轆從地上爬起，直奔路邊樹叢。還沒等他逃離鄧禹的視線，樹叢中，忽然衝出了一個高大的身影，抬起腿，狠狠踹中了他的心口。

「狗賊，哪裡逃！」萬修收腿，上步，俯下身，單手卡住了此人的脖頸。

「嗚——！嗚——！嗚——！」

龍吟般的號角聲再度響起，劉秀、鄧禹和萬修三路人馬聚集一處，開始了最後的戰鬥。

失去了自己的將領敵人，如同沒頭的蒼蠅般，四處亂竄，但很快就被人一一追上，砍翻在地。一些兵卒見勢不妙，果斷丟下了兵器，雙膝跪地，大聲祈降。

人有名，樹有影。

劉秀從來不殺害俘虜。

劉秀會善待所有降兵！

所以，即便戰敗了，他們心中也不太害怕。反正，劉秀會像以往釋放莽軍一樣放他們走，說不定還會給他們路費和乾糧。

「殺，殺了你們！」朱祐忽然從南面的山路口踉踉蹌蹌地跑來，頭髮被燒沒了半邊，臉上也焦糊一片，但雙目卻是赤紅色的，被燎起無數個火泡的手裡，高舉著一把砍出了豁口的鋼刀，衝到俘虜身邊，手起刀落，須臾，就砍得滿地人頭亂滾。

周圍的降卒們見狀，嚇得肝膽俱裂，連忙摸向自己丟在地上的兵刃。這個反應，等同於找死，立刻就有鄧禹和萬修麾下的弟兄上前，毫不猶豫地將他們砍了成肉泥。

「饒命！饒命！涓陽侯饒命！我們，我們只是奉命行事，奉命行事啊！」遠處的降卒們不敢再動，扯開嗓子，大聲呼救。希望劉秀能阻止那個面目焦黑的瘋子，希望劉秀能對自己網開一面。

馮異、銚期等人，也紛紛將頭看向劉秀，等待他做最後定奪。

「殺，一個不留！」出乎所有人意料，劉秀嘴裡，忽然發出了一聲怒吼。緊跟著撲向了跪地求饒的俘虜，刀光過處，血浪翻滾。

「劉三兒，我識字了，我識字了，以後你就騙不了我了！」

「劉三兒，你又在憋什麼壞水？莫非你真的活膩煩了不成？」

血光中，一個英姿颯爽的身影，緩緩飄起，紅色的翅膀，在她背後緩緩舞動。

「劉三，你，你無賴！嗚……」

「想動劉三兒，先過我這一關！」

「醜奴兒馬上就二十歲了，你再不兌現諾言，她就老了！」

「娶吧！連自己喜歡的女人都不敢娶，縱使成了大事，這輩子也不快活！」

「文叔，我們一起去河北，行俠仗義，為民除害！」

「三娘……」

「碭——！」忽然，有一桿大戟，自下而上，將劉秀手中的刀，架在了半空當中。

馬三娘的身影迅速飄散，瞬間化作點點繁星。

「休得多事！」劉秀怒極，猛回頭，卻看見賈復焦灼的眼神。

「文叔，你清醒點！」賈復迅速收起大戟，大聲叫喊，「這些嘍囉，殺了又有何用？平白毀了你的名聲。冤有頭，債有主，要報，就去找幕後的主謀！」

彷彿被人澆了一盆冷水在頭頂，劉秀眼中立刻恢復了清明。

銚期和馬成同時撲上，將朱祐手中鋼刀奪下。萬修和劉隆，則拖著滿臉恐慌的董珂，快走來到劉秀面前，大聲逼迫，「說，是誰派你來的。你如何知道主公要經過此處。不要撒謊，否則，肯定求生不得，求死不能！」

「饒命，饒命！湞陽侯饒命！是劉玄派我們來的，是劉玄！」到了此時，董珂才不會替別人隱瞞，毫不猶豫地大聲招供，「劉玄派人告訴我們大當家孫登，說劉將軍會經過這裡，還提醒我們劉將軍會先派人去聯絡萬修和馬武。恰好孫大當家已經跟萬寨主那邊的周況搭上了關係，然後他們就決定將湞陽侯騙過來。沒想到劉玄那廝，居然準備將我們跟湞陽侯一起殺掉。饒命，饒命，我們也是受害者，我們……」

「噗——！」鋼刀落下，砍掉一顆醜陋的頭顱。

「劉玄——」怒吼聲緊跟著響起，在群山之間，來回激蕩，久久不散，久久不散！

兩日之後，劉秀在太行山下對著一座墳墓，焚香而拜。

馬三娘的屍骸沒找回來，非但是她，那場曾經阻斷了土匪追殺的大火過後，很多人的屍骸都與山間草木一道化作了飛灰。想仔細分辨清楚，難比登天。

「三姐……」朱祐和嚴光兩個悲痛欲絕，萬修、鄧禹、劉隆、王霸等跟馬三娘打過交道的豪傑，想起這位英姿颯爽的女俠生前的音容笑貌，也都不勝噓唏。然而，難過歸難過，他們卻只能硬下心腸，勸劉秀抓緊時間帶領大夥撤離。

太行山南部靠近黃河，劉玄既然已經不顧臉皮派遣了一批人馬追殺過來，誰也保證不了他還會派第二批。而孫登生死未卜，極有可能會捲土重來。王朗的態度又模糊不清，也很有可能為了劉玄許諾的榮華富貴，領兵殺過來給大夥迎頭一擊。

不敢因為自己心中傷痛，就拖累所有人，劉秀只能強打精神，整頓兵馬，然後按照萬修的指引，帶領大夥向後者的臨時藏身處轉移。打定主意先找地方立足，等勢力慢慢壯大之後，再讓所有的仇人都血債血償。

眾人在荒草叢生的山谷中走了一天一夜，終於來到了目的地。舉目四望，都忍不住苦笑連連。原來萬修的老營，居然早已經不在軹關寨內，而是轉移到了一個荒涼破敗的原始山洞之中。外面的道路崎嶇難行，裡面的陳設也簡陋至極。不僅難以尋找，而且隨時可以捲鋪蓋走人。可見萬修最近為了躲避孫登的追殺，也是費盡了心思。

「諸位，並非萬某無能，而是最近一個月來，形勢變化太快，萬某以一敵眾，應對起來難免首尾難以相顧。」敏銳地感覺到了大夥的失望，萬修拱了下手，紅著臉解釋。

「萬大哥這是哪裡話，前幾天若不是你來得及時，我們早就變成了孤魂野鬼。哪有什麼資格挑三揀四！」

「君游兄，你客氣了。大戰之後，有一個安全的地方休養身體就好！」

「是啊，君游兄，咱們都是自家兄弟，沒必要如此客氣！」

……

眾將先是微微一楞，旋即七嘴八舌地安慰。

只有他的好兄弟劉隆，一點也不理解他的難處，瞪圓了眼睛，大聲追問道：「萬大哥，你怎麼把軹關寨給丟了？怪不得我給你寫的信，會落在孫登那狗賊手裡！」

「接到你的信時，軹關寨還在我手上！」萬修的臉色，頓時紅得幾乎滴出血來。搖了搖頭，繼續大聲解釋道，「卻不料孫登那廝，聯合了王朗等人，又暗地裡得到了劉玄的支持。我手下的幾個寨主，苦日子過得太久了，受不了升官發財的誘惑。結果，我前腳帶人離開軹關寨去跟孫登作戰，後腳，他們就把軹關寨獻給了孫登。文叔，萬某辜負你的信任，請你重重責罰。」

說著話，將身體迅速轉向劉秀，長跪俯首。把劉秀嚇得頭皮發乍，趕緊伸出雙手前去攙扶，「萬大哥，君游兄，你這是幹什麼？軹關寨原本就是你的，當初劉某推辭不過，才掛了個大當家的虛名而已。況且那劉玄既然以高官厚祿拉攏孫登，未必就不會拉攏於你。你能不理睬他的拉攏，繼續跟劉某做兄弟，已經是難能可貴。」

「那劉玄派來的使者，被萬某一刀給宰了！」萬修揚起頭，大聲強調。隨即，再度俯身下去，快速補充：「只是因為老巢被端，萬某原本給文叔你積攢的糧草輜重，也丟了個精光。麾下弟兄，更是因為前幾天吃了敗仗，戰死的戰死，跑路的跑路，也只剩下了手頭這點兒。」

「不妨事，不妨事，只要君游兄你平安就好！」劉秀在路上時就發現，萬修所部兵馬的規模，跟先前劉隆的描述相差甚遠，所以這會兒也不覺得如何失望。笑了笑，雙手用力，將萬修從地上緩緩「拔」起。

萬修原本還想再多給他施個禮，無奈兩條胳膊處傳過來的力量，竟大得出乎意料。無奈之下，只好順勢站直了身體，繼續訕訕地說道：「多謝文叔掛心，我倒是毫髮無傷。非但如此，還狠狠地咬了那孫登一大口。再加上前幾天你給他那當頭一棒。文叔，接下來，河北的局勢，必然又要風起雲湧！」

「哦——」劉秀聽得滿頭霧水，皺著眉頭沉吟。

「文叔，前幾天那一仗，雖然咱們沒有抓住孫登，但此戰意義卻非同小可，帶給河北的影響，恐怕不亞於前一陣子馬子張揮師北渡。」萬修早見劉秀的眼神裡帶著迷惑，連忙繼續大聲解釋。「只可惜，咱們打敗了孫登之後，得到最大好處的，卻會是那個欺世盜名的王朗！」

「馬大哥……」聽到萬修提到馬武，劉秀心內頓時又是萬針攢刺。接連吸了幾口氣下去，才強打起了精神，低聲詢問，「馬大哥揮師渡河？什麼時候的事情？君游兄不妨說得詳細一些。另外，河北目前的形勢如何，也請君游兄不吝為我等介紹一二。」

「馬子張揮師渡河，是在兩個月之前，差不多也就是你成親消息傳到河北那會兒。抱歉，文叔，我不是有意提起此事。」萬修拱了拱手，皺著眉頭低聲回憶。

「無妨！」劉秀楞了楞，苦笑著擺手，「君游兄你繼續說。」

一個落魄侯爺的婚事，按理，不該傳得這麼遠。但劉玄大發善心，為自己賜婚的目的，就是要將自己打扮成一個寡廉鮮恥，忘恩負義的小人。所以，自己成親的消息，傳得天下皆知，再正常不過。

好在馬子張跟自己相交甚久，早就知道自己到底是什麼人。好在三姐深明大義，在最關鍵時刻，給了自己最堅定的支持。

「醜奴兒馬上就二十歲了，你再不兌現諾言，她就老了！娶吧！連自己喜歡的女人都不敢娶，縱使成了大事，這輩子也不快活！」馬三娘的笑容迅速在他眼前浮現，已經不再年輕的面孔上，帶著濃濃的寵溺。

醜奴兒馬上就二十歲了，三姐比醜奴兒還大五歲！下一個瞬間，劇烈的痛楚湧遍了全身，讓劉秀簡直無法呼吸。

二十歲的醜奴兒，已經等成了老姑娘！二十五歲的三姐，已經等成了什麼？

這麼簡單的一筆賬，當時，自己居然沒有去算？

自己當時究竟在想什麼？

自己怎麼能待三姐如此涼薄！

而萬修的話，卻像冰冷的鹽水，緩緩傳入他的耳朵，緩緩淋遍他心頭每一處的傷口。「馬子張未來河北之前，河北以趙繆王劉元和真定王劉揚的實力為最強，緊跟著，就是我們太行銅馬軍，以及王朗的富平軍。至於青犢、尤來、大槍、五校等大大小小的幫派，都只能靠後，零零散散分布在冀州各山頭。然而，馬子張殺過黃河之後，先敗青犢，再敗尤來，令河北各方勢力惶惶不可終日。大槍、五校為了生存，只好匯合了青犢、尤來兩支人馬的殘部，結盟自保。隨後，他們又得到了宛城那邊某些人的授意，共推孫登為盟主。」

「劉玄沒被王匡推上帝位之前，幹的就是替綠林軍聯絡天下英雄的差事。他這麼做，也算輕車熟路。」嚴光的聲音，緊跟著傳來，每個字，都說在了點子上。

「的確如此！當初，當初真該把此人丟給吳漢碎屍萬段。」萬修想起往事，後悔得連連扼腕，急促呼吸了幾口山中的冷風，才平復心情，繼續說道：「至於那王朗，也是走了狗屎大運。馬子張擊敗青犢和尤來後，立刻調轉槍頭，攻打劉元。當時，劉元兵多將廣，馬子張縱然是過江猛龍，照理也不該去捋這虎鬚。當時，萬某也替他捏了一把冷汗，豈料，他居然又勝了！竟以區區不到萬名士卒，在富陽關擊潰了劉元的十萬大軍。」

「好！」銚期撫掌大笑，「子張兄真不愧是天下第一猛將！」

「不愧是馬王爺！」

「馬王爺帶的是咱們昆陽大捷時的老兄弟！劉元怎麼可能是他的對手？」

「劉玄那廝，也就拉攏一些狐狸野狗般貨色，人再多，也抵不上馬大哥一個！」

……

王霸、臧宮等人，也個個喜形於色，都深深為馬武的驍勇善戰而感到自豪。

唯獨劉秀，心臟處的痛楚宛若湧潮，一波過後，又是一波。

馬大哥以身犯險攻打劉元，其實是為了震懾劉玄，確保他的周全。對此，他心知肚明。

然而，越是心知肚明，他越是難受。當時，正值他奉旨成婚。而辜負的人，正是馬子張的親妹妹，已經陪伴了他整整八年的馬三娘！

「馬子張雖然神勇無敵，但他這樣做，卻讓那奸詐狡猾的王朗占了個大便宜！」根本沒注意到劉秀的臉色，萬修又喝了口冷水，繼續大聲補充。

「馬大哥怎麼了？」劉秀心中的痛楚，頓時全都化作了擔憂，一把拉住萬修的胳膊，大聲追問。

「文叔放心，馬子張沒事兒，絕對沒事兒！」萬修被抓得胳膊劇痛，趕緊掙扎了一下，快速補充，「馬子張雖三戰三捷，但他本身，以及手下將士，也都疲勞至極。當他擊敗了劉元，準備乘勝追擊之時，竟被王朗的人從後偷襲。馬子張大怒，立刻反身去迎戰，結果雖然又勝一場，不過，這次卻是慘勝，更幫了王朗一個大忙。」

「那王朗派出大軍從後面偷襲之時，自己則帶人繞到前頭，救下了身受重傷的趙繆王劉元。等他帶著劉元回到了邯鄲，立刻便成了劉家的座上賓，邯鄲的大功臣！再加上他本是相士出身，既會裝神弄鬼，又巧舌如簧，很快，便唬得劉元的兒子劉林，以及邯鄲最大的豪強李育。邯鄲的一些地方豪傑，更是對他信賴有加，甚至相信他就是成帝的嫡子，劉子輿！然後過了沒幾天，劉元就稀裡糊塗死了，王朗就變成了邯鄲之主！」

「啊——」先前還為馬武戰績而開心的眾人，一個個被驚了個目瞪口呆。誰也沒想到，世間還有如此「玩」法。明明吃了敗仗，居然還可以憑藉陰謀詭計，奪了別人的基業，剎那間脫胎換骨。

「哼，陰謀詭計得來的基業，有什麼好羨慕！無異於沙灘上起高樓！看似金碧輝煌，一場大風吹過，就要牆倒屋塌！」鄧禹忽然手拍石案，大聲點評。

眾人又是一楞，迅速將目光轉向這個年齡最小的同伴。特別是朱祐，乾脆一個箭步走上前去，伸手扯住了此人的胳膊，「仲華，你莫非有了辦法對付他們？趕緊說，別耽誤功夫！當年在太學時，就數你主意多。卒業之後你又跟在嚴尤身後執弟子禮多年，想必將他的一身本事，也學了七七八八！」

「仲先兄過獎了，鄧某只是不願意在這山洞裡唉聲嘆氣而已。」鄧禹笑了笑，剛剛長出茸毛的嘴角，微微上挑，「王朗以前怎麼耍弄陰謀詭計，咱們管不著。他的那些本事，咱們也學不來。但是眼下，既然咱們到了河北，就輪不到他和孫登兩個繼續囂張。且不說文叔那裡，還有一個大司馬的虛職可以利用，咱們手頭的弟兄加起來，也有三千餘眾。就是咱們眼下一無所有，也該把握住時機，先找個地方站穩腳跟，而不是空在這裡，羨慕別人的好運。」

「那是自然！」眾人聞聽，臉上都帶出了幾分訕訕之色，紛紛拱手。

「仲華，你有辦法，不妨現在就說出來。」劉秀的精神，也迅速振作，笑著向鄧禹點頭。

「萬大哥，你是說，孫登成了青犢、尤來等部的盟主？」鄧禹毫不客氣地接受了命令，然後迅速將目光轉向萬修。「那麼，附近可有原本歸屬於孫登的地盤？守將是誰，本領如何？」

「這？」萬修被問了個措手不及，沉吟了好半晌，才低聲做出了回應：「離這裡最近的齊縣和井陽，原本是青犢幫的勢力範圍，自然算是孫登的地盤。至於守將，董珂是其中之一。另外一個，萬某不太清楚，但是可以現在就派人去探聽！」

「不必了！」鄧禹笑了笑，用力擺手。隨即，再度將目光轉向劉秀，「文叔兄，孫登既然每逢危險時刻，都選擇棄軍而逃。以他的秉性，這會兒斷然不敢留在齊縣和井陽等死。而其他各方勢力，眼下還未必知道孫登已經戰敗。咱們不快馬加鞭去取了兩縣，更待何時？」

「善，大善！」四下裡，叫好聲宛若湧潮。

除了鄧禹和萬修兩個之外，其餘將領都親身經歷過昆陽大戰。當初以區區數千人對抗四十萬武裝到牙齒的官兵，都沒感覺到多少害怕。如今只不過遭受了一點點小挫折，豈會畏縮不前？都認為鄧禹給大夥指了一條明路，取齊、井兩縣易如反掌。

劉秀見此，心中的痛楚稍減。也強打起精神，開始跟嚴光、鄧禹等人，仔細謀劃近期作戰方略。待一切都準備停當之後，立刻帶起全部兵馬，悄無聲息地殺向了山外。

隊伍才走出了山區，不遠處的齊縣方向，就已經騰起了滾滾濃煙。劉秀心中暗叫一聲不妙，趕緊促動坐騎，帶頭向縣城撲了過去。然而，等他們終於氣喘吁吁地趕到城外，卻駭然發現，這座本就破敗不堪的城池，已化作滔天的火海。

熊熊的烈焰、滾滾的濃煙，就像鬼怪的利齒和爪牙，一邊咆哮，一邊用力撕扯著每塊磚瓦，每根木頭。無論是富貴人家的雕梁畫棟，還是貧寒人家的茅草泥屋，不把它們全部燒為灰燼，絕不罷休。

「孫登——」嚴光反應最快，剎那間，就想明白到底發生了什麼事情。

賊子孫登被劉秀嚇破了膽子，沒勇氣堅守待援，又不甘心將此城拱手相讓。因此在撤離之時，放火燒城。這樣一來，劉秀即便殺到齊縣，也得不到任何給養，等於空歡喜一場。而孫登本人，則可趁著劉秀四處尋找立足地之時，重整旗鼓，以圖將來再跟後者一決雌雄。

這條毒計，幾乎正中劉秀的軟肋，不可謂不高。然而，劉秀只是失去了一個立足地，原本日子就過得苦不堪言的齊縣百姓，卻也同時被燒掉了最後的家財和容身之所，面對即將到來的嚴冬，幾乎個個在劫難逃。

「楞著幹什麼，救火啊！這旁邊就有大河，取了水，能救多少算多少！」劉秀的反應，比嚴光慢了大半拍。做決斷的速度，卻超過了在場所有文武。立刻頒布命令，讓麾下弟兄們下馬救火。

「救火，能救多少算多少！」

「救火，否則冬天一來，不知道多少人會活活凍死！」

「大司馬有令，救火，全體下馬救火！」

……

賈復、銚期、劉隆、臧宮、王霸等人，七嘴八舌地響應。隨即帶領各自麾下的弟兄，直奔河畔。或者下去用頭盔舀水，或者從百姓手裡接過木桶和葫蘆瓢，轉眼間，就用冰冷的河水，將烈焰壓得節節敗退。

「君游，你對地形熟悉，立刻帶著五百騎兵趕往井縣。免得去得遲了，井縣也遭到孫登的荼毒！」劉秀親自朝著火場潑了兩桶冷水，緊跟著，又迅速調整戰略，對萬修下達了另外一條命令。

「是！」萬修毫不猶豫地向劉秀行了個禮，點齊了人馬，如飛而去。

情況正如劉秀所料，留守在井縣的山賊頭目王旭，也得到了孫登的焚城命令。要求其在撤離之前，將縣城付之一炬。然而此人卻是土生土長的井縣人，怕百年之後沒臉去見家裡的祖宗。硬是強咬牙關，將孫登的命令給拖延了四個多時辰。待看到萬修領著騎兵趕到，則果斷幹掉了孫登派來監督命令執行的親信，帶著麾下兩千餘名嘍囉，當場倒戈。

萬修見狀大喜，連忙跳下馬來，與王旭以兄弟之禮相見。然後自作主張，代替劉秀這個大司馬，委任王旭為縣宰，查封倉庫，清點糧草，準備迎接大司馬前來駐蹕。

到了次日晌午，齊縣的火勢終於被撲滅。劉秀發現此城已經徹底不堪居住，只好帶領麾下兵馬和獲救的百姓，全體遷往井縣。如此一來，受災的百姓，總算有了躲避風雪之地。但井縣官庫裡的那點兒存糧，卻迅速見了底兒。即便軍民百姓，全體改成吃粥度日，也不可能堅持到明年春暖花開。

眼見一場饑荒就要爆發，劉秀不禁心急如焚。而屋破偏逢連陰雨，這一日，他正在跟嚴光、萬修和鄧禹三個，商量該到哪裡去借糧度日，忽然有親兵衝進來彙報，說朱祐舊傷復發，嘔血逾斗，再不施救，後果難以預料。

「啊？」劉秀嚇得魂飛魄散，急忙趕過去探望。才一推開門，鋪天蓋地的血腥氣味就傳了過來，再將目光轉向床榻上，只見朱祐面色慘白如紙，氣若游絲！

「仲先！」劉秀心中大慟，三步併做兩步來到床榻前，握住了朱祐的手腕，「仲先，你，你這是怎麼了？來人，快，快請郎中！」

「三姐，三姐……」朱祐根本聽不到劉秀的呼喊，痛苦地皺緊了眉頭，嘴裡發出虛弱的呼喚，「妳不要走，不要走。我改了，我真的改了。我不會讓妳和文叔為難，我，我馬上就找媒婆去給李家提親！三姐，我拖延著不去見面，真的不是為了妳！我，對天發誓！我可以對天發誓，自從妳跟文叔走在了一起，我，我就把妳當成了親姐姐，再，再沒做過非分，非分之想。」

「仲先！」嚴光在劉秀身後聽得真切，眼淚如溪流般滾滾而落。

馬三娘「化鳳」而去，表面上劉秀最為痛苦，可誰曾注意到，朱祐從那時起，臉上就再沒出現過笑容。劉秀心疼馬三娘的死，可以長歌當哭，可以殺俘虜洩憤。而朱祐，卻只能把痛苦藏在內心最深處，既沒資格去哭，也沒資格說給任何人聽。

「朱兄弟這，這怕是傷了心脈！」萬修年齡比在場所有人都大，也有過大口吐血的經歷，皺了皺眉頭，快速向劉秀提議，「尋常郎中，根本治不了這病。要找，就只能找真正的國手。文叔，你可還記得當年在太行山救過我一命的邳郎中。多虧了他，我嘔血的病，才去了根兒。咱們若要救回仲先性命，恐怕還得求他。」

「記得，記得，邳郎中眼下身在何處？君游兄，趕緊派人去請，凡是咱們所有，他無論要什麼做診金，劉某都可以雙手奉上！」劉秀又是著急，又是驚喜，轉過頭，又一把扯住了萬修的手臂。

「他現在需要的，恐怕不是什麼診金，而是大司馬你這個人！」萬修猶豫了一下，低聲回應，

「邳郎中後來出仕了，一路陰差陽錯地升官兒，王莽沒死之前，就已經做到了和成郡的郡守。只是他這個郡守，空擔著一個虛名，裡裡外外，任何事情，都歸外人掌控！」

「還有這事兒？」劉秀楞了楞，謹慎撤回手，緩緩按住腰間刀柄。

「末將絕不會胡言亂語！」萬修斟酌了一下言辭，鄭重點頭，「聽聞大司馬持節鉞巡視河北的消息，除了末將之外，最開心的，恐怕就是他邳彤。先前末將就打算勸大司馬去巡視和成郡，替邳彤撐腰。只是還沒等來得及說，便聽到了仲先吐血昏倒的噩耗。」

「撐腰，誰在排擠他？文叔即將面對的是誰？」嚴光迅速收起心裡的悲傷，紅著眼睛追問。

「王朗所封的真定王劉揚！同時，此人也曾經寫信給宛城，向劉玄表示過效忠！」萬修想了想，回答得一字一頓。「他一直圖謀和成郡，卻因為邳彤早一步接受了劉玄的官爵，所以只能改鯨吞為排擠。」

「啊——」嚴光楞了楞，眉頭瞬間皺了個緊緊。

連日來，他一直努力在收集河北各方勢力的情報。對改名為劉子輿的王朗和偽真定王劉揚，都不再陌生。更知道，真定王名義上歸附於王朗，實際上早已自立山頭。麾下總兵馬據說已經超過了十萬，隨時都可以拉出去跟任何勢力決一死戰。

劉秀麾下，如今只有萬修、王旭兩個所統率的數千山賊，以及鄧禹帶來的千把正規軍。兵將之間還沒來得及磨合，糧草器械也樣樣都缺。以現在的實力去招惹劉揚，無異於引火燒身。

然而，還沒等他想好，該如何勸告劉秀謹慎行事。後者卻果斷鬆開了劍柄，快步衝向了門外。一邊衝，一邊大聲吩咐：「來人，給我備馬。子陵，你留守井縣，照看仲先。君游兄，麻煩你給我領路。君文、次況、王元伯、劉元伯，你們四人各領五十名兄弟，跟我一起去請郎中！」

井縣距離和成郡並不遙遠，劉秀帶著幾個猛將馬不停蹄，只花了一日夜功夫，就來到了目的地，和成郡的治所下曲陽。

和成郡在王莽死後不久，就宣布歸屬了大漢管轄。因此，劉秀這個持節鉞大司馬，雖然徒有一個空架子，卻是不折不扣的上官。進城之後，剛剛亮出旗號，立刻就有一個自稱為和成郡長史的曹姓官員，快速迎上前來寒暄。隨即，畢恭畢敬地，將他和賈復、銚期等人，迎到了郡守官邸門口。

只見那郡守府大門前，前來問診的百姓早已排成了長龍。無論男女老幼，個個面帶期盼。時不時有個精瘦的小廝從門內跑出，大聲呼喊某人的名姓。立刻，便有人高聲答應，然後千恩萬謝地隨著小廝前去面見郡守。

再一看門口，卻只有一個七老八十的門房坐在外面的石墩上，目光渾濁不堪，好像在維持秩序，又好像在曬太陽。無論跟在小廝身後的人是否帶著刀劍，是少壯還是老邁，都不聞不問。

「這到底是郡守府，還是醫館？」賈復等人看得暗暗納罕，忍不住小聲嘀咕。

「大司馬勿怪，我家郡守只是在，在休沐時，喜歡，喜歡給百姓們免費醫病。並非，並非每日都是如此！屬下這就去請我家郡守停止診病，換了官服過來拜見上官。」長史曹旭表情略帶尷尬，趕緊拱起手，大聲解釋。很顯然是對自己大人的這個「嗜好」，也覺得頗為無奈。

「曹長史不必客氣，讓邳郡守忙完了手頭之事後，再來相見就好。劉某今日到此，也只是拜望故交，並非專程過來持節巡視！」劉秀心中，卻對邳彤湧起了幾分好感，笑了笑，輕輕擺手。

「大司馬，大司馬您跟我家郡守乃是舊識？為何屬下從沒聽我家郡守說起？」曹旭聽得一楞，本能地大聲追問。隨即，又迅速意識到了自家管得太寬，尷尬地笑了笑，拱起手補充：「還請大司馬入內稍候，在下這就去請郡守，請郡守過來相見！」

說罷，匆忙命人開了正門，將劉秀等人接入二堂。先擺上茶水點心好生招待，然後又一溜小跑衝向了邳彤坐診的廂房，比火燒了屁股還要著急。

「這和成郡曹長史，看來有點兒意思？」馮異曾經在潁川為官多年，立刻從曹長史的表現上，看出了一些門道來。笑了笑，輕聲提醒。

「豈止是這曹長史有意思，依銚某看，恐怕這和成郡官衙，從上到下，都極有意思？」做過一任縣宰的銚期，眼睛更毒，手按刀柄低聲附和。

「末將去門口，安頓一下弟兄們！」賈復沒做過地方官，不懂馮異和銚期兩個在說些什麼，皺了下眉頭，果斷向劉秀請纓。

「末將跟賈將軍一起去，若是有人圖謀不軌，主公只要一聲令下，末將隨時都可以帶領弟兄們殺進來！」王霸心思機敏，毫不猶豫請求跟賈復同行。

劉秀自從進了門之後，也覺得郡守衙門內，處處透著一股子詭異味道。想了想，輕輕點頭。隨即，又端起茶盞，緩緩走到窗前，借著日光向外仔細觀察院子內的風吹草動。

只見偌大的庭院內，根本看不到幾個僕役，也沒有任何兵卒駐守。只有看完了病的百姓們，拎著寫在竹片或者麻布上的藥方，排成一溜兒等在原本該歸屬吏辦公的東側廂房門口，等著進裡邊按方抓藥。而東側廂房內，則有兩三個學徒打扮的少年，拎著藥秤、勺子等物，按照遞進來的方子，有條不紊抓藥，包劑，收錢。遇到個別複雜的方子，還會耐心地向百姓解釋，草藥拿回家之後該如何煎服，以免對方處理不當，影響了最後治療效果。

「文叔師兄，我在豫州之時，就曾經聽說過有關藥王的名頭以及他不問貴賤，出手替尋常百姓診治的傳聞。當初還以為有人沽名釣譽，卻萬萬沒想到，傳聞居然是真的。」久不出聲的鄧禹忽然走到劉秀身側，低聲感慨。

「仲華這話怎講？」劉秀將目光迅速從院子裡收回，看著鄧禹的眼睛詢問。

「既然他懸壺濟世的傳聞，並非沽名釣譽。那此人必然是個貨真價實的磊落君子，其誓死效忠大漢的諾言，也不會有半點虛偽！」鄧禹想了想，快速補充，「而師兄你跟劉玄之間的仇怨，早就傳得人盡皆知。劉玄之所以不敢明著對你動手，只管暗中出那些陰招。第一，是不敢惹得馬武、岑彭以及大將軍的舊部反叛。第二，則是因為耐著你對他的幾度救命之恩，不願背上一個恩將仇報的罵名。」

「所以，如果讓這邳彤在朝廷和主公之間選擇，他肯定會選擇效忠劉玄！」劉隆聽得心中煩惱，忍不住低聲插嘴，「那咱們一會乾脆就綁了他，然後趁機拿下曲陽！如此，既給仲先找到了郎中，順手也能解決我軍燃眉之急！」

「元伯，不要胡說！」劉秀迅速將頭扭過去，低聲呵斥。「哪有綁了郎中去給人診治的道理！」

「元伯兄的話，其實不失為一個解決辦法。」鄧禹卻朝劉秀擺了擺手，低聲補充，「但是，卻未必來得及。邳郡守磊落君子，心向劉玄，只是麻煩之一。更麻煩的是，我懷疑連這郡守內，他都沒資格做主！」

「嗯？」這下，不僅劉秀楞住了，其他幾名將領，也警惕地瞪圓了眼睛，「仲華，你怎麼不早說？早說，咱們就可以不進這個門！」

「我也是進了門之後，又聽了馮主簿和銚將軍的話，才想到了此節！」鄧禹皺起眉頭，迅速擺手，「我先前一直奇怪，和成郡周圍，群狼環伺，邳郡守憑什麼來立足？光憑著一個率先歸附宛城，肯定不夠。現在看了空蕩蕩的郡守衙門，才忽然明白，原來他這個郡守，早就成了一個牌位！」

「啊？」眾將如夢方醒，手按刀柄，煩躁地來回打轉。

「各位將軍不要著急！」鄧禹想了想，繼續低聲補充，「無論眼下什麼人實際掌控了曲陽，既然還留著邳郡守這個牌位，肯定還不敢明著謀害大司馬。而為了仲先的病，咱們又不得不進郡守府。所以，不妨見招拆招，未必就沒有可乘之機。」

「嗯！仲華說得沒錯。劉玄雖然只給了主公一個大司馬的空架子，卻未必不好用！」萬修聞聽，第一個輕輕撫掌。

「對，再空的架子，也是朝廷的臉面。」馮異、劉隆等人，也笑著點頭。「只要咱們利用得好，一樣可以讓躲在暗處的那幫傢伙，把整個和成郡，都乖乖交出來！」

「下官來遲，望大司馬和諸位將軍恕罪！」就在大夥擦拳摩掌之時，外面忽然響起了一個清亮的聲音，緊跟著，有個穿著儒士服的中年文士走進屋中，先做了個環揖，最後看著劉秀，又微微拱手，「見過大司馬。」

「邳郡守，現在可是越來越忙了？」見邳彤根本沒把劉秀當上司對待，萬修頓時怒火上湧，上前半步，撇著嘴奚落。

「萬大當家，你脾氣怎麼還如此火爆？難道忘了老夫曾經叮囑過，你五臟六腑受傷頗重，從此不可再隨意動怒，不可飲酒，更不可輕易跟人交手！」邳彤迅速將目光轉向他，不卑不亢道，「這些，你恐怕是一條也沒有做到吧！莫非你想尋死不成？還是覺得，每次傷勢發作，都來得及再找老夫？」

「嗯！」萬修被問得接連倒退，肚子裡剛剛湧起的火氣，迅速化作了灰燼，「藥王，你這是什麼話？萬某活得好好的，怎麼會去尋死。只是，只是不喝酒，不打架，那活著還有什麼樂趣？」

「哼！如果活著只是為了喝酒打架，那和禽獸還有什麼區別？」邳彤鼻子裡發出一聲冷笑，不再搭理這個「草寇」，將頭再度轉向劉秀，鄭重詢問：「大司馬，不知您前來冀州，可有皇命在身？」

「當然！」自從受到鄧禹提醒之後，劉秀心裡就開始暗做準備。當即笑著點點頭，大聲回應，「劉某是奉陛下旨意，行大司馬事鎮慰河北，怎麼可能不帶聖旨？只是，今日劉某並非為了巡視而來，劉某的好兄弟朱祐……」

「請大司馬見諒。」沒等劉秀把話說完，邳彤突然出言打斷，「如今假借陛下旨意，四處招搖撞騙者，數以百計？為小心起見，下官斗膽，懇請大司馬將聖旨拿出來，給下官核對一番，以驗正身。」

「大膽！」沒想到這老頭如此不給面子，劉隆氣得火冒三丈，立刻將寶劍抽了出來，指著邳彤的鼻子厲聲怒斥，「皇上授予大司馬節鉞，天下皆知。你只是個區區郡守，有什麼資格檢驗聖旨的真偽？」

「藥王，這就是你不對了！」萬修的臉色，也迅速漲成了豬肝兒，再度硬著頭皮上前，低聲質問，「萬某都跟著來了，大司馬的身份還能有假？況且，你又不是沒見過大司馬！」

「就是因為有你這個山賊頭子在旁邊跟著，邳某才不得不多加三分小心！」邳彤是一點面子都不願意給萬修留，瞪了他一眼，冷冷回應，「當日我把你徹底醫好時，你如何跟我保證的？如今可做到一條？像你這種言而無信之輩，又如何能替他人作保？」

「這？」沒想到自己不遵醫囑的行徑，居然成了把柄，萬修被羞得面紅耳赤。想找理由申辯幾句，短時間內，卻根本想不起任何恰當言辭。

正尷尬間，卻聽劉秀笑著說道：「邳郡守言之有理。劉望敢妄稱尊位，王朗敢冒充皇子，若不小心謹慎些，遲早跟趙繆王父子一樣，上了別人的大當。馮主簿，將聖旨取來，給郡守核驗！」

「是！」馮異一點兒都不覺得劉秀的態度奇怪，答應一聲，迅速從隨身行囊中，取出一卷寫在絹布上的聖旨，雙手捧到了邳彤面前。

後者慌忙躬身接過，對著日光，小心翼翼打開，反覆查驗了三遍。確定上面的文字和簽押不是偽造，才將聖旨遞回後，然後俯身下去，以從屬的身份，向劉秀行禮，「大司馬恕罪，下官聽聞安國公遭人陷害以至身死，雖心痛萬分，卻又恐我大漢就此分崩離析，所以才處處多加提防。如今見大人不念舊怨，隨身携帶節鉞聖旨來替漢室宣慰河北，才知道下官先前是以小心之心度君子之腹！」

短短幾句話，裡邊卻繞了好幾個圈子。頓時聽得在場眾將全都滿頭霧水。只有劉秀，因為事先準備充分，所以立刻明白，邳彤先前根本不是擔心自己假冒大司馬，而是擔心自己是偷偷跑來河北占山為王，所以也要先堅持驗看聖旨。

由此可見，邳彤雖然耿直，卻並不是一個不通權謀之輩。能在群狼環伺之下保住和成郡，也實在並非僥倖。只是，越是如此，自己想要將其收歸旗下的難度就越大。更甭說帶著他一起反叛劉玄，替大哥和三娘報仇雪恨了！

正懊惱間，卻又聽邳彤朗聲說道：「大司馬來得正好，如今河北紛亂，群雄終日互相征伐不休，導致百姓流離失所，妻離子散。下官不才，願以老邁之軀，替大司馬遍邀群雄前來曲陽。再由大司馬請出節鉞和聖旨，代表朝廷當眾與群雄定約，從此齊心協力效忠漢室，彼此之間握手言和。若能如此，則漢室大幸，天下黎民大幸。」

「這……」劉秀聽得微微一楞，旋即，苦笑寫了滿臉。

老藥王提出的建議，絕對發自真心。並且以老藥王這一身救人性命的本事，河北各方豪傑，在沒有看到任何危險的情況下，肯定也會給他這個面子。然而，想要憑藉一幅寫在絹布或者竹簡上的約定，就讓群雄停止廝殺，乖乖地受朝廷約束，純粹是痴人說夢。更何況，那河北大地上，還有一個自稱為劉子輿的王朗，準備割據一方的心思已經昭然若揭！

「大司馬不相信老夫可以將群雄請來一晤嗎？還是大司馬心中另有打算？」見劉秀只是苦笑卻不給出自己答覆，邳彤的神色，迅速變冷。

「不，不敢，邳郡守誤會了！」劉秀聞聽，連忙用力搖頭。

他心中當然另有打算，只是他的打算，現在不能跟對方明說。而對方所謂持節定約，恐怕也不是為了約束王朗、孫登這種無信之輩，只是想要通過這種公開宣誓的模式，給他劉某人再套上一層枷鎖。讓他從此之後，徹底放棄心中的怨恨，真心實意替朝廷東征西討，震懾群雄。

「那大司馬究竟為何不願一試？」邳彤根本不打算給劉秀任何逃避的機會，上前半步，繼續大聲追問。「自王莽篡漢以來，不知道多少百姓死於苛政與戰亂。如今天下終於重現太平的希望，莫非，莫非大司馬就忍心讓更多的人，繼續生死邊緣苦苦煎熬？」

「不，劉某不敢！」劉秀被問得脊背發寒，挺直身體，大聲抗辯，「劉某只是心中有一些困惑，至今沒想明白。邳郡守如果能指點劉某一二，莫說持節鉞與群雄定約，就是跟你挨家挨戶登門相求，劉某也絕不敢辭！」

「嗯？」沒想到劉秀在情急之下，還能找到如此漂亮的藉口，邳彤笑著輕輕皺眉，「大司馬請明言，邳某不才，願意全力一試！」

「劉某第一個疑問是，何謂大漢？」雖然對方和自己手裡都沒拿著刀劍，劉秀的表情，卻比面對千軍萬馬還要鄭重。收起笑容，沉聲詢問。

「這？」邳彤頓時被問得微微一愣，但是，很快就給出了一個無懈可擊的答案，「當然是天下正朔，九州之屬，五德氣運所在。昔日高祖斬白蛇，揭王黨，以區區亭長之身，帶領蕭何、樊噲等輩破咸陽，滅暴秦，又剪除群雄，擊敗項羽，方有後來九州二百年太平！」

這都是世間公認的事實，也是百姓心懷大漢的緣由所在。故而，他回答起來，根本不用費多大力氣。也相信劉秀無法從中挑出任何疏漏。然而，誰料話音剛落，立刻聽見劉秀大笑著撫掌，「善，大善，人說邳郡守學富五車，傳言誠不我欺！只是，敢問郡守，昔日起兵翻秦者，並非高祖一家，為何最後卻是我大漢高祖成為九州之主？論血脈，我大漢高祖不過是區區亭長，莫說與項氏相較，比田氏、韓氏、趙氏，都遠遠不如。論兵力，項羽、趙歇、陳餘等輩，個個亦在高祖之上。但是為何，為何這天下，最後卻歸了大漢！」

「當然，當然是天意所屬。」邳彤想都不想，大聲補充，「剛才老夫說過，斬白蛇，斬的乃是秦國氣運，而高祖乃赤帝子，其起兵之時，有人親眼曾經看見祥瑞……」

話說到一半兒，他忽然停住，冷汗瞬間淌了滿臉。

若說祥瑞，誰都沒王莽篡位前後出現的多。而王莽的大新朝，卻是劉縯、劉玄、劉秀等人親手推翻。他邳彤如果堅信天意和祥瑞有效，就應該誓死替大新朝盡忠，而不是聽聞王莽死去，第一個宣布全郡易旗，歸順大漢。

如果說王莽篡位前後，祥瑞都是假冒。論真正的天意所鍾，則無人能比得上眼前的劉秀。畢竟突圍時黃沙遮眼，決戰時大星天降，都已經傳遍了九州。根本無人能夠否認，更無任何人能夠超越！

「邳郡守，既然口口聲聲不離天意和氣運，那您老可否告訴劉某，何謂天意？何謂氣運？上天是否會有意讓百姓流離失所，活得生不如死？上天是否會讓無恥之徒竊據高位，橫徵暴斂？上天是否會讓虎狼之輩手握重兵，日日征戰不休。上天是否會給替朝廷打下幾道驚雷，將王朗、孫登等人立刻劈死，還河北百姓一個安寧？」

「這？」原本信心十足能用話語套住劉秀的邳彤，汗出如漿。低下頭，遲遲無法給出任何答案。

「大司馬問得好？」郡守府長史曹旭恰恰趕至，不願意任由邳彤受窘迫，果斷選擇以子之矛，攻子之盾。「在下不才，想聽聽大司馬的高見！」

「老夫愚鈍，還請大司馬解惑！」邳彤立刻鬆了一口氣，裝作謙虛地向劉秀拱手。

「很簡單！」彷彿早就料到對方會做如此反應，劉秀笑了笑，果斷給出答案，「所為天意，就是民心。民心所向，哪怕沒有任何徵兆，王者亦能逢凶化吉。民心所背，哪怕祥瑞頻現，也都是胡編亂造，經不起任何驗證核實。我大漢，之所以能蕩平群雄，取暴秦而代之，並非高祖有什麼氣運加身，而是高祖一入咸陽，立刻廢除暴秦所有苛政，與百姓約法三章！」

「我大漢，之所以能享二百年太平，是因為文景行黃老之治，薄賦輕稅，與百姓修生養息！」

「我大漢，之所以令百姓懷念，是因為武帝揮劍北指，遣大軍封狼居胥，令匈奴遠遁大漠，令漢家兒郎無論走到哪裡，都可以昂首挺胸！」

「我大漢，之所以國運綿延不斷，乃是因為武帝晚年大徹大悟，不再相信神鬼之說，不再追求長生不老，勇於下詔罪己，認錯於天下！」

「如此大漢，方令萬民懷念！如此大漢，才令萬國敬仰！如此大漢，才令豪傑甘心為其效忠！若非如此，哪怕當政者血脈再高貴，哪怕天下祥瑞遍地，也只是披著一個大漢的殼，行暴秦或佞新之實！」

自打大哥劉縯遇害之後，劉秀一直在想自己當初造反的意義何在。因此，一番話說得理直氣壯。而站在他對面的邳彤，則像被鐵錘砸到了腦門兒般，眼前陣陣發黑，身體不受控制的搖搖晃晃。

劉玄這個皇帝做得如何？凡是長著眼睛的人都能看得出來。新建立的大漢對賢才如何？對百姓如何？也是人盡皆知。邳彤不是感覺不到劉玄朝廷的腐朽和昏暗，只是先前總想著先結束戰亂，然後再問其餘。而現在，被劉秀當頭接連「敲」了十幾棒之後，他心中一直苦苦堅持的信念，徹底支離破碎。

如果重新建立起來的大漢朝與大新朝一樣腐朽，一樣昏暗，那還建立他作什麼？

綠林、赤眉，還有無數英雄前仆後繼，圖的難道就是讓天下姓劉？

如果姓劉的皇帝連王莽都不如，那大夥憑什麼還為其效忠？

難道就憑他血脈跟高祖離得更近，憑他比世間任何人都心狠手黑？

不，當然不能！

作為藥王，邳彤原本就心懷悲憫，否則，他也不會以一郡太守的身份，在休沐時間懸壺濟世。然而，如果就因為劉秀說了幾句漂亮話，他便改弦易轍，這彎子又實在太大。更何況，誰又能保證，劉秀不是說一套做一套，將來比劉玄還要不堪？

正進退兩難間，他卻又聽見劉秀朗聲說道：「藥王，劉某知道你忠於大漢，劉某今日，也並非為說服你而來。我的好兄弟朱祐受傷吐血，危在旦夕，所以劉某特地前來替他求醫。至於將來如何，藥王儘管靜觀其變就是。只要藥王在郡守位置上一天，劉某麾下兵卒，就不會踏入你治下半步！」

「這，也罷！」邳彤又楞了楞，隨即用力點頭，「多謝大司馬體諒，在下今天就陪你走一趟便是。希望朱兄弟的傷不礙事，在下趕去還來得及！」

「來得及，來得及！一定來得及！」見邳彤答應出診，劉秀立刻不再追求其他，迫不及待地大聲催促，「劉某早已命人備好了馬車，藥王儘快前去，為我家兄弟醫治。」

「好！」邳彤點頭答應，隨即轉身向門外大喊道，「子義，去取藥箱，隨我去廂房。」

「是。」曹旭答應一聲，拔腿奔向先前邳彤給百姓看病的廂房。

誰料，還沒等他跑到廂房門口而，郡守衙門大堂後門處，忽然衝來一個驚慌失措的身影，抬起手，高聲示警，「郡守，郡守快躲起來，真定王，真定王的大公子劉得，又，又來找你麻煩了！」

「老夫不是給他開好藥了嗎？他為何跟老夫糾纏不清！」當著這麼多外人的面兒，邳彤如何下得了台？眉頭緊皺，大聲反問。

話音剛落，門外迅速又起一連串慘叫，緊跟著，一匹快馬竟然直接穿過了府衙正堂，直奔院內。馬蹄附近，血跡宛然，很明顯是踩到了邳彤手下的差役身上，將後者踩了個筋斷骨折。

「大公子，你這是做什麼？此地，可是老夫的郡守衙門？」邳彤即便涵養再好，也忍無可忍，豎起眼睛，厲聲喝問。

「庸醫，你開的是什麼藥！」劉得毫不客氣地揮動馬鞭，將院子中一株梅樹，瞬間抽掉了大半截，「我阿爺吃了你的藥之後，半條大腿都爛得直流黃水！」

「流膿？」邳彤大吃一驚，再也顧不上計較此人施禮，上前數步，大聲追問，「大公子，真定王得的是髒病，老夫開藥之時，已叮囑過你，一定要告訴他老人家，半年之內不得行房，否則藥力潰散，元陽失守，五行亂離，髒氣就會在體內四竄。大腿潰爛，不過是表像，若再不收斂……」

「少廢話！」劉得哪裡肯容忍他當著若干陌生面孔，揭自家父親的短，舉起馬鞭，徑直點向他的腦門兒，「老匹夫，本公子上趟來，就讓你隨我前往真定，你卻百般推阻。如今我阿爺大腿潰爛，分明是你用錯了藥，今天你若是不跟我去全力補救，休怪本公子翻臉無情！」

「大公子，話可不能這麼說！」邳彤實力再弱，好歹也是一郡太守。將牙齒咬了又咬，喘著粗氣說道：「令尊不肯聽從邳某叮囑，邳某如何能治得好他的病？今日老夫還有其他病人要看，不敢再去胡亂診治，耽誤令尊的病情。是以，還請大公子另訪神醫！」

「老匹夫，去與不去，如何由得了你？」劉得才沒功夫跟一個空架子郡守囉嗦，立刻舉起鞭子，大聲招呼，「來人，給我把他綁了！」

「是！」十幾名親兵打扮的傢伙答應著衝入院內，看都不看，抓起繩索就往邳彤脖子上套。院內的僕役、兵卒見狀，趕緊上前阻攔，卻被劉得一鞭子一個，全都抽了個滿臉開花！

「劉得，本官乃是陛下欽封的一郡之守！」邳彤的老臉，已經漲成了青黑色，一邊用力掙扎，一邊大聲呼救，「來人，來人！與老夫拿下這狂徒，所有禍事，老夫一力承當！」

除了已經被抽倒在地的僕人和兵丁之外，沒有任何人回應。包括先前對邳彤畢恭畢敬的曹旭，都一頭栽進了廂房裡，再也不敢露頭。

「一郡之守？呸！」真定王的大公子劉得見狀，頓時愈發得意，狠狠朝邳彤臉上啐了一口，撇著嘴奚落，「我阿爺不拿下你，是給洛陽那邊一個面子。這和成郡上下，你以為你還調動得了誰？隨便喊，大聲喊，如果今天你能多喊來一兵一卒，本公子隨你姓！」

「劉公子，我勸你最好把邳郡守放下！」一直被劉得當做木頭的劉秀，在旁邊實在看不下去，向院子內邁了兩步，高聲勸阻，「真定王既然已經上表宣布歸順朝廷，邳郡守便是令尊的同僚。

即便邳郡守身邊的佐吏和將領，已經盡數被令尊收買，他的政令已經出不了衙門。如何處置他本人，也是朝廷的事情，連令尊都沒資格做主，更何況是你！」

「你是什麼東西？」劉得霍然回頭，雙目殺機畢現，「有什麼資格來管本公子閒事？」

「劉某乃漢朝大司馬，奉陛下之命持節鉞鎮慰河北。令尊和邳郡守，恰恰都在劉某管轄範圍之內。」劉秀笑了笑，淡然回應。

像劉得這種仗著家中長輩有點實力，就橫行不法的紈綺子弟，當年他在長安時就見過許多。而越是這種表面上牛氣熏天的傢伙，實際越是色厲內荏。所以，為了圖省事兒，他乾脆直接亮出了大司馬身份。讓對方明白，自己並非是一個路人。

誰料，劉得的表現，卻令他大吃一驚。只見此人，非但不做任何收斂，反而仰起頭，放聲大笑，「哈哈哈哈——！我當是哪個吃了豹子膽的傢伙，原來是你這親哥哥被人殺了，卻向皇上搖尾乞憐的窩囊廢！要我放開老匹夫，簡單，過來，先給劉某磕上二十個響頭！」

「賊子找死！」萬修和劉隆兩個，勃然大怒，不待劉秀下令，就雙雙撲上。誓要給劉得這沒長眼睛的傢伙一個好看。

那劉得，既然連劉秀大哥被殺的傷疤，都敢當眾揭開，自然也沒想著與劉秀握手言和。立即棄鞭抽刀，策馬直取萬修和劉隆二人脖頸，「找死的是你們！來人，將他們統統給我拿下！」

直接殺掉劉秀，他還沒有這份膽量。然而，殺掉劉秀的下屬，然後押著劉秀去見他的父親，真定王劉揚，在他看來，卻是理所應當。反正據他父親親口所說，劉秀持節鉞鎮慰河北，原本就是洛陽城內那位皇帝的借刀殺人之計。他父親之所以不立刻派兵去收拾劉秀，只是想借此人之手來給王朗、孫登兩個添堵而已，根本沒將所謂的大司馬當一回事兒！

「大公子住手，我去，我去！」眼看著萬修和劉隆兩個就要血濺五步，而大批大批的真定兵卒還如同潮水般穿過府衙大堂湧入，老藥王邳彤再也無法硬氣下去，哭喊著大聲示弱。

然而那劉得哪裡肯聽，仗著戰馬高大，鋼刀在半空中化作一道閃電。就在這時，先前劉秀等人休息的二堂內，一張矮几忽然淩空飛出，不偏不倚，恰好擋住了從天而降的刀光。

「噹啷——」鋼刀被砸得不知去向。緊跟在矮几之後，大將銚期如飛而至，抬手一拳，正中了劉得胯下戰馬的脖頸。

「轟隆！」可憐的大宛良駒，哼都沒來得及哼一聲，倒地慘死。將不可一世的劉得直接摔了出去，頭破血流！

「大公子！」

「快去救大公子！」

「賊人受死！」

「快去，快去城外通知耿將軍！」

……

見到主子被銚期一拳砸落馬下，劉得的親信個個嚇得魂飛魄散。一邊扯開嗓子大聲叫嚷，一邊高舉著刀矛衝向劉秀。

「來得好！」銚期大吼一聲，率先迎上。他的大鐵槍雖然也放在門外，但一雙鐵拳掄起來比鐵錘都不遑多讓，「嘭嘭嘭」，將膽敢靠近劉秀的兵卒砸得倒飛出去，不是鼻梁骨斷裂，就是臉頰深深凹陷，直痛得滿地打滾。

「殺！」有人機靈，迅速繞到銚期背後，揮刀猛砍。然而，他才把刀舉過頭頂，銚期的腳已踹到了他的胸前，「哢擦——！」大片胸骨粉碎，那人狂噴鮮血不止，倒在地上再也無法動彈。

萬修見血起性，抄起院子中的一個水桶上前助戰。三把刀閃著寒光一起砍來，「咚！」一聲響，同時剁在木桶上。萬修哈哈大笑，一記旋風腿踢出，三個真定兵卒皆是胸口中腳，慘叫向後飛起，撞到牆壁上昏迷不醒。

「接著！」萬修迅速奪下三把刀，分別扔給劉秀、劉隆和鄧禹，自己仍拿著木桶往前衝。見三人馬上就要揮刀大開殺戒，邳彤眼中又閃過幾分不忍，揮舞著雙臂，高聲勸阻，「大司馬，大司馬，勿傷人命！和成，和成郡無力抵擋真定王的怒火！」

劉秀的刀，正要劈開一個兵卒的腦袋，聞聽此言，立刻翻腕，改劈為拍，「啪！」那兵卒從腦袋一直痛到尾巴梢兒，雙手捂頭呼號不止。

劉隆和鄧禹二人，也聽到了邳彤的提醒，果斷選擇以刀背迎敵。饒是如此，劉得麾下的親信，依舊不是對手。隨著叮叮噹當一陣亂響，一多半兒中刀倒地。皮開肉綻。另外一小半兒，嚇得慘叫一聲，做鳥獸散。

「不過是一群土雞瓦狗爾！」銚期殺得一點兒都不過癮，拎起躺在地上裝死的劉得，快步走向院子中的水塘，「無目小賊，敢羞辱大司馬，直接淹死算了。回過頭去，就說他被嚇得失足落水，料那劉揚毫無準備，也不敢起兵反叛朝廷！」

「反就反，當初王邑帶著四十萬莽軍，都不夠大司馬殺。劉揚和他麾下那些土雞瓦狗，想找大司馬麻煩，等同於自己來送人頭！」萬修唯恐天下不亂，撇了撇嘴，大聲幫腔。

「大司馬，大司馬……」邳彤不知道這二人是在嚇唬劉得，又驚又急，衝到劉秀面前，連連作揖，「息怒，息怒啊，大司馬。你淹死他，可以一走了之。曲陽城內三萬多戶百姓，還有老夫麾下這些官吏，可，可全得做了真定王刀下之鬼！」

「藥王不必擔心，真定距離此地甚遠，沒十天半個月，無法殺到。而劉某的駐地，卻跟此地只有咫尺之遙。隨時可以殺過來，與真定王一決雌雄！」劉秀看得心中暗笑，卻假裝滿不在乎模樣，高聲回應。

「可，可……」邳彤還想再勸，卻發現，劉秀說得句句都是事實。真定距離曲陽非常遙遠，真定王來得再快，也快不過劉秀麾下那些弟兄。而到那時，無論是給治下官吏和百姓找條活路，還是為了選擇一個依靠，他都只能歸附劉秀。

為政者，當硬得下心腸。邳彤雖然武略尋常，權謀方面也極其普通，卻也知道，弄死劉得，對劉秀只有好處，沒任何壞處。而劉得先前那些話，又的的確確觸到了別人的逆鱗。換了他跟劉秀易地相處，他也絕對忍無可忍。

「老藥王放心，劉揚又不止是一個兒子。咱們弄死這小王八蛋，說不定劉揚那邊，還有人感激不盡，未必就會派兵來報復。」馮異慢吞吞地從二堂走出來，笑著補充。隨即，又從地上撿了劉得的寶劍，信手架在了一名軍侯的脖子上，「劉得是淹死的，還是死在我們手裡，你看清楚了嗎？」

「饒命，饒命，小人看清楚了，看清楚了。我家大公子是自己掉水裡淹死的，與諸位無關，與諸位無關！」那軍侯激靈靈打了個哆嗦，慘叫著給出答案。

「你們呢？」馮異將刀身一轉，迅速指向臨近兵卒的喉嚨。

「我們也看清楚了，我們也看清楚了！」附近幾個兵丁看到馮異將鋼刀指向自己，也果斷選擇了睜著眼睛說瞎話。

「哈哈哈哈……」見劉得麾下的兵卒，都是如此貨色，銚期忍不住開懷大笑。雙手舉起劉得，做勢欲擲！

「饒命，饒命啊——」劉得體內的狂妄和膽氣，瞬間全都消失不見。果斷扯開嗓子，大聲求饒，「大司馬，饒命。小人知錯了，小人願意投降，願意向大司馬負荊請罪！」

「負荊請罪，負荊請罪就可以了，還要王法何用？」銚期快速接過話頭，厲聲回應。「小子，你既然敢羞辱大司馬，就應該知道，會是這樣一個下場。」

「我可以贖罪，我可以戴罪立功！大司馬，我可以幫你勸說我阿爺，勸說我阿爺真心效忠朝廷！」劉得嚇得魂飛魄散，哭喊著大聲補充，「真定那邊，我已經有了一批自己的嫡系。如果父親不肯真心向朝廷效忠，只要我在，他肯定也發不了兵！」

「大公子果然豪爽！」劉秀要的就是這種效果，大笑向銚期擺手，「次匡，放大公子下來說話。人非聖賢孰能無過，知錯能改善莫大焉！」

「善莫大焉，善莫大焉！」劉得一邊掙扎，一邊連聲重複，「將軍，大司馬已經饒過我了。已經饒過我了。您，您請鬆手，別，別，您千萬別鬆手。你鬆手我就掉水裡了！」

「孬種！」銚期最看不上的，就是這種色厲內荏的綉花枕頭，撇著嘴後退了幾步，將劉得狠狠丟在了地上。

劉得被摔得眼冒金星，卻不敢做任何耽擱。一軲轆爬起來，向著劉秀躬身下拜，「大司馬，在下剛才失禮了，還請大司馬念在我年少無知的份上，不要跟我一般計較！」

「如果大司馬一般計較，大公子，你早就死了不知道多少回了。」馮異快步上前，冷笑著提醒，「大公子，不信你派人去問問孫登，他為何將齊、井二縣拱手相讓？」

「在下最近聯繫不上孫登。」劉得搖搖頭，以從未有過的老實態度回應，「只聽說他帶人去太行山內打獵，不小心引發了山火，麾下死傷甚重。但，啊呀！你，你——」

話說到一半兒，劉得駭然抬頭，驚恐的看著劉秀，滿臉難以置信。

孫登是個什麼樣的人，他心裡非常清楚。如果此人不是害怕到了極點，肯定不會放棄了井、齊兩座縣城。

而一場山火，卻不至於嚇得孫登棄城逃命！唯一的解釋就是，導致孫登麾下大量將士死傷的，不是什麼山火，而是眼前的大司馬劉秀！

此人剛到河北，就擊敗了孫登！

這，這怎麼可能？

劉得自己也曾與孫登在冀州北部打過兩場仗。第一場，他自己沒贏，第二場，孫登沒輸。所以至今提到孫登，他心裡還會湧起幾分畏懼。

而劉秀據說只帶著區區幾百兵馬，居然，居然一見面，就將孫登打了個落荒而逃。如此算來，自己跟劉秀之間的差距，恐怕是地下天上，麻雀和蒼鷹！

正驚駭間，卻聽見劉秀笑著說道：「沒錯，我軍的確給了孫登一個小小的教訓，只可惜準備不足，居然讓他逃出了生天。不過，大公子放心，劉某乃是奉皇命持節鎮慰河北，只要令尊不像孫登那樣主動挑事，劉某也不會讓令尊難堪！」

幾句話，說得雲淡風輕，其中的霸道氣息，卻遮掩不住！劉得聽了，連忙像小雞啄碎米般點頭，「在下曉得，在下曉得，大司馬放心，在下一定會規勸家父，不給大司馬添任何麻煩！」

「那就好，其實，劉某眼下最愁無法建功立業，最不怕的，就是麻煩！」劉秀笑了笑，意味深長地說道。隨即，又皺了下眉頭，快速補充，「不過嘛，馬上就要入冬了，劉某也懶得多事。況且孫登治下那麼多地盤，劉某全都吃下去，也需要一些時間。」

「這……」劉得心中，頓時又掀起驚濤駭浪。

如果像傳說當中那樣，劉秀只帶著區區幾百人渡河，連井縣和齊縣都治理不過來，怎麼可能還有力氣去搶更多的地盤？很顯然，傳言有誤，劉秀身邊肯定不只是區區幾百親兵，他身邊，肯定帶了數萬大軍，或者他搶先一步，早就在河北埋伏下了數萬弟兄！

「孫登那狗賊逃跑之際，竟放火燒了齊縣，致使那裡的數千百姓衣食無著，亦無家可歸。大公子，你說，孫登這種人該不該死？」劉秀忽然嘆了口氣，板起臉，大聲詢問。

「該死，該死！」此時此刻，劉得哪裡還有膽量說一個「不」字，只管順著劉秀的意思連連點頭。

「孫登該死，齊縣的百姓卻是無辜！」劉秀面色一肅，朗聲補充，「大公子，劉某也不強人所難，你回去之後，立刻派人送三千石糧食和五十車過冬衣物去齊井兩地，並幫百姓重建家園，今日之事，劉某就當沒有發生，不知道大公子意下如何？」

「這……」聞聽此言，劉得的身子頓時就僵住了，只剩下兩隻亮閃閃的眼珠子在眼眶內，滴溜溜亂轉。

不需要他幫忙拖住他父親，也不需要他幫忙勸說他父親真心歸降朝廷，只需要三千石糧食，五十車衣物，以及若干工匠，就能既往不咎。這條件，未免也太簡單。

而以他的經驗，放著獅子大開口的機會卻不用，反而只索取很少一部分贖金，多半兒是因為底虛！劉秀如果麾下真有數萬兵馬……

正猶豫間，卻又聽大門口傳來一陣喧譁。緊跟著，有名身高九尺的武將，快步走入。像拎小雞般，將一名真定將領，丟到了大夥面前，「主公，此人帶著數千兵馬試圖進攻郡城。末將怕他驚擾了您和藥王，就直接將其捉了回來！若有魯莽之處，還請主公恕罪！」

「答應，在下答應。大司馬，請給在下一些時間，在下保證，糧食、衣物和工匠，一樣不少！」劉得立刻收拾起全部歪心思，果斷大聲承諾。

他看得非常清楚，被丟在大夥腳下的不是別人，正是陪同自己一到前來綁架邳彤的真定大將耿弇！而為了確保萬無一失，跟此人一道在城外候命的，還有從真定來的五千精兵！五千精兵，連個動靜都沒弄出來，主將就被別人給生擒活捉了！照這種算法，哪怕劉秀身邊真的像傳言那樣，至於區區幾百名兵卒，也絕非自己這邊能招惹得起。

既然如此，與其跟劉秀結仇，不如趁劉秀立足未穩之時，先給他來一個雪中送炭。

「大公子，不可，末將，末將剛才是因為輕敵大意，才被此人所擒！末將寧願一死，也不願大公子為末將付出如此多糧草物資。」真定大將耿弇面紅耳赤，一個鯉魚打挺跳起來，高聲勸阻。

「大公子，末將真的寧願一死！」

「表哥，你別胡鬧。大司馬乃是朝廷所派，他有所需，咱能理應全力提供！」劉得一改先前的囂張模樣，瞪了耿弇一眼，大聲呵斥。

隨即，又快速將目光轉向劉秀，小心翼翼地詢問：「大司馬，你還要別的什麼？」

「別的？」劉秀一楞，旋即笑道，「幸虧大公子提醒，否則，劉某還真的差點忘了。」

劉得頓時如釋重負，瞪圓了眼睛瞪著劉秀開價，唯恐後者，一點討好的機會都不給自己留。

誰料，劉秀卻扭頭看了看耿弇，笑著說道：「這位將軍英姿勃發，劉某一眼看到就投緣。不如暫且就留在劉某身邊，今後咱們雙方聯絡，也好有個彼此都信得過的信使！」

「大司馬看得上他，是他的福氣！」劉得巴不得能跟劉秀這邊常來常往，果斷點頭答應。隨即，再度將目光轉向耿弇，「表哥，你都聽到了。還不上前，拜謝大司馬提拔？」

「你？」耿弇又羞又氣，雙目之中火光熊熊。

「表哥，大司馬乃是奉皇上之命持節巡視河北！」劉得狠狠瞪了耿弇一眼，皺著眉頭大聲強調。「你為他效力，和為我父親效力，其實是一回事！」

「你，你……」耿弇被氣得直打哆嗦，然而，卻終究不敢過分觸怒劉秀，拖累劉得。最終，只能咬了咬牙，強忍悲憤走上前，向劉秀躬身施禮，「末將耿弇，今後但憑大司馬差遣！」

「耿將軍免禮！劉某早聞將軍賢名，是以今日才捨了臉皮，請大公子忍痛割愛！」劉秀立刻伸手扶住對方，笑著點頭，臉上的表情，彷彿比剛才得到了數千石糧草還要開心。「耿將軍若是不放心家人，隨時可以回去探望，只要提前告知一聲，劉某絕對不會做任何阻攔！」

「這，這，末將，末將多謝大司馬！」沒想到劉秀竟然對自己如此看重，耿弇原本失落到了極點的心臟，猛地就是一暖。紅著臉，再度躬身。

劉秀卻搶先一步將他手拉起，將身邊諸位心腹將領，向他一一引薦。包括先前生擒了他的賈復，也叫了過來，要求二人看在自己的面子上，放棄前嫌，握手言和。

耿弇見此，心中愈發感覺暖得厲害。回頭再看滿臉堆笑的劉得，則忽然發現，自己先前的堅持，好像一點價值都沒有！

那劉得也猜不透，劉秀為何會對一個敗軍之將如此看重，然而，他卻不敢多問。只能在旁邊陪著笑臉，等待劉秀提出其他要求。

再一次出乎他意料的是，劉秀這個人，好像卻非常容易知足，安撫好了耿弇之後，立刻將面孔轉向他，笑著大聲吩咐，「劉某今天也是來請藥王去給兄弟診治的，就不送大公子了。大公子儘管回真定，等劉某先收拾了孫登，自然會上門拜訪令尊！」

「在下，在下恭候，恭候大司馬！」劉得心裡又是一個哆嗦，不敢細問劉秀將來是一個人去真定，還是領著千軍萬馬登門，匆匆行了個禮，轉身快步走向大門。慌亂之處，連躺在地上的那些心腹手下，也顧不上帶了一起走。

耿弇見他如此涼薄，心中愈發失望。而郡守邳彤。望著劉得消失的方向，卻覺得頭大如斗。劉秀今天是打了個痛快，還把劉揚的外甥耿弇給扣下來做了人質。他這個光桿太守，將來恐怕要面臨數不清的麻煩。萬一那劉得回到真定之後，不守承諾，反而挑撥劉揚發兵前來爭鬥，他治下的和成郡，恐怕立刻就要生靈塗炭。

「邳郡守不必擔心，哪怕天塌下來，也有劉某頂在前頭。」將邳彤的臉色看在眼裡，劉秀笑了笑，非常細心地承諾。

「多謝大司馬。」邳彤立即大聲致謝，隨即，卻又忍不住低聲詢問，「只是真定王素來心高氣傲，您今天如此折辱他的兒子，萬一……」

「無他，兵來將擋，水來土掩。」劉秀笑了笑，輕輕擺手，根本不在乎耿弇就站在自己身邊，「邳郡守請放心，真定王若是領兵前來報復，劉某肯定立刻前來相助。沙場爭雄，有時兵馬數量，未必能決定得了輸贏！」

「這？」邳彤楞了楞，想反駁，卻找不到任何理由。

當初王邑帶著四十萬大軍，都被劉秀以數千兵馬給打了個丟盔卸甲。真定王劉揚的實力再強，也強不過當初的王邑。由此算來，劉秀的話，絕對不是吹牛。

只是，當初王邑兵敗，很大一部分原因是由於輕敵大意，沒把劉秀這個在義軍中排不上號的無名小輩放在眼裡。而現在，天下誰人不知道劉秀的勇武，誰跟他對陣之時，還敢掉以輕心？

正猶豫間，卻又聽劉秀笑著補充，「真定王家大業大，幾千石糧食，對他來說根本算不上什麼！此外，邳郡守剛才也聽到了，我軍不日前曾經將孫登打得落荒而逃。只要真定王還沒老糊塗，就不會放著孫登治下的廣袤地盤不去搶，反而找我報什麼辱子之仇！」

「這……」邳彤聽得又是一楞，稍微費了一些力氣，才終於弄清楚了其中的明細帳。苦笑了幾聲，笑著感慨：「大司馬見識高遠，下官望塵莫及。唉，下官，下官真的應該早點辭了郡守，一心行醫，從此不問世事！」

「邳郡守何必自謙，倘若沒有你坐鎮，和成郡還不知道要亂成什麼模樣。」劉秀笑了笑，大聲安慰，「只是你一心只在保境安民，從沒想過與人勾心鬥角罷了。而劉某，卻不得不多想一些，以免哪天不小心步了家兄後塵！」

「這……」邳彤額頭見汗，再度無言以對。

他先前曾經一廂情願想要說服劉秀放棄仇恨，全心全意為朝廷效忠，的確是站在了天下百姓角度，也的確沒有包藏什麼惡意。然而，他卻絲毫沒有考慮過，在劉秀放棄了仇恨之後，劉玄會不會饒過劉秀的性命。他甚至沒有考慮過，如果劉秀變成和自己一樣，全心為了大漢效忠，在劉揚、孫登、王朗等人的虎視眈眈之下，該如何才能生存？

「邳郡守，劉某這趟來下曲陽，除了要為朱仲先求醫問藥，本來還想問你借糧。眼下糧已借到，劉某斗膽，肯請您早日前往井縣，為我兄弟醫治！」好在劉秀這人不愛翻舊賬，見邳彤面露尷尬，主動行了禮，岔開了話題。

「大司馬快快請起，彤一定竭盡全力。」邳彤抬手擦了把額頭上的冷汗，慌忙回應。隨即，就命人取出了自己的藥箱，快速走向府衙大門。

「藥王，還請再等等。如果你今天這麼走了，日後恐怕很難再回到曲陽！」劉秀卻忽然又不再著急，笑著追了兩步，低聲叮囑。

「大司馬這話何意？」邳彤愕然回頭，眼睛裡頓時浮現了兩團疑雲。

「剛才郡守呼救，除了你自己的童僕之外，卻沒有一兵一將回應！」劉秀笑了笑，快速補充，「劉某既然來了，總得替您老撐一次腰，問問這和成郡的一眾文武，到底聽命於朝廷，還是聽命於他人？」

數日之後，真定王長子劉得，如約將三千石糧食和過冬的衣物，送到了井縣。同時帶來了真定王劉揚的親筆手書，肯定朝廷准許他出兵進攻孫登，為民除害。

劉秀見信，立刻欣然答應。以大司馬身份，向河北劉揚下達了討賊令。同時命令麾下大將賈復領軍三千，兵出巨鹿，威脅孫登側翼。

雙方默契地達成了一筆交易，然後痛飲一場，盡歡而散。走的時候，劉得特地又專程路過了一次曲陽，將郡丞謝典，都尉李棄以及賊曹、兵曹、督郵等二十餘名文武官員，一併「打包」帶回了老家。

郡守邳彤原本提心吊膽，唯恐劉揚和劉秀兩個，在自己家門口打起來，令生靈塗炭。見事情的最後解決方案，居然跟劉秀最初的期望一模一樣，不禁佩服得五體投地。

向劉秀表達了感謝之後，老郡守連忙返回了空蕩蕩的府衙。按照自己的心意，從上到下任命各級官吏。然後又張貼文書，招募有勇力者從軍，維護地方治安。一大堆事兒忙了下來，累得他終日腰疼背疼，暗地裡偷偷吃了十多劑大補之藥，才勉強沒有躺倒。但累歸累，他卻終於感受到了一絲做官的樂趣，飲水思源，對朱祐的診治，也越發的上心。

畢竟負有藥王的之名，在他的努力調養之下，朱祐的病情，以肉眼可見的速度好轉。而外邊傳來的消息，也越來越振奮人心。

首先是真定王劉揚在賈復的策應下，一鼓作氣拿下了孫登的老巢隆慮山，將後者多年積蓄下來的家底，給搬了個精光。緊跟著，賈復又獨自領軍追出了三百餘里，接連斬殺了孫登麾下十多員負責斷後的愛將，威震河北，令冀州各路豪傑，終於見識到了劉秀這個大司馬的強橫實力，從此無論別人許下多少好處，都輕易不敢再對他起任何歹心。

孫登被打得招架不住，只好咬著牙拿出兩座城池為代價，請王朗攻擊真定，替自己解燃眉之急。而已經改名叫劉子輿的王朗，卻忽然又念起了跟劉秀當年的舊情。先派人接收了孫登的地盤，隨即直接發兵太行，直接切斷了冀州跟並州之間的通道。令孫登退向太行山以西，憑藉太行天險自保的企圖，徹底化作了泡影。

這下，孫登可是徹底著了慌。一邊拚命派遣信使化裝成商販，穿越王朗的防區，渡河趕往洛陽請求劉玄下旨調停。一邊拿出種種好處，賄賂劉揚和王朗的手下，同時連番寫信給王朗和劉揚兩個，痛陳利害。點明三家如果繼續廝殺下去，只會白白便宜了劉秀這個外人。

劉揚和王朗兩個耳朵軟，又見孫登已經實力大損，對自己構不成任何威脅，便以新年臨近為藉口，默契地停住了進攻腳步。劉秀見此，也果斷將賈復調了回來，以安王朗、劉揚二人之心。

是以這一年的除夕，河北大地居然難得地兵戈不興。所有從亂世中倖存下來的百姓，都安安心心過了一個踏實年。

轉眼冰消雪盡，柳梢吐綠，又到了春耕時節。老郡守邳彤忽然開了竅，親自登門，邀請劉秀帶領麾下兵馬進駐曲陽，保和成郡全郡太平。劉秀哈哈大笑，欣然答應。然而，他卻命人將營盤紮在了城外。除了偶爾進城會見幾個地方大戶，為麾下兵馬籌集給養，其他無論大事小情，都輕易不出兵營。

邳彤見此，還以為劉秀沒感覺到自己的誠意，再度帶著全郡的戶籍和大小官吏名冊，上門相邀。劉秀又是哈哈一笑，搖搖頭，大聲說道：「藥王誤會了，劉某不是懷疑你的用心。而是惡戰在即，劉某即便帶著弟兄們進了城，也停留不了幾天，反而會給地方帶來許多不便。所以，還不如直接在城外立營，好歹來去都落個方便。」

「來去方便！大司馬要去哪兒？」邳彤聽得大吃一驚，本能地高聲追問。

若沒有劉秀強行驅逐了他身邊早就被劉揚收買的官吏，他這個郡守，至今還是一個傀儡，政令根本無法傳出府衙。而如果劉秀突然領兵離去，相信用不了多久，他麾下的文武官員，就得又變成別人的爪牙，他依舊逃不脫受人擺布的命運。

「不瞞藥王，日前孫登和王朗、劉揚，已經決定握手言和！」看出邳彤眼睛裡的恐慌之意，劉秀卻不做任何隱瞞，將己方即將面臨的危險情況如實相告，「一旦他們達成了的和議，下一步，就會結為盟友，一致對外。而春耕在即，劉某無論如何，都不能讓戰事發生在和成郡內。所以，只要聽到敵軍來犯的消息，就必須主動出擊！」

「這，這怎麼可能？」邳彤前一段時間忙於處理政務，根本沒仔細留心曲陽城外的事情，聽劉秀說得懇切，頓時心中就著了急，「那，那劉揚年前不是還和大司馬聯手對付孫登嗎？還有，還有那王朗，先前還信誓旦旦的說，您對他有再造之恩！」

「再大的恩情，也敵不過帝王之位的誘惑。」劉秀笑了笑，輕輕搖頭。「王朗已經決定稱帝了，與洛陽分庭抗禮。自然更容不下，我這個朝廷派來的大司馬。至於劉揚，眼下已經把能搶的地盤搶得差不多了，沒道理放下和成郡這塊嘴邊的肥肉不吃！」

「那，那大司馬，大司馬豈不是要腹背受敵！」邳彤越聽越揪心，忍不住繼續大聲提議，「與其那樣，不如入駐城內，憑城而守。老夫保證，曲陽上下官吏和城內百姓，都願意與大司馬生死與共！」

「劉某向來不喜歡等著別人打上門！」劉秀聞聽，欣慰地笑著擺手。

話音未落，門外忽然傳來了一串急促的腳步聲。緊跟著，朱祐在嚴光、鄧禹、萬修等人的鏃擁下，快步走入帥帳之內。「文叔，我的傷勢已經痊癒，打算明日啟程，遊歷河北，替你去拜會各路英雄。」

「仲先，不要胡鬧！」劉秀迅速扭過頭，朝著朱祐低聲呵斥。「等你身體養好了再說！」

「我已經好得沒法再好了，不信你看！」朱祐大急，倉啷拔出腰間長劍，唰唰唰挽出幾個劍花，緊跟著左刺右削上劈下撩，意欲展示自己身體已經恢復正常，可堪大任。誰料，轉身反刺的時候，右腿竟一軟，險些一頭栽倒在地。

「仲先小心！」劉秀被嚇了一大跳，連忙飛身衝過去，一把將朱祐扶住。後者卻絲毫不肯領他的情，用力掙扎了幾下，低聲咆哮：「我剛才只是不小心，不小心而已。況且我只是替你去拜會群雄，並不需要出力與人廝殺！我繼續憋在帳篷裡終日沒事幹，才真的會憋出毛病來！」

「仲先當年跟隨四鴻儒之一的劉龔修《周禮》，辯才無雙，讓他去探查情況，遍訪豪傑，再合適不過。」嚴光快速向前走了幾步，從另外一側扶住了朱祐，然後低聲力挺好兄弟。

「朱將軍的病主要在心上，身體上的傷，倒是已經不打緊。出去走走，對他只有好處，沒有壞處。」邳彤身為醫者，怕朱祐被劉秀拒絕之後，影響了病情，也主動替他打圓場。

劉秀見此，只能笑著鬆開手，點頭答允，「也罷，我正想去挨個拜會群雄，卻苦於無法抽身。由你代我去，倒也妥當。但是，切忌與人正面衝突。無論遇到什麼事情，都且忍一時之氣，一切等你平安回到曲陽之後再說。」

「謝主公，屬下必然不負所托！」朱祐大喜，一把推開嚴光，躬身向劉秀行以臣下之禮，「這些日子我躺在病床上反復琢磨，河北群雄雖然表面上以王朗、劉揚和孫登三人馬首是瞻，但內地裡，卻未必都跟他們是一條心。只要向他們當面陳明害，其中大部分人，應該知道怎麼走才是正途。」

「仲先，你這是幹什麼！」劉秀被朱祐的多禮弄得渾身都不自在，連忙伸出雙手攙扶住對方的胳膊，「咱們一直都是生死兄弟，眼下這裡又沒有什麼外人……」

「對內，咱們是兄弟，對外，咱們卻是君臣！」朱祐笑了笑，蒼白的臉上，露出了從沒見過的成熟，「生病的這些日子，我想了許多。叫你文叔也好，主公也好，對你我來說，不過是一個稱呼。而咱們既然要向仇人討還血債，就不能沒有個規矩和章程。所以，從今日起，我不會再叫你文叔！」

「這……」聽朱祐說得如此鄭重，諸多難言的滋味，迅速湧上了劉秀的心頭。

文叔、主公，絕對不是一個稱呼上的差別。前者，他跟朱祐永遠是兄弟。而後者，卻意味著他們即將成為君臣。

正猶豫間，卻聽到外面傳來一陣大聲喧嘩，「打，打死他，打死他。敢騎在咱們兄弟頭上拉屎，把他打出……」

「何人吵鬧？」劉秀頓時再不顧上跟朱祐討論稱呼問題，朝著門口厲聲喝問。

「大人，銅馬幫的兄弟與鄧將軍的部下起了摩擦，陳都尉出面呵斥……」立即有一名親衛走進廳中，抱拳回應，「誰料，兩幫人馬皆為不滿，因此大吵大鬧，還說要，要……」

那親衛面有難色，不敢再說下去，萬修卻已勃然大怒，一個箭步，衝向了中軍帳外，「是哪個小子吃了熊心豹子膽，敢挑頭鬧事？給我住手，否則，休怪萬某不拿你當兄弟！」

「君游，不要莽撞。先問清楚衝突到底因何而起？」劉秀聞聽，趕緊邁步追上，朝著萬修的背影大聲叮囑。

中軍帳外不遠處，一夥銅馬幫的嘍囉和數十名鄧禹的部下正面相對，互相喝罵推搡，有些人臉上已經掛了彩，有些人，則偷偷將手摸向了腰間刀柄。

「住手！」好在萬修來得及時，果斷扯開嗓子，先朝著自家部下發出了一連串怒吼，「陳三、石舟，你們想造反嗎？退後，都給我退後！」

「退後，弟兄們，全體退後。否則，軍法不饒！」鄧禹緊跟著萬修衝到，對著自己的部屬橫眉怒目。

兩夥正在對峙的迅速分開，衝突戛然而止。但衝突雙方的臉上，卻都寫滿了不服。

「二當家，這些王莽的狗看不起我們，您可要給我們做主！」銅馬幫頭目陳三把脖子一梗，率先扯著嗓子告狀。

「是極！二當家，七哥的腿都被打斷了！」
「這些狗娘養的還侮辱我們是山賊！」
「二當家，咱們都是被新朝的狗官欺負才上的山，現在為何還要跟他們混在一起？」
「二當家，山裡多痛快，咱們為什麼要來這鳥不拉屎的和成郡？」
……
眾義軍七嘴八舌，緊隨其後，彷彿受到了天大的委屈一般。而鄧禹的屬下們，則撇嘴冷笑，打定了心思，要看萬修如何給「山賊」們撐腰。
「都給我閉嘴！」萬修被自己人吵得頭昏腦脹，只得扯開嗓子，來了一聲大吼。隨即，又迅速將手抬起，指著陳三旁邊的一名看起來老實巴交的弟兄，「石舟，你說說是怎麼回事？老七的腿誰給打斷的？」
他本以為，可以聽到幾乎實話。誰料想，看起來忠厚老實的石舟，居然立刻雙手掩面，放聲大哭：「二當家，你可得為弟兄們做主啊！兄弟們閒來無事，站在一旁看那幫傢伙操練累得滿頭大汗，就好心招呼他們歇息。誰料，誰料他們非但不領情，反而，反而罵我們是上不得檯面的山賊，讓我們滾遠點，不准跟他們偷師。七哥，七哥不服氣，就跟他理論，結果。結果竟被他們一腳給踢斷了腿！」
「你胡說，那人的腿不是趙校尉踢斷的，是那廝不小心滾到馬下，被馬踩斷的！」鄧禹的下屬們氣得火冒三丈，果斷開口進行反擊。
「鄧將軍，這群賊人自己不訓練，反而嫌我們訓練的聲音太大，吵了他們休息！故意過來找茬兒！」

「他們罵我們是大新朝的狗，每個人身上都欠了他們的血債！」

「他們罵我們是喪家之犬，趙將軍才忍不住過去跟他們理論！」

「對，他們還笑話我們，中看不中用，全是花架子。即便我們再能打，也永遠都是他們手下敗將！」

「他們還罵將軍您是大司馬（嚴尤）的私生子！」

……

「誰再多話，打他四十大板！」鄧禹頓時也被吵得頭大如斗，雙目寒光一閃，沉聲斷喝。

他的聲音並不高，但其部下的身形卻俱是一顫，不約而同垂下頭去，拱手謝罪，「屬下不敢，請將軍息怒！」

「萬將軍，小弟馭下無方，得罪之處，還請多多擔待。小弟代他們向你，和你的兄弟賠罪了！」鄧禹又狠狠瞪了麾下弟兄一眼，轉過身，抱拳向萬修長揖相拜，「等回過頭，小弟定會對他們嚴加責罰。另外，老七和其他受傷兄弟的醫藥費，全由小弟來出。若需其他賠償，小弟也一力承擔！」

「這……」萬修原本在肚子裡已經燒起來的怒火，迅速化作了慚愧，紅著臉，躬身還禮，「這怎麼行，鄧將軍，這分明是我麾下這群孬貨先惹的事情。要賠禮，也應該萬某向你來賠！鄧將軍，請你大人大量，看在萬某的份上，切莫跟這群孬貨計較！」

「是啊，鄧將軍，先撩者賤，此事，錯不在你們那邊！」赤腳大俠蓋延也走上前，主動向鄧禹認錯。

他雖然表面看上去像一個莽夫，內心裡，卻非常仔細。從先前衝突雙方的吵嚷中，早就聽出來了，是自己的人先故意找茬，才惹得鄧禹麾下的弟兄奮起反擊。所以，與其強行給弟兄們出頭，不如主動認錯，將大事化小，小事化了。

誰料，鄧禹卻不肯受他的禮。先側開了身子，然後正色回應：「並非如此！萬將軍、蓋將軍，俗話說，冰凍三尺非一日之寒。他們之間的衝突，也並非在這一天兩天。今日如果不把話說開，早晚他們還會再打起來。將來出去作戰，也會各顧各，彼此之間，不會視為袍澤！」

「這……」萬修和蓋延愕然看著鄧禹，不知他為何把話題扯到如此之遠。而後者，則卻又快步走向了他們麾下的嘍囉面前，長揖下拜，「諸位兄弟說得沒錯，當初我等替新朝四處征討義軍，的確手上都欠下了不少血債。鄧某替麾下弟兄們，向諸位賠禮了。還請諸位念在咱們如今並肩作戰的份上，給鄧某和麾下弟兄們一個機會，准許我等立功贖罪！」

「鄧將軍，你這是做什麼？」

「鄧將軍，你折煞咱們了！」

「鄧將軍，你不要如此，咱們不敢了，咱們以後再也不敢了！」

「鄧將軍，我們是順嘴胡說，你，切莫，切莫要放在心上！」

……

陳三、石舟等人，沒想到鄧禹那麼高的身份，居然主動向自己賠禮。頓時又是慚愧，又是惶恐，紛紛跳著腳躲開，誰也沒膽子受鄧禹的賠禮。

「仲華，你這是做什麼？前朝的罪，乃是王莽、王邑等人的所犯，怎麼可能要由你和弟兄們來承擔！」劉秀對鄧禹的舉動，也十分不解。快步上前，輕輕托住他的胳膊。

「主公，請聽末將把話說完！」不知道是預先跟朱祐商量過，還是自作主張，鄧禹也不再稱劉秀為師兄，「末將自太學畢業至今，無論是讀書，還是征戰，都不曾遇到對手。這讓末將對時局的些許看法，跟主公和幾位師兄大相徑庭。直到嚴司馬去世，痛定思痛，才忽然想明白，末將所做，跟嚴司馬一樣，都是助紂為虐。」

緩緩走向自家弟兄，他表情沉痛，說話的語氣也更加低沉，「新朝建立十四載，未給百姓帶來一日安寧。柱天大將軍舂陵起兵，天下豪傑爭相揭竿，兩年不到，大新朝就灰飛煙滅。如此敗亡速度，根本就不是兵將疲弱所致。而是由於得道者多助，失道者寡助！而可笑的是，直到最後關頭，咱們還在替朝廷追殺那些揭竿而起者，在最後關頭，還想著憑藉強力，消滅所有不平之聲！」

「鄧某乃是太學畢業，自問不是一個蠢材。鄧某當初為何要帶著爾等，在一條絕路上走到黑？無他，很簡單，因為鄧某覺得自己高高在上，見識超過別人，本領也超過別人，所作所為全是對的，逆我者活該被挫骨揚灰。鄧某內心裡看不起那些比自己弱的人，所以覺得他們的造反的理由都不是理由，殺他們殺得心安理得。鄧某不屑，也從來沒把他們當做過同類，所以，不會聽他們發出的任何聲音。哪怕他們，發出的已經是絕望中的哀鳴。」

「而現在，你們也是一樣。從沒把別人當做袍澤，所以，別人嫌你們吵鬧，你們就認定別人是存心偷懶。別人跟你們發生口角，你們就乾脆打斷他一條腿！今天虧得萬將軍來得及時，否則，只要那邊弟兄敢先拔刀，你們肯定毫不猶豫將他們殺得血流成河。你們是百戰精兵，你們有這個本事，只是你們從沒想過，當初大新朝一樣每次都將對手殺得血流成河，最後，為何輸的卻是自己？你們從來沒把他們當做同類，他們怎麼可能跟你們並肩而戰。你們從沒把他們當做袍澤，他們又怎麼可能在戰場上為你們擋刀？你們若是眼裡只有自己和自己身邊這些人。你們就永遠都是這點兒人，將來只會越打越少，最後，徹底消失得無聲無息！」

說罷，他霍然轉身，正視著萬修，接著猛一抱拳，再次躬身賠禮，「鄧某馭下無方，還請萬將軍恕罪！」

「請萬將軍恕罪！」鄧禹身後，近千部下有樣學樣，一同躬身，齊刷刷向萬修行禮。

這一下，不光萬修以及他的部下，連同劉秀、邳彤等人也都有些發怔。就在此時，一個鼻青臉腫的傢伙，紅著兩眼從鄧禹身後走出，向萬修躬身下拜，「萬將軍，是卑職不守軍規，連累我家將軍受辱。卑職，卑職還故意策動坐騎踩斷了貴部七哥一條腿。卑職，卑職知道錯了，卑職這便賠他一條命！」

話音未落，倉啷一聲，長劍出鞘，他反手一甩，狠狠劃向自己脖頸！

「使不得！」萬修大驚，倏然踢出一腳，正好勾出那人臂彎，往外用力一提，左臂再上前輕輕一拍他手背，那人就像觸電一般，撒開五指，長劍未等落到地上，已經被萬修抄在手中，刷的一聲，又塞回了他的劍鞘。

這幾下兔起鶻落，換做平時，肯定能贏得一個滿堂彩。而今天，所有人卻被鄧禹部卒的行為震驚，根本沒注意到萬修的好身手。見自殺之人脖子上已血流如注，劉秀急忙吩咐，「仲華，讓你的兄弟不要再做傻事！」

「是，大司馬！」鄧禹微微一躬身，這才看著那人，大聲說道：「趙耳，知錯能改，善莫大焉。現在，下去包紮傷口。該怎麼處置你，是明法參軍的職責，你切莫再要自誤！」

「是，將軍。」校尉趙耳含淚答應了一聲，轉身離去。

「老七，老七在哪裡？給我死出來！」萬修也不知該跟鄧禹說什麼才好，只得扭過頭，朝著自己麾下的嫡系暴喝。

「二當家，小的在這裡。」有人高聲答應，緊跟著，隊伍分開，有兩名嫡系，抬著一個擔架，將斷了腿的老七抬了出來。

萬修三步併作兩步衝過去，左手一把將此人揪起，右手掄圓了，兜頭就是一記耳光，「二當家，誰是你們的二當家？放著好好的前途不要，非得去做山賊才開心不是？萬某跟你們說過多少次了，大當家就是大司馬，萬某現在是萬將軍。你們，你們早就不是山賊，你們，你們和你們的子孫，今後都要抬起頭來做個正經人。你們，你們怎麼就不長半點記性？」

那斷了腿的老七，被打得嘴巴冒血，卻不敢求饒。雙手捂著臉，放聲嚎啕。

「給我聽清楚，不願意當官軍，還想繼續當山賊的，現在就可以滾蛋。老子不當你們的二當家，老子要做大司馬帳下的將軍！老子這輩子注定要功成名就，封妻蔭子！滾蛋的人愛去跟誰就跟誰，今後，咱們彼此一刀兩斷！」萬修卻依舊覺得不解氣，扯開嗓子，大聲重申。

「是，將軍！」眾鬧事的嘍囉打了個哆嗦，慘白著臉，齊聲回應。

「君游，仲華，你們各自把麾下弟兄領回去。今日之事，著令明法參軍從寬發落。對任何人都不必過於苛責！」劉秀在旁邊看得真切，笑了笑，大聲做出最後決定。

「遵命！」萬修和鄧禹兩個人互相看了看，果斷躬身行禮。

「去吧，其他事，咱們找時間再商議！」劉秀讚許地向二人點點頭，轉過身，也邁步走向中軍帳。才走了幾步，老藥王邳彤卻快速從背後追了上來，啞著嗓子，低聲道賀：「恭喜主公，經此一事，重建昆陽城下那支精銳之師，易如反掌！」

「嗯？」劉秀楞了楞，迅速回頭，「邳郡守，你怎麼也來跟著湊熱鬧？劉某是大司馬，你是郡守，彼此之間互不統屬！」

「主公，邳某願投入門下，效犬馬之勞！」邳彤毫不猶豫躬下身，鄭重行禮。有霸王之勇，有漢景之仁，麾下將士還忠心耿耿，懂得相忍為國。這樣的主公，大業何愁不成？他邳彤不趁著此時附之驥尾，又要更待何時？

「邳郡守快快請起。秀，得你相助，如虎添翼！」沒想到鄧禹的部曲跟萬修的嫡系鬥上一場，居然帶來了如此巨大的收穫，劉秀大喜，連忙伸出雙手，緊緊托住邳彤的雙臂。

話音未落，卻忽然見耿弇快步走到邳彤身側，也跟著長揖下拜，「主公，末將不才，願追隨左右。從今往後，刀山火海，絕不皺眉！」

「耿將軍，劉某求之不得！」劉秀又驚又喜，連忙轉過身，再度托住了耿弇的手臂。

「小子，前幾天你還抱怨，說你只是一時失手，才被賈將軍所擒，聲言有機會要跟他重新做上一場！」不滿意耿弇跟自己的上司搶鋒頭，邳彤的長史曹旭瞪起眼睛，大聲提醒。

「耿某只是不服賈將軍的武藝，但對他當日趁著耿某不備，將耿某生擒之事，卻感激不盡！」耿弇雖然是個武將，口才卻相當了得，掃了曹旭一眼，大聲補充。

「啊，哈哈哈哈哈哈哈……」賈復、銚期、馬成、馮異等人，被耿弇「狡辯」逗得哈哈大笑。笑過之後，卻愈發堅信劉秀乃是天命所在，無論遇到什麼困難，都能逢凶化吉。

當即，有人大聲提議，擺酒慶賀邳彤和耿弇「加盟」，劉秀欣然答應。大夥就在軍營內擺開宴席，喝了個眼花耳熟，直到月上柳梢，才各自返回寢帳。

劉秀被眾將勸了不少酒，喝得多少有些頭大。為了避免第二天無法緩過精神，不敢立刻入睡，先大口飲了幾碗濃茶，然後抓起佩刀，準備趁著月色，到外邊散一散酒氣。

他原本沒打算驚動任何人，所以走得輕手輕腳。誰料，才來到寢帳之外，卻發現，自己的學弟鄧禹大步流星迎了上來，「文叔師兄，某有一言，不吐不快。」

「仲華何必如此客氣，有話請講當面。」劉秀微微一楞，果斷停住了腳步。

「文叔師兄，大司馬對我恩重如山，我，我這些日子，總反覆想起他跟我說過的話。」鄧禹臉上也帶著幾分酒氣，眼神卻如頭頂的月光一樣明澈。

「嚴將軍說過什麼？不妨說來聽聽。」劉秀知道鄧禹口中的大司馬，肯定是納言將軍嚴尤。收起笑容，正色回應。

鄧禹臉上浮現出回憶的神情，嘆了口氣，低聲問道：「文叔師兄，你可還記得，咱們上學的時候，所聽說的戰績？大司馬他，他帶著麾下的嚴家軍，曾經打遍天下無敵手。無論是匈奴人、高句麗人，還是交趾人，聞聽大司馬之名，皆落荒而逃！」

「我怎麼會不記得！咱們倆最初的兵法啟蒙，也全賴於他老人家。」劉秀眼睛裡，迅速閃過一絲崇拜，點點頭，嘆息接口：「嚴司馬被時人稱為戰神，他的兒子，執金吾嚴盛，也是人中龍鳳。以至於當年我一見心折，由此才有了那句『仕宦當作執金吾』之語。」

「然而嚴盛徒有高潔的品行，本事卻沒有他父親當年一半。」鄧禹又嘆了一口氣，緩緩補充，「大司馬當年料到自己聲名遠播，定會惹得王莽忌憚，故而，不得已才送他入朝做執金吾。不久後，王莽果然為了削弱嚴家軍，陰招迭出。只是看在嚴盛這個人質送得及時，才沒有下狠心要了大司馬的性命。」

「啊，居然還有此事！」劉秀還是第一次聽說，王莽曾經對嚴尤動過殺心，忍不住低聲驚呼。

「王莽得位不正，所以從沒相信過任何人。」鄧禹苦笑了一聲，輕輕搖頭，「大司馬不願傷了同學之情，也不願意生靈塗炭，所以對他百般忍讓。哪怕是受盡委屈，也沒說過任何怨言。只是，千算萬算，大司馬卻沒算到你和柱天大將軍忽然起兵，轉瞬就席捲半個荊州！然後又使出連環計，將他殺了個大敗虧輸！」

「我們不過仗著瞭解他的用兵習慣，多算了一步而已！若是嚴司馬沒教過我，或者沒對我掉以輕心，那一仗誰輸輸贏，很難確定！」想起當日與嚴尤的交手經過，劉秀謙遜地搖頭。

「師兄不必過謙！」鄧禹也跟著搖了搖頭，隨即，看著劉秀的眼睛，非常認真地說道，「嚴司馬若只是敗了一次，或許能用『輕敵』二字解釋。但接下來無論是昆陽城外，還是在潁川，或是新鄭，大司馬與你每戰皆敗，那可就不能用『輕敵』兩字來解釋了！事實上，到最後，你幾乎成了大司馬的心病。只要提起你，他就老態畢現！」

「如此，倒是我這做學生的，對不起嚴司馬了！」不明白鄧禹想要表達什麼意思，劉秀只能苦笑著嘆氣。

如果不是因為分別站在義軍和朝廷兩方，他絕對不願意跟嚴尤交手。一來，嚴尤對他有過點撥授業之恩。二則，嚴尤的戰績和人品，也令他發自內心地佩服。第三，嚴尤帳下，還有自己的好兄弟鄧禹。萬一哪天在沙場相遇，他真的無法下得去手。

「文叔師兄，你是否想過，為何大司馬與你交戰，從不帶著鄧某？」彷彿像看出了劉秀心中的困惑，鄧禹想了想，正色發問。

「這個，我一直感覺非常奇怪！」劉秀被問得微微一楞，正色拱手，「仲華可否為愚兄解釋一二？」

「其因有四。」鄧禹笑了笑，輕輕點頭，「一來，大司馬最初的確沒想到，你這個做學生的，居然青出於藍，而勝於藍。」

「其二，王邑、王尋兩賊與大司馬素來不合，昆陽城外，無論大司馬帶誰前去，其結果都只有替王家人做墊腳石的份兒！王邑的行為，早得到了王莽的默許。不將大司馬的羽翼剪除乾淨，他們誓不罷休！」

「其三，大司馬雖對你恨得咬牙切齒，卻亦知咱們是太學同學，情同手足，他之於王莽，也是這般情誼。己所不欲，勿施於人。故而，大司馬不欲做如此卑鄙之事。至於他最後投奔劉望，也是詐降而已，只是寄希望借助劉望的勢力，替王莽再分擔一些壓力罷了。」

「也即是這個原因，汝南戰事一直吃緊，我根本無法抽身離去，到最後雖得知消息，我星夜趕往潁川，卻在半道上，救下了被王莽派人追殺的大司馬父子和秩宗將軍陳茂。」

說到這裡，鄧禹苦笑了一聲，滿臉悲憤，「可嘆的是，大司馬到了這時，還在替王莽辯解，說他只是受了奸人蒙蔽！而王莽，卻依舊不願意放大司馬一條生路，居然接連派出了數波刺客，不見到大司馬的人頭誓不罷休！」

「啊，唉——！」劉秀聽得目瞪口呆，完全猜不透王莽究竟圖的是什麼，只能報以一聲嘆息。

「呼——」鄧禹對著天空吐了一口氣，彷彿要把滿腔悲憤，全都一口氣吐光，「後來劉玄派劉信攻打汝南，劉望不敵戰敗。城破之際，大司馬身中數箭，我本要帶他殺出重圍，但他卻見兒子死在自己眼前，不肯獨活。他，他告訴我……」

鄧禹的聲音哽住，深深呼吸了一口，方平復心情道：「他是王莽的臣子，如今兒子死了，自己也命不久矣，不願再逃。不過——」

鄧禹看向劉秀，又緩緩道：「大司馬說，劉玄和劉望是一種人，本身並無才能，全靠別人扶持，故而，無論折騰出多大勢頭，一旦遭遇強敵，立刻會土崩瓦解。其本人，也必然落個身首異處的下場！而放眼天下，唯獨師兄你，唯獨你劉秀，才能重整河山！所以，他臨終傳下遺命，要我帶領他的殘部，前來投奔於你。如果尋你不到，寧可找個山頭去做土匪，也不准去輔佐他人！」

「啊！」沒想到被自己親手毀掉了戰神之名的嚴尤，在臨終之前，居然將自己視作了衣鉢傳人，劉秀心中頓時掀起滔天巨浪！雙眼直勾勾地看向鄧禹，剎那間，根本不知道該如何回應。

而鄧禹，也根本沒給他太長的時間去考慮，忽然單膝跪地，大聲補充，「文叔師兄，大司馬臨終遺言，讓我來投奔你。至於我麾下的將士，皆因你四釋大司馬，而對你感恩戴德，願與我一同為您效力，征戰沙場，重整河山，還天下太平！」

「仲華，快快請起……」短時間內受到的衝擊實在太多，饒是以劉秀的聰明果決，也有些手足無措，剛要上前扶起鄧禹。突然，四周圍又傳來一陣匆忙的腳步聲響，緊跟著，早已離去的嚴光、朱祐、賈復、銚期、馮異、劉隆、臧宮等人，居然一同返回到了他的寢帳之外。

「主公，吾等願追隨你左右，蕩平群雄，重整漢家河山！」彷彿事先約好了一般，眾將皆單膝跪在地上，大聲說出心中的夢想。

「舞陰王，你說什麼？」劉玄從書案後長身而起，雙目之中瞬間閃出兩道寒光。

「半個月之前，邳彤將整個和成郡獻給了劉秀，劉秀在曲陽以大司馬身份開府建牙，馮異、嚴光、銚期等人，皆以主公稱之！」李秩向後退了半步，小心翼翼地低聲重複。

「該殺！」劉玄抓起手邊的硯臺，狠狠丟了下去。

硯臺四分五裂，泚陽王王匡、宜城王王鳳、鄧王王常、陰平王陳牧、淮陽王張卬等人，眉頭皺了皺，紛紛後退躲避。

皇帝的脾氣越來越大了，自從遷都到洛陽之後，動輒就會降罪於人。而除了尚書令謝躬、左大司馬朱鮪和丞相李鬆三人之外，誰在他發怒時，都沒勇氣直言相勸。

昨日，燕王劉慶只不過小聲說了一句「聖明天子息怒」，就被他曲解為「發怒的天子不聖明」，直接奪了封爵，打發回老家種地自省。而今天，他的怒火更盛於昨日，大夥如果不想馬上造反的話，誰也沒必要主動去觸他的霉頭。

「舞陰王，你不是說真定王可以幫忙嗎？真定王呢，他到底幹什麼去了？」劉玄遲遲找不到發洩對象，乾脆再度將目光轉向李秩。

收拾別人，他都多少有些投鼠忌器。但收拾李秩，卻沒任何危險。首先，李秩的性命是他保下來的，欠了他一個天大的人情。其次，李秩是靠出賣劉縯才得到他的賞識，在群臣之中找不到任何朋友，哪怕受了冤枉，也不會有人為其叫屈。

「真，真定王急於，急於跟偽帝王朗劃清界線。他，他怕引起朝廷誤會，不敢，不敢在這時候貿然攻擊當朝大司馬！」李秩被問得額頭冒汗，卻沒膽子不做回應，猶豫再三，用儘量溫和的語言解釋。

「該殺！」劉玄再度暴怒，抓起一個錦盒，就要朝李秩腦袋上砸。然而，猛然間意識到錦盒裡邊裝的是天子印信，又咬著牙，將其重重地丟回了御案上。

「大司馬節鉞可是你親自賜給劉秀的！」逃過一劫的李秩向後又退了半步，心中偷偷嘀咕。

如果按照他當初的建議，在遷都的路上，尋個由頭將劉秀公開處死，哪會有現在這些麻煩？而劉玄那時候卻假仁假義，不願意擔上一個冤殺恩公的罵名，非要把劉秀送到河北去，借王朗、孫登、劉揚等賊之手替他殺人。結果，劉秀卻沒有死掉，孫登反而殘了，緊跟著王朗又稱了帝！

「退什麼退？朕還能吃了你？」劉玄聲音繼續從半空中落下，聽起來憤怒而又孤單。

「陛下，陛下乃天命之子，威風浩蕩，末將，末將沒勇氣直面！」李秩沒膽子再往遠處躲，只好躬下身去，大聲解釋。

「嗯——」這馬屁拍得夠水準，劉玄心中的怒火，瞬間就減弱了大半。果斷放過了李秩，將目光迅速轉向下一個發洩目標：鄧王王常，「鄧王，你平素總是與朕說，劉秀對朝廷忠心耿耿。今日，你該如何替他辯解？」

「陛下，臣不敢替劉秀辯解。但大司馬的確有開府建牙之權。況且偽帝王朗已經自立多時，如果劉秀不速速整頓出一支兵馬與其抗衡，又如何能完成陛下鎮慰河北的聖旨？」王常邁步出列，滿臉鄭重地提醒。

「大司馬節鉞可是你賜的，鎮撫河北的聖旨，也是你下的！」王匡和王鳳互相看了看，都在彼此眼睛中看到了一絲快意。

「你？」劉玄被問的臉色發黑，本能地又將手伸向錦盒。然而，看到王常那不卑不亢的目光和王常身旁的張卯、成丹等人，又果斷將手收了回去。

分化、瓦解下江軍的目標還沒達成，這時候跟王常翻臉，實屬不智。況且赤眉軍最近蠢蠢欲動，還需要有人替朝廷震懾他們，甚至隨時出兵征討。

「陛下，臣以為，劉秀反跡已明，陛下應該公開宣告其罪，然後派大軍渡河討之！」丞相李鬆不願意讓劉玄受窘，非常貼心地站了出來，大聲提議。

「臣附議！」李秩比劉玄還更巴不得早點除掉劉秀，果斷站到李鬆身側。

「末將附議！」

「末將附議！」

「臣附議！」

……

金鑾殿內，響應聲此起彼伏。若干當年曾經被劉縯拒之門外的，和受過劉玄知遇之恩的文臣武將，爭相站出來表明態度。

「嗯——」見大多數文武都懂得替自己分憂，劉玄心裡頭多少舒服了一些，翹著嘴角輕輕點頭。正準備隨便說上幾句，然後就開始調兵遣將，忽然間，卻看到自己的心腹臂膀朱鮪大步從隊列裡走了出來，「陛下，兵凶戰危，不宜輕動！」

「你？」彷彿當頭被潑了一大桶井水，劉玄心中一片冰涼，「左大司馬，你這是何意?莫非，莫非你覺得劉秀依舊對朕忠心耿耿？」

「是啊，左大司馬，你，你不是一直說，劉秀狼子野心嗎？」丞相李鬆也被朱鮪的舉動，弄了個滿頭霧水，皺著眉，低聲質問。

「左大司馬，你怎麼替劉秀說話？」

「左大司馬，你，你到底有何居心？」

「左大司馬……」

先前附議李鬆的文臣武將們，也紛紛開口，果斷跟朱鮪劃清界線。

「陛下，臣一直不敢認為，劉秀會對陛下有半分忠心！」朱鮪笑了笑，再度向劉玄躬身施禮，「臣也一直堅持陛下，及早除之。倒是丞相，先前沒少替劉秀說好話！」

這些話，都是事實。早在劉秀回宛城的當天，朱鮪就堅持要斬草除根。倒是李鬆、趙萌和劉玄親手提拔起來的許多嫡系，因為收了朱祐的賄賂，沒少替劉秀說情。而現在，劉秀漸漸脫離了朝廷的掌控，這些人卻將自己摘得一乾二淨，反倒厚著臉皮，問起他的居心來？

「嗯——」劉玄擅長耍弄陰謀詭計，記性當然不會太差，迅速想起了最初導致自己放過劉秀的諸多原因，鐵青著臉沉吟。

「然而，此時王朗已經稱帝，劉秀的行為雖有僭越，卻沒豎起反旗。陛下不派兵征討王朗，卻派兵征討劉秀，豈不是告訴天下人，造反有理，不造反者才活該被殺？」朱鮪根本不打算跟劉玄客氣，直接說出自己的真實想法。

劉玄遷都洛陽之後大封群臣，別人都唯恐爵位太低，而他，卻堅持非劉姓者不應封王，拒絕了劉玄封給的王位。所以，在劉玄眼裡，他一下子就成了最大，最可靠的忠臣。平素問對時哪怕語氣再衝，都不會被懷疑別有用心。

這次，劉玄的反應也是一樣。雖然被氣得眼前金星亂冒，卻咬著牙低聲回應，「左大司馬此言有理，但據細作彙報，劉秀始終未忘記朕處死了他的兄長。如果放任其繼續做大，朕怕是會養虎為患！」

「如果陛下用心治國，施仁政於民，劉秀的勢力壯大再快，也不可能快得過陛下！」朱鮪目光迅速掃過四周，然後鐵青著臉搖頭。

這話，可是說得更加不客氣了。等同於直接指責劉玄和群臣自打遷都洛陽之後不務正業，導致朝廷實力不增反降。登時，不光將劉玄惱得面紅耳赤，李鬆、趙萌、謝躬等人，也一個個怒不可遏。

「朱長舒，大敵當前，你不幫陛下出謀劃策，卻一味地胡攪蠻纏，你，你到底安的什麼居心？」關鍵時刻，還是李秩「靠得住」。硬著頭皮跳出來，指著朱鮪大聲呵斥。

「朱某安的什麼居心，不勞你問！」朱鮪冷冷地瞥了他一眼，淡然回應。隨即，再度將目光轉向劉玄，大聲補充，「陛下，微臣以為，劉秀雖有反心，但目前劣跡未明，不可輕動。王朗既然已經稱帝，朝廷就應該派遣大軍，以泰山壓卵之勢將其剿滅，以儆效尤！」

「這……」劉玄猶豫著皺起眉頭，遲遲不肯做出回應。

表面上看，朱鮪的建議當然簡單直接，且主次分明。但是在劉玄自己的心目中，王朗的實力再雄厚，氣焰再囂張，都不如悶聲發大財的劉秀對自己威脅更大。況且剛才李秩、李鬆等人已經揣摩他的心思，提出了發兵征討劉秀的策略。他聽了朱鮪幾句話就改變主意，未免有些對不起李秩、李鬆等人的忠心。

「陛下莫非手頭無可用之將，微臣不才，願替陛下往河北一行！」朱鮪根本不理解劉玄的苦衷，拱起手，大聲催促。「若是能順利剿滅了王朗，微臣就可以聯合劉揚，以及盤踞在廣陽郡的五校軍頭領龐萌，對劉秀形成三面夾擊之勢。屆時，劉秀要麼乖乖束手就擒，要麼起兵南下跟朝廷拚個魚死網破，除了這兩條路之外，肯定找不到第三條路可走！」

「這……」劉玄被催得心煩意亂，本能將目光又轉向李鬆、李秩、趙萌等人，徵求他們的意見。

「如果真的能迅速剿滅王朗，左大司馬的辦法，倒不失穩妥！」李鬆根本就不是一個很有主見的人，想了想，心思開始動搖。

「關鍵派多少兵合適？」趙萌偷偷瞄了王匡一眼，然後緩緩做出回應，「赤眉軍的樊崇等人，一直不肯來洛陽面見聖上。如果朝廷將大軍都派往河北，微臣，微臣擔心他們會趁機圖謀不軌！」

「嗯？」劉玄微微楞了楞，心中瞬間又是一片冰涼。

赤眉軍盤踞在青州、豫州和袞州，對朝廷的威脅的確不可忽視。但趙萌的眼神卻告訴他，更需要防備的乃是王匡。如今在洛陽附近，還有一小半兒將領和二十餘萬兵馬，歸王匡掌控。如果朱鮪領軍前去征討王朗，兵帶得太少未必能解決問題，兵帶得太多，勢必導致洛陽城內忠於皇家的力量大幅衰減，被王匡趁虛而入。

「陛下，左司馬文武雙全，不可輕離。末將最近閒得無事，可以替陛下前往河北，剿滅王朗！」

實在受不了劉玄的婆婆媽媽，被封為鄧王的王常嘆了口氣，站出來主動請纓。

「不可，鄧王乃是我大漢的擎天一柱。領兵前去征討王朗，簡直是牛刀殺雞！」沒等劉玄說話，先前遲遲沒有說話的尚書令謝躬，搶先一步站出來，大聲阻止。

王常和他麾下的下江軍，如今還有五六萬兵馬，帶出去征討王朗，當然比朱鮪帶著劉玄的嫡系前去更為合適。然而，王常本人和劉秀先前卻往來密切，他麾下一些將領，也已經早就跟著劉秀渡河北上。若是劉玄一時失察答應了他，此人去了河北之後，會不會立刻倒向劉秀，很難預料。

「嗯，鄧王忠勇，朕心甚慰。但正如尚書令所說，王朗乃是一介蟊賊，不值得鄧王出手！」劉玄在內鬥方面，絕對是頂尖高手，看了謝躬的反應，就立刻意識到了問題所在。

「陛下！」王常氣得心口發悶，拱起手，大聲堅持，「左大司馬不可輕離，末將是牛刀殺雞，那究竟誰人適合替陛下領兵？莫非……」

一句話沒等說完，金鑾殿外，忽然又傳來了一陣急促的腳步聲響。緊跟著，李秩的弟弟，大將李通衝入門內，大聲彙報，「陛下，大捷，大捷。大司馬日前兵發薊縣，斬龐萌，全殲五校軍。上谷、漁陽、廣陽和涿郡，盡歸大漢版圖！」

「啊——」話音落下，金鑾殿內，萬籟俱寂。

半個時辰之前，舞陰王李秩才向劉玄彙報，劉秀終於掌控了和成郡，偷偷開府建牙。而一轉眼，劉秀居然已經拿下了整個幽州！

此人到底擁有多強的實力？此人怎麼會神不知，鬼不覺就抵達了廣陽？此人拿什麼攻破的薊縣城牆？那五校軍實力雖然單薄，可總兵馬據說也有八萬之眾，怎麼說滅就滅，連點兒響動都沒有冒！

八萬人，就是八萬頭羊，恐怕也得抓上三到五天。而按照李秩、李通兄弟倆的彙報，劉秀徹底掌控和成郡，是半個月之前。攻破薊縣，拿下幽州的消息，則是剛剛傳到洛陽！

從和成郡行軍到廣陽郡需不需要時間？

拿下廣陽郡之後攻打上谷、漁陽和涿郡需不需要時間？

再加上消息從廣陽傳到洛陽，那劉秀和他麾下的將士，莫非都是長了翅膀的老虎不成？萬一他們以幽州為基業，養精蓄銳，然後掉頭南下，從薊縣到洛陽，誰堪阻擋他們的鋒纓！

「消息，消息可曾經過核實？」半晌，朱鮪第一個緩過神來，大聲追問。

「已經反覆核實！」李通的臉上，帶著如假包換的興奮之色，偏偏誰都不能指責他興奮得不對。五校軍那是一群土匪，雖然曾經上表宣布效忠朝廷，卻同時還暗中勾結著王朗，圖謀不軌。劉秀目前卻是朝廷的大司馬，負責鎮慰河北，他發兵剿滅五校軍，天經地義。

「是不是有人暗中幫他，否則，他不應該如此順利地拿下幽州？」謝躬也強行壓下心中的震撼，開始刨根究柢。

「上谷郡守耿況之子耿弇，原本在王朗帳下效力，卻心懷忠義，主動歸降了大司馬。他偷偷潛回幽州，替朝廷說服了上谷郡守耿況、漁陽郡守彭寵和上谷郡丞景丹、漁陽郡丞寇恂、涿郡守王梁等。龐萌惱怒，帶領五校軍攻打上谷，迎頭正遇到大司馬帳下的馬武馬子張！」李通看了他一眼，故意將聲音提得更高。

「啊……」在場眾文武倒吸一口冷氣，對龐萌的敗亡，再也沒有任何懷疑。

沒等開戰，周圍各郡已經倒向劉秀，某人當時心中的慌亂，可想而知。結果，此人偏偏還是個傻大膽兒，竟不趕緊龜縮回薊縣，同時派遣使者向王朗求援。竟主動殺到野外跟劉秀決戰，還恰好迎頭正碰上馬子張！

找死，都沒這種找法。

那馬子張最擅長率領騎兵衝陣，武藝在天底下也數一數二。龐萌稀裡糊塗跟他作戰，恐怕連他的面孔都沒看清楚，就已經身首異處。而五校軍，原本就是一群土匪。主帥一死，肯定亂作一團。耿況等人再各自帶著兵馬圍攏過去，結果怎麼可能還有懸念？

「主公，糧食，糧食只夠再吃十天了！」馬成捧著賬本，匆匆而入。

「啊？」正在跟嚴光、鄧禹、馮異、馬武等人商討軍機的劉秀楞了楞，瞬間苦笑爬了滿臉。

別人都以為他拿下幽州之後，實力暴漲。而只有他自己和身邊這些親信才知道，大夥實際上是跳進了一個巨大的泥坑。

上谷郡守耿況、漁陽郡守彭寵和涿郡守王梁之所以那麼容易就被耿弇說服，帶著人馬和地盤前來歸降，恐怕對自己這個大司馬的仰慕，只占了小拇指甲大的一部分。更重要原因則是，這三個郡都是有名的地廣人稀，且窮得叮噹做響。

即便不歸降自己，耿況、彭寵和王梁三人，也守不住各自的兵馬與地盤。要麼被化名劉子輿的王朗吞併，要麼被龐萌帶著五校軍逐個擊破。三方比較，跟著自己這個大司馬，反而是最佳的選擇，至少短時間內不會有身死兵敗的風險。

至於龐萌本人盤踞多年的薊縣，更是疲敝不堪。五校軍根本就是一群流寇，完全靠搶掠維持生存。被他們搶光家產的百姓無處安身，就只能跟他們同流合污。如此，龐萌根本不需要練兵，以戰代練即可。幾場惡鬥下來，能保住性命的自然就成了「精銳」。而大量的嘍囉戰死，又會極大緩解五校軍的補給壓力，讓他們迅速達成「去蕪存菁」的目標！

劉秀心懷大志，自然不能效仿龐萌這種鼠目寸光的行徑。因此打下薊縣之後，就將被俘虜的五校軍強行甄別，勒令其中老弱者退役，並且在薊縣周圍劃分出田地，授予他們耕種。至於五校軍中身體強健者，則根據其以前作惡是否主動為界限，將一少部分人斬首示眾。餘下的全部編入自己的嫡系，令他們戴罪立功。

如此一來，劉秀的嫡系兵馬，終於又超過了一萬。再加上耿況、彭寵和王梁的部曲，如今他這個大司馬可調動力量，就已經達到了三萬之巨。無論是對上化名劉子輿和王朗，還是割據真定的劉揚，都有了一拚之力。

只是，人馬多了，糧草輜重的壓力，就隨之而至。將負責後勤的馬成，愁得整日都睡不著覺，前後不過短短十幾天，頭髮就白了一大半兒。

「主公，末將以前做的是沒本錢的買賣，沒糧了就去勒索豪強的田莊，或者綁了富戶的子侄為人質，讓他們拿錢糧來贖！」在邳彤眼裡天塌下來一樣的危險，在赤腳大仙蓋延眼裡，卻根本不值得一提。發現大夥為難，立刻起身向劉秀提議。

「主公，幽州百姓雖然窮苦，但幽州的大戶，一個個卻都富得流油！」萬修的眼神立刻一亮，立刻站起來附和蓋延的提議。「這幫傢伙，平素偷偷向匈奴人出售鐵器、茶葉和各項物資，賺得全是黑心錢。主公若是給萬某一道將令……」

「君游！」聽萬修越說越不像話，劉秀終於忍無可忍，站起來大聲打斷，「如此，我等跟五校軍，還有什麼分別？此事休要再提，薊縣官庫中，還有一些絹布和銅錢，可以先拿去買糧應急。等過了五月，第一批麥子就可以收割，糧食短缺的麻煩，屆時自然迎刃而解！」

「是！」萬修臉色微紅，帶著幾分無奈拱手。

自家主公什麼都好，唯一的缺點，就是將道義看得太重了。皇帝不差餓兵，沒糧草的軍隊如何能打得了仗？而眼下劉揚和王朗都在拚命擴充實力，孫登得到了某些人的暗中支持，也隨時可能死魚翻身。若是一味地循規蹈矩，好名聲倒是落下了，可沒有相當的實力為保障，性命和地盤都隨時可能丟掉，光落個好名聲有何屁用？

正悶悶地想著，忽然又聽劉秀說道：「我看涿郡南部有大批荒地，可以直接用來屯田。而漁陽地廣人稀，草場肥美，用來養一些戰馬和牛羊，也可以供應我軍所需。四月過後，山間野獸就開始生膘，大夥分批出動，帶著弟兄們打獵，一方面可以補充肉食，另外一方面也可以借此練兵。」

「主公英明！」馮異、馬武和銚期等人起身拱手，都覺得劉秀的辦法才是正途。

「唉——」萬修見此，只好繼續鬱悶的嘆氣。蓋延、劉隆兩人，也無奈地搖頭。

他們三個，追隨劉秀的時間僅晚於嚴光、朱祐和鄧奉，按理，在劉秀帳下，說話應該有一些分量才對。然而，事實上卻是，他們三個無論如何努力表現，跟其他同僚都有些格格不入。

這倒不是因為劉秀故意對他們另眼相看，而是大夥以往的身份和經歷不同，眼界也完全不一樣。像嚴光、鄧禹、朱祐和賈復，以前都一起在太學讀書，學的是聖人大道，接受的是五經博士們的言傳身教，舉手投足之間，自然會帶著一股子揮之不去的書卷之氣。戰後只要脫下甲冑，放下兵器，就會被當成文質彬彬的書生。

而馮異、銚期、馬成、邳彤、耿弇等輩，都做過大新朝的地方官，老於政務，且舉止有度。至於馬武馬子張，還有宗佻、臧宮、陳俊、王霸，則是綠林軍出身，彼此之間天然帶著一股子親近。只有他們三個，既沒讀過書，又沒當過官，還不是出於綠林一脈，跟以上哪一夥人，都無法說在一塊兒。

「君游也莫覺得沒有用武之地！」敏銳地感覺到萬修等人的心態，劉秀笑了笑，低聲吩咐，「我這個大司馬奉命鎮慰河北，可不是鎮慰冀州。黃河以北，太行山兩側，還有許多勢力至今仍先沒來得及去聯絡。很多豪傑都跟你一樣，出身於銅馬軍。王朗、劉揚和孫登，都想將他們納入麾下。我見他們當中大多數人，都沒做過什麼大惡，與其眼睜睜地看著他們被王朗、孫登等人拉入歧途，不如給他們一個機會，讓他們加入你的帳下，為國效力。君游，接下來，你可願意為我遍訪群山？」

「這？」萬修的表情一楞，隨即興奮得滿臉通紅。

河北先前烽煙遍地，很多英雄豪傑與其說是落草為寇，不如說是為了防止土匪襲擾，被迫起兵自保。而劉秀以前的輝煌戰績和現今的大司馬身份，一直令許多豪傑仰望。只要他公開宣布不計前嫌，再憑著自己萬二當家在江湖中的名頭，說服其中一些英雄豪傑前來投奔，簡直易如反掌。況且主公剛才說過，這些豪傑拉過來之後，就會加入自己的帳下。那樣，自己嫡系部曲，就會在短時間內飛速膨脹。而這些豪傑過去的經歷，又跟自己相差不大，隨著他們的到來，自己和蓋延、劉隆三個，就不會再感覺形隻影單！

「主公，末將不才，願與萬將軍同往！」見萬修喜歡得連話都快說不出來了，蓋延連忙在旁邊補充。

「巨卿不必多禮，你能跟君游同去，甚合我心！」劉秀知道蓋延是個磊落漢子，笑著點頭。到了此刻，萬修才終於從興奮中回過神，連忙起身與蓋延一道領命。隨即，二人就離開了中軍帳，匆忙去做出發前的各項準備。

做說客，也不是一件簡單的事情。特別是眼下河北各方勢力犬牙差互，能不能活著抵達目標所在之處，就是一個問題。因此，萬修和蓋延兄弟倆，少不得要帶上數百親信，然後還要帶上弟兄們所需要糧草輜重，以及拉攏目標所需要的空白告身，以及金銀細軟，足足忙了四天光景，才終於準備停當。

然而，還沒等兄弟倆動身，劉隆卻忽然興致勃勃地找了過來。一見面，連施禮都顧不上，立刻扯開嗓子大聲叫喊：「君游，巨卿，快，快跟我走。主公在等你們，不要去招攬群雄了，招攬群雄的任務延後！」

「啊？」萬修和蓋延兩個被嚇了一大跳，趕緊出言詢問究竟。「為何要延後？主公找我們兩個到底所為何事？」

「有人找死！」劉隆笑得好生歡喜，兩隻大眼睛眯縫得只剩下一道細細的小縫兒，「涿郡和上谷，有二十幾家大戶聯合起來，囤積居奇，推高糧價。幽州各地，糧價比五天前漲了兩倍！」

「誰這麼大膽子，莫非他活的不耐煩了？」萬修聽得又驚又喜，瞪圓了眼睛大聲追問。

「哈哈，主公前幾天還拒絕了君游兄的提議，不准去騷擾那些大戶。這回，那些傢伙居然欺負到主公頭上來了！」蓋延也是喜出望外，揮舞著手臂大聲附和。「這回，看看主公，還會不會再將他們視為一夥兒！」

「是，是一個姓曹的家族帶頭，據說家主還是丞相曹竟的族弟曹幸。這幫傢伙將各地米糧鋪子全都買空了，還勒令家族中所有人，不准出售存糧。朱仲先自告奮勇先前去說項，居然被他用大棍給打了出來！」劉隆一邊說，一邊擦拳摩掌，彷彿看到了稀世珍寶一般。「總之，你們哥倆趕緊去中軍，主公這回是被他們逼到絕路上了，肯定不會再忍！」

「這些蠢材真是嫌命長！」萬修終於猜到了劉秀召見自己的意思，咬著牙冷笑不止。

兄弟三人加快腳步，須臾來到了帥帳之內。才一進門兒，就聽有人大聲說道：「主公，此事若是沒有人在背後指使，我把頭割下來。幽州這種偏僻的地方，哪來的如此多達官顯貴？」

「若真是朝廷重臣的親戚，豈會蝸居幽州這等疲敝之地？這群蠢貨，只怕都是扯曹竟、謝躬等人的幌子招搖撞騙而已！」

「到底是不是丞相曹竟的族弟，問問王郡守不就知道了？」

「不用問，明顯是假的。末將這就帶兵抄了他們的家？」

……

「且慢。」一片喧鬧聲中，劉秀的話語，顯得格外沉靜，「這些人固然可惡，唆使他們作死的人，卻肯定別有所圖。公孫，你可查清楚了，到底是誰在背後搗鬼？」

「主公，根據他們公開打出來的旗號，這些人當中，除了有曹丞相族弟曹幸，還有成國公的族叔王池、謝尚書的族兄謝尚，陳司空的族弟陳展，主公治下，可真是藏龍臥虎！」馮異的聲音迅速響起，帶著一股子不加掩飾的輕蔑。

「那他們到底是真的還是假的，你倒先說個清楚！」萬修聽得心中著急，一邊快步向裡走，一邊大聲催促。

「肯定是假的，耿某在這裡二十幾年，就沒聽說過有什麼朝廷高官的親戚！」耿弇臉色鐵青，搶先一步大聲回應。

「伯召此言差異！」馮異笑了笑，輕輕搖頭，「富在深山有遠親，更何況富在洛陽城內。馮某已經派人探聽清楚了，這些地方大戶手中，最近都陸續接到了來自洛陽的家書。有當朝高官上門認親戚，他們哪會自命清高？反正只是動手修改一下族譜的事情，又不用耗費多大力氣。而跟當朝高官攀上了親戚，好處卻是立竿見影！」

「這可真奇了！」萬修砸了咂嘴，滿臉難以置信，「朝廷那些官員又不是傻子，怎麼可能指望賂賻能擰過大腿。主公只要派遣兵馬挨家挨戶打上去，無論姓曹還是姓謝，誰人有膽子對抗主公的大軍？」

「這就是某些人的陰險之處！」馮異笑了笑，聲音忽然轉高，「不用主公親領大軍，隨便一名將領，帶上千把弟兄，就能將地方所有豪強掃蕩乾淨。只是，如此一來，主公今後想要揮師攻打其他州郡，恐怕第一個站出來跟主公作對的，就是當地的豪門大戶。」

「啊——」饒是膽大包天，萬修也被嚇得倒吸一口冷氣。扭頭看去，只見馬成、銚期、嚴光、邳彤等一眾同僚，個個滿臉凝重。

招數很簡單，卻毒辣至極。從始至終，朝廷只派出了幾名信使。謝躬、李鬆、曹竟等輩，只是在口頭上認了一些親戚。

而自以為攀上朝中高枝的地方豪強，卻有恃無恐地開始推高糧價，試圖將劉秀逼出幽州。不蕩平結伴推高糧價的地方豪強，劉秀的軍隊就無法買到足夠的給養。並且他這個大司馬也會威信掃地，發出的政令從此大打折扣。而如果對地方豪強動了手，就會令全天下的仕紳大戶兔死狐悲。這些在各地一言九鼎的土皇帝們，才不會管劉秀打壓幽州豪強的具體緣由。只會物傷其類，然後抱起團來跟他不死不休。

「呵呵，呵呵，呵呵呵……」正在帳內眾人都一籌莫展之際，馬武忽然笑了起來，不再年輕的面孔上，寫滿了決然。「我當是什麼妙計呢，原來是想方設法給文叔樹敵。各位，此事，不宜由文叔出面解決。你們也沒必要為此煩惱。半個月，給馬某半個月時間，馬某肯定讓那些傢伙，主動跟洛陽劃清界線！」

「大哥，你準備從何處著手？」劉秀聽得微微一楞，帶著幾分期待低聲詢問。

「那還不簡單麼，出陰招誰不會？明著你不能殺人，暗地裡殺就是。馬某重操舊業，帶著五十名靠得住的弟兄，趁夜殺到那些人的家中。一夜一家，挨個殺過去就是。用不了十天，剩下的人就會明白，該怎麼做才能保命。並且無論是誰，都不能把殺人的罪責，硬安在你的頭上。」

馬武笑了笑，雙目當中，寒光四射。

「大哥！」劉秀聽得大失所望，連忙用力擺手，「天下沒有不透風的牆，況且他們也都是一時糊塗，罪不至死！」

「你總是心懷婦人之仁！」馬武的眉頭跳了跳，毫不客氣地數落。「當年若不是你心軟放了劉玄和孫登……」

「大哥！」剎那間，劉秀宛若被人當胸捅了一刀，臉色煞白，身體晃了晃，雙手用力扶住了桌案。「當初放掉他們兩個，是我一生之錯。劉某將來，定要讓他們血債血償。但是，如果眼下咱們憤而殺人，只會讓劉玄和孫登拍手相慶！」

「這不行，那不行，你說，該怎麼辦？」馬武迅速意識到自己說錯了話，卻拉不下臉來道歉，梗著脖子大聲追問。

「我乃大漢司馬，奉旨鎮慰河北，如今五校軍已經覆滅，幽州重歸朝廷掌控，我這個大司馬，就該還政與地方。」劉秀深吸了一口氣，看著眾文武，緩緩做出回應。「傳令下去，我軍明日就退出幽州，返回曲陽。」

「這，主公，不可！」

「主公，眼下幽州雖然疲敝，卻有沃野千里，假以時日，肯定能成為主公的立身之資！」

「主公，和成郡乃彈丸之地，並且被強敵環伺！」

「主公……」

眾將再度大驚失色，紛紛上前出言勸阻。

唯獨嚴光，忽然笑了笑，躬身向劉秀行禮，「主公高明！如此，不出半個月，幽州可定，冀州在望！」

第二天，劉秀依照與眾將商量好的計策，宣布率軍撤離幽州。同時上表舉薦彭寵為幽州牧，銚期為薊縣縣宰。

因為與洛陽路途遙遠，所以不待朝廷的回覆，大軍即拔營啟程，數日之內，走了個乾乾淨淨。那幽州和涿郡等地的大戶聞聽，一個個彈冠相慶，非常開心自己不費吹灰之力，就擠走了一個皇上的眼中釘。

然而，只高興了不到半個月，他們就高興不起來了。化名劉子輿的王朗得知劉秀撤離幽州，立刻派遣他的侄兒王德，帶領三萬大軍浩浩蕩蕩開了過來。先前潰逃到飛狐嶺、白狼山等地的五校軍殘部，也再度拎著刀矛殺出了山外。

這兩支部隊，可不像劉秀那麼講道理。見到田莊堡寨，立刻團團包圍起來索要金銀細軟，糧食麻布，稍不滿意，都殺人放火。看到漂亮一點的少女，不管對方是否婚配，就直接往馬背上綁。看到結實一些的男子，也不管對方在家中是不是獨子，直接拉去充當壯丁。

如此一來，幾個帶頭鬧事的大戶可是徹底抓了瞎。連忙派遣家中長子出面，向幽州牧、薊縣令和涿郡太守求救。結果，到了漁陽，才發現耿況正在生病，根本不能視事。而薊縣縣令銚期，手裡只有五百老弱病殘，連守住薊縣都沒指望，更甭說帶兵去征討五校軍殘部。唯一答應幫忙的只有涿郡太守王梁，可他說得也很清楚，自己勢單力孤，絕對擋不住王德麾下三萬大軍，必須先上本向朝廷求援，待朝廷的援兵趕到，才能出馬。否則，只能據涿縣縣城死守，無力顧及其他。

幽州距離洛陽遙遠，信使即便騎著快馬星夜兼程，一來一回也得大半個月。而朝廷從做出決策到兵馬抵達幽州，恐怕至少得小半年。等朝廷的援兵到了，眾高門大戶的財產，早就被五校軍給搶光了，根本不可能有任何人能夠倖免。

帶頭鬧事的大戶們急得焦頭爛額，無奈之下，只好先把家丁們組織起來，發放兵器，結寨自保。卻不料還沒等家丁們成軍，劉子輿的使者帶著聖旨已經先一步趕到，要求他們每家立刻出丁五百，自己携帶糧草輜重若干，前去接應「官軍」。五日之內若沒有答覆，則視為追隨劉玄的叛逆，大軍抵達之日，雞犬不留。

「這，這如何是好？」

「早知道這樣，當初就該給劉秀一點米糧，何況他是出錢來買？」

「當初誰建議歸附朝廷的？這回好了，跟朝廷走，被王朗殺。跟王朗走，將來少不得被朝廷殺，我等哪裡還有活路？」

「悔不該當初……」

曹幸、謝尚、王池、崔還勝等跟朝中高官攀上親戚的高門大戶，終於發現了劉秀的好處來。一個捶胸頓足，後悔不迭。

「乾脆，咱們將劉秀請回來算了。他要買糧食，就按照市面上的價格賣給他！」與死亡相比，臉皮只能算一張抹布。丞相曹竟的「族弟」曹幸，忽然有了主意，眨巴著眼睛大聲提議。

這個提議，立刻得到了所有人的一致響應。眾豪門大戶趕緊派出信使，星夜兼程去追趕劉秀。好在劉秀也沒走遠，很快就被他們追上。然而，接到信後，劉秀卻只是和顏悅色詢問了一下幽州目前的情況，就命人取了銅錢賞賜了信使，然後繼續領軍向南而行。

曹幸等人也都不是蠢材，聽到信使的彙報，便知道光口頭上向劉秀發出邀請肯定無法將後者請回來。連忙又坐在一起商量出一個更優惠的條件，答應劉秀麾下兵馬駐紮幽州期間，所有錢糧開銷都由大戶們提供。

這個條件已經令他們覺得非常肉痛，然而，劉秀聽完信使的轉述之後，只是微微一笑，下令將大軍停在了原地，兵分數路進入山區，打獵補充糧草軍需。

見信使怏怏而歸，曹幸等人也氣得暴跳如雷，發誓寫信給洛陽城內那些主動認親的高官，聯手給劉秀好看。然而，還沒等他們將信寫好，五校軍殘部，已經殺到了薊縣城外，只用了一晚上時間，就將七八處莊園，全部搶成了白地。

薊縣縣宰銚期手中無兵，能守住城門阻止五校軍殘部打進縣城，已經堪稱奇蹟，根本沒辦法阻止亂兵在城外肆虐。而五校軍的殘部們，也是專挑軟柿子捏。發現薊縣不容易攻克，乾脆繞城而走，一路見莊子搶莊子，見堡寨搶堡寨，宛若蝗蟲過境。

「來人，備馬，老夫親自去拜見大司馬，老夫親自去將大司馬請回來。他要什麼，都好商量！」名下的莊園接連被搶，令大漢丞相曹竟的「八百里遠房族弟」曹幸終於恢復了清醒，果斷做出了一個讓自己這輩子都無法再後悔的決定。

「備車，備車，老夫拜見大司馬。被五校軍焚毀的莊子，全都把地契找出來。老夫不要了，送給大司馬養軍！」

「去，把老大叫回來。大司馬帳下缺乏人手，讓他去軍前為大司馬效力！」

「老三，老三，趕緊去查查，大司馬帳下的哪位將軍尚未娶妻。你的幾個侄女都已經長大了，剛好可以去嫁一個少年英雄！」

「好漢不吃眼前虧，先把劉秀請回來再說，好歹他還是個講理的！」

「朝廷那邊的親戚雖然官做得大，終究遠水不解近渴。還是投了劉秀吧，萬一將來他幹大了呢？」

「對啊，萬一他將來幹大了呢？他打仗可從沒輸過！」

……

能在亂世中還保持家族不受太多波及的豪強，都不是傻子。很快，就拿出了各自最大的誠意，親自前往軍中，向劉秀謝罪。

幽州大地，前後經歷了二十餘日的混亂，終於又慢慢恢復了平靜。隨著賈復、鄧禹、萬修等人領著兵馬分頭返回，五校軍殘部迅速灰飛煙滅。來勢洶洶的王德，也被馬武和傅俊兩個聯手擋在了易水之南，再也無法向前移動分毫。

蒼鷹如同一個黑點兒，在高空中來回盤旋，有一支羽箭從下方悄然而至，正中其腹。「吱——」那蒼鷹嘴裡發出一聲悲鳴，身體驟然停頓，隨即，直墜而落。

「得得得——」幾匹快馬風馳電掣般奔向蒼鷹的落地處。騎馬的士卒俯身將蒼鷹抄起，然後，高高的舉過頭頂，「大司馬，第五隻，第五隻！哪怕匈奴的人中的射雕手，見了您也得甘拜下風！」

「主公，您的箭術已入化境，與賈將軍相比也不遑多讓了！」傅俊在馬背上迅速扭頭，向身側的劉秀笑著拱手。

「是啊，主公，你這手射術，可是越來越令人佩服了！」嚴光雖然性子沉穩，也被劉秀的精彩射術給驚艷，拉住坐騎，大聲附和。

「還差得遠。」劉秀快速收起角弓，輕輕搖頭，「賈將軍能在千軍萬馬中，做到箭無虛發，劉某這點兒本事，很難望其項背！」緊跟著，又看了一眼被親兵高舉手裡的蒼鷹，帶著幾分遺憾補充，「竟然是隻母的，看來此處的獵物已被打得差不多了。《淮南子》有云：不涸澤而漁，不焚林而獵。咱們是時候該換個地方了。」

「哪裡的獵物，也禁不住上萬大軍拉網一般打！」傅俊想了想，笑著搖頭。「先前打獵，是為了節約糧食，順便訓練弟兄們的騎術和射術。如今我軍糧食供應已經有了著落，依末將之見……」

一句奉勸的話還沒等說完，耳畔忽然傳來了一陣急促的馬蹄聲，緊跟著，大將王霸騎著一匹烏龍駒如飛而至，「報，主公。銚縣令急報，薊縣王家、趙家、崔家，還有上谷朱家，秘密聯絡王朗，被拿了個證據確鑿！」

「他們為何要聯絡王朗，緣由查清楚了嗎？」劉秀眉頭輕輕一皺，臉上瞬間浮起了一層陰雲。

「他們，他們覺得洛陽距離幽州太遠了，而先前又曾經和曹家、謝家一道排擠過主公您，怕您找他們秋後算帳！」王霸想了想，帶著幾分憤怒補充。「這群養不熟的白眼狼，主公您都答應既往不咎了，他們居然還想引狼入室！」

「通知次況，按照原來的謀劃，收網！」劉秀笑了笑，快速做出決斷。「然後把人證和物證都整理清楚，給地方上最大的幾個家族過目。要請他們各家的主事者，協助銚縣令斷案！」

所謂豪強，也不是鐵板一塊。先前他們之所以能團結起來，一道排擠劉秀這個外來戶，是因為他們認定了朝廷會給他們撐腰。而現在，他們忽然發現朝廷對幽州鞭長莫及，就立刻各奔東西。其中有一些聰明的，下定論決心要投靠劉秀，為家族賭一個未來；有一些老成的，則決定暫時偃旗息鼓，花錢買平安；還有一些野心勃勃的，則決定勾結外賊，鋌而走險。

對於前兩種，劉秀基本上都持歡迎態度。人皆有私心，他這個大司馬不受朝廷待見，是明擺著的事情。無論主動為他提供支持，還是跟他虛與委蛇，都沒超出情理之外。但對於第三種，表面上對他畢恭畢敬暗地裡卻勾結王朗，試圖打他一個措手不及那些傢伙，他絕對不會再給予任何寬容。

「遵命！」王霸先是一楞，隨即促狹地拱手，「末將這就去傳達主公的命令。然後帶著兵馬去請曹幸、謝尚和陳展，過來跟銚縣令一同審案！」

「把案子做實之後，屬勾結王朗那幾家人的莊院和田產，一半兒發賣，所得用以補充軍需。另外一半兒，登記造冊，過些日子獎賞給馬將軍、鄧將軍、賈將軍和其他有功將士，以勞他們血戰殺敵之功！」不待王霸撥轉馬頭，劉秀又迅速補充。

「這……」王霸神色一凜，答應得愈發大聲，「得令。末將這就將主公的口諭傳達給銚縣宰和馮主簿，讓他們儘快執行！」

「主公且慢！王將軍且慢！」傅俊在旁邊聽得大急，連忙出言勸阻。「王家、趙家、崔家，還有上谷朱家勾結王朗，引狼入室，罪在不赦。他們的家產充公發賣，也理所應當。可將近半兒抄沒所得，賞賜給幾位將軍，卻，卻有失妥當。至少，至少這種處置辦法，微臣以前聞所未聞！」

「這……」王霸剛剛鬆開了繮繩，迅速拉緊，望著劉秀，等待他做最後的決斷。

「道長，你說，眼下曹氏、謝氏和陳氏對咱們的支持，有幾分出自真心，幾分出於無奈？」劉秀沒有直接回應傅俊的勸阻，而是笑著反問，「其他大大小小的豪強呢，他們向咱們低頭，是迫於形勢，還是真心覺得咱們比朝廷和王朗、劉揚都強？除了今天被次況挖出來的那些暗中引狼入室者，幽州和涿郡，還有多少堡主，莊主，巴不得儘快將咱們趕走？咱們究竟能採取何種手段，才能讓他們徹底倒向咱們？」

「這？」傅俊被問得臉色發紅，一時間，竟無言以對。

前一段時間幽州和涿郡等地暗潮洶湧。他也親眼看了個清清楚楚。若不是朝廷後來的應對過於緩慢，如今劉秀這個大司馬，恐怕已經灰溜溜地被趕回了井縣。而現在，那些地方豪強們雖然迫於形勢，表面上向劉秀低頭，暗地裡，其中絕大多數，卻另懷肚腸。

短時間內，想要讓更多的豪強歸心，是根本不可能的事情。那些家族能在地方上盤踞上百年不垮，早已經掌握了一整套的生存之道。偏偏這些豪族，又控制了地方上的大部分農田、商鋪，甚至還把持了地方上的輿論和日常政務運作，沒有他們的支持，任何外來力量，都是無本之木，無根之萍，政令基本出不了縣城！

所以，大司馬如果想要以幽州為基業，進而揮師問鼎中原，就必須盡可能快地，將「根」扎下去。而既然無法讓大多數地方豪強歸心，且對已經表示效忠的豪強，也沒有把握確定其忠誠到底有幾分可信，自己主動製造一批對自己忠心耿耿的豪強出來，恐怕就是唯一的解決方案！

「道長，朝廷不會給主公太長時間，王朗和劉揚兩個，更不會！」嚴光忽然扯了一下傅俊的衣袖，帶著幾分猶豫，低聲提醒。

「這？」傅俊繼續低聲沉吟，隨即，仰起頭，朝著劉秀抱拳謝罪。「主公，傅某一時慮短，還請主公勿怪！」

「道長這是哪裡話來？」劉秀笑了笑，大度地擺手。「誰不知道你生就一副慈悲心腸？可弟兄們隨劉某出生入死，憑什麼就要兩手空空？幽州民間疲敝，抄沒所得，若是發賣，肯定還是要落入地方大戶之手。與其便宜了外人，還不如便宜自家兄弟！元伯，且去傳令。記得告訴馮主簿和銚縣令，儘快制定出一個賞功的章程來，並以此做為常例。今後我軍打下其他州郡，皆可參照執行！」

「末將遵命！」王霸大喜，答應一聲，策馬如飛而出。

「主公！」傅俊猛地抬了一下手，想要勸劉秀再仔細斟酌，話到了嗓子眼處，看到好兄弟王霸興高采烈的背影，卻再也說不出口。

殺掉那些懷有明顯敵意者，震懾那些首鼠兩端者，拉攏那些敢於投效者，再讓自己麾下的弟兄們，都變成豪強……

這條路，肯定是一條捷徑。

這條路，注定鋪滿了血肉和白骨！

「天氣日益炎熱，獵物越來越難以存放。我等向南再行五十里，打完了下一輪，就收兵出山！」彷彿根本沒看到傅俊的臉色，劉秀揚弓南指，大聲朝周圍的人發出邀請。

「是！」眾將士轟然響應，然後分成四隊，策馬向南探路，誰也不肯落於其他人身後。

「以此做為常例」，剛才劉秀所說的這六個字，大夥可是都聽得清清楚楚。那意味著，只要以後表現出色，他們早晚都會像今日受到嘉獎的馬武、鄧禹和賈復三個一樣，分到大片的土地，轉身成為人人羨慕的高門大戶。子子孫孫，永遠享受祖先拿性命換回來的富貴榮華。

「道長、子陵、元伯，咱們比比誰的獵獲更多，你們三個意下如何？」將目光從弟兄們興高采烈的背影上收回，劉秀笑著向傅俊、嚴光和劉隆三人發出邀請。

「固如主公所願！」劉隆第一個答應，俯身取出騎弓，一馬當先衝了出去。

嚴光笑著點頭，抖動韁繩緊隨劉隆身後。傅俊又是楞了楞，勉強收回心神，狠狠夾了一下馬腹，呼嘯追向劉隆和嚴光。

「呼……」望著傅俊在風中飄飛的花髮，劉秀偷偷鬆了一口氣。

傅俊剛才的心思，以及咽進肚子裡沒說出來的話，他其實都能猜得清清楚楚。並且他也清清楚楚地知道，自己身邊，想法與傅俊差不多的將領，數量絕對不會太少。

如果僅僅是為了功名富貴，或者給兒孫後代留下一份龐大的產業，當初他們很多人又何必冒著性命危險去造王莽的反？

捨生忘死推翻了大新朝，忽然間，他們發現自己又回到了出發點。每每午夜醒來，對照自己當初起兵時的夢想，他們又會情以何堪？

不但他們，劉秀自己，做出這個決定之時，心中都隱隱作痛。

但是，做出抄沒地方大戶田產，獎賞給有功將士的決定，卻並非他一時興起。自從成功脫離劉玄的掌控之後，他其實無時無刻都在考慮，今後的路，到底該怎麼走？自己今後重建的大漢，到底該是什麼模樣？

想擊敗劉玄，想為大哥復仇，想重建太平盛世，光有身邊這些弟兄肯定不夠。他迫切需要更多的人支持自己，迫切需要盡一切可能去發展壯大，迫切需要爭取天下豪傑之心，迫切需要……他已經無法再慢慢來，他必須做出一些可以立竿見影的決斷，哪怕這些決斷，違反了他的本心，也違反了身邊很多人當初起兵的初衷。他尊敬且佩服傅俊的堅持，但是他自己卻不敢聽從對方的諫言。

傅俊和大哥，其實是一樣的人。劉秀這輩子最佩服的人，就是自己的大哥。光明磊落，義薄雲天，為了心中的夢想寧折不彎。然而，他的大哥卻死了，死在自己信任的至交好友手裡，死不瞑目！

「唏吁吁——」跨下的白龍駒彷彿感受到了主人心中的波瀾，忽然發出一聲嘶鳴，緩緩邁開了四蹄。

劉秀楞了楞，迅速收拾起紛亂的心神，帶著十幾名貼身侍衛，抄近路奔向山南。那邊春來的更早，陽光更足，野草更為肥美。那邊，應該又更多的獵物，值得他去彎弓搭箭。

果然，沒過多時，視野裡，已經跑過來不少受驚的野雞、麅子和麋鹿。侍衛們策動坐騎，努力將獵物驅趕向劉秀的坐騎正前方。劉秀卻覺得有些意興闌珊。放下弓，正準備招呼大夥不要再難為這些毫無抵抗力的弱小野獸，就在此時，耳畔忽然傳來一聲震天的怒吼，「嗷——」緊跟著，一頭巨大無比的黑熊，從他的戰馬前飛奔而過，笨重的身軀，將周圍的樹枝灌木撞得東倒西歪。而那黑熊，卻絲毫感覺不到疼，三晃兩晃，就消失在戰馬右側的樹林之間。

「是熊王，保護大司馬！」侍衛厲恒第一個反應過來，撥轉坐騎，擋在了劉秀的身側。

劉秀卻沒感覺到任何畏懼，果斷將騎弓重新抄起，瞬間拉了個全滿。隨即，一支羽箭流星般脫離了弓弦，「嗖！」地一聲，在樹林後帶起一串絢麗的血珠。

「嗷——」熊王嘴裡發出淒厲的悲鳴，帶著劉秀的羽箭，繼續向樹林深處飛奔。沿途無論遇到任何阻擋，都直接撞過去，撞得滿地碎石斷木亂滾。

「追！」劉秀毫不沮喪，一夾馬腹，利用超高的騎藝，在險峻的山道上高速馳騁，同時彎弓搭箭，從容不迫地射向熊王寬闊油亮的後背。

縱使在顛簸的馬鞍之上，他也能做到箭無虛發。然而，厚厚的熊皮和脊背上的肥肉，卻卸掉了羽箭的大部分力道。令熊王的後背，迅速變成了一支巨大的靶子，逃命的速度，卻絲毫沒有減緩。

親兵的騎藝和箭藝都遠不如劉秀，很快便被他甩在身後。只有親兵隊正厲恒等零星幾個勉強還跟得上，卻都累得盔斜甲歪，氣喘如牛。

眼看著箭匣就要射空，劉秀不敢再隨意亂射，將羽箭搭在弓臂上，引而不發，準備等這熊王吃痛不過，掉頭反撲，以便一箭射穿蠢貨的心窩。

然而，令他無比詫異的是，那熊王卻好像嚇傻了般，始終都沒有回頭。只管背著七八支羽箭，繼續跌跌撞撞向前逃命，並且每逃出二三十步，就要換一個方向，鮮紅色的熊血淅淅瀝瀝，在其身後灑了滿地。

「這廝到底是做什麼？」事物反常必有隱情，憑著生死之間打滾養出來的謹慎，劉秀遲疑著放慢了戰馬速度。

「嗷，嗷……」那熊王忽然轉過身，朝著他大聲挑釁，然後又調過頭，繼續搖晃著插滿羽箭的身軀踉蹌逃命，彷彿唯恐他放棄對自己的追殺，掉頭折回。

「莫非這廝也是頭母的！」腦中忽然閃過一道靈光，劉秀終於明白了熊王總是帶著自己兜圈子的緣由。動物都懂得護崽兒，熊王的崽兒，想必就在附近。牠怕幼崽被獵人發現，這才不惜拋棄尊嚴，以身作餌！

「算了，看在你的孩子份上，放過你這一次！」有股隱隱的痛楚，快速占據了他的心窩。劉秀嘆息著收起弓箭，勒緊了戰馬的韁繩。

就在此時，對面的樹林間，忽然傳來數聲異響。「大黃弩！」劉秀的頭皮瞬間一乍，想都不想，憑著早已經刻在骨頭裡的本能，縱身跳下白龍駒，滾向距離自己最近的大樹背後。

「嗖！嗖！嗖！嗖！嗖！」

破空聲不絕於耳，身前的樹幹，被射得木屑飛濺。白龍駒和熊王先後發出一聲淒厲慘叫，轟然倒地。大群大群的野鳥逃上天空，剎那間，遮住他頭頂所有陽光。

濃烈的血腥味鑽入鼻孔，劉秀抽出佩刀，翻身而起，雙腿發力，像靈貓一般，從藏身的大樹之後，迅速鑽入臨近的草叢。

有刺客，並且不止是一人！動用了至少三張大黃弩，還有十多張角弓，如果不是因為他早就將大黃弩的聲音刻進了骨髓裡，聽到弩弦響就會本能做出躲閃，等待著他的，恐怕就會是跟白龍駒和熊王同樣的命運！

刺客受誰人指派？

軍中利器大黃弩是從何而來？

當年的王家子弟，早就跟王莽一道死於義軍的怒火，誰跟劉某有這麼大仇，必須除劉某以後快？又是誰洩漏了自己在山中的踪跡，讓刺客於此地以逸待勞？

……

無數個疑問，在他心中縈繞，令他頭皮陣陣發麻，緊握刀柄的手背處，青筋突突亂跳。

「劉猛、劉槊，誰叫你們動用弩箭的。一旦誤傷了人命，舅父肯定會怪我壞了他的名聲！」一聲嬌憨的怒叱忽然響起，瞬間給了他一個清晰的答案。

「表小姐，王爺最近眼睛不好，妳挖了熊膽送給他做壽禮，他一定會老懷大悅！」

「表小姐明鑑，小的們剛才看那狗熊來的太急，怕牠傷到您，才，才用弩箭射死了牠！」

「是，表小姐。小的們知錯了！」

……

十幾個男性爭先恐後的回應，誰也沒在乎被他們誤傷的「獵人」，眼下是死是活。

不是刺客，而是另外一個女狩獵者及其家丁！劉秀緊繃的筋肉略微放鬆，怒火卻迅速衝破了頭頂。

以先前那陣箭雨的密度以及準頭，幸虧是自己，若換做別人，只怕早已跟那熊王一道被射成了刺猬。而在對面的女人，卻只在乎他舅父是否生氣。那女人手下的家丁，也只在乎狗熊會不會傷到他家小姐。彷彿自己就像一隻螻蟻般，根本不值得一提。

「去樹後將那人找出來，如果受傷了，就賠人家一筆湯藥錢。然後，再賠他一匹駿馬！」女子的聲音再度響起，像寒冬臘月的山風一樣高冷。

「是，小的們這就去，這就去！」

「小姐慈悲，真是便宜了他！」

「就是，先前如果他不追著……」

眾家丁們七嘴八舌地答應著，邁步向前，很快就接近了熊王的屍體。

一共二十七個人，手裡或者持著環首刀，或者持著弓弩，竟然像軍隊一樣分成了三組，彼此之間互相呼應。

「大司馬，大司馬您在哪？賊子，爾等找死！」親兵隊正厲恒終於趕到，發現地上的白馬屍體和正手持兵器向屍體靠近的家丁，立刻嚇得亡魂大冒，毫不猶豫地丟下弓箭，信手從腰間拔出了環首刀。

「大司馬……」十幾名親兵叫喊著陸續衝到，發現情況不妙，果斷向厲恒聚集，在高速移動中，將隊伍迅速排成了一個錐形。

常年在戰場上追隨劉秀一道廝殺，他們彼此之間早就養成了默契，看到地上的白馬屍骸，就立刻明白對面是敵非友。所以，第一時間的反應就是將對方擊潰，然後再詢問自家大司馬的去向。

「你，你們是什麼人！別，別過來，別過來，我們，我們有弩，大黃弩！」對面的家丁雖然也訓練有素，身上卻明顯缺乏親兵們那股百戰餘生的殺氣。頓時嚇得一個哆嗦，威脅的話，脫口而出。

「放下兵器，否則，格殺勿論！」回答他們的，是一聲怒喝。親兵隊正厲恒高舉鋼刀，旋風般殺到近前。搶在一名持大黃弩的家丁做出反應之前，將此人一刀砍成了兩段。

「格殺勿論！」其餘親兵策馬緊隨厲恒身後，電光石火間，將家丁的三疊疊陣型捅了個對穿。另外兩個持大黃弩的家丁也沒來得及扣動扳機，就相繼身首異處。其餘持弓箭的家丁們，也被憤怒的親兵殺得七零八落。而他們慌亂中射出的羽箭，卻根本找不到任何準頭，大部分都落在了空處，只有零星兩三支射中的劉秀的親兵，卻全都沒能造成致命傷。

「饒命！我們是真定王的人，真定王的人！」僥倖沒有再第一輪衝鋒被砍死的家丁們，立刻就聽懂了厲恒的話，爭先恐後丟下弓箭，跪地自報家門。

親兵隊正厲恒，卻沒有功夫再理睬這群窩囊廢。嘴裡再度發出一聲怒喝，「放下兵器，否則格殺勿論！」繼續策動坐騎，衝向家丁的主人，一名騎著棗紅馬的高個子少女。

「你，你們，你們竟然，竟然敢殺，殺真定王府的人？你們，你們全都活得不耐煩了！」高個子女子顯然是個橫行慣了的主，雖然被嚇得花容失色，卻絲毫不肯服軟。舉起一把寒光閃爍的寶劍，就要跟厲恒以命相搏。

劉秀的親兵厲恒，在看到白馬屍體的那一刻就急昏了頭，哪裡顧得上憐香惜玉？見對方拒絕投降，立刻舉起了手中鋼刀。眼看著，就要將那女子斬於馬下，他的身背後，卻忽然傳來了劉秀的命令，「不要殺她！子遠，我沒事兒！」

「大司馬？」厲恒喜出望外，收起鋼刀，扭頭張望，「大司馬您沒事兒，太，太好了。剛才，剛才嚇煞……」

「小心——」驚呼聲迅速湧起，眾親兵們個個大驚失色，眼睜睜地看著那名女將手擎寶劍，狠狠刺向厲恒後腰。

「啊——」好厲恒，畢竟是追隨劉秀征戰多年勇士，反應速度遠非常人能比。聽到弟兄們的驚呼聲，果斷將身體向左墜下，來了一個馬腹藏身。

銳利的寶劍，緊貼著他的小腹捅了過去，帶起一串耀眼的血珠。那女子一招偷襲得手，立刻變本加厲，揮舞手臂，借助戰馬衝刺的速度，將劍刃砍向厲恒的大腿。

這一下如果砍中，厲恒即便不死，也得落個終生殘疾。然而，就在劍刃即將與大腿護甲接觸的剎那，有塊青石忽然淩空飛至，「啪」地一聲，正中狠心少女胯下棗紅馬的脖頸。

「唏吁吁——」棗紅馬疼得大聲悲鳴，前蹄高高揚起。馬背上的少女毫無防備，被直接甩離了馬鞍，「撲通」一聲，摔了個四腳朝天。

「拿下她！」劉秀在樹葉上擦了擦沾了泥土的左手，大聲吩咐。

投石技，不但朱祐會，他也早就得到了馬三娘的真傳。只是，只是他先前一直不願搶好朋友朱祐的鋒頭，很少當眾施展而已。

今天，在關鍵時刻，馬三娘親傳的絕技，又救了他麾下親兵一命。如果三娘泉下有知，不知道會誇他機靈，還是笑他當年虛偽。

想起當年三娘逼著自己和朱祐等人勤學苦練的光景，劉秀心中禁不住又是一痛，剎那間，竟然有些失魂落魄。

孔師伯已經作古多年，當初大夥習文練武的那座莊園，不知道現在姓趙，還是姓申屠？當初自己遭受大黃弩的暗算，是三娘冒著性命危險將自己送入了孔家別院，在裡邊衣不解帶地替自己餵水餵藥。而今天，如果自己再遭到大黃弩的暗算，哪裡還能找到三娘……

「大司馬，怎麼處置這個娘們兒！」

「無恥狗賊，趕緊放了我，否則我舅父肯定會提兵將你碎屍萬段！」

親兵厲恒的聲音和少女的聲音，相繼傳來，將他的心神，從如煙往事中，硬生生拉回現實。

「到底是誰無恥？今日若非劉某躲的及時……」低下頭，劉秀憤怒地質問。

話只說的一半，他的身體卻忽然僵硬，嘴巴也忽然發不出任何聲音。

那少女，生得猿臂狼腰，身高足足有七尺半。膚色略微有點兒重，眉毛和五官，卻如象牙雕琢出來的一般清晰。

恢復鎮定的棗紅馬不肯丟棄主人，羞答答地邁開四蹄，向少女靠攏。斑駁的日影下，就像一團跳動的火焰。

痛，異樣的痛，心臟宛若被一隻大手握住，每一次跳動，都疼得人頭暈目眩。

火，跳動的火，有一隻鳳凰，浴火重生。

「劉三兒，我識字了，我識字了，以後你就騙不了我了！」

「劉三兒，你又在憋什麼壞水？莫非你真的活膩煩了不成？」

「劉三，你，你無賴！嗚……」

「想動劉三兒，先過我這一關！」

「醜奴兒馬上就二十歲了，你再不兌現諾言，她就老了！」

「娶吧！連自己喜歡的女人都不敢娶，縱使成了大事，這輩子也不快活！」

「文叔，我們一起去河北，行俠仗義，為民除害！」

……

「放開我，放開我，我舅父乃是真定王。小賊，你若敢動我一根寒毛，他必會誅你九族！」一聲憤怒威脅聲，忽然打碎所有夢幻。

火鳳凰身形，逐漸化作無數亮點，匯入漫天星河。

低下頭，他帶著無法掩飾的期盼，重新打量，卻越看，越知道自己錯得離譜。

不是三姐，三姐的個頭比她應該稍高一些，皮膚顏色更深。

不是三姐，三姐的眼睛比她大，眉毛比她長。

不是三姐，三姐的臉上，從來沒有出現過畏懼，哪怕面對的是刀山火海。

不是三姐，三姐不會動不動就滅人九族。

不是三姐，三姐即便看誰不順眼，也只會自己親自動手收拾他，絕不會擺出長輩的身份仗勢欺人。

「放開我，放開我。救命，救命啊……」被劉秀痴痴呆呆的模樣，嚇得毛骨悚然，少女扯開嗓子，淒聲尖叫。

「妳不是三姐！」劉秀眼睛的迷茫忽然散去，目光明亮得像一把尖刀。「妳到底是誰？」

「我？」殺氣撲面而至，少女的尖叫聲戛然而止，瞪圓的眼睛裡，充滿了恐懼，「我，我叫郭聖通，我是真定王的外甥女。射，射死你的馬是我不對，我賠你，賠你錢！你只要放了我，你要多少錢我舅舅都會賠給你！」

對方是個瘋子，殺過很多人的瘋子。她不能吃眼前虧。她必須先想辦法脫身，然後才能找機會報仇雪恨。

「放了她！」被她當成瘋子的劉秀忽然笑了笑，意興闌珊，丟下一句話，轉身大步離去。

「是！」厲恒等人，從不會違背劉秀的命令，鬆開手，快速走向自家馬背。

沒想到那個瘋子般的男人，居然如此好說話，郭聖通楞了好半晌，才終於相信自己化險為夷。扭頭再看剩餘的那幾名家丁，在後者的臉上，也看到了如假包換的迷茫。

一個照面就將全副武裝的家丁殺掉了七成以上，那個男人麾下的親信好強！

在大黃弩和二十幾張弓箭的招呼下，還能及時逃離險境，那個男人，武藝和反應速度，恐怕超過了舅父帳下所有老將名將。

對熊掌和熊膽都不屑去取，那個男人，恐怕根本不是為了打獵而入山。

不是打獵，他到底為何而來？

他為什麼看到自己之後會露出那麼痛苦的表情？

三姐又是誰？

他為什麼不要自己的賠償？

既然不打算索要賠償，他，他先前對人家為何又那麼，那麼凶？

……

無數問題，剎那間，湧滿了郭聖通年輕的腦海。

雙腿不受控制地向前追了數步，她想要追問一聲對方的名姓。卻發現，那個渾身上下都充滿謎團的男人，已經跳上馬背，像風一樣，消失在茂密的山林之中。

樹影斑駁，戰馬風馳電掣。

「大司馬，把那女人獨自留在山中，會不會有危險？」親兵隊正厲恒不過二十歲上下，殺敵時雖然勇猛，但血液的溫度稍降，立刻就擔心起了對手的安危。

「不會，她身手不算太差，況且身邊還好幾個家丁！」劉秀笑了笑，淡然搖頭。

「那幾個家丁本事太差，頂多能對付飛禽走獸，如果遇到土匪，恐怕一個照面就得全部死光！」厲恒先是點頭，然後又小聲提醒。

對方自報家門為真定王的外甥女，而此地距離真定府已經很近了。在大軍準備全力對付王朗的時候，他不想因為自己的一時疏忽，給劉秀樹立一個新的強敵。

「怎麼，看上眼了？你若不放心，我准你送她回真定國。」劉秀搖頭，大笑，目光中充滿了鼓勵。

「屬下，屬下不敢。」厲恒被看得頭皮發乍，趕緊用力擺手，「大司馬說她沒事兒就沒事兒。我，我只是，只是覺得她，她一個弱小女子，帶著幾個窩囊廢，在荒山野嶺的……」

「弱小女子？弱小女子可不會動不動就滅人九族！」見厲恒驚慌失措地模樣，劉秀忍不住放聲大笑。笑過之後，年輕的臉上，卻又浮現了幾分無法掩飾的寂寥。

不是三姐，鳳凰浴火重生，不過是老揚雄可憐師傅難解喪女之痛，特地編造出來的一個謊言。想當初，劉秀心中一直有個疑問，為何師父學究天人，卻會被如此簡單的一個謊言騙了好些年。到現在，他才終於明白，到底是師父年老糊塗，還是自己年少無知。

「主公，主公何在？」一聲焦急的呼喊，在遠處傳過來，令他心中的悶痛稍減。

「道長？」劉秀困惑地舉頭遠眺，恰看見，傅俊帶著幾名信使，匆匆忙忙向自己這邊跑了過來。

當即，他收拾起紛亂的心神，策馬上前與對方相會。待問清楚了信使前來尋找自己的目的，眉頭迅速又皺成了一團。

王朗不甘心吃虧，整頓了傾國之兵，前來攻打幽州。而剛剛被擊潰逃入深山的五校軍，以及幽州附近的一些地方勢力，也好像突然跟自己結下了不共戴天之仇，或者親自披掛上陣，或者派遣帳下得力幹將，星夜兼程朝著薊縣撲將過來。

「子陵接到警訊之後，已經搶先一步回到了薊縣。其他各位將軍，也分別去收攏兵馬，隨時等待主公示下！」唯恐劉秀過於擔心，在信使彙報完情況之後，傅俊又低聲快速補充。「雖然群賊來勢洶洶，但子陵認為，只要主公能擊敗王朗，其餘賊寇，必不戰而敗！甚至可以傳檄定之！」

「傳我的將令，狩獵結束，全體拔營，返回幽州！」心中所有傷痛和遺憾，都被豪情所掩蓋，劉秀扭頭向四下看了看，大聲吩咐。

第二日一早，全軍開拔，於次日申時返回薊縣。

進城後，劉秀立刻與一眾文武進入縣衙內堂，剛一坐定，就聽銚期大聲稟告：「主公，劉玄帳下的柱國大將軍李通，派人送來密信，說劉玄派出使者，四處招降各路稱霸山林的草寇，要他們齊心協力，對抗幽州！這是他送來的一份名單，上面已將劉玄使者接觸過的山賊，一一詳細記錄。」

說話間，從懷中掏出一方折疊起來的錦帛，呈給劉秀。

劉秀不動聲色接過來看了幾眼，先將名單遞給嚴光，由其看過後依次向周圍傳閱，然後又笑了笑，不屑地搖頭，「這廝，當年就被王匡派去太行山招降孫登，如今他做了皇帝，依然沒忘了舊業，做起來倒也輕車熟路。」

「哈哈哈……」登時，知曉劉玄被強行推上皇位以前經歷的萬修、蓋延、劉隆等人，都忍不住大笑出聲。內心深處，對此人的鄙夷，瞬間又多了數分。

「這上面一共記錄了五路逆賊，若在我軍與王朗作戰之時，從四面突然殺至，我軍還真會被打個措手不及！不過，有了次元兄的事先預警，逆賊再按照原計劃行事，就等同於送貨上門了。」嚴光也跟著笑了片刻，隨即將名單傳遞給鄧禹，輕輕搖頭。

「次元兄？可是李軼的弟弟李通？」劉隆聽得微微一楞，連忙出言提醒，「他雖然娶了伯姬，卻因為他哥哥的緣故，深受劉玄信任！」

「信任未必，但劉玄拉攏人的手段，的確不可小瞧！」見他急得火燒火燎，嚴光忍不住再度笑著搖頭，「次況兄有所不知，李通雖然跟李軼是堂兄弟，二人之間的關係，卻不怎麼親近。倒是跟主公兩個，第一次相遇，就一見如故。這點，也是君文當年親眼所見。」

「的確如此，這個李次元，在做綉衣御史之時，就一心一意造王莽的反！」奉命歸來商議戰事的賈復迅速起身，大聲替李通作證，「不像他大哥李軼，造反只為了獲取榮華富貴。也不像賈某，當初還一心一意，想要替王莽效力！」

「啊，哈哈哈哈……」眾人聞聽，再度開懷大笑，笑過之後，愈發覺得自家主公是天命所歸。

「主公，末將亦願領兵一支，替您分憂！」當即，赤腳大仙蓋延長身而起，大聲請纓。

「主公，敵軍既然來了五路，其中一路，不妨交給末將！」萬修不甘落於兄弟之後，也緊跟著起身大聲請求。

「主公……」

「主公……」

轉眼間，縣衙內堂裡，求戰聲就響成了一片。很多蓄養了一春天體力的將領，都迫不及待地想要有所表現。

「各位莫急，先將次元兄送來的密報看完，然後再請戰也不為遲！」唯獨縣宰銚期，由於提前一步得知了密報上的情況，所以沒有急著起身，而是笑呵呵地大聲提醒。

眾將聽得一楞，這才意識到，大夥有些過於心切了。連忙紅著臉退了下去，然後伸長脖頸去搶看密報。不看則已，一看，每個人臉上的表情愈加興奮。

要打大仗了，不但來了五路賊軍，而且王朗還準備帶著傾國之兵進犯幽州。真定王劉揚那邊，劉玄的密使，也已經走在了路上。準備命令此人等待時機，從身後捅幽州致命一刀。

「無論賊軍分成幾路前來，咱們只需要抓住王朗這路，就能立於不敗之地！」擅長運籌帷幄者，不止是嚴光一個。鄧禹在看罷密報之後，迅速就說出了應對方略。

「幽州和涿郡的豪強，只是表面恭順。發現形勢對我軍不利，肯定有人又要蠢蠢欲動。所以，次況兄這邊，必須留下足夠的弟兄。隨時準備應對有人和外賊裡應外合。」馮異性子謹慎，在鄧禹進言之後，才緩緩補充。

「又是我？」銚期臉色一變，悻然咧嘴。

比起坐鎮薊縣，跟豪強們鬥智鬥勇，他顯然更喜歡與劉秀一道衝鋒陷陣。然而，還沒等他想好該推薦誰來接替自己，就聽見劉秀笑著說道：「怎麼，次況當縣宰當煩了？也罷，邳郡守一再向我表示，他想要……」

「不，不，主公，末將知道錯了，知道錯了！」銚期聞聽，趕緊站起來躬身謝罪，「末將光是治理一個縣，就已經筋疲力盡，真的不敢去搶邳郡守的差事！」

「哈哈哈哈哈……」狹窄的縣衙內，第三次響起了愉快的笑聲。眾將看著滿臉惶恐的銚期，心中徹底忘了大戰將至的緊張。

亂世當中，馬背上博取功名，才是正途。當縣令、郡守雖然看似風光，哪裡有追亡逐北來得痛快！以少擊多，以寡凌重，創造一個又一個奇蹟，讓敵軍聽到你的名字就瑟瑟發抖，這才應該是熱血男兒的夢想！

在山河重整之後，你的名姓，必然會被記錄於史冊，與天空中的群星，交相輝映！

「你不願意去做郡守，那也由你！」跟著大夥一道笑了片刻，劉秀緩緩說道，「但惡戰在即，邳郡守那邊，必須有人前去幫忙。否則，他一個文官，很難……」

一句話沒等說完，縣衙的院子內，忽然傳來了一陣鏗鏘的腳步聲。緊跟著，有人不經通稟，就徑直闖了進來。「文叔，劉玄已經磨刀霍霍，此時不反，更待何時？」

「馬大哥，你……」劉秀微一蹙眉，抬頭望去，只見馬武如同一隻憤怒的獅子般，雙目噴火，鬚髮戟張，「你幾時回來的？為何被氣成了這般模樣！」

「我接到你的將令，就立刻準備啟程，就在此時，收到了這封混帳玩意兒！」馬武從胸前掏出一封染血的帛書，重重拍在了劉秀面前的桌案上，「劉玄的信使，已經被我給宰了！但他絕不會只派一個信使前來，更不會只招攬馬某一個！」

「手書？」劉秀難得吃驚了一次，迅速伸手攤開了帛布，只見上面，密密麻麻，寫了足足有兩千餘字。其中一千九百多字，都是對馬武的誇獎和奉承。而最後百餘字，卻字字宛若毒蛇吐信。

沒等他把信讀完，距離他最近的萬修，忽然笑著點評，「武威郡公，驃騎大將軍，只要你肯領兵南下，接應謝躬，然後跟他一道討平王朗？哈哈，好大的手筆。馬將軍何不應下了，反正對你來說，並無任何損失！」

「君游，休要胡亂拿馬大哥說笑！」嚴光聞聽，趕緊出言喝止。

哪裡還來得及？只見馬武猛地跺了一下腳，毅然轉身，三步兩步就衝出了門外！

「馬大哥，不要衝動！」劉秀大急，一推桌案，縱身追了下去。

士可殺不可辱，劉玄以名利誘降天下英雄的法子，或許可在別人那裡行得通，但用在馬武身上，只會起到反效果！

馬武若是這樣便被其收買，他就不是名動天下的鐵面獬豸了！

當年在棘陽受騙，已經給他上過刻骨銘心的一課，從那時起，「收編」兩個字，就是他的逆鱗，無論誰去觸碰，都必然遭到他的強烈反擊。

更何況馬武根本看不起劉玄、謝躬之流，早就想要將二人一刀劈成兩段！

「馬大哥，馬大哥，你去哪，咱們兄弟一起去！」嚴光、鄧禹、王霸等人，也紛紛起身，快步追出了議事廳外。只有萬修，到現在還不明白，自己隨口一句玩笑話，怎麼會引起如此大的混亂，站在原地呆呆發楞。

說時遲，那時快，眼看著馬武已經衝到了縣衙門口，就要飛身跳上坐騎。大街上，忽然又四個急匆匆的身影，卻是賈復、耿弇、臧宮和寇恂。四人聽到劉秀的聲音，楞了楞，策馬上前，將縣衙大門堵了個結結實實。

「賈君文，讓開！」馬武大怒，一晃肩膀，就準備強行突圍。

「馬大哥這是怎麼了？你若是這樣就走了，讓主公如何下得了台！」賈復果斷飛身下馬，雙手抱住了馬武的腰桿。

他們兩人個頭相當，力氣也差不多大小。都是倉促間發力，誰也撈不到對方的便宜，剎那間，竟然僵在了一處。

剎那的耽擱，對劉秀已經足夠。他大步追上，一把扯馬武的胳膊，大聲說道：「馬大哥，我知道你想做什麼？你聽我說，這一次，我保證不會讓姓謝的活著離開河北。」

「是啊，馬大哥，咱們同生共死這麼多次，誰還會懷疑你？你若是真的不顧而去，才正好上了姓謝的當！」嚴光、鄧禹、王霸等人，也紛紛上前，圍著馬武大聲勸解。

馬武雖然性如烈火，頭腦卻沒完全被燒糊塗。掙扎了幾下無法掙脫，又聽大夥說得懇切。漸漸也就恢復了冷靜，看了劉秀一眼，悻然道：「行了，行了，別拽了，再拽，老子的胳膊都被你拽斷了。小劉三兒，你哪來的這麼大勁頭？」

一句「劉三兒」喊出，他心中的氣兒也就徹底散了。劉秀連忙鬆開手，先擦了一把額頭的熱汗，然後笑著搖頭，「力氣再大，也跟你馬王爺沒法比。你不要著急，該怎麼對付姓謝的，咱們一起商量。他既然敢來河北，這回咱們就老賬新賬跟他一並算。」

說著話，又快速將目光轉向賈復等人，「君文、伯昭、子翼、君翁，我正準備派人去招呼你們回來議事，信使尚未出發，你們怎麼都自行從軍中返回來了？」

「主公，我們四個的情況，恐怕跟子張將軍差不多！」賈復文武雙全，早就從馬武的表現上，察覺到了真相。苦笑了一聲，雙手從懷中摸出一份帛書。

「主公，劉玄企圖行間，招降我等，這些，都是他的封賞誥書，請主公定奪。」耿弇、臧宮和寇恂三個，也各自摸出一封帛書，苦笑著連連搖頭。

劉玄和謝躬的拉攏，他們三個當然沒打算答應。但眼下他們要麼領兵在外，要麼主政一地。如果不主動向劉秀說明情況，雙方之間，難免會生出什麼嫌隙。所以，接到封官許願的信之後，他們立刻將手頭事情交給了親信，星夜返回薊縣向劉秀彙報。

劉秀見狀，心中大為感動。接過帛書，看都不看，就直接丟進了門外臭水溝。隨即，躬身下去，朝著大夥做了一個團團揖，「各位將軍高義，劉某無以為報。但求今生今世，與諸君福禍與共！」

「我等誓與主公共同進退！」賈復等人，齊齊躬身，大聲向劉秀表明心跡。

馬武在旁邊看得兩眼發直，這才忽然想起來，如今劉秀已經是大夥的主公，而不是當年那個跟隨在自己身後滿臉崇拜的小兄弟。

正尷尬間，卻聽見劉秀笑著說道：「以後收到這種東西，直接燒了就是。若是接到一次，就來跟我解釋一次，豈不是白白便宜了對手？走，各位既然來了，就一道進去，商議如何對付那謝躬。馬大哥，你也趕緊跟著一起進來！」

「是！」馬武又是慚愧，又是欽佩，與賈復等人一起答應著，轉身返回了縣衙。

大夥再度於議事廳內坐定，這一回，再沒有人肆意妄為，都靜靜地等著劉秀做出決斷。

「子陵，你不妨先跟弟兄們，說一下劉玄那邊的具體情況！」劉秀也不耽擱時間，直接開始點將。

「遵命！」嚴光大聲答應，站起身，快速來到牆壁旁，指著一幅粗糙的輿圖，笑著介紹，「劉玄移都長安之後，憑藉朱鮪、李秩和謝躬等人的支持，和不停地賜予眾將高官厚祿，已經令王匡、申屠健和陳牧三人的下屬，大部分都倒向了他。如今王匡、王鳳兄弟倆即便聯手陳牧，都很難再對其造成掣肘。另外，因為劉嘉在往外作戰得力，朝廷威勢大漲。赤眉軍首領樊崇，日前已親自趕赴長安，宣誓對劉玄效忠！縱觀當今天下，除了幽、冀、並三州，實際上還不受劉玄控制。其他地方割據勢力，都已向劉玄俯首稱臣！是以，劉玄才將謝躬派了出來，準備向主公，以及王朗、劉揚、孫登三人下手！」

「他，劉玄那小子，勢力竟如此之大了？」馬武驚訝的張開嘴巴，滿臉難以置信。

「那廝雖然心胸狹窄，但本事卻不能算差。特別是在操弄人心方面，絕對是一等一的高手。當初王匡其實看低了他！」嚴光想了想，輕輕點頭，「王匡和陳牧等人，缺乏一決生死的膽略，所以在麾下部將或明或暗被劉玄拉攏的情況下，絕對不敢再公開跟劉玄對著幹，頂多是陽奉陰違。而申屠健失去王匡和陳牧兩人的暗中支持，也只能暫且對劉玄俯首帖耳。如此，劉玄能調動的兵馬就是可高達二十萬以上。再加上臨時強拉入伍的民壯，拼湊出一支四十萬大軍不成任何問題。這也是謝躬膽敢領兵渡過黃河，並且悍然寫信拉攏幾位將軍的底氣所在！」

「嘶——」眾人聞聽，齊齊倒吸了一口冷氣，都為劉玄小朝廷的強大實力而感到震驚。

眼下幽州方面，雖然也能拉出三、四萬兵馬，但真正有戰鬥力者，依舊是兩萬出頭。用這兩萬弟兄去迎擊王朗，或者去攻打劉揚，都綽綽有餘。可真的跟朝廷翻了臉，恐怕就得再來一次兩萬擊潰四十萬的奇蹟，才有機會問鼎天下。而奇蹟之所以被稱為奇蹟，就是因為它根本不可能重現。那需要太多的運氣，太多的巧合，甚至需要有人去做出巨大的犧牲。

「據嚴某所知，謝躬雖然跟劉玄一樣擅長耍弄陰謀詭計，卻並非知兵之人。由他帶領朝廷的兵馬北上，實際上對咱們的威脅最小。如果馬大哥一怒之下去刺殺了他，讓朝廷將朱鮪、劉嘉、申屠健等人派過來，才是真正的麻煩。如果換成了成國公王匡領兵，光在士氣方面，我軍就會大受影響！特別是曾經跟王匡一道征戰的弟兄，未必願意對他舉起手中的刀。」早就料到了眾人會做什麼反應，嚴光笑了笑，緩緩補充。

「軍師，軍師所言在理，馬某，馬某剛才的確衝動了。還請主公和軍師原諒則個！」馬武臉上的震驚之色，迅速化作了慚愧，站起身，主動向劉秀和嚴光賠禮道歉。

「剛才是末將口不擇言，並非馬大哥的錯！」終於發現自己傷害了別人的萬修，也紅著臉站了起來，大聲認錯，「如果主公需要責罰，請責罰末將，切莫怪罪馬大哥！」

「子張、君游，二位將軍請稍安勿躁！」嚴光搖了搖頭，雙手下壓，「主公不會因為此等小事，就責罰你們。況且馬大哥剛才的反應，其實也未必完全是錯！」

「啥？」馬武楞了楞，兩隻牛鈴鐺大的眼睛，頓時瞪了滾圓。

「軍師，軍師切莫再說氣話，萬某，萬某真心認錯！」萬修也不理解，嚴光為何有如此判斷，臉色瞬間紅得愈發厲害，頭頂上的汗珠，也悄悄地滲了出來。

「劉玄和謝躬兩個，都喜歡耍弄陰謀，從中間也嘗到了許多甜頭。所以，他們即便有心對主公不利，輕易也不願與主公爭雄於戰場。他們甚至，沒有多少勇氣，跟主公爭雄於戰場！」嚴光又笑了笑，忽然轉換了話頭。

「那當然！」眾將聞聽此言，齊齊面露微笑，甭管有沒有鬍鬚，手掌都在下頦處亂抹。

春陵大捷、棘陽大捷、宛城大捷、昆陽大捷、新鄭大捷，那一連串的大捷，可不是靠陰謀詭計騙出來的。劉秀的威名，早已能止小兒夜啼。而劉秀麾下的將領，特別是當初追隨他在昆陽突圍的十三騎，也個個家喻戶曉。除非哪個王八蛋得了失心瘋，才會相信他可以輕易在戰場上能一挫劉秀的鋒纓。

這其實也是，劉秀數月來在幽州縱橫馳騁，劉揚卻選擇了按兵不動，王朗動輒退避三舍的緣由。後兩人都畏懼劉秀的百勝之威，在沒有絕對把握情況下，輕易不肯跟劉秀一決雌雄。

「既然不願意明著跟主公決戰沙場，擺在謝躬面前的路，就只有兩條。一條就是其正在實行的，拉攏主公麾下的大將，分化瓦解我軍，剪除主公羽翼。另外一條，就是借刀殺人。如果嚴某所料沒錯，用不了幾天，劉玄的聖旨就該到了。而其內容，無非就是要求我軍南下，與謝躬一道夾擊王朗！」

「想得美！」

「做他娘的春秋大夢！」

「讓姓謝的去吃屎！」

「坐山觀虎鬥，讓姓謝的跟王朗鬥得兩敗俱傷！」

……

當即，議事廳內，又響起了一陣怒罵之聲。猜出了劉玄心思的眾將，個個恨得咬牙切齒。

「那，那跟馬某剛才的衝動行事，有何關係？子陵，你快點說，我心裡癢癢？」唯獨馬武，想法與大夥完全不同，抓著自家頭盔，大聲催促。

「馬大哥問得好！」嚴光淡然一笑，快速回應，「跟你的關係就是，謝躬一直將你當做莽夫，且其麾下缺乏虎狼之將。你只要肯給他回信，他一定會樂得忘乎所以。」

「啊？」馬武再度瞠目結舌，好半晌，才喃喃地提醒，「可，可我已經殺了他的信使！」

「這才是他更願意相信你的原因。」嚴光的回應迅速響起，帶著如假包換的自信，「背主求榮，謀事豈能不密？你殺了信使，然後再給他回信，才符合他一貫的做事風格！推己及人，自然會更相信你是真心實意想給劉玄賣命。如果大哥肯忍辱負重，暫時前往謝躬帳下。我軍滅王朗，殺孫登的機會就在眼前，甚至整個河北，都可以迅速收入掌控！如此，劉玄那邊，必然亂做一團。樊崇、申屠健、王匡，就又有了可乘之機！敵消我長，渡河南下，時日可期！」

「這，這……。」馬武瞪圓的眼睛裡，充滿了震撼。但是，很快，這種震撼就變成了痛楚，隨即，變成了一道銳利的殺機。

沒有再度爆發，也沒有做任何推辭，他緩緩地站了起來，朝著嚴光肅立拱手，「文叔、子陵，這個任務，馬某接了。希望，你們兩個不要讓馬某等得太久！」

「多謝大哥！」嚴光看了一眼劉秀，跟後者齊齊躬身。

夕陽已沒入太行山中，天上只留下紅與黑兩種顏色，讓人的心情沒來由的壓抑，煩躁。涉縣外漢軍行營之中，傳來一聲令聽者膽戰心驚地咆哮，誰也想不到，第一次領兵出征，而且從不喜形於色的尚書令大人，發起火來竟是如此的恐怖。

「馬武豎子，居然妄想位列三公！」一頂牛皮大帳內，一身鎧甲的尚書令謝躬面如鍋底，滿嘴白沫，與他平日裡表現出來的冷酷沉穩性格極不相符，連同身上的黑色戰甲，也透出一股子濃郁的殺機。

也難怪謝躬如此憤怒，他以大漢朝廷的名義，向幽州那邊發出去了二十幾封示好的信，可直到今天，卻只有馬武給予了回覆。並且開口就要求朝廷封其為大司徒，冀州牧，趙王，並且可以傳位於兒孫。

這簡直就是漫天要價，而偏偏他還不好就地還價。古人講究一個千金買馬骨，如果他連肯討價還價的馬武都無法收服，想要拉攏連價錢都不肯談的鄧禹、賈復、銚期等人，更是難比登天。而不把馬武、鄧禹、賈復等人拉攏到自己這邊，他就沒辦法主動宣告劉秀的罪名，然後率軍直撲幽州。他謝某人驕傲歸驕傲，但是卻比其他人多了幾分自知之明。以劉秀等人的勇猛，朝廷除非派出傾國之力，否則根本沒把握在戰場上將其擊敗。而朝廷若是把傾國之力派往河北，又勢必導致洛陽和長安空虛，給某些亂臣賊子可乘之機。

所以，欲殺劉秀，必先剪除他的羽翼，此乃他在出征之前，就跟劉玄達成的共識。為此，君臣兩個，在四下裡已經做了充足的準備，商量好了不惜任何代價。只是，君臣兩個卻萬萬沒有想到，劉秀麾下那麼多大將，居然只有馬武一人動心。而馬武提出的要求，遠遠超過了他們所準備的「不惜任何」。

「一丘之貉！亂臣賊子！蛇鼠一窩……」

「鼠目寸光，冥頑不靈，不見棺材不落淚……」

「村夫，蠢貨，愚昧至極……」

咒罵聲不絕，彷彿困獸所發出的咆哮。親兵們誰都不敢出言勸說，一個遠遠地躲了開去，唯恐遭受池魚之殃。

「碎屍萬段，早晚將爾等全都碎屍萬段！」猛地抽出腰間寶劍，謝躬狠狠砍向面前桌案。寶劍入木三寸，「噹啷」一聲斷成兩截。他的身體瞬間失去平衡，一個跟頭栽倒在桌案旁，像鬥敗了的公豬般氣喘吁吁。

「大帥！」書童謝貴不敢怠慢，慌忙衝上前攙扶。卻被謝躬一扭屁股，直接撞了個倒栽蔥，「滾開，門外站著去，老夫還沒到站不起來的時候。」

「是！」書童謝貴被摔得眼冒金星，卻不敢抱怨，行了個禮，乖乖地倒著走出門外。

「該死，全都該死！」翻身坐在地上，抬腿朝著書案踹了兩腳，尚書令謝躬繼續大喘粗氣。

他怎麼都想不明白，劉秀麾下那些文武並非傻子，明知道此人不受朝廷待見，為何還要跟此人一條路走到黑？眼下就連那劉秀的叔伯兄弟，被他兄長一手提拔起來的劉嘉，都對陛下宣誓效忠了，賈復、鄧禹這些人到底是怎麼回事，為何竟然對一個必死之人不離不棄！

「這位兄弟，麻煩進去稟告大帥，就說安樂縣令吳漢，有要事求見！」門外忽然響起一個熟悉的聲音，瞬間令謝躬心中的怒火，燃燒得越發猛烈。

「不見，老夫正在忙著處理軍務，吳縣令請回！」根本沒心思等書童進來給自己添亂，他就直接朝著門外怒吼，鍋底般烏黑的臉上，寫滿了鄙夷。

他謝躬這輩子最瞧不起的，就是吃了前朝俸祿，又跑到本朝來效力的傢伙。特別像是吳漢這種，明明做過王莽的駙馬，明明早就該替新朝殉葬的前朝權臣，更是入不了他的青眼。可耐不住吳漢這廝會鑽營，居然投到了丞相曹竟門下。更耐不住劉玄耳朵軟，不知道從哪裡聽人說，王莽女兒建寧公主的死，是因為吳漢親手將其斬殺，所以非要給吳漢一個機會戴罪立功。

既然是待罪之身，官職就別那麼挑揀了，一個安樂縣令，已經給足了丞相曹竟的面子。至於吳漢將來能不能立功，那就看此人的本事了。反正只要還在他謝某人手下，吳漢就只能管管賬本，謄抄一下文書，絕對沒指望再統率一兵一卒。

然而，事實卻證明，他過分相信了自己的定力，也過分小瞧了吳漢的臉皮。明明已經聽到了他的拒絕，安樂縣令吳漢居然毫不氣餒。輕輕咳嗽了一聲，笑著問道：「大帥可是剛才摔了跟頭？怎麼說出來的話，絲毫沒經過考慮！」

「大膽！」謝躬自從單獨領兵以來，幾曾受到如此奚落。立刻一翻身爬起來，大步衝向門口，「無恥匹夫，誰給你這麼大膽子，居然在老夫帳外信口雌黃。老夫，老夫今天若不……」

「吳某並非信口雌黃！大帥剛才如果不是摔倒了頭，怎麼會猜不到吳某的來意？」雖然隨時都可能面臨性命危險，安樂縣令吳漢臉上卻沒有露出絲毫慌亂。笑了笑，大聲打斷，「若問對劉秀的瞭解，大帥帳下，誰能強過吳某。他還是學生之時，吳某就已經是驍騎都尉！細算下來，他也好，嚴光、鄧禹、朱祐、賈復也罷，都得叫吳某一聲師兄！」

「啊！」謝躬楞了楞，臉上的怒氣，迅速消失了個無影無踪。

對啊，自己怎麼將這個茬給忘了。兵法云，知己知彼，才能百戰百勝。這吳漢也是太學的高材生，據傳多年前就跟劉秀有過一番爭鬥，對其知根知柢。更何況，這吳漢還曾經位列青雲榜首，而劉秀，讀書時，連青雲榜的邊緣都沒摸著！

「大帥，若殺劉秀，必先剪其羽翼。而若想剪除其羽翼，必先在他身邊，找一個可以帶頭之人。此事宛若農夫解竹，先抽一根，整捆皆散。若是解而不得其法，筋疲力竭，卻勞而無功！」吳漢的話，繼續從門外傳來，字字句句，透著玄機。

「吳將軍，快快有請！」謝躬如聞天籟，立刻忘記了自己先前的決定，大步出門，親自將吳漢迎進了中軍。

那吳漢，顯然是有備而來，進了門後，也不囉嗦，立刻向謝躬抱了下拳，大聲問道：「卑職聽軍中傳聞，大帥此番領兵北進，名為討伐王朗，實則為的是蕩平幽州。敢問大帥，若我軍現在就與幽州開戰，勝算能有幾何？」

「胡說，你從哪裡聽來的風言風語？」明明已經是早晚都會發生的事實，並且在大營內已經傳得幾乎人盡皆知，謝躬卻堅決不肯承認，立刻皺著眉頭，高聲反問。「謝某和劉秀同殿稱臣，無緣無故，怎麼可能跟他兵戎相見？」

吳漢微微一笑，也不戳破謝躬的謊言，「是胡說就好，吳某就怕傳聞變成了真事。當年劉秀帶著六千烏合之眾，就破了王邑的四十萬大軍。大帥帳下兵馬全部加起來不過十萬出頭，此刻若與劉秀起了衝突，無異於赤身搏虎！」

「你……」這簡直就是故意給人添堵，謝躬頓時氣得兩眼發黑。然而，想起吳漢先前在外邊說得那幾句話，又強行壓制住怒火，笑著拱手，「子顏，子顏休得再說笑話。謝某已經急得焦頭爛額。那劉秀的不臣之心，昭然若揭。縱使謝某不去征討於他，他早晚也會帶領麾下那群虎狼打過黃河。你若是有辦法，還請當面賜教。事成之後，謝某絕不會忘記你的功勞！」

「大帥言重了，賜教二字，吳某愧不敢當。」吳漢側開半步，拱手還禮，「但是，吳某竊以為，欲圖劉秀，必先以高官厚祿，收買其身邊爪牙。無論是鄧禹、賈復，嚴光，還是銚期、馬武、馮異，只要能得其中一人，就能令劉秀與他身邊的弟兄互相猜忌，從而導致整個幽州軍分崩離析！」

這話，他剛才在門外已經說過一次，只是沒說具體操作方法。而此刻說了出來，卻惹得謝躬大聲長嘆，「唉，子顏，此計當然甚妙，然而，那劉秀身邊，卻是鐵板一塊。讓老夫根本無從下手？」

「大帥已經試過了？怎麼可能？」吳漢頓時大吃一驚，隨即，臉上就湧現幾分尷尬，「吳某自從被任命為安樂縣令以來，日日就想著，該如何前去赴任。私下裡，將劉秀身邊的一眾文武琢磨了個遍。他們雖然對劉秀頗為忠心，卻來路各異，絕不可能是鐵板一塊！」

「子顏，安樂縣令之職，乃是權宜之計，切莫再提！」話音剛落，謝躬臉色變得好生尷尬，拱了下手，主動解釋，「謝某早聞子顏的才名，想要委以重任。奈何朝中有人總是拿著子顏曾經在前朝出任要職的經歷說事兒，不得已，謝某才只好給子顏委任了一個縣令之職，以堵那些人的嘴巴。日後你立了功勞，自然就可以青雲直上。」

安樂縣位於幽州，委任吳漢到不受朝廷控制的幽州任縣令，原本就是為了羞辱。而此刻被謝躬一解釋，反而成了有意栽培。頓時，將吳漢感動得兩眼發紅，上前半步，躬身便拜，「多謝大帥，此番知遇之恩，吳某必粉身碎骨以報。不瞞大帥，那劉秀小賊，當年在太行山中，一把大火，將吳某麾下千餘兄弟，全燒成了枯骨。令吳某從那之後，在長安幾乎無法立足。此生若是不殺了他，吳某寢食難安。」

「原來子顏跟他有這麼大的仇！」謝躬恍然大悟，心中的戒備立刻就降低了數分。果斷伸出雙手，用力托起吳漢的胳膊，「起來，起來，子顏不必多禮，謝某跟你志同道合！」

「謝大帥！」吳漢力氣大，堅持又給謝躬做了個揖，然後才退開兩步，朗聲問道：「剛才大帥曾說，已經派人拉攏過劉秀身邊的爪牙，卻收效甚微？緣由為何？」

「老夫也是百思不得其解！」謝躬笑了笑，悻然搖頭。「那劉秀身邊的爪牙，要麼毫無回應，要麼就是獅子大開口，讓老夫進退兩難。」

「敢問大帥，誰人沒有回應，誰人獅子大開口？」吳漢聞聽，立刻大聲追問。隨即，又趕緊躬身下去，快速解釋，「大帥勿怪，劉秀身邊的爪牙來歷不同，性情各異。不弄清他們反應情況，吳某想要替大帥出謀劃策，也無從出起！」

「這……」謝躬的第一反應是手按劍柄，聽到了吳漢後面的解釋，卻又立刻放下心來。拍了下桌案，大聲道：「還能有誰，除了馬武那個匹夫。至於其他人，要麼是當場趕走了老夫的信使，要麼至今毫無回音！」

「末將猜測，也應該如此！」吳漢是一點都不知道謙虛，笑了笑，輕輕點頭，「那馬武原本腦後就生著反骨，當初在綠林山做三當家之時，就經常跟泚陽王對著幹。他之所以給劉秀幫忙，一是因為跟逆賊劉縯有過命交情，來則是因劉秀和他妹妹馬三娘之間的那層關係。而如今劉縯已死，他妹妹直到香消玉殞都沒進得了劉家的門。他若依舊對劉秀忠心耿耿，才是怪事！」

「老夫當初何嘗不是這樣想！」謝躬越聽，越覺得吳漢對自己的胃口，手捋鬍鬚，連連點頭，「可是他，卻要求封其為大司徒，冀州牧，趙王，並且世襲罔替！如今陛下正在重整舊日山河，群臣之中，功勞大過馬武者，車載斗量，若封馬武為王，其他一直披肝瀝膽諸文武們，將被置於何地？」

「這匹夫，果然欲壑難填！」吳漢聞聽，立刻對馬武大加鄙夷。然而，鄙夷歸鄙夷，他卻不認為雙方的「買賣」已經徹底無法談攏。笑了笑，淡然提醒，「不過，大帥可曾聽聞一句話，肯討價還價的，才是誠心的買主。若是連價錢都不談，卻未必是出自誠心。」

「這？」謝躬的精神頓時就是一振，卻又不願表現得太過分明。偷偷深吸了一口氣，笑著點頭，「子顏你的意思，莫非是說馬武在故意試探老夫的誠意。你繼續說，老夫究竟如何，才能將他給拉過來。」

「是，大人。」吳漢拱手領命，笑著補充，「只要他肯討價還價，便是已經心動，大帥不妨派遣一個信得過的人，繼續跟他暗中往來。將趙王改成趙郡侯，冀州牧改成鄴郡守，大司徒改為征北將軍……」

「不行，不行，上一次信使，被他直接給斬了。若是價錢還到這麼低，恐怕他一怒之下，又要當眾打老夫的臉。」一句話沒等說完，謝躬已經將頭搖成了撥浪鼓。「老夫麾下雖然有的是人才，卻也不能隨便讓他來殺！」

「大帥慈悲。」吳漢再度拱手，向謝躬深表佩服。然後，又笑著提醒，「大帥上回一下子派那麼多信使過去，他不殺掉給自己送信之人，如何才能杜絕劉秀的猜疑？所以，末將以為，大帥下次無論再派誰去，只要做的隱秘，都會安然無恙！」

「嗯？」謝躬聞聽，頓時眼神又是一亮，「你是說，那馬武扯書斬使，是欲蓋彌彰？」

「對，他現在還是大漢的將軍，您也是大漢的尚書令。您派信使拉攏於他，他不想理睬您，把信使趕回來就是了，何必非要扯書斬使？分明是故意做給人看，以便他私下裡再為所欲為！」

「這，這倒是說得通。」謝躬越聽越覺得吳漢的分析正確，興奮地連連點頭，「子顏果然高才，若非你提醒，老夫差點就被那馬子張給氣暈了頭！」

「大帥只是以前沒跟這種貪心不足的匪類打過交道而已。不像末將，以前不知道宰了多少這種貨色！」吳漢撇了撇嘴，傲然回應。

有道是，千穿萬穿，馬屁不穿。這句話雖然說得傲氣十足，卻也將謝躬的地位給抬到了雲端。後者頓時心中大生相見恨晚之意，一把拉住吳漢的胳膊，大聲說道：「嗯，有道理，子顏的話，大有道理。依你之見，接下來，老夫該如何答覆馬武？」

「無非是討價還價而已，一回不成，就來第二回。只要不還得太狠，馬武折騰幾個來回，見沒更多便宜可占，就肯定先軟了下來。」一絲冷笑，從吳漢臉上一閃而過，撇著嘴，他繼續說道：「甚至大帥先答應推舉他做趙王又如何？最終決策權在陛下，又不在您！況且只要河北一日不平定，朝廷對他的封賞，就不可能落到實處。而待到我軍踏平了河北，擊敗了劉秀，那馬武還不是您的板上之肉，是剁是切，盡可隨意！」

「善，大善！」話音剛落，謝躬立刻用力撫掌，「子顏大才，老夫這就命人去跟馬武討價還價，免得他斷了念想！」

「大帥千萬記得，每次往來，都帶上您跟馬武的親筆信。」吳漢笑了笑，猩紅色的舌頭在牙齒間翻滾。

「為何？」謝躬聽得似懂非懂，本能地諮詢。

「禮尚往來，大帥寫信給他，他哪怕讓人代筆，都會給大帥回覆隻言片語。」吳漢聲音迅速降低，落在謝躬耳朵裡，卻字字宛若雷鳴，「將來萬一雙方談不攏，大帥只要將他的信件給劉秀送過去，即便劉秀不殺他，他也沒臉面再於幽州立足。」

「轟隆！」窗外忽然響起一聲驚雷，有棵合抱粗的大樹，應聲而倒。

當晚，謝躬就寫了一封親筆信，派人偷偷給馬武送了過去。

結果正如吳漢所料，那馬武雖然不高興謝躬給他開的價錢太低，卻也沒有像上次那樣將信使殺掉。而是大筆一揮，給謝躬列了個單子，讓信使又快馬加鞭帶了回來。

雙方從此隔空討價還價，不斷派遣信使來去。一輪接著一輪，反覆拉鋸。直到夏天快過去了一半兒，才終於達成了一致。由尚書令謝躬出面，請洮陽王王匡、宜城王王鳳和平氏王申屠健聯署，上本推舉馬武為趙侯，冠軍大將軍，鄴郡太守。而馬武則答應，在漢軍攻擊王昌之時，率部南下響應。此外，若將來朝廷對劉秀用兵，馬武則伺機而動。待北平定之時，朝廷作為回報，答應授予他冀州牧之職，加封為趙公。

這個結果雖然令謝躬頗為肉疼，卻也算是開了一個好頭兒。接下來，想必劉秀身邊很多人，會發生動搖，陸續以馬武為楷模。此外，那馬武馬子張的勇力，天下數一數二，他肯答應率領兵馬南下，哪怕只帶了區區千把人，也足以令朝廷的大軍如虎添翼。

「大帥何不順勢來一個驅虎吞狼，讓劉揚、劉秀鬥個兩敗俱傷？」最高興的人，當屬吳漢，見自己的謀劃生效，立刻又主動向謝躬獻策。

「驅虎吞狼？怎麼驅虎吞狼？我軍如今馬上要攻打的乃是王朗，與劉揚根本不搭界！」謝躬雖然擅長耍弄陰謀詭計，在兵略方面，卻有些外行。立刻瞪圓了眼睛，愕然追問。

吳漢笑了笑，雙目當中，隱約有寒光閃爍。「大帥可以以朝廷名義，下令給劉秀，讓他率部由北向南，跟您合擊王朗。那劉秀貪圖王朗的地盤，肯定不會推辭。而待他出兵之後，幽州必然空虛，您再派人聯繫劉揚，許他半個幽州……」

「子顏真是謝某的子房！」謝躬立刻恍然大悟，興奮得連連撫掌。

「能在大帥麾下效力，乃末將三生之幸！」吳漢得了誇獎，卻不驕傲，畢恭畢敬地向謝躬行禮。

「謝某帳下主簿一職，非子顏莫屬！」謝躬越看吳漢，越是順眼，乾脆提前一步，兌現了當初給吳漢的升官承諾。

吳漢感動得兩眼發紅，幹起活來，越發賣力。很快，就替謝躬規劃好了全部計策實施細節，然後分頭派人前去執行。

不愧為當年的青雲榜首，很快，他的諸多布置，就見了效果。

先是馬武接到了朝廷的封賞之後，不聲不響地率領兩千嫡系部曲離開了幽州。緊跟著，劉秀迫於利益的誘惑和朝廷命令的壓力，也率領麾下兵馬，揮師南進。再往後，王朗因為北線接連戰敗，不得不從南線抽調兵馬去填補，導致南線防守空虛，被謝躬麾下大將高旭連克兩城。通往其老巢鄴郡的門戶大開，朝廷兵馬只要稍加努力，就可以直接抵達鄴城之下。

謝躬大喜，不待馬武前來跟自己匯合，立刻親自率領十萬大軍，準備給王朗最後一擊。吳漢見狀，連忙出言提醒，王朗在冀州經營多年，小心有詐。然而，這一回，謝躬卻拒絕採納他的諫言，執意要親手斬下偽帝王朗的首級，以替朝廷震懾天下群雄。

吳漢沒辦法，只好請求隨行。一路上，只要逮到機會，就不停地提醒謝躬，雖然機不可失，但亦不可冒進，以免遭到敵人埋伏。而那謝躬向來以多智自恃，一旦認準的事，絕不遲疑。開始兩三天，還能笑臉以對，到後來忽然心生警惕，找了個由頭，直接把吳漢派到後隊去看護軍糧。

也不怪他為人涼薄，作為上位者，最忌諱屬下試圖左右自己的行動。而作為劉玄的親信，曾經無數次看到劉玄被王匡和王鳳聯手挾制，政令難出皇宮大門。所以，他對於屬下不知進退的行為極為敏感，稍有察覺，就堅決重手敲打，以免自己將來步了當年劉玄的後塵。

這下，他耳根子終於清淨了，每發一道命令，眾將都再也不敢提出異議。大軍的行進速度，也愈發迅捷，很快，就已經來到了鄴城西部的臥虎嶺之下。

這已經是鄴城的最後一道屏障，所以，王朗也派出了麾下大將李育，帶領重兵在此布防。後者見謝躬的人馬遠來疲敝，立刻帶領大軍衝下嶺來，試圖殺謝躬一個措手不及。

「無知小兒，老夫等的就是你這一招！」謝躬暗地裡早就做好的準備，「倉啷」一聲拔出寶劍，向前遙指，「高旭、宗准，率領你們的隊伍，準備從正面迎敵！孫略、方厲，從兩翼包抄！拿下臥虎嶺，直搗賊人老巢。」

「拿下臥虎嶺，直搗賊人老巢！」

「拿下臥虎嶺，直搗賊人老巢！」

「拿下臥虎嶺……」

吶喊聲，驚天動地。來自洛陽朝廷的十萬漢家兒郎，揮舞起雪亮的兵刃，如虎似狼般衝向敵陣。一時間，萬馬齊奔，煙塵如龍，殺氣直衝霄漢。

王朗化名為劉子輿登基，所建立的小朝廷也以「漢」字為號。麾下的將士，打的也是「漢」字大旗。見到對面的漢軍殺來，立刻揮舞著兵器迎上，轉眼間，兩面「漢」字大旗，就重重地撞在了一處。

「轟！」巨響聲宛若山崩地裂。

轉瞬間，雙方的前鋒部隊相遇處，濺起了一道高高的血浪。紅色的浪花之中，數不清的斷體殘肢乃至死不瞑目的頭顱，被拋上天空。天空中的煙塵，也迅速被染成紅色，借著風力扶搖直上。轉眼間，煙塵與浮雲相接，像火焰般，四下擴散，不多時，就引燃了半壁蒼穹。

紅色的蒼穹，紅色的煙塵，紅色的大地。

天地之間，兩支打著「漢」字旗號的隊伍，頂在一處，各不相讓。紅色的血漿落下，彙聚成溪，彙聚成河，四下流淌。

謝躬畢竟是文官，只能坐鎮中軍凝神觀察，初時，他的視線被煙塵所遮，什麼也看不見。待塵土稍定，心中立刻一喜，雙掌相擊，大聲慶賀，「穩了！此戰我軍必將大獲全勝！」

他身邊的一眾文職不知道他從哪裡得出的結論，齊齊瞪圓了眼睛，向戰場中央觀瞧。只見高旭和宗准二將，已各自率領本部兵馬，從敵陣正面殺了進去，勢如破竹。而負責兩翼包抄的孫略、方厲二將，也各自帶著嫡系，從兩側衝到了中央，將王朗的軍隊攔腰截成了兩段。

四路洛陽漢軍互為策應，在敵陣中橫衝直撞。而王朗的鄴城漢軍，非但戰鬥力遠不及洛陽，人數也跟洛陽漢軍這邊差得太遠，很快就支持不住，被高旭和宗准等人，趕羊般趕著倉皇後退。

「倒了，敵軍的帥旗倒了！」一名親兵眼尖，忽然手指戰場中央，欣喜若狂地高喊，「倒了！

大帥，敵軍的大纛倒了！」

大纛乃是三軍之魂魄，一旦被砍斷，對士氣會造成極大影響。果不其然，王朗的軍隊看到己方大纛倒下，再也無心戀戰，紛紛轉身向後逃去，而洛陽漢軍，則變得愈發銳不可當。

「擂鼓，擂鼓！追，追！」見已穩操勝券，謝躬再也按捺不住，一把推開身邊的鼓手，自己奪過鼓槌，奮力擂動牛皮大鼓。

「咚！咚！咚！咚！咚！」

「咚！咚！咚！咚！咚！」

「咚！咚！咚！咚！咚！」

……

鼓聲如雷，殺氣如潮，謝躬的眼睛迅速開始發紅，兩行眼淚，不知不覺間奪眶而出。

這一天，他已經等了太久太久。

自打出仕以來，就有人暗地裡嘲笑他，只會仗著是陛下的親戚身份狐假虎威，胸中沒有半點文墨；就有人在背後議論他，說他是個只會搬弄是非的奸佞小人，成事不足敗事有餘；就有人一次次在朝堂上當面擠對，說他只會挑毛病，文不能治國，武不能領兵。就有人……

如今，偽漢大軍被他親手撕了個粉碎，還有誰，敢再小瞧他！還有誰，敢笑他吃啥都吃不夠，做啥都做不成？

「大帥，大帥，快收兵，收兵！」被他派去看管糧草的吳漢，不知何時趕了過來，一把拉住了他緊握鼓槌的左手，「詐敗，這是標準的佯敗，前方，前方必有埋伏！」

「胡說八道，他們怎會……」謝躬正敲鼓敲得心潮澎湃，突然被人迎頭潑了一盆冷水，頓時勃然大怒。然而，一句斥責的話沒等說完，腳下，忽然傳來了一股強烈的震顫，緊跟著，號角聲從四面八方響起，瞬間籠罩了他的頭頂。

扭頭四望，他的臉色倏然大變，手中鼓槌，也不由自主從掌中滑落，「噗」一聲陷入了泥土當中。

「嗚！嗚！嗚！嗚！」

「嗚嗚嗚，嗚嗚嗚，嗚嗚嗚——」

令人膽寒的角聲從遠處傳來，像冬日裡的北風，瞬間涼透人的脊髓。正在「逃命」的王朗麾下將士，突然止住了步伐，獰笑著猛然轉身回撲，「轟——！」地一聲，將追兵隊伍撞了個四分五裂。

緊跟著，從戰場南北兩角，殺出無數騎兵。為首一人高聲喊道：「大漢司馬李育在此，小賊謝躬，拿命來！」

「大漢司馬李育在此，謝躬拿命來！」

「大漢司馬李育在此，謝躬拿命來！」

「大漢司馬李育在此，謝躬拿命來！」

……

催命的聲音，蓋住了一切響動，恐懼如同毒蠍子一般，瞬間爬了謝躬滿臉。

「子顏，快，快帶大軍去攔住，不，是擊敗李育，快！」關鍵時刻，他又想起了吳漢的長處，重重扯了對方一把，用顫抖的聲音命令。

「遵命！」吳漢氣得胸口發堵，為了大局見，卻只能拱手領命。然而，沒等他召集起足夠的士兵，局面就已經徹底無法收拾。

先前李育的軍隊佯敗之際，洛陽方面的將領為了搶功，都爭先恐後殺了出去。此刻，不僅謝躬身邊的弟兄，隊形亂七八糟。分散在戰場上的其他各支隊伍，也東一堆，西一簇，亂糟糟的如同放羊。而反觀李育的軍隊，卻彼此配合，層層反推。宛若一道道海浪，將沿途遇到的洛陽兵馬拍得支離破碎。

「上當了，咱們上當了！」

「敗了，敗了！」

「埋伏，敵軍有埋伏！」

……

洛陽兵馬雖然人數眾多，卻嚴重缺乏訓練。先前打順風仗時，勉強還像個軍隊模樣。此刻遭到對手全力反擊，立刻就現出了原形。一個個丟盔卸甲，爭相逃命，任謝躬麾下那幾員大將如何努力收攏，都堅決不肯回頭。

「大人，留得青山在不愁沒柴燒！」眼看著潰兵就要衝到自己面前，吳漢不敢逞強，嘆了口氣，大聲催促，「否則，一旦被潰軍捲了進去，咱們就是想走，都走不了！」

「走，走，聽你的，留得青山在，不怕，不怕沒柴燒！」肚子裡的所有豪情壯志迅速化作了恐懼，謝躬慘白著臉，大聲重複：「子顏，你說得對，你，你速速替老夫開路！」

「是！」吳漢咬著牙點頭，翻身跳上坐騎，左手拉住謝躬的戰馬韁繩，帶著他，一起奪路而逃。

在離去的瞬間，右手中鋼刀猛然一個回掃，將帥旗瞬間砍翻在地。

「斬殺謝躬者，賞錢十萬貫！」見對方的帥旗忽然自行倒下，偽漢大司馬李育喜出望外，刀尖前指，大聲宣布賞格。

從數日前算起，直到今日，在一連串的詐敗中，他已經填進去了兩萬多將士，代價不可謂不高昂。但事實證明，所有付出，都物有所值！

洛陽軍已經崩潰，短時間內無法再威脅到鄴郡。劉揚的兵馬，已經去抄劉秀的後路。只要再殺了謝躬，自家主公的崛起，就徹底不可阻擋！

「斬殺謝躬者，賞錢十萬貫！」

「斬殺謝躬者，賞錢十萬貫！」

……

重賞之下，必有勇夫。眼見十萬洛陽大軍已經亂作一團，李育麾下的弟兄個個抖擻精神，奮勇爭先。唯恐追得太慢，功勞白白便宜了別人。

見勝券在握，李育也不再約束自家隊伍保持陣型。先前他故意派兵送死，早引起麾下不少將領不滿。如今必須滿足大夥渴望建功立業的心情，方能盡釋前嫌。

有張有弛，這才是高明的馭下之道。

像謝躬那樣終日放羊，只配統率一群土匪。而像劉秀那樣過分強調軍紀，強調令行禁止，卻容易造成將士離心，曲高和寡。

「斬殺謝躬者，賞錢十萬貫！」

「斬殺謝躬者，賞錢十萬貫！」

……

震耳欲聾的呼嘯聲和吶喊聲，一刻不停地傳入耳中，李育十分受用，他微微瞇上了眼睛，享受勝利的喜悅，和空氣中那甜美的血腥。

「斬殺李育者，賞錢十貫！」忽然，一個刺耳的聲音，驀地傳入了他的耳朵。其中蘊含的侮辱意味，如假包換。

李育大怒，舉起長槊，扭身斜刺，就準備給對方來個透心涼。還沒等他的長槊的招式用到位，一刀雪亮的刀光，已經閃電般砍中了他左肩。

左半邊身體連同左臂，同時飛上了天空。「啊——！」李育疼得放聲慘叫，但從背後偷襲他的武將，卻沒有抓俘虜的意願，反手又是一刀，瞬間砍掉了他的頭顱。

「李育已經授首，馬武在此，投降者免死！」那武將身後，十餘名親信扯開嗓子大聲咆哮，如同虎嘯山林一般，立刻引起了所有人的注意。

「李育已經授首，馬武在此，投降者免死！」

「李育已經授首，馬武在此，投降者免死！」

……

更遠處，一支騎兵閃電般向馬武靠近，所過之處，蹚出層層血浪。

「子顏，他們在喊什麼，李育，李育怎麼了？」感覺到後背的壓力瞬間一輕，謝躬詫異地扭過頭，帶著幾分期盼大聲詢問。

「好像是馬王爺來了！」吳漢也聽見了來自背後的聲音，皺著眉頭轉頭觀望，隨即，就欣喜若狂，「大帥，李育死了，李育死了！是馬王爺，是馬武馬子張殺了他！偽漢，偽漢大軍徹底崩潰！」

「啊，真的？」謝躬根本不敢相信自己的耳朵，一邊繼續逃命，一邊忐忑不安地追問。

「真的，大帥，停下，趕緊組織反擊！」吳漢縱馬追了幾步，一伸胳膊，狠狠拉住了他的戰馬韁繩，「機不可失，否則，俘虜就全歸馬武了！」

「反擊，反擊，子顏，你帶隊反擊，老夫，老夫為你觀敵掠陣！」謝躬的身體一晃，差點從馬頭上甩出去。然而，他卻知道，吳漢出於一番好心，果斷將自己的佩劍抽出來，單手遞給了對方，「拿著我的佩劍，敢不服從命令者，殺無赦！」

「遵命！」吳漢接過寶劍，高高舉過了頭頂，「弟兄們，給我殺賊，馬王爺來了，賊軍主將死了！」

「殺賊，殺賊！」先前還只顧著倉皇逃命的謝家親兵，瞬間就又恢復了勇氣，一個個回過頭，跟在吳漢身後，如狼似虎。

「殺賊，殺賊！」洛陽大軍本已被對手殺得失去鬥志，先看到吳漢拿著主帥寶劍帶隊回衝，又發現身後的追兵忽然亂做一團。哪裡還不明白戰場形勢再一次發生了逆轉？紛紛調轉身形，向追兵衝了過去，轉眼間，將李育麾下的弟兄衝得七零八落。

片刻之後，謝躬麾下的四名心腹愛將，高旭、宗准、孫略、方厲，也鼓起了勇氣，帶著各自的親信調頭殺回，徹底鎖定了勝局。來自洛陽的漢軍，追著來自鄴城的漢軍，下手絕不留情。屍體很快堆滿了山坡，血漿貼著地面匯流成河。

屍山血河之中，馬武單人獨騎，緩緩走向志得意滿的謝躬。先抱拳行了個禮，然後跳下坐騎，雙手遞上一顆死不瞑目的人頭，「此乃賊將李育首級，初次見面，馬武無以為禮，就拿此物給大帥下酒！」

「馬將軍來得正是時候，正是時候！」謝躬的小腿肚子猶在發軟，卻大笑跳下坐騎，躬身向馬武回禮。「若不是你及時趕到，謝某差點性命不保！」

「馬將軍來得正是時候，正是時候！」

「多謝馬將軍的救命之恩！」

「馬將軍果然英雄了得，十萬大軍中取上將首級，宛若探囊取物！」

「馬王爺……」

謝躬麾下的文職幕僚們發現自己死裡逃生，也紛紛圍攏上前，將感激的話，不要錢般朝馬武頭上送。

剛剛在生死之間打了個滾兒的他們，這會兒終於發現，「兵凶戰危」四個字，真的一點兒都沒說錯。明晃晃的刀子砍過來之時，你學問再高，文章寫得再好，肚子裡的陰謀詭計再多，都派不上半點兒用場。而像馬武這樣能輕鬆在千軍萬馬裡殺進殺出的，才是真英雄。

這樣的英雄多結交一個，自己的性命就多一份保障。能結交上三到五個，自己這輩子的功業，也不用發愁。如果能找到十個八個，替自己效力，嘿嘿……

「尚書不要自謙！」一片潮水般的感謝聲中，馬武的臉上，卻沒露出任何得意之色。將人頭丟到一邊，再度向謝躬抱拳，「若不是你佯敗誘敵，讓賊軍亂了陣腳，馬某哪裡能找到機會，宰了李育這無膽小兒？」

這話說得，可是太貼心了。非但將保全了謝躬的顏面，還送上了一份潑天大功。頓時，喜得謝某人心花怒放，伸出雙手，一把托住馬武的胳膊：「馬將軍才是真正的自謙，謝某的計策再妙，也得將軍這樣的豪傑趕到，才能行得通。萬馬千軍之中，陣斬李育，懾敵心魂。這場大勝，將軍若自稱功勞第二，哪個厚臉皮的敢竊據第一？」

「謝尚書盛讚，馬某愧不敢當。」馬武淡淡一笑，站穩身體，笑著補充，「不瞞尚書，馬某直至此時才來，乃是因為劉秀百般挽留在先，又派麾下爪牙圍追堵截，欲謀害馬某性命於後。馬某無奈，只好去山中繞了一個大圈子，擺脫了追兵，這才急急忙忙趕了過來！」

「原來如此，怪不得前幾日，將軍一直音訊皆無！」明知道馬武說得未必是實話，謝躬卻果斷地裝起了糊塗，「劉秀為人，天性涼薄，做出這種事情來不足為怪。馬將軍今日在關鍵時刻力挽狂瀾，本帥一定會奏明朝廷，讓馬將軍早日得償所願。」

「如此，就多謝尚書！」早就清楚謝躬言而無信，馬武卻裝作一副歡喜狀，第三次向此人施禮。

「應該的，應該的！」謝躬一把托住馬武的胳膊，笑著表態，「朝廷正值用人之際，只要將軍把一身本事發揮出五成，休說一個區區國公，就是郡王，早晚也是將軍囊中之物！」

「願附尚書尾驥，謀個封妻蔭子，富貴綿長！」馬武反手拉住謝躬，高聲回應。

說罷，兩人相對哈哈大笑。笑過之後，關係立刻變得像多年一起共事老朋友般，「親密」無間。

吳漢恰巧拎著兩顆敵將的頭顱回來交差，見馬武與謝躬兩個說得熱鬧，也趕緊策馬上前，非常客氣地向馬武躬身，「末將吳漢，見過冠軍大將軍。」

「尚書，馬某初來乍到，很多事情都不熟悉。今後若有什麼疏失，還請尚書不吝及時指教！」馬武拉著謝躬的手，側著頭一同離去，從始至終，看都懶得多看吳漢一眼。

謝躬的嫡系親信幕僚們見狀，頓時紛紛笑著搖頭，心中暗道：「這殺了老婆邀功的賤痞，此番終於遇到對手了。有馬王爺在，今後大帥身邊，哪還輪到此輩上躥下跳！」

而吳漢本人，雖然碰了個硬釘子，卻也不生氣。朝著馬武的背影撇了撇嘴，丟下人頭，撥馬再度殺向敵軍，所過之處，俘虜像暴風雨中的麥子般被紛紛砍倒。

……

「主公，主公，馬將軍才一趕到鄴城西，就臨陣斬了李育，使謝躬反敗為勝。」數日後，一間明亮的議事廳內，劉秀和嚴光正在弈棋，馮異拿著一封密信，喜氣洋洋走進屋中，大聲彙報。

「謝躬可曾看出破綻？」劉秀迅速接過信，一邊仔細閱讀，一邊大聲追問。年輕的臉上，看不到半點喜悅之色。

「上面沒說，只說馬將軍與吳漢不合，而後者，已經向謝躬進了他不少讒言！」馮異想了想，大聲回應，「但到目前為止，謝躬都沒怎麼理睬吳漢，反而對馬將軍有求必應！」

「這就對了，在謝躬眼裡，馬將軍不過是一粒棋子，用過之後，早晚會丟掉。而吳漢卻是他的心腹臂膀，暫時受點兒委屈，將來必有回報！」劉秀笑了笑，嘆息著點評。

「主公可是在擔心馬大哥？」聽劉秀的嘆息聲頗為沉重，嚴光趕緊放下手裡的黑子，低聲追問。

「馬大哥雖然武藝高強，可此番深入虎穴，九死一生，我如何能夠不擔心於他？」劉秀又嘆了口氣，笑著咧嘴，「若他遭遇不測，我將來豈有顏面去見大哥和三娘？」

「主公其實不必如此，謝躬空有十萬大軍，卻沒有一個堪用之將。即便再懷疑馬大哥，以他的性情，也會先將便宜占足，讓馬大哥為他斬將奪旗。所以，在王朗沒死之前，馬大哥肯定高枕無憂。而王朗授首之後，咱們這邊基本上也準備得差不多了……」

「你說這些，我都清楚！」沒等嚴光把話說完，劉秀已經大聲打斷，「但是，我依舊會替馬大哥擔憂。我時時刻刻都沒忘了替大哥和三姐報仇，可我真的不想做第二個劉玄！」

頓了頓，他環視四周，又迅速補充，「公孫、子陵、仲華，你們三人既然今天都聽到了，就千萬替我記著。說實話，我很怕，怕我自己將來忘了。所以，你們三個到那天時，千萬記得要提醒我！」

幾句話，雖然沒什麼文采，卻情真意切，當即，就讓馮異、嚴光和剛剛趕過來還沒向大夥見禮的鄧禹，都感動莫名。

三人齊齊躬身稱「是」，然後又繼續出言安慰劉秀，勸他不必太為馬武的安全擔心。劉秀卻又笑了笑，放下密信，大聲問道：「擔心也罷，不擔心也罷，世事宛若棋局，誰又有機會反悔？仲華，你來找我何事？我軍半個月之前撒出去的魚餌，可有蛟龍前來咬鈎？」

「正如主公所料，劉揚發現幽州空虛，立刻迫不及待殺了過來。其前鋒兵馬，日前已經抵達了薊縣城外。」鄧禹雙手抱拳，大聲回應。「末將奉賈復、銚期兩位將軍所托，問主公是否可以收網？」

「收網！」劉秀抓起密信，狠狠拍在了棋盤之上，滿秤的黑子白子，剎那間彷彿活過來一般，隨著棋盤起伏上下亂跳。

「轟隆，轟隆隆！」

一聲低沉的春雷，落在了薊縣城外，緊跟著，和煦的春風，像是受到極大的驚嚇般，忽然加速在半空之中急掠而過，帶來陣陣讓人的脾肺極其舒服的濕潤氣息，同時也讓漫天烈焰和濃煙更加狂暴，似要將單薄的縣城和城頭上的守軍一併焚成灰燼。

距離縣城五百步遠的一座山坡上，有個容貌威嚴、鬚髮灰白的老者，持劍而立。身上黑面紅底的大氅，被狂風吹得上下飛舞，讓他整個人看上去飄飄欲仙。

「父王，外面風大，您快些回帳歇息，這裡，自有孩兒和一眾弟兄。」真定國大將軍劉得，快步走近老者，大聲勸告。

「不妨，這點小風，要不了人命。」真定王劉揚忽然轉頭，注視著自己的長子劉得，眼光中寒光閃爍，像是跳躍著兩團白色的火焰，「倒是你，如果在雨落之前還攻不上城頭，就莫怪為父臨陣換將。」

「父王，兒臣，兒臣不是故意懈怠。兒臣，兒臣只是擔心您老的安危！」劉得心裡打了一個突，退後半步，大聲強調。「您的身體……」

「你若是能拿下幽州，老夫自然就可以掉頭去攻打邳彤，把他抓來乖乖來為老夫診治！」劉揚心頭沒來由湧起一陣煩躁，頸部的肉瘤上下亂顫，就像憑空多出來一顆人頭。「如果拿不下幽州，邳彤仰仗有劉秀為其撐腰，自然不會把老夫放在眼裡，即便老夫重金相請，他也會推三阻四，甚至很可能為了向劉秀邀功，胡亂用藥，令老夫病入膏肓。」

「是，是！」劉得不敢反駁，只好躬著身體緩緩後退。

見他如此孬種模樣，真定王劉揚肚子裡的火氣，更是不打一處來。猛地皺了下眉頭，高聲斷喝：「站住，聽我把話說完。你的兩個舅舅，已經多次向為父請纓，要求將你換下來安歇，由他們保護你三弟去一試身手。所以，天黑之前，你若是依舊毫無建樹，就撤下了去看守軍糧算了！為父一味偏袒於你，寒了三軍將士之心。」

「謝，謝父王！」劉得打了個趔趄，再度向他父親劉揚躬身行禮。

最是無情帝王家，這話說得半點兒都不差。

自從上次他去請邳彤前來替父親劉揚看病不成，反而被劉秀敲詐了一大批糧草輜重之後，他在真定的地位，就每況愈下。
兩個舅舅、兩個弟弟，還有繼母和父親的侍妾們，聯合起來，試圖將他拉下世子之位。軍中原本支持他的一些將領，態度也開始左搖右擺。而父親雖然念在跟母親的舊情，以及他從前立下的功勞，沒有同意舅舅們和繼母們的要求，卻也沒有嚴令制止。很顯然，在父親內心深處，已經起了優勝劣汰的念頭。儘管，對於他來說，被淘汰的下場，很可能就是死亡！
「你是不是覺得，為父對你太嚴苛了些？」劉揚的語氣，忽然又變得溫柔起來，隱約透著幾分期許和無奈。
「不，不是！」劉得的身體再度晃了晃，強壓著心中的恐懼，大聲回應，「孩兒，孩兒這就去帶隊攀城，天黑之前，天黑之前不拿下城牆，誓不回頭！」
「站住！」劉揚大步上前，一把抓住了劉得的肩膀，「為父不是想讓你去送死，你心裡應該明白。但為父卻不得不趁自己還活著，對你多加磨練。此乃亂世，你如果沒本事將為父的基業發揚光大，死的就不是你一個，而是咱們全家，甚至追隨在為父身後這些忠臣良將。所以，你沒資格懈怠，為父也不敢讓你懈怠，我兒，你可明白？」
「是！兒臣，兒臣明白。兒臣謝父王！」劉得心底瞬間湧起一股暖流，低下頭，哽咽著回應。
「去吧！」劉揚手掌用力，在自家兒子肩膀上按了按，然後抬起來，在半空中輕揮，「為父在這裡命人準備好了酒菜，等你的捷報！」
「是！還請父王稍待，兒臣立刻拿下薊縣，然後跟您一道為將士們慶功！」感覺到了父親對自己的期冀，劉得抬手抹了一把眼淚，丟下一句話，轉身奔著沖天火光而去。
這一刻，他忽然明白了自家父親的心態，也忽然變得毫無怨恨。

以兩個弟弟和繼母的狹隘心腸，如果在世子的競爭中失敗，他很可能落不到善終。而如果選擇了一個不合格世子來繼承真定王位，非但是他，整個劉氏家族，都可能被帶入萬丈深淵。

所以，捨棄他一個人，總好過眼睜睜地看著劉氏家族灰飛煙滅。

所以，想要讓父親繼續毫不動搖地支持他，就不能憑藉父子之前的親情。而是必須變得強大，強大，再強大。用赫赫戰功來證明他的勢力，讓兩個野心勃勃的弟弟，永遠被甩在身後，難望自己項背！

「嗯——」終於成功激發出了自家兒子的士氣，劉揚望著劉得的背影，長長吐氣。

剛才的話，不完全都是實話，但是，說得卻是實情。

劉得的兩個舅舅，沒有主動請纓。而他，卻早已傳令下去，讓二人準備取代劉得，率部攻城。他要借這兩個人，來磨礪劉得。同時，也用劉得來磨礪自己的二兒子和三兒子。

三個兒子，三方勢力，互相爭鬥，互為磨刀石，乃是他一手促成。

只有三個兒子中最強的一個，才能繼承他的王位，才能將他的基業發展壯大。而被淘汰者，有可能被犧牲性命。

很殘忍，他卻不得不這麼做。

因為，這是亂世。

亂世當中，進則千秋萬代，退則身死名滅，根本沒第三條道路可行。

劉得需要展示過人的實力，通過不斷建功立業，才能保住世子之位。他劉揚本人，何嘗不是必須通過撕碎一個又一個敵人，才能確保真定軍得到朝廷的認可，確保自己在河北立足？

如果他不能在劉秀率領大軍傾巢南下之際，將幽州一舉納入掌心，將來，誰肯給他第二次可乘之機？如果真定軍的實力，連一座守軍不到五千的縣城，都無法攻破，將來，誰還會主動向他示好，千方百計對他進行拉攏？

沒人管他姓不姓劉，也沒人在乎他的真定王，是前朝所封，還是今朝所封。亂世當中，能支撐他立足的，只有實力，沒有實力，就只能任人宰割。

虎狼的朋友，只能是虎狼。而牛羊，則只配作為虎狼的血食。

「王爺，王爺！」不遠處，忽然有兩名斥候逆著人流策馬急奔而至，一邊跑，一邊用力向他揮動猩紅色的傳訊旗。

「怎麼回事？」劉揚的思緒和注意力，瞬間被拉回到眼前。皺起眉頭，大聲吩咐，「帶他們過來，血戰在即，休得高聲喧譁，擾亂我軍視聽！」

「遵命！」左右親信高聲答應著，列隊上前，夾住兩名筋疲力竭的斥候，將他們以最快速度，送到了劉揚的帥旗之下。

一股濃重的血腥氣味撲鼻而來，刺激得劉揚直皺眉頭。還沒等他出言詢問，兩名斥候晃了晃，相繼滾下戰馬，伏地痛哭，

「王爺，真定城，真定城危矣！劉秀，劉秀去攻打王朗是假的，他，他麾下的大將賈復，兩天之前，帶領兩萬大軍，直抵真定城下！」

「什麼！」劉揚眼前一黑，大叫出聲。緊跟著，只覺頸部贅瘤痛極，恍若千針攢刺，「哇」地吐出一大口鮮血，木樁子般向後倒了下去。

「快！快！」

催命符般的聲音，在夜空中翻滾。無數的火把彙聚成一條噴火的巨龍，照亮大軍腳下的道路。夜色微涼，狂風拍面，但領軍趕往真定的劉得臉上，卻始終汗流不止。

真定國是自己家的，過幾年就是自己的，若是都城有失，自己將跟那些流民一樣，一無所有！過慣了錦衣玉食，一呼百應的生活，劉得怎麼可以忍受這種事情的發生！是以喚醒其父劉揚之後，立刻主動請纓，親自率領四萬精銳，日夜狂奔回救老巢。至於如今父親劉揚帶著步卒什麼時候能跟上來，父親的病情會不會惡化，卻顧不得再管。

不管自家父親的安危，他更不會在乎手下弟兄死活。

因此，一路上，劉得將麾下將士的體力，壓榨到了極限。許多身體相對孱弱的士卒，跑著跑著，就口吐鮮血，一頭栽倒於地。騎著馬的督戰軍官立刻回衝過去，用鋼刀逼著其他士卒將此人拖到路邊，任其自生自滅。不准給予一點救助，也不准任何人打著救助袍澤的藉口趁機偷懶！

「殿下，弟兄們減員已經超過了一成！」參軍楊芳不忍心將大夥全都累死，壯起膽子湊到劉得身側提醒。

回答他的，是一記熱辣辣的皮鞭。「滾，再囉嗦，軍法從事！」劉得兩眼倒豎，怒不可遏，「保住真定，損失再大都能彌補。若是丟了真定，咱們全都死無葬身之地，哪有時間憐憫別人？」

「是，是，屬下愚鈍，屬下愚鈍……」楊芳捂著臉撥馬走開，沒勇氣做任何反駁。

亂世當中，人命不如草芥。劉揚父子多年來在真定一帶執政過苛，結仇無數。若是丟掉了老巢，麾下大軍很快就要做鳥獸散。而失去了軍隊的保護，他們全家上下，就立刻會成為仇人的報復目標，用不了幾天，便會橫屍荒野。

「全給我加把勁兒，趕到真定之後，每人賞銅錢兩千，軍官按品級加倍！」也不是一味的殘暴，斥退了參軍楊芳之後，劉得忽然提高了聲音大吼。

「世子有令，趕到真定之後，每人賞銅錢兩千，軍官按品級加倍！」

「世子有令，趕到真定之後，每人賞銅錢兩千，軍官按品級加倍！」

……

劉得身邊的親兵，齊齊扯開嗓子，將賞格大聲重複。

「謝殿下！」

「弟兄們加把勁！」

「趕回真定，殺賈復祭旗！」

「嗷——」「嗷——」「嗷……」

重賞之下必有勇夫，荒原上，叫囂聲宛若驚濤駭浪。嚇得野鳥驚慌失措，振動翅膀，呼啦啦飛上了天空，瞬間遮住了人頭頂的星光。

「小聲向後傳，叫大夥準備出擊。」黑暗之中，劉秀側耳聽了聽真定軍的狂呼亂叫，臉上的表情冷靜如天上的皎月。

所謂賈復帶領兩萬大軍奔襲真定，根本就是一個虛招。幽州地廣人稀，百業凋零，他手頭的所有兵馬加起來也就兩萬出頭，哪裡可能全都被賈復帶著去偷襲劉揚的老巢？

事實上，偷襲真定的兵馬，只有四千餘人。帶兵的主將，也不是賈復，而是行事老練穩重的鄧晨鄧偉卿。

幽州軍的真正殺招，就在劉秀這裡。他的真正目的，乃是半路截殺回救真定的敵軍。

「小聲向後傳，叫大夥準備出擊。」

「小聲向後傳，叫大夥準備出擊。」

「小聲向後傳，叫大夥準備出擊……」

將士們一個接一個輕輕側頭，以蚊蚋般的聲音，將主帥的命令向後傳播。雖然低，速度卻是極快，短短七八個呼吸之間，就傳遍了全軍。

「唏吁吁——！前方曠野中，忽然傳來戰馬慘嘶，緊跟著，驚呼聲此起彼伏。太著急趕路的真定軍，一腳踩中了幽州軍遇險在道路上挖好的陷阱，瞬間摔了個人仰馬翻。

「出擊！」劉秀大吼著拔出長刀，同時雙腿夾緊馬腹。胯下的盧馬立即揚起四蹄，箭矢一般射向數倍亂做一團的真定將士。

「嗚！嗚！嗚！」「嗚！嗚！嗚！嗚！」「嗚！嗚！嗚！」……

龍吟般的號角聲中，四千幽州騎兵如潮水般，從藏身處湧了出來。湧向對手，宛若一群狩獵的獅子。

「結陣，原地結陣！」，劉得披頭散髮，揮舞著寶劍大聲咆哮。

與其說他的運氣好，不如說他座下的大宛馬厲害，踩到陷阱的同時，竟猛地高高跳起，穩穩的落在陷阱前面的草地上。但他身後的親兵們可就沒有這麼幸運，接二連三落入虛掩的坑中，連人帶馬，被裡面的木尖透體而過，化作一個個帶血的肉串！

後面狂奔而來的騎兵們不得不勒緊馬匹，以防墜入陷阱，或者踩到前面跌倒的袍澤。如此一來，劉得身邊原本該有機會跟幽州鐵騎一搏的真定騎兵，立刻就在速度上落了下風。

至於劉得帳下的真定步卒，此刻更是跟不上戰場的節奏，一個個彎著腰，用兵器支撐著身體，站在原地氣喘如牛。

「嗖！嗖！嗖！嗖！嗖！」一場凌空而落的箭雨，率先拉開了激戰的帷幕。正在努力整頓隊伍的真定騎兵，被射了個措手不及，剎那間，就又亂成了一鍋粥。

不待箭雨結束，劉秀已經策馬衝到，手中長刀奮力橫掃，「唰」的一聲，正中一名真定將領的脖頸。

鮮血漫天噴灑，屍體迅速墜地。劉秀身影與失去主人的戰馬交錯而過，雪亮的鋼刀左右翻飛，每一次出手，必帶出一道耀眼的紅光。

轉瞬之間，就有五六個還沒搞清楚什麼情況的真定將士被斬於馬下。眼見自家主將如此英勇，幽州將士個個熱血沸騰，揮舞兵器緊緊跟在劉秀身後，恍若一條嘴中長滿利齒的狂龍，沿著真定軍的大動脈，一路向裡突飛猛進！

「攔住他，攔住他！」真定軍雖然遭到突襲，但畢竟人數眾多，其中也不乏勇猛果敢之士，見劉秀一人一刀身先士卒，不禁也被激起了血性，紛紛催動坐騎，前來攔截。

然而，理想總是比現實豐滿。還未等他們靠近劉秀身側，一道烏光忽然凌空飛至，「碭！」「碭！」隨著幾聲脆響，幾名異想天開的勇士，相繼刀斷人亡。

「擋我者死！」烏光的主人賈復殺得還不過癮，黑漆漆的長槊橫掃，將一名真定校尉直接掃得倒飛而起。緊跟著，胯下烏騅馬咆哮著加速前突，帶著他一起，在劉秀左側踏出一片血浪。

「賊子受死！」真定軍情報中原本該守在薊縣城內的銚期，此刻也幽靈般出現於劉秀的身體右側。「噗」的一聲，刺一名對手於馬下。他卻不立刻將長槊拔出，反而用力朝上猛挑，在屍體重量的作用下，槊桿立刻彎成弓形。

一名敵將舉刀正要砍落，銚期衝著他猛地一齜牙，隨即，手腕翻轉，槊身後撤，完成了弓形的槊桿立刻復原，靈蛇一般反向橫抽，將此人手中那把寒光凜凜的鋼刀，直接抽得刀飛回去，正中此人自己的鼻梁！

「啊——」敵將慘叫著落馬，原本還算英俊的面孔上，血肉模糊。

銚期對他看都不看，繼續策馬前衝，緊緊護住劉秀的右翼。三人在高速疾馳中，組成一個穩固的三角陣型，繼續向敵軍密集處突刺。所過之處，真定將士的身影像是被一艘快船劈開的浪花，高高濺起，又重重摔下，翻滾著向兩側擴散。

轉眼間，劉得身邊的騎兵，就被幽州軍殺了個對穿。站在原地喘著粗氣的幽州步兵幾曾見過如此慘烈的光景，一個個嚇得抖若篩糠。

「斜三角陣型！」借助戰馬慣性，又繼續跑出了五十餘步，劉秀果斷撥轉坐騎，將刀鋒再度指向敵軍。

霎時間，四千幽州鐵騎，立刻在他身後重新整隊。整個軍陣，化作一柄銳利的鋼刀。「刀刃」最鋒利處，馮異、臧宮、劉隆、蓋延、銚期、賈復等人，在劉秀兩側一字排開，向著還沒在第一輪打擊下緩過神來的真定軍，再度舉起了手中的長槊大刀。

「他是劉秀！擋住他！擋住他們！」劉得終於看清楚了偷襲自己的人是誰，渾身上下，一片冰涼。「擋住他，不要讓他過來，不要啊——」

自打上次在邳彤處受辱之後，他就無數次夢到過此人。每次都被直接嚇醒，躺在被窩裡大汗淋漓。所以，他發誓自己有朝一日，定要帶領千軍萬馬，將此人剁成肉泥。然而，當真正近距離看到了此人，他卻根本鼓不起面對面一搏的勇氣。

「劉秀受死！」真定左將軍杜仲難忍主帥嚇尿褲子的奇恥大辱，策馬超過劉得，迎著第一個衝過來的馮異便一槍戳去。

馮異雖然很少跟人廝殺，武藝卻不再王霸等人之下，見敵將來得迅猛，立刻大喝一聲，猛然揮刀側劈，「碭——！」正好砍在了槍尖之上，帶出一抹耀眼的火花。緊跟著，他將刀背一斜，擦著槍身向下順勢來了一個直削。

杜仲雙目立刻發出恐懼的光芒，再想撤手，為時已晚，隨著「噗——！」地一聲脆響，撕心裂肺地疼痛，立時從他的指間傳至全身，右掌血流如注，四指瞬間失去蹤跡。

「啊——！」杜仲淒聲慘叫，但是很快，他的慘叫聲，就淹沒在身後一連串更加驚天動地的悲呼之中。真定軍崩潰了，劉秀能做到令行禁止，劉得卻不能，更何況真定將士早就跑得疲憊不堪，根本沒有多少力量抵抗。

無數的鮮血，像是從天空中落下來，像是從地縫中鑽出來，又像是憑空出現的，因為鮮血還在半空時，殺人的人，和被殺的人，都已不在附近，而在前進的路上。只不過，一個是往鬼門關進發，另一個，則在送更多的人去鬼門關的路上。

「攔住他們，攔住他們！」蒼白無力的叫喊，又從真定軍其餘幾名將軍口中發出，帶來的唯一效果，則是殺身之禍。

劉隆、蓋延等人甫一聞聽，立刻循聲而去，兵刃如同長了眼一般，頃刻，就讓他們永遠閉上了嘴。緊跟著，再度回到自家陣型內，繼續毫不遲疑地像割莊稼一般，收割周圍真定兵卒的性命。

「擋住他，擋住他，不要，不要放他過來，不要——」劉得嚇得六神無主，嘴裡不停地發出尖叫。

這種慌亂的表現，令真定軍的狀況雪上加霜。很快，除了少量親信之外，他周圍的將士，就紛紛向遠處躲去。不願意陪著他一起等死，更不願意陪著他一起丟人現眼。

「下馬投降，饒你一死！」正帶隊衝殺的劉秀，用眼角的餘光發現了劉得所在，又發現敵軍已經徹底崩潰。果斷脫離隊伍，只帶著賈復和銚期，揮刀直奔劉得的腦門。

「不要啊，你，別過來，別過來！」劉得嚇得魂飛天外，尖叫著將手裡寶劍四下亂揮。

「碭！」寶劍與鋼刀相遇。劍身傳來的那股巨震，讓劉得半邊身體失去了知覺。咬著牙雙手握住劍柄，他正欲反擊。斜刺裡，賈復已經急衝而至，大槊帶起一陣狂風，橫掃他的胸口。

「啊——」劉得手忙腳亂再度舉起寶劍去阻擋長槊，只聽「哢嚓！」一聲，寶劍在與槊鋒相遇的瞬間一分為二。長槊卻帶著餘勢，狠狠地砸向了他的胸口。

「抓活的！」一個讓他永遠無法忘記的聲音，瞬間傳入了他的耳朵。緊跟著，他胸前一痛，從戰馬屁股處掉落，昏迷不醒。

「劉秀小兒，你也有今天！」劉得仰天狂笑，手持閃著寒光的短刀步步逼近。

「不要，不要殺我！」劉秀臉色慘白如紙，渾身抖如篩糠，眼中滿是怖色，苦苦哀求。

「現在知道怕了，知道求我了！」劉得面色猙獰，猛一揮短刀，劃出一道優美的弧線，「晚了！」

「噗——！」短刀狠狠插進劉秀心臟，血箭飆出，噴了劉得一臉，讓他整個人看上去，更加的可怕，更加瘋狂。

「哈哈哈哈，哈哈哈哈！」狂笑聲未盡，「哢嚓！」一道驚雷，忽然在窗外炸響。劉得打了個哆嗦，翻身坐起，兩眼之中一片迷茫。

「二哥，這小子被你抽的鼻血都竄出來了，不僅沒醒，還笑個沒完，怕不是被你給打傻了！」亂七八糟的柴房中，一名傻乎乎的士卒撓著頭皮，憨厚的向身邊袍澤說道。

被稱作二哥的漢卒怔怔的看著自己滿手的鼻血，又看看蜷縮在稻草裡，滿臉血污呆呆發楞的劉得，心裡也頓時犯起了嘀咕。

上面讓自己將劉得帶出去，自己左喊右喊卻喊不醒他，只好動粗。結果，結果把人給打傻了，這可如何是好？

「二哥，要不然……」看上去傻呼呼的士卒，眼睛裡閃過一抹凶狠，將頭湊到同伴耳畔，低聲提醒。

被喚做二哥的人眼中，也閃過一抹戾色，毫不猶豫地重重點頭，「就按你說的辦！若這小子真被打傻了，你我都逃不了干係！乾脆將他一刀宰了，然後弄成他自殺的樣子，跟上頭彙報這小子已畏罪自殺！」

「不要，啊——！」劉得嚇得大叫一聲，急忙向後躲，「嘭」的一聲，腦袋狠狠撞在堅硬的土坯牆壁上，身體緊跟著打了個哆嗦，徹底恢復了清醒。

柴房裡，大眼瞪小眼，六目相望。劉得終於記起了自己此刻身在何處，將手橫在胸前，用力搖晃，「兩，兩位軍爺，別殺我，別殺我，我爹是真定王，只要你們把我，把我送回……」

說到這裡，突然想到自己這次戰敗，在父親心中原本就不怎麼高的地位，肯定會一落千丈。頓時悲從中來，趴在稻草堆上，放聲嚎啕。

「又笑又哭，怕不是真的傻了！」小強喃喃道。

「傻什麼傻，他是嚇的！」二哥語畢，收起匕首，上前就是一腳，踹在了劉得的屁股上。哭聲戛然而止，劉得驚恐萬狀地看著兩人，眼淚混著鼻血，滴滴答答往下淌。

「看什麼看，快出去見大司馬！」二哥眼睛一豎，又凶狠的喝令，「見到大司馬該說什麼，不該說什麼，你自己想清楚了。否則，當心你的舌頭！」

「曉得，曉得！」劉得明白「閻王易見，小鬼難纏」的道理，立刻點頭如杵。隨即，站起來，跟在對方身後，走出柴房。須臾，由更高級別的軍官領著，來到中軍大帳，拜見正在處理公事的劉秀。

「世子殿下，這是怎麼回事？」劉秀放下竹簡，抬頭看到劉得，差點兒直接笑出了聲音。只見劉得的頭髮和身體上，滿是枯黃的乾草棒，臉上黑一道，紅一道，就像一個上了妝的優伶，從頭到腳，哪裡還有半分大將軍、真定王世子的模樣？

「無礙，無礙。族兄在上，小弟這廂給您行禮了！」夢中的勇氣消失殆盡，劉得連大氣不敢出，果斷跪地向劉秀叩首。

他的貴氣、傲氣，還有骨氣，早在邳彤府上時，就被折騰得剩下不足一半，兩日前的潰敗，又將另外一半掃了個乾淨。此刻的劉得，自覺生無可戀，偏偏又沒勇氣去自殺，所以，只能服軟做小，主動向劉秀低頭。

「既然無礙，劉某有件事，想請大公子幫忙，不知你可否願意？」軍情緊急，劉秀也不想跟他多廢話，乾脆選擇單刀直入。

「但憑大司馬吩咐。」劉得立刻敏銳的察覺到，劉秀不想殺自己！頓時心中大喜，小雞啄米般點頭。

「並非是什麼難事。」劉秀對他的反應很是鄙夷，眉頭迅速皺緊，隨即，又忽然想到此人雖然也姓劉，卻是敵人之子，嘆了口氣，緩緩說道，「世子殿下，你我兩家，原本是同族。劉某自打奉命巡視河北以來，對真定王也禮敬有加。此番忽然遭到真定王的偷襲，不得已，才奮起反擊。最後結果，你應該已經知道了。貴部全軍覆沒，至於令尊，雖然走的是另外一條路，沒有踏入劉某的陷阱。回到真定之後，想必也為先前的魯莽追悔莫及。」

「我，我阿爺沒有，沒有走這條路？你，你說的是真的？你，你沒有騙我？」劉得想法很是奇特，根本不為自家麾下弟兄喪失殆盡而難過，反倒楞楞的追問起了真定王的行蹤。

「劉某何必騙你！」忽然覺得此人好生可憐，劉秀嘆了口氣，走上前，伸手將其從地上扯起。「據我軍斥候探明，真定王跟你走了個前後腳。但是他走的卻是一條小路。如果順利的話，此刻應該已經抵達了真定城外！」

「這……」劉得心中一涼，兩行熱淚奪眶而出。

他父親真定王劉揚跟他走了個前後腳，卻沒跟他選擇同一條道路。很顯然，老謀深算的真定王已經料到，劉秀有可能在半路設伏，所以從昏迷中醒來之後，立刻將自家兒子當成了問路石。

路，問明白了。劉秀果然在真定軍回家的路上，布下了一個致命的陷阱。但是，問路石卻被果斷拋棄。真定王不願意跟劉秀拚命，或者已經沒實力再跟劉秀拚命，果斷選擇了繞道潛行！

至於問路石的身份，真定王恐怕根本不在乎。他不止一個兒子，長子的母親早已作古多年，其他幾個兒子的母親，卻還算得上風韻猶存。

「世子，不必想得太多。令尊壯士斷腕的勇氣，劉某甚為佩服。況且他也不是沒想過替你報仇，在回真定的途中，他已經傳下了命令，將自己治下各縣兵馬，全都調向了真定城內。準備憑藉堅城，與劉某一決生死！」劉秀的話，忽然從頭頂上傳來，每個字都如鋼針般，刺中劉得的心臟。

「不——」一聲悲鳴，從劉得嘴裡迅速湧出。雙手掩面，他軟軟地蹲了下去。

他不想讓父親給自己報仇。報仇有什麼用，已經死去的人根本看不到？更何況，報仇恐怕只是父親的一個藉口。

他不想死，他要活著！

他必須活著，讓那兩個窺探世子之位的賤人，這輩子都休想得逞。

他要讓父親和父親身邊那些爪牙，這輩子都為今天的選擇而追悔莫及！

他是劉得，真定世子劉得。真定是他的，也必須是他的。如果他得不到，就寧可獻出去，也堅決不能便宜了那兩個賤人！

而保住真定不易，獻出它去，卻簡單異常。

「不能讓各地兵馬趕到真定！」猛地抬起頭，劉得紅著眼睛大聲建議。

「嗯？」早就料到劉得發現他被真定王拋棄之後，會被自己所用，卻沒料到，勸說進行得如此順利。劉秀頓時就是一楞，旋即，笑著頷首，「世子此言，甚合吾意。只是，有何良策退兵？」

劉得恨自家父親心狠，索性主動給劉秀出謀劃策道：「各地兵馬，並不都是我父王的人，其中也有不少只聽命於在下。而且，在下還可以偽造我爹的筆跡，命各地兵馬原路返回，退保縣城。大司馬，請給在下一支筆，幾塊白絹，讓在下盡可能地制止他們前來送死！」

見劉得滿臉焦灼，劉秀對他心中所想，頓時猜了個七七八八。心中暗道：「父不慈，子不孝」，古人誠不我欺。於是乎，微笑著再次點頭，「世子心懷慈悲，乃真定之幸，河北之幸。說實話，劉某正準備圍點打援，你此番若能勸得他們回頭，他們發現逃脫了一場死劫之後，這輩子都會對你心懷感激！」

「他們感激我有什麼用，家父……」劉得又是委屈，又是遺憾，苦笑著感慨。一句話沒等說完，卻看到劉秀帳下的主簿馮異邁步進來，雙手交還一支令旗，躬身彙報，「主公，各路大軍已在營外十里坡聚集，請主公前去校閱！」

「好！」劉秀精神，頓時為之一振，扭頭看向欲言又止的劉得，笑著發出邀請，「世子可有興趣，隨劉某去校閱麾下的虎狼之師。不是劉某誇口，放眼天下，論麾下人多勢眾，劉某肯定排不上號。可論將士訓練有素，驍勇善戰，恐怕沒有幾家兵馬，能跟劉某這邊相提並論。」

「這？大司馬好意相請，在下榮幸之至！」劉得沒勇氣拒絕，也的確想看看，劉秀這邊到底實力如何，稍作沉吟，便欣然點頭。

馮異立刻退出門外安排人牽來兩匹快馬，劉秀與劉得各自飛身躍上坐騎，在數百鮮衣怒馬的親兵簇擁之下，浩浩蕩蕩趕往十里坡。

還沒等抵達目的地，劉得便看見一整片綿延不絕旌旗，從山坡下一直鋪到了坡頂，宛若水面上瀲灩的波光。他立刻打了個哆嗦，皺著眉頭暗道：「不是說幽州疲敝，劉秀帳下缺糧少兵嗎？怎麼來了這麼多人馬！看模樣，恐怕十萬都打不住。他才來河北半年不到，哪裡變出來的這麼多兵卒？」

正百思不解間，忽然，耳畔傳來一陣激越的戰鼓，緊跟著，又是一陣高亢的號角。隨即，山坡上下，吶喊聲宛若雷動：「大司馬！大司馬！大司馬！」雖未將劉得的耳膜震破，卻令他心驚膽戰，差點兒又一頭栽下坐騎！

「世子小心！」馮異手疾眼快，一把扶住了劉得的肩膀。然後半扶半推，將此人連同其胯下戰馬，推上了坡頂。

「多謝，多謝馮主簿，馮主簿仗義援手！」劉得自己也知道自己剛才的表現丟人，紅著臉，大聲解釋，「在下，在下，在下那天受了點傷，然後，然後，然後又沒怎麼吃東西。所以……」

「世子乃是萬金之軀，以後千萬要注意，切莫再身先士卒。若非主公那天喊得及時，你恐怕已經成了賈將軍槊下之鬼！」馮異早就知道劉得是個銀樣鑞槍頭，笑了笑，非常貼心地小聲叮囑。

「是，是，大司馬的活命之恩，在下感激不盡，感激不盡！」劉得的臉，紅得幾乎要滴出血來，拱起手來，大聲奉承。

「感激的話，就不必說了。你我往日無怨，今日無仇，又同為高祖後裔。何必自相殘殺，讓外人去坐收漁翁之利？」劉秀和顏悅色地點了點頭，隨即將手指向山坡，「你乃知兵之人，且來看看，劉某麾下這些將士，成色如何？」

「這……」劉得迅速低頭，只見，一排又一排的虎狼之士，沿著山坡列隊肅立。旌旗蔽日，殺氣直沖霄漢。而明媚的陽光，卻恰恰從雲朵的縫隙中潑灑下來，使得將士們身上鎧甲和手裡兵刃，全部化作一片冷冽的銀海。

十萬，不對，恐怕二十萬都不止！並且全都是訓練有素的精銳，沒有一個濫竽充數。真定王帳下，也曾經組織過十萬兵馬的校閱，雖然看上去同樣人山人海，殺氣卻不足眼前之十一，

有股又冷又麻的感覺，從腳底直衝劉得頭頂，他努力用手臂拉緊戰馬的韁繩，以防自己出醜。但是，兩條大腿，卻如同打擺子般抖個不停。就在此時，忽聽一個粗獷的聲音大喝道：「漁陽郡太守彭寵，率部前來聽從主公驅策！」

「彭寵，他怎麼來了？他不是剛剛歸順劉秀沒幾天，怎麼會對劉秀如此死心塌地？」劉得被嚇得又接連打了好幾個哆嗦，瞪圓了眼睛，仔細觀看。

又見一個虬髯滿面的紅臉將軍，緊在彭寵身後，催動坐騎來到坡前，先雄赳赳氣昂昂的對著劉秀行了個軍中之禮，然後以更高的聲音自報家門，「上谷郡太守，耿況！率部前來為主公效力。主公令旗所指，刀山火海，末將絕不敢辭！」

「刀山火海，絕不敢辭！」「刀山火海，絕不敢辭！」吶喊聲再度響如雷動，數以千計的紅色旌旗，隨著吶喊聲上下揮舞，宛若一團團跳動的火焰！

還沒等劉得從震驚中回過神兒，一名肩寬背闊的大將，也騎著駿馬如飛而至，「右北平郡守，劉植，率所部前來為大司馬效力！願領麾下兒郎，為大軍先導！」

「啊——」劉得不由自主發出一聲驚呼，嘴巴再也合攏不上。

右北平郡守劉植文武雙全，又跟他乃是同宗，他父親劉揚，曾經多次派人以重金邀請此人前來助自己一臂之力。誰料，此人對真定王贈予的重金不屑一顧，卻專程跑上門，替劉秀來做開路先鋒。

「代郡太守堅鐔，率麾下兒郎前來投奔主公。願以掌中劍，追隨主公開闢萬世太平！」彷彿唯恐劉得被刺激得不夠劇烈，又一個赫赫有名的地方豪傑，扯著嗓子報出自己的名姓。

幽州的確疲敝，可幽州的地盤，卻不止是上谷、薊縣、涿郡和漁陽。此外，還包括早已不聽任何人號令的代郡，以及沃野千里的右北平。甚至在右北平之右，還有遼西和遼東。

後四郡，雖然因為王莽倒行逆施，脫離中原已久。但每個郡都有數名豪傑擁兵自重。若是這些豪傑都率部前來投奔劉秀，莫說十萬大軍，十五萬，甚至二十萬大軍，也不在其話下。

「薊縣宰，銚期，願意為主公披荊斬棘！」

「涿郡守，王梁，奉命前來為主公效死！」

「奮勇將軍傅俊，單憑主公驅策！」

「武隆將軍王霸……」

「驍騎將軍萬修……」

……

盔甲鮮明的武將一個接著一個，上前向劉秀施禮，彷彿唯恐後者看不到自己，讓自己錯過建功立業的大好時機。

劉得看得眼花繚亂，只覺彷彿整個天空都壓了下來，死死地壓在了自己肩頭。

他在真定國妄自尊大，對今日當場的很多將領，都沒聽說過名姓。然而，卻從這些人的身材、嗓門兒、動作，以及他們各自大聲報出名號之時，身後士卒們的歡呼聲裡，知道這些人都是能征善戰地大將，本事和威望，都絕對不在自己之下。

而在真定國，自己即便不算是第一勇將，卻掉不出前三。如此多的勇將，帶著十幾萬的精兵，齊齊撲向真定，自家那病入膏肓的父親，怎麼可能抵抗得住？

想到這兒，劉得忽然又轉身看向劉秀，想看看對方到底哪裡比自己強，能讓普天下的英雄都臣服於他。可僅看了一眼，他的心，便猛地往下沉去，一直沉到最冷的冰河之中。

他悲哀的發現，對方不是有哪裡比自己強，而是，哪兒都比自己強！自己跟此人相比，簡直是螢火蟲與日月爭輝，連笑話都算不上！

接下來，劉得整個人都顯得有些痴痴呆呆，劉秀如何回覆那些前來接受校閱的將軍，如何鼓舞士氣，他一句也沒聽進去。滿腦子想的全都是：真定完了，這回徹底完了。即便自己不獻上那道退兵之計，不幫劉秀騙走各縣守軍，也保不住城門，更不可能保住整個劉家。

如今之際，唯有主動請降，才能平息劉秀的怒火，才能保住自家父親和自己的性命。如果繼續執迷不悟，恐怕用不了半個月，自己和父親就得變成荒郊野嶺裡的無頭腐屍。

「父王，不是孩兒無能，更不是孩兒不孝，這仗，根本就沒法打！」嘴裡發出一聲低低的呻吟，他的肩膀上，忽然感覺到了一陣輕鬆。

抬起頭，只見頭頂白雲朵朵，腳下碧草如蔭，天空和大地都瞬間變得無比開闊。

三日後一個傍晚，真定王世子劉得帶領十數名親兵，與劉秀的好兄弟一道進入了真定城的北門。遠遠望著好兄弟朱祐的身影消失在漆黑的門洞內，扮做護送親衛的劉秀，心中禁不住浮起一團擔憂，扭過頭，對著身邊同樣扮做親兵的嚴光詢問：「子陵，仲先他，他不會有事吧？」

「文叔，原來你在劉得面前的沉穩模樣，全都是裝出來的！」嚴光笑了笑，輕輕搖頭，「放心，劉得早就被嚇破了膽子，斷然看不出你的疑兵之計來。至於劉揚，連自己兒子都不相信的人，可定不相信你真的擁有十萬大軍。但越是疑神疑鬼，越沒膽子跟你真的拚個魚死網破。仲先憑一條三寸不爛之舌，說遍河北無敵手，此番即便說服不了劉揚，他至少也可以全身而退。」

「等仲先回來，無論他是否說服劉揚，咱們三人都要痛飲一場。」劉秀心中的緊張，這才稍有緩解，望著黑漆漆的城門，長長地嘆氣，「呼！若麾下真有十萬大軍，你我當橫掃天下，何必讓仲先去冒險！」

「一定會有這天的，放心，不會太遠。」嚴光也將頭看向夜幕下的真定城，用力點頭。

「阿嚏！」朱祐騎在馬上正左顧右盼，忽覺鼻子發癢，打了個噴嚏，小聲嘀咕道，「是誰在念叨我？」

「仲先兄，你說什麼？」劉得催動坐騎來到朱祐身邊，用顫抖的聲音詢問。

「沒事，我被燈火晃了眼睛！」朱祐笑了笑，回答得鎮定自若。

「沒事就好，沒事就好！」劉得咧著嘴，直喘粗氣，心跳的聲音，震得他自己頭暈目眩。雖然在劉秀面前，他將胸脯拍得「啪啪」作響，說只要放自己回家，自己就一定能說服父親劉揚，化解兩家干戈。然而，進了城門之後，他的心裡，就開始打哆嗦。自己在父親心裡到底是什麼地位，他現在非常清楚。自己能替真定拚死血戰時，說出來的話都沒多少分量，更何況如今丟光了全部嫡系兵卒，再加上先前打著父親名義，向周遭發出的那些退兵信，萬一被父親知道真相，或者被兩個弟弟派的人拿到了，在父親面前撥弄是非……

「的的，的的，的的，的的……」馬蹄敲擊地面的聲音，忽然從東南方向傳來，將他心中的緊張感覺瞬間敲得支離破碎。

「哈哈哈，哈哈哈哈，哈哈哈，大哥，你居然活著回來了。哈哈，哈哈哈，太好了，省得我還得四處去找你的屍體，哈哈哈哈……」在四五十騎的簇擁中，一個錦衣金甲的少年，隨著狂笑聲如飛而至。手裡的兵刃，在火把照耀下，反射出冰冷的血光。

「保護大公子！」劉得的新任親兵隊長邵牧勃然色變，大喝一聲，拔刀與來人相對。緊跟著，「倉啷啷」聲不絕，十幾名親兵都拔刀在手，扇形散開，將劉得和朱祐緊緊護在了身後。

「哎呀，大哥，你這是什麼意思。我聽你活著回來，立刻前來迎接。你為何對我刀兵相向？」

沒想到已經成了喪家之犬的劉得，身邊居然還有不少死士追隨，金甲少年被迫停住坐騎，隔著十幾步遠，朝著劉得大聲質問。

「是啊，大公子，你這是什麼意思？怎麼對自己人亮刀亮得如此之快？對上劉秀，卻嚇得連刀都不敢往外拔？」

「是啊，大公子，劉秀呢，你可把他的首級帶回來了？」

「大公子跟劉秀對陣之時，若有現在一半兒勇氣，也不至於丟光了弟兄，被人生擒活捉吧？」

「灰溜溜跑回來了，居然還有臉對自己人拔刀，臉皮真的不知道用什麼做的。」

……

七嘴八舌的奚落聲，緊跟著金甲少年的話，從對面傳了過來。將劉得和他身邊心腹們的臉皮，迅速羞成了豬肝兒。眾人馬鞍上彷彿也長出了無數利刺，讓他們坐立不安。此時此刻，唯有用力握緊刀柄，才能找到些許慰藉。

「大公子，此人是誰？」朱祐聲音，忽然在眾人背後響起，宛若帶著某種特殊的力量，讓大夥心神為之一靜。

「他，他是我三娘的兒子劉實。」劉得咬了咬牙，喘息著回應。「跟我關係一直不怎麼和睦，所以特地來落井下石！」

「我乃真定王之子，大漢景帝八代孫，大漢輕車將軍劉實！」金甲少年嫌他介紹得太簡單，扯開嗓子大聲補充。隨即，又用眼睛斜了一下朱祐，囂張地質問：「你是哪個，速速報上名來？」

「哦！」朱祐理都懶得理此人，先衝著劉得點了點頭，然後又笑著問道：「他可曾領兵征戰四方，為真定開疆拓土？」

「不曾。」劉得咬著牙回應，呼吸瞬間變均勻了許多。

「那他可曾運籌帷幄，為真定制敵於未戰？」朱祐笑了笑，繼續問道。

「不曾。」劉得忿然以應，呼吸變得更均勻，塌下去的脊背，也緩緩伸直，「他只會花言巧語，搬弄是非。」

「他是否精明強幹，善理內政？」第三個問題接踵而至，如清水般，洗去劉得與其身邊親信臉上的屈辱。

「他連自己的府邸都管不好，手下常有凶僕當街鬧事，被人告到父王那裡。」劉得的身體挺得更直，嘴角處也終於浮現出一絲笑意，回答得特別大聲。

「那他可否是文采風流，出口成章？」

「呸！他只會飲酒狎妓，尋歡作樂，而且五音不全，連小曲兒都學不會半句！」

「可否孝順父母，尊敬兄長，善待身邊親信？」

「呸！娘親去世的當天，他就飲酒作樂。至於他如何對待我這個哥哥，大夥皆親眼所見！」

「原來如此。難怪我遍遊河北，只常聽人提起王爺與大公子之名，卻從未聽說過此人。」朱祐恍然大悟，快速轉臉看向劉實，朗聲道：「古語有云，兄弟同心，其利斷金。若做不到同心同德，至少也不該落井下石，甚至同室操戈。這些道理，你父王平素沒找人教導你嗎？還是他根本沒把你放在心上，所以你無論幹什麼事情，都聽之任之！」

「哈哈，哈哈哈哈，哈哈哈哈……」劉得跟他身邊的親信們，終於揚眉吐氣，學著先前劉實等人的模樣，放聲狂笑。唯恐劉實腦子不好使，將朱祐對他的鄙夷當成表揚。

「給我拿下他！」劉實被刺激得兩眼發紅，猛地將鋼刀舉起，隔著老遠指向朱祐的面門，「拿下他，老子今天若是不將他扒皮抽筋，誓不為人！」

「是！」他麾下的侍衛答應一聲，催動坐騎，就準備一擁而上。

朱祐身邊的劉得見了，豈肯示弱，也抽出兵器，高聲斷喝，「保護朱將軍，敢上前者，殺無赦！」

「是！」劉得的新任親兵隊長邵牧早就暗地宣誓效忠劉秀，也答應著舉起兵器，帶領弟兄們與劉寶的親信針鋒相對。

論人數，劉寶這邊是劉得那邊的三倍。可論戰鬥力，三個劉寶的親信，都比不上劉得這邊一個。畢竟，後者曾經多次衝鋒陷陣，在死人堆裡打過滾兒。而前者，平素卻只是在真定城裡頭耀武揚威，嚇唬嚇唬尋常市井百姓。

結果，雙方麻秸桿打狼，兩頭害怕。叫囂得雖然都很大聲，卻誰都不敢真的將刀朝對面身上砍。劉寶在背後看得面紅耳赤，上前幾步，用刀指著朱祐的鼻子大聲挑釁，「死胖子，有種你就別躲在人身後，出來跟我一決生死！」

「別去，那廝雖然人品極差，武藝卻不算太弱！」劉得聞聽，立刻低聲勸阻，「仲先兄乃萬金之軀，犯不著跟他一個無賴拚命。」

不是他真的關心朱祐，而是他怕萬一朱祐有什麼閃失，劉秀真的揮動大軍攻城。那樣的話，劉寶這個罪魁禍首肯定要被幽州軍剁成肉泥，他劉得，在劉秀的暴怒之下，恐怕也在劫難逃。

誰料朱祐卻不聽勸，笑了笑，赤手空拳就從親兵們背後走了出來。先上下了打量了劉寶幾眼，然後搖著頭說道：「果然是個沒人教導的蠢貨！小胖子，在下朱祐，乃是當日昆陽突圍的十三騎之一。你確信要跟我單打獨鬥？」

「你，你說什麼？你，你吹牛！」劉寶的頭皮驟然一麻，胯下的坐騎也跟著晃了晃，再也不敢向前多走一步。

昆陽十三騎突圍的故事，早就傳遍了整個大漢。他再孤陋寡聞，也聽說過其中具體的每一個人名字。而朱祐，恰恰排在十三騎之末！

「十三騎突圍，有什麼好吹的，不過是殺了賊人一個措手不及而已。」早就料到，對方沒膽子跟自己單挑，朱祐笑了笑，大聲補充，「朱某要吹，也吹後來跟隨我家主公，以六千破敵四十萬。那才是正面相撞，敵我雙方都拿出了真本事！」

「你，你……」劉實越聽越沒底氣，本能就將身體往親信中間縮。

十三騎突圍，在朱祐嘴裡稀鬆平常，在傳說當中，卻是以一敵萬。他劉實膽子再大，也沒勇氣去跟十三騎之一單挑，雖然後者只是十三騎的尾巴尖兒！

「小胖子啊，你如果不跟我單挑，就別瞎折騰了。是誰派你來的？他把你當成豬頭了，你知道不知道？你父親就沒跟你說過，該如何對待敵國的使節嗎？」見對方的氣焰，一落千丈。朱祐搖了搖頭，繼續笑著挑釁。

「你，你才是豬頭！你們全家都是豬頭！」劉實看了看肉滾滾的朱祐，再看看自己肥嘟嘟的手臂，氣得咬牙切齒，「你算哪門子使節？頂多算是叛軍的同夥！我不用親手殺你，我只需要將你抓起來，交給謝尚書的使者。他自然會將你大卸八塊！來人——」

「且慢！」朱祐迅速抓住了其中最關鍵一句話，擺了擺手，迅速打斷，「你剛才說什麼？謝尚書的使節也來了？我軍分明是奉了謝尚書的命令去征討王朗，他為何還准許你父親在我軍背後捅刀？你不必派人來抓，朱某跟你去見他就是。朱某剛好要當面問問他，他這樣做，除了讓河北生靈塗炭之外，到底有什麼好處？」

「謝尚書的使者，才沒功夫跟你廢話。」問動心機，劉實這個紈絝，哪裡是朱祐的對手？再度揮舞著刀子大聲威脅，「來人，將他給我，給我拿下！」

「且慢，待我跟你家兄長告個別！」朱祐絲毫不覺得害怕，笑呵呵地回應了一句，隨即扭過頭，朝著劉得從容拱手：「世子殿下，我家主公本想待朱某跟王爺談出個結果，就將那被俘虜的兩萬多士卒交還給王爺，但我這一去見謝尚書的人，凶吉難料。所以……」

「哼！那些廢物，要他們回來何用？」不等劉得回應，劉實已經氣急敗壞地大聲打斷，「不過是兩萬做了俘虜的窩囊廢而已。姓朱的，你別指望拿這區區兩萬多廢物做人質，就能換回你自己的小命。等你死後，劉某會將你的首級掛在城牆上，同時告訴劉秀，要殺就殺，我真定才不在乎這些只會糟蹋糧食的廢物死活！」

「胡說！」劉得聽得忍無可忍，把牙一咬，縱馬擋在朱祐面前，「兩萬多兄弟的性命，你不在乎，我在乎！老二，仲先兄是我的朋友，更是真定的貴客，你若想抓他，今天須從我的屍體上踏過去！」

「別以為我真的不敢殺你！」劉實本能地拉著馬韁繩後退，隨即，迅速將鋼刀舉過頭頂，「來人——」

身前身後，沒有傳來任何回應。他的嫡系親信一個個滿臉羞怒，誰都沒勇氣再向對面舉刀。

整個真定，總計才有多少丁口？真定王劉揚為了拼湊起十萬大軍，幾乎到了三丁抽一的地步。兩萬多被俘虜的將士，在劉實眼裡是兩萬隻會糟蹋糧食的廢物，對尋常兵卒來說，卻是他們的兄弟和父親。包括劉實身邊的爪牙，也有家人至今生死未卜。他一句說殺就殺，如何不讓人寒心？

「來人，老二，你眼裡除了自己，哪有別人？」劉得雖然在劉秀、賈復等人面前，連招架的能力都沒有。遇到自家弟弟劉實這個紈絝，卻立刻顯出了本事。抓住後者身邊爪牙心神恍惚的瞬間，大聲反問：「你可以不把我當大哥，可弟兄們卻不能都像你，對自己被俘的親人不聞不問？你可以把兩萬餘人命視為草芥，可弟兄們，卻不能跟你一樣，對自己的袍澤見死不救！你為了爭奪世子之位，巴不得一刀將我砍死。可弟兄們卻不能跟你一樣，親手殺掉自己的父親和大哥。你……」

「住口！」劉實即便再笨，也知道自己不小心著了朱祐和劉得兩人的道，趕緊扯開嗓子高聲打斷，「我，我不是那個意思。你，你勾結劉秀，背叛朝廷，早晚給真定帶來滅頂之災。我，我把朱祐交給謝尚書的使節，是為了向朝廷表明忠心，是為了跟幽州劃清界限。不是像你說的那樣，更不是為了爭奪什麼世子之位！」

「是嗎？二公子，你口口聲聲說我家主公背叛了朝廷，朝廷可有聖旨剝奪了我家主公大司馬的官職？朝廷可曾下令要求真定討伐幽州？若是沒有，真定又是奉了何人命令出兵？不經朝廷准許出兵攻擊同僚，還是在我家主公奉旨討逆之時，到底誰背叛了朝廷，三公子，莫非你還是個八歲小兒，連這點是非都分辨不清？」朱祐在太學之時，主修的就是縱橫之術，怎麼可能任由劉實翻盤。三言兩語，就將對方駁得體無完膚。

「你，你……」劉實想動手，得不到人支持。想說「理」，也說不贏。急得額頭青筋亂跳，前胸後背大汗淋漓。

就在此時，又有一名白袍公子在五十多名親信的簇擁下，策馬殺到。問都不問雙方僵持的緣由，大聲催促，「二哥，你還等什麼？這種吃裡扒外的小人，直接拿下就是，何必跟他浪費唇舌？」

「對啊，我為啥要跟他們浪費唇舌？」劉實如夢初醒，立刻意識到，自己從開始就不該給劉得說話機會。果斷側身閃開，朝著來人大聲發出邀請，「老三，你來得正好。快，快帶著你的人將他們拿下，我，我今天帶的弟兄太少，頂多跟他打個平手！」

「老三，你要殺兄奪位嗎？」劉得大吃一驚，拉著朱祐就朝自己的親信身後躲。

對自己的兩個弟兄，他可真是知根知柢。老二劉實雖然囂張，卻是個如假包換的草包。而老三劉越，卻心狠手辣，陰險狡猾，絕不會被自己和朱祐三言兩語擠對得進退失據。

事實也正如他所料，儘管也意識到了，老二劉實並沒安好心。但老三劉越，為了早日除掉劉得，卻豁出去了一切。發現目標躲到了親信身後，立刻停住坐騎，指揮自己的爪牙當街列陣。準備憑藉一次衝鋒，就乾脆利落地結束戰鬥。

「不能讓他們衝起速度來，劉得，你站我身後。其他人，沿著我兩側，鋒矢陣。」朱祐雖然武藝不如劉秀、馬武，智謀不如鄧禹、嚴光，眼界卻比劉得、劉實等輩高出甚多。發現劉越準備發動騎兵衝鋒，立刻從劉得手裡接管了指揮權。

劉得身邊的親兵雖然都是從他原來帶領的弟兄中挑選而出，暗地裡，卻早就被劉秀重金收買，並且全都在真定無牽無掛。聽到朱祐的命令，齊齊答應了一聲「是！」也迅速沿街擺出陣型，準備跟對手一決雌雄。

「呀，快，快去報告王爺！」

「來不及了，來不及了！」

「趕緊想辦法阻止！」

「怎麼想辦法？一邊是二公子和三公子，一邊是世子，咱們死在誰手裡，都是白死！」

……

四周已圍過來不少巡城的士卒，但他們發現是世子劉得和王爺的另外兩個兒子準備火併，誰也不敢勸阻，更沒人敢靠近，唯恐一不小心，就遭受池魚之殃。

眼看著，一場惡戰，就無法避免，蕭瑟的街道盡頭，忽然又傳來了一聲鳴鏑，「嗤——」不偏不倚，正中劉越的盔纓。

「啊——」正準備率部上前與朱祐拚命的劉越，被嚇了一大跳。蓄在手臂上的力氣，瞬間就消失得乾乾淨淨。

「誰？」劉越麾下的爪牙，也沒想到有人在關鍵時刻，竟然從自己背後放箭偷襲。也連忙拉緊了戰馬的繮繩，齊齊將目光轉向了街道盡頭，

「的的噠，的的噠——」漆黑的暮色中，清脆的馬蹄聲由遠而近。一個桃紅色身影，飄然而至，「大哥、二哥、三弟，奉王爺命，要你們帶著劉秀的使節，前往銀安殿覲見。不得手足相殘，違者，殺無赦！」

「三……」朱祐的眼睛瞬間瞪了滾圓，身體晃了晃，差點一頭栽倒。

來人猿臂狼腰，雙眉如墨，五官鮮明，依稀之間，竟和三姐有八分相似！只是，其說話的聲音和做事的風格，卻迅速又讓朱祐恢復了清醒。

「大哥、二哥、老三，在外人面前自相殘殺，你們不覺得丟人嗎？」那一身桃紅的少女，高舉起令牌，大聲重申，「舅父有令，叫你們三個帶劉秀的使節去見他。是殺是留，他自有定奪。只要他還活著一天，就輪不到你們三個中任何一個做主！」

「哼！」劉越驚魂稍定，從盔纓上取下鳴鏑，狠狠丟在了腳下，轉身而去。

「姓朱的，今日便宜了你！」劉實失去了劉越這把利刃，獨自沒本事對付劉得，丟下一句話，也帶著自己的親信，匆匆離開。

只有劉得，雖然剛才緊張得心臟咚咚亂跳，卻依舊沒失去理智。隔著親信向少女拱了下手，大聲道謝：「表妹，多虧妳來得及時。要不然……」

「表哥，你還是趕緊想想怎麼跟舅父解釋你假傳命令的事情吧。我可以幫你對付他們兩個，

卻幫不了你去面對舅父。」少女低頭掃了他一眼，迅速撥轉馬頭。

「這……」劉得心裡打了個哆嗦，冷汗瞬間再度淌了滿臉。

「王爺有令，宣大公子與朱祐進殿！」王宮外，燈火晦暗，侍衛統領藺懷大聲說道。

朱祐跟在劉得後面，將佩刀卸下，交給一旁的王宮侍衛，然後撣了撣衣袖，昂首闊步向宮內走去。穿過燈火通明庭院，跨過曲曲折折小橋，足足走了有一刻鐘，才來到真定王劉揚平素議事的銀安殿外。

甫一進殿，有股寒氣，就撲面而來，緊跟著，一個低沉的聲音，穿過空曠的宮殿，清晰地遞進他的耳朵，「你是何人？」

「在下朱祐，字仲先，在我家主公麾下，擔任護軍一職。」朱祐唯一躬身，朗聲道，「見過王爺。」

劉揚聞聽，立刻重重地哼了一聲，舉起了手邊的令箭。然後冷眼觀察朱祐的反應，待遲遲看不到後者被嚇住，才又將令箭放到了書案旁，冷冷地問道：「小小司馬，何德何能，也敢妄稱主公？」

「我家主公，少時飽讀詩書，名動長安。成年後帶領鐵騎衝陣，以六千破賊十四萬。如今，他領兵十萬前來問候王爺，卻讓王爺閉門不出——」說到這裡，朱祐微微一笑，聲音變得如刀劍般鏗鏘，「他若擔不起主公二字，又有何人擔得？」

「大膽狂徒！」

「賊子敢爾！」

「豎子！豎子！」

「自尋死路！自尋死路！」

……

真定王帳下的臣子們勃然大怒，一個個爭先恐後跳出來，指著朱祐大聲怒叱。而朱祐，卻對他們的表演看都懶得看，只是笑咪咪看著劉揚，靜待此人回應。

「好膽！」兩個硬邦邦的字，終於從劉揚牙縫中迸出，有股鋪天蓋地殺氣，瞬間籠罩整個大殿，使得殿內空氣的溫度，迅速落至了冰點。

「來人，」他死死盯著朱祐，脖頸上的肉瘤，上下亂抖，「把他拖出去斬了，然後，將他的人頭，懸掛在城門上，任憑鷹隼啄食！」

「父王英明！」早朱祐劉得一步上殿的劉實和劉越兩個，心花怒放，忍不住大聲叫好。

「父王且慢！」劉得大驚，趕緊挺身上前相救。「父王，若殺了仲先，劉秀的軍隊立刻，立刻就會攻城！幽州軍兵強馬壯，乃是孩兒親眼所見……」

「什麼兵強馬壯？」劉越鄙夷的看向劉得，反唇相稽，「我看你是幾次三番栽在劉秀手裡，早被嚇破了膽子！」

隨即，又快速轉向劉揚，躬身催促，「父王，大哥他兵敗降敵在前，危言聳聽在後，兒臣懇請父王治他叛國之罪，以儆效尤！」

「劉越，你從未領兵打仗，豈知兵家之事？」劉得豈肯任由其栽贓？轉過頭，大聲反駁，「大司馬手下精兵良將不可勝數，並且盡占天時地利，我真定若是不及早與他修好……」

「怎麼修好，是假冒父王的命令，讓各縣兵馬撤回，還是誅殺自家大將，為劉秀開路？」劉越既然敢出來，就早做足了準備。扯開嗓子，高聲打斷。「是讓父王束手就戮，還是傳位給你，好成全你去為劉秀充當鷹犬？我看你分明是貪生怕死，才故意誇大敵軍實力。領著敵軍使者，故意回來散播謠言，亂自家軍心！」

「的確，他就是這樣想的。他也是這樣做的！剛才他還跟朱祐一道，要殺了我和老三！」劉實看準機會，果斷補刀。

「劉得，你可知罪？」劉揚早就因為劉得假傳命令的行為，對其不滿。此刻聽了另外兩個兒子的挑撥，哪裡還壓得住火氣？立刻豎起眼睛，大聲責問。

「父王息怒。」劉得雖然貪生怕死，卻知道自己早已無路可退，強行鼓起勇氣，大聲回應，「孩兒喪師辱國，確實罪在不赦。但是，敢問父王，大司馬劉秀自春陵起兵以來，可曾打過敗仗？甄阜、王邑、嚴尤都是百戰老將，誰不是輸在他手裡斷送了一世英名？孫登和王朗縱橫河北，卻曾被他生擒活捉。由此可見，孩兒之敗，並非自己本領不濟，而是跟對手實力相差過於懸殊！父王，您亦知兵，敢問我真定國內，當日誰人跟孩兒易地相處，能保證不輸給劉秀，能保證帶領大軍，全師而退？」

「你，你……氣死老夫！」劉揚被問得臉皮漲紫，卻找不到任何反駁之詞。手拍桌案，大聲怒喝，「來人，把這不孝子跟劉秀的使者一併拖出去，斬首示眾！」

「父王便是要殺孩兒，最好也聽孩兒把話說完！」劉得被嚇得頭皮陣陣發麻，卻咬著牙大聲補充，「父王！孩兒做客漢營，已知對方虛實。劉秀麾下將士，高達十萬，文有嚴光、鄧禹，武有賈復、銚期。此外，彭寵、劉植、王梁，還有您的好外甥耿況，都已經率部歸於他的帳下！我軍非但與其野戰，毫無獲勝可能。想要堅守待援，恐怕也注定難逃死劫。如今真定以北，已經全歸劉秀掌控。真定以南，謝躬與王朗兩家殺得難解難分，根本不可能分兵來救。孫登跟父王您仇深似海，不落井下石已經是萬幸。至於其他各路豪傑，要麼早已跟幽州暗通款曲，要麼遠水難解近渴。您若是……」

「這……」殿內的文武相顧失色，都不知道該如何是好。

劉揚本人，也聽得心驚肉跳，心中的怒火迅速下降。正準備定下神來，仔細問一問劉秀那邊的真正意圖，劉實、劉越哥倆卻搶先一步衝了出來。

「一派胡言！」不敢讓劉得有機會說服劉揚，劉實、劉越哥倆雙雙扯開嗓子大吼，「父王，切莫聽他狡辯。劉秀才來河北幾天，怎麼可能召集起來十萬大軍？」

「您當年持萬金相請，劉植都不肯歸順，怎麼可能去效忠劉秀？」

「還有，我真定出兵偷襲幽州，乃是奉了朝廷的命令。他劉秀即便再實力強悍，又豈能強得過朝廷？」

「還有，您如果跟他握手言和，將來萬一朝廷跟他算帳，咱們真定，豈不也成了反賊的同夥，百口莫辯？」

這番話，也算說得有理有據。只可惜，他們哥倆能辯得過自家哥哥，卻說不過術業專攻的朱祐。後者只是「哈哈」一笑，就迅速令哥倆的所有努力，都化作了泡影。

「哈哈哈哈，哈哈哈哈！」一連串的狂笑聲，震得房梁簌簌落土，不但劉實和劉越被笑得閉上了嘴巴，真定王帳下的文武百官也齊齊將頭轉向朱祐，滿臉莫名其妙

「朱祐，你死到臨頭，為何發笑？」劉揚雖然是個老狐狸，卻也忍不住大聲發問。

「沒什麼，只是覺得眼前情景可笑而已！」朱祐抬手擦了擦笑出來的眼淚，然後繼續笑著搖頭，「我只是在遊歷河北時，聽人說過，真定王為人老謀深算，智勇雙全，唯一的缺點，就是耳

根子軟。放著一個能征善戰的長子不信任，卻特別喜歡聽兩個小妾生的草包兒子搬弄是非。如今一見，才知傳言果然非虛。」

「朱祐，你敢羞辱我！」沒等劉揚做出任何反應，劉越已經勃然大怒，仗著周圍全是自己人，拔出寶劍，「唰」的一聲，徑直刺向朱祐心窩。

十三騎之末，也是十三騎。好朱祐，只是輕輕側了側身子，就躲過了劉越的必殺一擊。緊跟著，伸手抓住劉越的手腕，輕輕抬起右膝，朝著失去重心的劉越屁股上一點，「撲通」，將此人摔了個狗啃屎。

「呀——」劉實動作比劉越慢了半拍，也拔出寶劍上前，刺向朱祐小腹。已經搶了劉越佩劍的朱祐，側身避過，又抬腿使了個神龍擺尾，將此人踢了出去，跟他弟弟，一道變成滾地葫蘆。

這幾下兔起鶻落，快得令人目不暇給。待銀安殿中的親兵們終於做出了反應，劉實和劉越哥倆，已經摔得頭破血流。而朱祐，卻提著明晃晃的寶劍，大步走到了劉揚的書案前，笑著問道：「王爺嘗聞布衣之怒乎？專諸為一，要離為二，荊軻為三，朱某不才，願綴前人尾驥，一道名列史冊！」

「保護王爺！」事發突然，周圍的文臣武將根本來不及反應，只能赤手空拳從背後撲向朱祐。試圖憑藉人數優勢將其制服，救劉揚脫離險境。

哪有那麼容易？

朱祐冷笑著來了一記夜戰八方，寶劍帶起血珠數串。緊跟著又來了一個蛟龍探海，人躍過桌案，滴血的劍鋒，狠狠架在了劉揚的脖頸之上。

「拿下他，將他碎屍萬段！碎屍萬段！」

「大夥一起上，把他給我剁成肉醬！」

劉實和劉越兩人的聲音這才響了起來，在一片倒吸冷氣之聲中，顯得格外刺耳。

「不要，不要衝動，他是朱祐，昆陽突圍十三騎之一！」劉得的聲音，也緊跟著響起。瞬間令包括劉揚在內的所有人，都想起了一個先前被他們忽略的事實。

朱祐是縱橫家不假，可朱祐這個縱橫家，卻不像戰國時代的蘇秦、張儀那樣，手無縛雞之力。此人自打出道以來，就跟著劉秀一起衝鋒陷陣，每戰從不落於其餘同伴之後。昆陽大戰之時，更是與劉秀比肩殺穿了四十萬莽軍的重圍，而他自己卻是毫髮無傷！

「朱將軍，不要傷害我阿爺。千錯萬錯，我願意替阿爺承擔！阿爺，您就說句軟話吧，朱將軍，朱將軍是帶著兩家罷兵的目的而來，起初對您並無惡意！」世子劉得忽然跪在了地上，朝著僵持不下的雙方重重磕頭。

「退下，你們統統給我退下！」畢竟是亂世當中能夠割據一方的大豪，發覺自己的生死已經落入朱祐之手，劉揚果斷將麾下文武連同已經衝進殿內的侍衛，盡數斥退。隨即，又陪起笑臉，柔聲說道：「朱將軍，朱大將軍，何至於此，何至於此啊！我跟文叔都是景帝之後，先前的衝突，乃是受了朝廷命令，抗拒不過。才，才不得不虛應故事！」

「王爺這話，恐怕說得有失妥當！」朱祐心中早有準備，將寶劍稍稍抬起半寸，面對正在緩緩向外走的真定文武，高聲反駁，「我家將軍乃是當朝大司馬，朝廷如果要求王爺討伐於他，應該給王爺下一道明旨。並且向天下所有人，公布我家將軍的罪行。哪可能隨便傳下一道命令，就挑起戰事，令生靈塗炭？」

「這……」劉揚明知道命令就是劉玄通過謝躬對自己所下，卻無言以對。

「這……」眾真定文武也停住腳步，不知道該怎麼給朱祐一個交代。

自從大漢高祖劉邦登基以來，任何一道聖旨，必須走固定流程。必須有丞相在上面附署，然後公開傳達，才能作數。否則，就可以被視作亂命，文武百官皆可以拒絕服從。而劉玄和謝躬兩人，為了保證襲擊的突然性，同時也為了避免王匡、王常等人的掣肘，恰恰就沒敢給真定這邊頒發一道討伐劉秀的聖旨，也恰恰沒敢將他們給劉秀強加的罪名公之於眾。

如此，劉揚出兵去抄劉秀的後路，就不具備絲毫的合法性。更不能輕飄飄一句話，就將責任全都推給朝廷。換個角度說，朝廷在給劉揚下達密令之時，就已經做好了隨時甩鍋的準備。惹出了麻煩，只能劉揚自己來扛。

可劉揚當前的狀態，又如何能扛得住？且不說脖子上還架著一把血淋淋的寶劍，即便能成功說服朱祐，讓他將寶劍拿開。接下來，又憑什麼去抵抗城外的數萬幽州大軍？

正悔恨間，朱祐的聲音，卻忽然又從半空中落了下來，每一個字，都宛若甘霖，「王爺，朝廷傳給你的命令，可有聖上的印信，或者親筆署名？如果有，王爺還可以分說是因為忠心耿耿，而一時犯了糊塗。如果連印信和署名都沒有，王爺，你難道就沒想過，這個命令，乃是奸賊冒充聖上所發，故意挑撥你我兩家自相殘殺？」

「這……」劉揚又是一楞，隨即，兩隻眼睛就冒出了凶光，「來人，將謝尚書，不，將謝躬狗賊的使者，給我拿下，送入監獄嚴加審問！老夫一時失察，竟上了狗賊的惡當。虧得朱將軍提醒及時，才不至於釀下潑天大禍！」

「是！」文武當中，有些機靈者立刻高聲答應，然後小跑著出去帶人捉拿謝躬的使節。但劉揚的另外兩個兒子劉實和劉越，也不知道被朱祐給打傻了，還是原本就不夠聰明。居然雙雙爬起來，大聲勸阻，「父王，不可。那謝尚書乃是皇上的心腹，他怎麼可能……」

「把這兩個蠢貨，給老夫也一併拿下，關進監牢裡，等老夫親自審問！」劉揚氣得眼前陣陣發黑，手指劉實和劉越，大聲喝令。

「遵命！」武將當中，也有世子劉得的親信，齊聲答應著，從地上扯起目瞪口呆的劉實和劉越，不由分說將二人扠了出去，以免他們再節外生枝。

「王爺早就該下如此決斷！」對劉揚的表現非常滿意，朱祐將寶劍又抬高了半寸，笑著鼓勵，「且不說長幼有序，就憑對您的孝心，那兩個蠢貨，怎麼能跟世子相比？再繼續由著他們兩個去胡鬧，早晚王爺辛苦保住的基業，會斷送在二人之手！」

「朱將軍此言甚是，劉某受教了！」劉揚被他說得心裡發疼，悃悵地拱手。

剛才朱祐將寶劍架在了他的脖子上，劉實和劉越，可沒管過他這個做父親的死活。只有最近令他恨得牙齒發癢的長子劉得，跪在地上，苦苦哀求雙方停手。並且寧願以身相代，替他承擔所有罪責。

無論那番話，有幾成出自真心。至少，劉得的審時度勢能力和反應速度，都遠遠超過了他的另外兩個兒子。並且，多多少少還顧念著一些父子之情，不是巴不得他現在就死，也好放手去爭奪他留下來的王位和封地！

「王爺言重了，朱某何德何能，敢教誨王爺？」見劉揚神不守舍，朱祐心裡不禁對他生出了幾分同情，嘆了口氣，繼續沉聲補充，「先前你是被謝躬所騙也罷，是自己急於立功，拿我幽州當墊腳石也罷，你敗於我家主公之手，幽州大軍已經殺到真定城外，卻是無法否認的事實。形勢對您如此不利，您的兩個兒子還不願意您跟我家主公握手言和，反要犧牲掉真定，來成全別人。如此裡外不分的糊塗蛋，怎麼可能繼承得了您的家業，即便王爺全力支持他們，他們又如何能夠服得了眾？」

「這！」劉揚楞了楞，給不出任何回應。

他的兩個兒子，之所以堅持要跟劉秀血戰到底，其實是揣摩清楚了他的想法才做出的選擇。真正跟他背道而馳的，是他的長子劉得。可這些實情，他卻不能宣之於口。否則，萬一朱祐發起瘋來，拉著他同歸於盡，周圍諸多文武，哪個來得及施以援手？

「事到如今，王爺莫非還沒看清楚？」朱祐早就知道死撐到底的決定是劉揚做的。卻不戳破，笑了笑，繼續大聲勸告，「莫說謝躬是在假傳聖旨，即便聖旨可能是真的，他為何自己不領著兵馬與我家主公決勝沙場，反而一邊跟我家主公合力討伐王朗，一邊暗中命令你背後偷襲？他分明打的就是，鷸蚌相爭漁翁得利的的主意，只待王爺你跟我家主公鬥得兩敗俱傷，就立刻過來撿現成便宜！至於藉口，都不用找，一個無故出兵攻擊同僚，就足以將王爺你推下萬丈深淵。」

「他，他，他怎麼可能？怎麼可能如此無恥！」劉揚的心裡頭激靈靈打了個哆嗦。有股寒意，瞬間隨著血液傳遍全身。

正所謂，一語驚醒夢中人！朱祐的剖析，雖然有挑撥離間的成分。但是，卻未必猜錯了謝躬的心思！目前真定這邊收到的信件，上面非但沒有劉玄的印信和署名。連謝躬親自署名的都很少，偶爾一封，說得也不是要求真定出兵之事，根本不能拿出來充當證據。

知道劉揚已經被自己說動，朱祐忽然提高了聲音，對所有人發出了質問，「退一萬步講，即便謝躬本人對王爺並無惡意，只是想借王爺的兵馬，殺掉我家主公。敢問王爺，以陛下的性格，他可會念你的半分功勞？安國公劉縯是因何而死，難道王爺從未聽聞？王匡和王鳳輔佐陛下登位，如今陛下對他們二人如何，王爺莫非一概不知？常言道，前車之鑑，後事之師！王爺明知道陛下如何酬謝有功之臣，卻依舊想要替他出生入死，朱某真不明白，王爺到底所圖為何？」

「嘶——」「嘶——」「嘶——」話音落下，銀安殿內，倒吸冷氣之聲響成了一片。包括劉揚在內，人人色變。

劉玄的皇位是劉縯讓出來的，劉玄的都城，是劉縯替他打下的。劉玄當初的大半江山，也是劉縯捨生忘死替他撐起來的，然而，他給劉縯的回報，卻是後背一刀。

「至於剛才有人放出狂言，說貴軍閉門不出，我軍就毫無辦法，更是愚蠢至極！」朱祐的聲音，繼續在銀安殿中回蕩，宛若洪鐘大呂，「兵書有云，攻城之法，在於攻心。眼下真定全境，大部分都已在我家主公掌握，貴軍精銳，多數也已成我軍俘虜。真定雖城高牆厚，若我軍大舉攻城之時，先讓貴軍降卒攀爬雲梯，敢問真定王，城頭守軍，有幾人狠得下心往下砸滾木礌石？」

「倘若王爺主動領軍出戰，倒是能鼓舞起幾分士氣。可王爺這邊，哪位將軍能是我家主公數合之敵？當年追隨主公突圍的十三騎之中，朱某名列最末，尚能欺近王爺身前三尺之內。換了其他人來，誰能替王爺抵擋四尺槊鋒？」

話音落下，殿內又是一片倒吸冷氣之聲。每名真定武將都本能將臉側開，生怕與朱祐的目光相接。

名列第十三的，尚一人一劍，壓得滿城文武抬不起頭來。換了那名列第一的，大夥豈不是更要毫無還手之力？

「今日之事，朱某迫不得已，對王爺多有得罪！」朱祐忽然收起了寶劍，笑著打起了哈欠，「我家主公派朱某前來之時，也曾說過，不准朱某強王爺所難。故而，朱某今天就不再多囉嗦了。王爺若想跟我家主公握手言和，明日正午之前，就給朱某一個準話。若戰，也盡可派人去取朱某的首級。」

說罷，將寶劍朝地上一丟，轉過身，大步離去。直到身影都走到了門外，滿殿文武，竟無一人有勇氣阻攔！

「你們兩個孽畜！」傍晚，書房之中，劉揚忍著頸部傳來的劇痛，看著跪在地上，大氣也不敢出一聲的兩個兒子，高聲咆哮，「在街頭丟完人嫌不夠，還要在殿上丟人？你們倆，你們倆莫非真覺得我死了，你們兩個就能將基業平分？」

「父王，孩兒知罪，孩兒知罪！」劉實嚇得面無人色，連連磕頭求饒。「孩兒可以對天發誓，並沒有想害您的心思！」

劉越仗著年紀小，大聲替自己辯解：「父王，孩兒冤枉，冤枉！孩兒真的不是故意想要害您，孩兒，孩兒只是以為，可以憑著人多……」

「孽畜！」劉揚終於發現，自家三兒子的愚蠢，抬起腳，將此人踹成了滾地葫蘆。

「父王息怒！」世子劉得看得於心不忍，上前一把扶起了頭破血流的三弟，然後又快步走回劉揚身邊，大聲勸告，「事發突然，他們兩個的確不是有心害您。孩兒可以用自己的性命為他們作保！」

「孩兒不是有心，真的不是有心！」

「冤枉，冤枉！」

劉實和劉越抓住機會，繼續高聲喊冤。唯恐劉揚誤會了他們兩個的行為，將他們掃地出門。

「你能作保，有什麼用。咱們父子的性命，此刻都懸在他人之手！」劉揚罵也罵了，踢也踢了，無法再給予兩個不孝子更嚴厲的處罰，嘆了口氣，黯然神傷。

「父王，請恕孩兒直言。其實跟劉秀握手言和，並非壞事！」劉得知道自家父親的心思，趕緊小聲提醒，「至少在他跟朝廷分出勝負之前，可確保真定高枕無憂！」

「要是那樣，就好了！」劉揚難得沒跟自家大兒子發脾氣，看了劉得一眼，苦笑著搖頭，「劉玄固然是一頭白眼狼，你以為劉秀就是個吃草的嗎？他已經兵臨城下，為父不給出足夠的誠意，拿什麼跟他去握手言和？」

「啊？」劉得這才意識到，還有城下之盟這種說法，楞了楞，瞬間臉紅得幾乎滴血。

「你啊？」看了一眼羞愧萬分的長子，再看看另外兩個滿臉委屈的蠢貨，劉揚無力地搖頭，「你什麼都好，只是把人心想得太簡單了。你以為劉秀真的是為了避免百姓生靈塗炭才想跟咱們議和嗎？不是，他是盯上了真定的地盤和兵馬。如果他強行攻城，老夫到頭來難逃一死，真定軍民肯定也損失慘重。他從你手裡俘虜的那些兵卒，每個人都有家人死於戰火，誰還會肯真心替他賣命？所以，逼迫老夫跟他握手言和，最差，他也能吃下那兩萬多被俘虜的兵馬，實力頓時就又上了一個臺階。更何況，老夫為了給他一個交代，糧食、布匹、戰馬、銅錢，恐怕都不能支付的太少！」

「父王，那就先拖上一拖！吳子顏親口告訴我，謝躬收拾掉了王朗之後，就會向劉秀發起進攻！而且，而且那個鐵面獮爹馬武也被謝躬收服，他乃是天下第一猛將，劉秀帳下，沒人是他敵手！」劉越忽然又來了精神，湊上前，大聲提議。

「閉嘴！」劉揚又是一腳，將劉越再次踢了個跟頭。「既然蠢，就不要說話。沒人會把你當成啞巴！」

「父王息怒！」劉實原本想附和劉越，卻沒來得及開口。見後者又吃了窩心腳，趕緊改換語風，「謝躬那邊，遠水解不了近渴。況且朱祐還說，朝廷未必真的想要收拾劉秀！是謝躬……」

「你也閉嘴！」劉揚豎起眼睛，厲聲打斷。「老夫不想再聽你犯蠢。朱祐的話，怎麼能偏聽偏信？劉玄要殺劉秀的心思，天下皆知！怎麼可能是謝躬假傳命令？」

「這……」劉寬立刻也變成了啞巴，滿臉委屈的看著自家父親，不知道後者到底想要做如何打算。

「你在劉秀那邊，可曾看出，他麾下如今究竟有多少兵馬？真正能稱得上精銳的，其中能占幾成？」劉揚懶得再理睬兩個蠢貨，將目光轉向劉得，耐心地詢問。

「十，十萬，未，未必屬實！」劉得忽然變成了結巴，說出來的話斷斷續續，意思前後互相矛盾，「孩兒親眼看到，劉植、彭寵等人，都帶著兵馬前來投效於他。每個人，每個人至少都領了上萬弟兄。但，但是也可能有假，孩兒，孩兒距離太遠，沒看清楚。不，是劉秀，是劉秀就沒想讓孩兒看清楚！」

「你倒不算太蠢！」劉揚難得表揚了兒子一句，雖然措辭不怎麼好聽。「十萬肯定是假的。但是，三到五萬，卻可能有！唉——」

「父王，其實不在於兵多，而是將廣。劉秀那邊，將領著實充足得很！」唯恐自家父親打錯了主意，劉得連忙高聲提醒，「賈復、銚期兩位將軍，武藝不輸給馬武。鄧禹的本事，也不差吳漢分毫。此外，還有嚴光嚴子陵那種算無遺策的人才，還有，還有朱祐，今天您也看到了。他據說是劉秀麾下，本事最差的一個！」

「他若是最差的一個，就不會被劉秀派出來聯絡群雄了！」劉揚又看了自家大兒子一眼，苦笑著搖頭。「但是，你說得沒錯，劉秀那邊，即便兵不夠多，將領，卻是足夠充足。即便跟謝躬交戰，恐怕也穩操勝券！」

「那父親您……」劉得也無法弄懂自家父親的意思，小心翼翼地詢問。

「可朝廷那邊，也不只有一個謝躬！老夫怕的是，劉秀無法與朝廷抗衡，而咱們因為跟他言和，被朝廷秋後算帳！」劉揚抬手捂住脖子上的肉瘤，唉聲嘆氣。「老夫更怕，即便咱們跟他握手言和，那劉秀也不會將咱們當自家人。將來打敗了劉玄，奪得了皇位，咱們父子對他沒有利用價值了，所有得罪過他的地方，都會被他一一想起來！」

「這……」劉得，劉實和劉越，三兄弟同時發傻。誰也沒料到，自家父親居然想得如此之長遠。和，和不得。戰，又打不贏。擺在父子面前的兩條路，居然全都是死路。差別只是早死和晚死而已。

就在這時，只聽「吱呀」一聲，門開了。「舅舅、大哥、二哥。」一個清脆的聲音傳來，甚是好聽。

劉揚迅速抬頭，強行裝出一副笑臉，低聲問道：「媛兒，妳怎麼來了？找舅父有事情嗎？」來的人，正是他的外甥女郭聖通。只見後者捧著一個托盤，將一罐熱氣騰騰，香飄四溢的肉湯，連同四副碗筷，麻利地擺在了書案上，「沒什麼事情，您老公務繁忙，我怕您累壞了身體。特地做了肉羹給您，大哥、二哥、三弟，你們也一起喝點兒。如果合口，我就再去做一份，讓你們留著當宵夜吃。」

說話間，已拿起銀羹，將香噴噴的肉湯盛放在桌子上的四個碗中。

父子四人忙碌了一整天，早都已經飢腸轆轆，所以也不客氣，立刻吃了個痛快。待肚子裡有了食物墊底兒，才滿足地擦了下嘴巴，相繼低聲詢問：「這肉羹味道不錯，妳什麼時候學會煮的？以前從來沒見妳下過廚房？」

「表妹好手藝，不知道是幾時練成的？將來又要便宜了誰？」

「表姐，妳真厲害。跟誰學的？我們居然從沒吃過這麼好的肉羹？」

……

郭聖通被問得俏臉一紅，擺擺手，小聲回應：「是小蓮煮的。我只是給她下了個命令而已！」

「小蓮？她還有這本事？」劉實眼前迅速浮現出一個嬌俏的婢女模樣，怦然心動，「表妹，跟妳打個商量如何，我給妳五個婢女……」

「滾——」郭聖通氣得抬腳欲踹，但是，在自家舅舅面前，終究不好過於放肆。咬著銀牙，快速補充：「表哥能看上小蓮，是她的福氣。但是，最近你千萬不要打她的主意。否則，一旦弄出人命來，難免會敗壞了你的名聲。」

「人命？」劉實聽得好生鬱悶，皺著眉頭追問，「莫非她已經有了相好的？一個奴婢，誰給她這麼大膽子？」

「不是，表哥你誤會了！」郭聖通偷偷看了劉揚一眼，將聲音故意提高了幾分回應，「小蓮是我的貼身婢女，怎麼可能如此不守規矩？她最近終日以淚洗面，是因為她的父親和哥哥，都被劉秀所俘虜。如果這個時候表哥你再逼她，豈不成了趁人之危？萬一她想不開尋了短見，外人又會如何說您？」

「這，這……唉，這丫頭，真是天可憐見的！」劉實聽得好生無趣，懊惱地連連拍打桌案。

「其實也不只是她一個人可憐，這幾天，我發現府中有不少下人都在偷偷哭泣。伙房的楊婆婆，整日精神恍惚，昨天走路時，不小心被門檻絆倒，眼角磕在石頭上，劃出個一寸長的口子，鮮血淌了滿地！」郭聖通抓起銀勺，一邊給劉揚添肉羹，一邊繼續低聲補充。

「全怪劉秀，如果不是他抓了咱們那麼多人不放，怎麼會鬧得人心惶惶！」劉越雖然不像劉實那麼色，肚子裡全裝的全是乾草，居然趁機又開始煽風點火。「表姐，妳曾在虎林山險些命喪劉秀之手，妳來說說，此子是否人面獸心，睚眦必報？」

郭聖通正愁沒人給自己搭臺階，瞥了他一眼，果斷笑著搖頭：「老三，姐姐是個女子，怎可妄談國事？不過，那次在虎林山，卻是姐姐冒犯在先，虧得劉秀心胸開闊，才沒揪住姐姐的錯處不放。」

「那是他怕父王找他算帳！」劉越才不承認劉秀有什麼優點，立刻揮舞著胳膊高聲反駁。

「當時我身邊沒幾個家丁，他的一隊護衛，卻已經趕了過來。如果下定了決心要殺人滅口，誰也不可能送出任何消息！」郭聖通搖了搖頭，堅定地反駁。「可他卻將姐姐給放了，對姐姐射死了他坐騎的事情，也沒有糾纏不清。現在想來，他的確是個有心胸的，即便不知道姐姐的身份，發現姐姐並非有意想要射死他，也不會加害姐姐分毫！」

「小妹，妳這是什麼意思？妳，妳上個月還說要將他抓來，親手剝皮抽筋？」劉實沒想到郭聖通平素經常大罵劉秀，關鍵時刻，卻主動替此人說起了好話，甚感意外，連忙出言質問。

就在此時，卻見劉揚放下了勺子，笑著問道：「媛兒，除了妳的婢女，府中還有多少人，在偷偷議論戰事，或者正在為其被俘虜的親人擔驚受怕？」

郭聖通人如其名，心靈通透，已明白自己的話起到了作用，立刻抬起頭，大聲彙報：「舅舅，嫒兒安撫好小蓮後，又派人去四下打探，方才得知，非但咱們府內的下人都驚慌失措，城內的百姓，也都惶恐不安。他們的親人都落到了劉秀手裡，萬一兩家拚個魚死網破，他們真不知道，自己該站在哪一邊？嫒兒雖不懂國家大事，卻也曾聽聞百姓不穩，軍心必亂的說法。眼下劉秀尚未攻城，下人和侍衛們已然如此，倘若您執意跟他死戰到底，只怕，只怕……」

「他們想幹什麼？」話沒等說完，劉越已經色厲內荏的高聲叫嚷了起來，「這些蠢材，一個個鼠目寸光！父王，孩兒這就派人去查，只要有誰敢妖言惑眾，就滅他滿門……」

「你住口！」劉揚的嘴裡，忽然發出一串低沉的咆哮，如同一隻被逼入了絕境的獅子般，隨時會將眼前的一切撕成碎片，「滾回監獄裡頭去，一個月之內，敢出來半步，就活活打死！」

「父王息怒，孩兒知道錯了，知道錯了！」劉越嚇得渾身發軟，立刻跪在地上，搖尾乞憐。

劉揚見他如此窩囊，愈發覺得失望。抬起腳來，就想給他一個教訓。脖頸上贅瘤處，卻忽然傳來一陣劇痛，令他眼前發黑，瞬間痛呼出聲。「啊——」

「舅父小心！」郭聖通反應快，趕緊抬手扶住他，大聲勸告，「舅父，您的病，而普天之下，只有一人能治。他偏偏又在劉秀那邊……」

「罷了！」劉揚疼得滿頭大汗，只能先顧眼前，「嫒兒，妳的意思我明白了。妳是個有見識的，只可是沒生做男兒身。將來，若是妳妻憑夫貴，還望看顧妳的表哥表弟們一二，別讓他們淪為乞丐，令祖宗蒙羞！」

「舅舅，你說什麼呢？」郭聖通羞得臉色殷紅欲滴，放開劉揚，落荒而逃。

「你們都大了。兒大不由爺，女大不中留！」劉揚手扶著桌案，唉聲嘆氣，「也罷，希望你們將來都不後悔！」

「父王，您？」劉實和劉越，兀自聽得滿頭霧水，走上前，忐忑不安地挽住他的胳膊。

「你們啊，連媛兒一根腳趾頭都不如！」劉揚晃了晃身子，將兩個兒子甩開。然後將目光轉向長子劉得，「你去將那個姓朱的叫來吧。沒必要再等了。希望，希望劉秀真的像你表妹說得那樣，心胸開闊吧！否則，唉……」

「是。」劉得放下肉羹，跳將起來，飛也似的向門外竄去。

「父王，您剛才不是說，將來劉秀不再需要利用咱們，就會……」劉實和劉越二人的臉色，頓時變得蒼白如紙，眼巴巴地看著劉揚，希望自家父親能收回成命。

「去監獄裡蹲著反省吧，你們兩個都去。什麼時候想明白了，什麼時候出來！」劉揚狠狠瞪了二人一眼，大聲吩咐。

兄弟兩個好生委屈，紅著眼睛苦苦請求寬恕。劉揚這回，卻下了狠心，要給哥倆一點而教訓，堅決不肯鬆口。直到朱祐的笑臉又出現在自己面前，才擺了擺手，先擱置了處罰命令。然後向著朱祐輕輕點頭，「朱仲先，你贏了，老夫對你家主公甘拜下風！」

「王爺英明！」朱祐絲毫不覺得奇怪，上前一步，向劉揚躬身施禮。「在下為王爺賀，為真定軍民賀，為天下百姓賀！」

「且慢！」劉揚迅速側開身體，雙目直視朱祐，大聲補充，「明人不說暗話，劉某可以向你家主公宣誓效忠，但有一個條件，你家主公必須答應。否則，劉某寧願帶領麾下弟兄，與城俱殉！」

「我家主公說了，王爺若肯與他化敵為友，只要不違背道義，任何條件，他都應允！」朱祐早就料到，劉揚會討價還價，毫不猶豫地點頭。「包括交還俘虜和地盤，都可以商量！」

「老夫不要地盤，也不要那些被俘虜的弟兄！」劉揚的反應，卻大出他的意料，「你家主公只需答應一個條件即可。」

朱祐被他說得滿頭霧水，皺起眉，鄭重強調：「王爺儘管說，無論行不行，朱某都會向我家主公如實轉達！」

劉揚的嘴角，忽然浮現出一絲古怪的微笑，隱約帶著幾分無奈，同時還有幾分高深莫測，「條件只有一個，讓劉秀娶我外甥女，郭聖通為正妻！」

「啊！」站在門口偷聽的郭聖通失聲驚叫，撒開腿，逃了個無影無踪。

「這種條件，虧你也能答應！」中軍大帳外，站崗的親兵們聽到劉秀的咆哮，悚然至極。他們從未見過劉秀發過這麼大的火，有心偷偷探頭進去看看究竟，卻被隊長陳副攔住。

「別胡鬧，主公待你我雖然寬宏，卻非可以隨意輕慢之輩！」陳副一邊擺手，一邊以極低的聲音勸阻。

「我們，我們只是，只是覺得朱，朱將軍也，挺，挺不容易……」親兵們肅然拱手，然後用更低的聲音解釋。

「朱將軍跟主公乃是總角之交，不會有事！」陳副想了想，快速回應。「主公只是心裡頭難過，需要吼出來而已！」

眾親兵將信將疑，然而，中軍帳內的咆哮聲，卻很快就小了下去。緊跟著，就傳來了軍師嚴光的勸說聲，「主公息怒，此事，仲先做得並無不妥！他出發之前，你曾經說過，只要不違背道義，就都可以商量。」

「我不答應！說什麼我都不答應！」劉秀聲音又高了起來，隱約帶著幾分蠻橫，繼續向朱祐大聲喊著，「誰答應的，誰去娶。要不然，子陵，你去。你們都是我的好兄弟，若娶了郭聖通，也不算辱沒。」

「文叔，你怎麼能如此說話？」嚴光的聲音很低，卻忽然變得極為嚴厲，「仲先，仲先心裡頭，恐怕不比你好受分毫！」

「嗯？」劉秀聽得一楞，迅速將目光轉向了始終沒有給自己任何解釋的朱祐。赫然發現，不知道什麼時候，眼淚已經淌了朱祐滿臉。

他的心臟，像被刀子扎了一樣，疼得無法繼續跳動。整個人晃了晃，一把扶住了身邊的帥案。對三娘的感情，朱祐比他不差分毫！

他跟三娘在一起時，還想著醜奴兒。而朱祐，至今卻還是孑然一身！

「主公！」嚴光的身份，從朋友再度變成了臣下，啞著嗓子，快速補充，「真定城中，尚有三萬士卒，無數糧草，守城器械一應俱全。我們背後，謝躬、王朗和孫登都在蠢蠢欲動。你若再猶豫片刻，待我軍被兩面夾擊，咱們即便不會頓兵於堅城之下，錯失發展壯大的良機。收穫的也將是一場慘勝。雙方至少得有上萬弟兄，死於你的執念之下！給三姐和大哥報仇的機會，不知道還得被拖到何時？」

說到最後，他的眼淚，也在不知不覺間，淌了滿臉。

「我，我做，做不到……」劉秀的身體又晃了晃，臉色慘白一片。抬起手，他向朱祐抱拳躬身，「仲先，先前是我脾氣暴躁。我這廂給你賠禮了，你……」

「文叔！」朱祐抬手在自己臉上抹了兩把，迅速躬身還禮，「別這麼說，我知道你難受。聯姻不過是招降劉揚手段而已，三姐如果泉下有知，必會明白你的苦衷。若你還覺不妥，可以手書一封給三嫂，親自向她說明情況。想必，想必三嫂的想法，會跟三姐一模一樣。」

「我，我該怎麼說？」劉秀無法拒絕朱祐的提議，紅著眼睛大聲詢問。

「我不知道！」朱祐將臉轉向帳壁，雙肩聳動，悲不自勝。

「你不會寫，我幫你寫。」嚴光從小就比朱祐理智，果斷接過話頭，「若是你不與劉揚握手言和，你就不只是辜負醜奴兒他們母子，而是害得所有人，都死無葬身之地。」

劉秀聞聽，身體又晃了晃。半晌，才終於再度站穩。他知道自己別無選擇，抬手擦去了眼淚，喟然長嘆，「也罷！就如你所說。當年，吳子顏為了飛黃騰達，硬著頭皮娶了建寧公主，咱們還曾經一起，笑話他將自己賣了個好價錢。如今這種事，竟然也輪到我身上。哈哈，哈哈哈，哈哈……」

說著話，他不顧一切地放聲狂笑。至此方知，世間所有事情，都必須付出代價。即便自己擁兵數萬，即便自己兵略天下無雙！即便自己，曾經驕傲地揚著頭。即便自己，曾經發誓，永遠不會像某些人那樣。即便……

更始二年夏，大漢司馬劉秀，迎娶真定王外甥女郭聖通。

是日，真定城鑼鼓喧天，張燈結彩，就連郭聖通的老家槁城，也擺了七天的流水席，讓兵荒馬亂歲月裡的百姓們，吃了個肚皮滾圓。

郭聖通的父親郭昌雖然早死，但郭家畢竟是中山郡第一豪族，此番將女兒嫁給前途無量的劉秀，豈會在這個節骨眼吝嗇？除了在城中大擺宴席，還將無數錢資糧草送入漢軍駐地，美名其曰陪嫁，其實，就是變相向劉秀宣誓效忠。

真定城也四門大開，城內各色商鋪酒樓，奉真定王之命，全部向幽州漢軍免費開放。當然，在漢營主事的嚴光、馮異等人，都對將士嚴加約束，告誡他們尋歡作樂可以，但不許擾民，更不可吃白食。

饒是如此，漢軍上下也興奮至極。尤其是陪同劉秀走出太行山的「老兵」們，他們直至此刻，才享受到了一些勝利者的快樂，個個且喜且悲。

消息沒有翅膀，卻飛得比雲還快。三日後，隆慮山的一個破落山洞裡，孫登剛剛聽完手下向他報告劉秀和郭聖通大婚的消息，頓時失魂落魄，「劉秀，劉秀娶了我的媛兒，我，我，我跟你不共戴天！」

「劉揚老兒，三姓家奴。投了老子，又投劉玄，現在又投劉秀，真是無恥之尤！」臨時皇宮裡，登位不久的趙漢皇帝王朗，也氣得渾身發抖，抓起書案上的奏摺和毛筆，四處亂砸

「此子，絕不可再留！」同樣是劉秀的對手，尚書令謝躬得到了幽州和真定聯姻的消息，卻沒有發怒，而是疾步走到房間中，提筆蘸墨，在一方錦帛上書寫奏摺，「陛下，劉秀勢力再次增長，懇請火速派軍……」

墨汁因為手臂顫抖，忽粗忽細，就像一團團捲曲身體的蛇蠍。

「唉！」臨近的軍帳內，馬武嘆息著拆開一封信，寫在絹帛上的字跡，迅速映入發紅的眼睛，「大哥，劉某此舉，實屬無奈……」

搖了搖頭，他將信帛扔進火堆中，一言不發。

解釋，純屬多餘。為了報仇，他已經做了謝躬的屬下，劉秀娶了郭聖通，有什麼不可？仇恨，可以令一個人改變許多，甚至讓人心扭曲。
可除了報仇，馬武不知道，這個世界上，究竟還有什麼事情，值得自己一絲留戀！
他們都變了，鐵面獅爹不再是當年的鐵面獅爹，劉秀也不再是當年的劉秀。
他們甚至來不及想，這種變化究竟好，還是不好！

禮成，天近黃昏，賓客盡去，劉秀喝得酩酊大醉，跌跌撞撞的走向洞房。
新房內，新娘子郭聖通正款款坐在鋪著嶄新被褥的床榻上，心頭小鹿亂撞。
她今年剛好十八歲，出落的貌若天仙，以往前來提親者，既有各地的王公貴族，也有割據一方的英雄人物，就連玄漢的皇帝劉玄，以及趙漢的皇帝王朗，都曾跟劉揚說，要納她為妃。但她性格暴烈，又深得劉揚寵愛，豈肯草率成婚，或者屈居人下？於是乎，等來等去，一直等到十八歲，才終於等到了自己願意托付終生的人。
那天狩獵，她被劉秀當面斥責，好不狼狽。過後每每想起，都會怒不可遏，發誓一定要親手殺掉此人，報仇雪恨。然而，在得知幽州軍兵臨城下，大仇人就在城外，她卻不知為何，心中恨意迅速消失殆盡！
別人都很害怕劉秀打進來，唯獨她，卻盼望劉秀早點打進城來，然後，自己就能持劍上馬，跟此人一決雌雄。
她要擊敗他，將他綁到自己閨房中。然後親手給他鬆綁，告訴他，自己那天並非有意冒犯。自己是個知書達理的大家閨秀，並且文武雙全。

自己當日想要射死的是熊，不是他。

自己從沒蓄意謀害過任何人，自己性情其實很善良，並且像這世界上大多數女子一樣，不喜歡倚強凌弱。

自己知道他以往的所有戰績，欣賞他的勇武，喜歡他的乾脆俐索。

自己要親口告訴他，自己有能力，也願意，跟他一同面對世間所有風波，一道披堅執銳，哪怕最後一起墜入萬劫不復！

他，如果是頭高高在上的蒼龍，自己就可以變成一隻鸞鳳。

他，如果是傳說中殺人無數的惡鬼，自己也可以變成生吃人心的狐妖。

只有鸞鳳才可以配上蒼龍，只有惡鬼才能配得上狐妖。

自己跟他是最適合的，其餘人跟不上他的腳步，也為他提供不了任何助力。

自己跟他兩個應該是天生的一對兒，而其餘的人，只是累贅。哪怕彼此之間再喜歡，都注定落不到好下場。

她是郭聖通，她的如意郎君，必須由她自己來選！

她不能生為男兒身，在亂世中與天下豪傑一道逐鹿，卻可以折服那個自己眼中的英雄，輔佐他，陪伴他，一同走向勝利的終點。

於是乎，那天，她壯起膽子賭了一次。

她賭贏了，為自己贏來了一場宏大的婚禮，為家族迎來了光輝的前程。

她以真定王為媒人，以郭家的萬貫家財為嫁妝，成了劉秀的正妻。

她的親弟弟都出任顯職，表兄劉得更是一步登天，成了劉秀的心腹愛將。

幽州和真定雙方，都拿出最大的誠意和努力，成全他們的婚禮。整個過程都順利得超出人的想像，也完美得令人陶醉。唯一不那麼完美的地方，那就是劉秀遠在南陽新野，還有一個結髮妻子，據說姓陰名麗華。

「我今年十八歲，琴棋書畫，甚至是騎馬射箭，樣樣精通，舅舅更是一方霸主，她有什麼？不過是個人老珠黃的鄉野村姑罷了。」忽然間，郭聖通的嘴角浮現一道優美的弧線，讓她整個人顯得更加美艷，而又高傲。

男人，都喜歡征服高傲的女人。

實際上，男人在征服女人的同時，也被女人所征服！

作為豪門大戶的女兒，她有的是辦法，讓自己成為後宅真正的主人。

她願意體驗其中的樂趣，也喜歡那個過程。因為，這場爭鬥沒有開始，她已經穩操勝券。

「砰」的一聲，房門被人蠻橫的撞開，郭聖通下意識在站起，並伸手去摸掛在床角的寶劍，然而，她的手，卻忽然停在了半空，臉上警惕的神色，剎那間變成了心疼。

她已認出，闖進來的那個醉漢，正是自己日思夜想準備擊敗的「蠻橫」男子，自己的夫君劉秀。

「怎麼喝了這麼多酒？」輕笑著快步上前，她伸手扶住劉秀結實的手臂，忍著沖天的酒氣，奮力將後者往榻上拖去。

又是「砰」的一聲，劉秀重重倒在床上，卻好像絲毫感覺不到痛，瞪著一雙佈滿血絲的眼睛，呆呆地望著婚帳頂，望著那用金線綉成的龍鳳。

龍鳳呈祥，富貴花開。

猩紅色的婚帳，隨著床榻的晃動起起伏伏，宛若一團團燃燒的火焰。

「夫君。」郭聖通蹲了下去，用盡力氣去拽劉秀的靴子。丫鬟很有眼色地上前幫忙，卻被她一巴掌一個，全拍出了門外。

她是第一次替人脫靴子，難免手忙腳亂。但是，今天是她的新婚之夜，這種事，她必須親手去做，而不能交給外人。

一隻嶄新的靴子落地，緊跟著，是另外一隻，有些汗味兒，卻令她心裡頭湧起濃濃的酒意。新郎的吉服被放在了床邊的架子上，接下來，是她自己的吉服。紅燭搖曳，落淚成斑，更漏忽遠忽近，蟬聲婉轉如歌。

「阿嚏！」劉秀鼻子被秀髮撩到，打了個噴嚏，悚然驚醒。他費盡全身力氣側轉頭，想看看是誰。正好，看到了郭聖通明亮的眼睛。

那雙眼睛也看著他，眨都不眨。充滿了挑釁，同時也充滿了期待。

「三娘，妳回來了，妳真的回來了！」剎那間，劉秀似乎被閃電擊中一般，顫抖著舉起雙臂，猛地將那女人緊緊抱在胸前，淚雨滂沱。

紅色幔帳，彷彿變成了一片火海。

馬三娘在火焰中，涅槃重生。

是真，是幻？喝過酒的頭顱，不願意再去想。哪怕懷抱中的女人，身體突然變得僵硬，冰冷。劉秀依舊用全身力氣，將她抱得更緊，彷彿稍稍放鬆，她就會展翅而去。

「三娘是誰？」郭聖通被抱得渾身發疼，眼淚迅速流了滿臉。但是此刻，內心深處，她卻清晰的聽到了一聲凌厲的箭鳴，「吱——」。

彷彿過去的某個春日，有頭小鹿正探頭探腦地打量著山外風光，卻被獵人一箭穿心，跪地慘死。

「大將軍，大將軍！緊急軍情，緊急軍情，」邯鄲東北五十里，易陽關，一名斥候縱馬疾馳而入，頂著滿身血污，向關內的大將軍行轅示警，「幽州軍分三路南下，巨鹿、襄國、廣平失守。賊軍前鋒已經抵達曲梁，與易陽路程不足一日！」

「什麼？」當值的護軍楊達被嚇了一大跳，縱身衝出門外，伸手拉住斥候胯下戰馬的繮繩，「你說什麼？幽州軍只有區區萬把人，怎麼可能同時拿下我三座堅城？」

「巨鹿，巨鹿、襄國和廣平都失守了，劉秀，劉秀已經親自率領大軍朝易陽關這邊殺了過來。足足，足足有六千騎兵，還有還有很多步卒！」斥候的身體在馬背上晃了晃，彙報的聲中，帶著明顯的恐慌。「劉揚，劉揚和劉植，都在助紂為虐，郭，郭家在中山郡財雄勢大！」

他彙報得顛三倒四，但是，每一句話落在護軍楊達耳朵內，都宛若驚雷。

巨鹿、襄國和廣平，是擋在邯鄲北方的三座大城。失去他們，趙漢國的北方防線，就徹底宣告崩潰。與邯鄲距離只有五十幾里的易陽關，就成了趙漢國首都邯鄲的最後一道屏障，在接下來的戰鬥中，不能再有任何閃失！

「胡說，襄國城的城牆上個月剛剛加固過，駐守在巨鹿的李將軍和駐守在廣平的牛將軍，也精通兵法。劉秀即便得到劉揚和劉植的全力相助，也不可能毫無聲息地，就將這三座堅城拿下！」同樣被嚇得方寸大亂的，還有趙漢皇帝王昌欽封的神威將軍魯顯。三步併作兩步從行轅中衝出門來，揪著斥候話語中可能的破綻不放。

「只有，只有巨鹿是被，被賊軍攻破的。襄國，襄國的縣令王寧，與中山郭家相交甚厚。拿，拿了郭氏一筆賄賂之後，就將城池獻給了劉揚的兒子劉得。廣平守將牛同乃是劉秀的太學故交，早就跟幽州那邊暗通款曲。只有，只有駐守在巨鹿的李尉將軍，帶領麾下弟兄固守待援。結果卻被牛同打著前來增援的旗號詐開了城門！」斥候不敢怠慢，翻身從戰馬上滾下，啞著嗓子補充。

「狗賊！天殺的狗賊！」趙漢神威將軍魯顯氣得眼前發黑，全身上下的血漿瞬間涼了個通透。

「天殺的狗賊，居然沒膽子跟李將軍正面一戰！」

「靠著同學幫忙，算什麼本事！」

「劉秀小兒，魯某跟你不共戴天！」

「劉秀小兒，騙子朱祐……」

大將軍行轅內外，叫罵聲響成了一片。王昌親手提拔的將領包穀、趙和、王傅等人，全都氣得渾身哆嗦，恨不得馬上將劉秀捉過來碎屍萬段。

只有趙漢皇帝王昌欽封的冠軍大將軍張參，雖然心裡也急得火燒火燎，卻依舊沒有失去定力。先走出門，伸手扶住了已經筋疲力竭的斥候，然後沉聲詢問：「你從哪裡得來的消息？可否反覆核對？劉秀那邊，真的是他親自領軍？具體到了什麼位置？」

「稟，稟告大將軍，小人，小人反覆核對了四次。小的，小的奉您的命令，帶著麾下弟兄們，去，去探索周遭敵情，才走到二十里外的曲梁，就遇到了賊軍的前鋒。小的和弟兄們知道曲梁肯定保不住了，趕緊策馬回來送信，卻，卻被賊軍的斥候一路追殺，弟兄們，弟兄們死，死傷殆盡！」斥候的身體晃了晃，彙報聲裡隱隱已經帶上了哭腔。

「騎兵和步卒都在一起嗎，還是，還是光有騎兵？具體步卒數量是多少？哪幾名賊將跟他同行？」趙漢冠軍大將軍張參越聽越著急，卻強迫自己的頭腦保持冷靜。

「騎兵，騎兵有六千多，小人，小人沒看的太清楚。但，但是至少看到了六面將旗。有一面寫著蓋，還有一面寫著萬，其他，其他就沒看清楚。至於步卒，小人也沒來得及仔細數，反正數量絕對不會低於一萬！」

「嗯！」趙漢大將軍張參鬆開攙扶著他的手，一邊快步朝行轅內返回，一邊低聲沉吟。即將跟劉秀一道殺至易陽關下的，居然不是賈復、銚期，也不是昆陽鐵血十三騎中的鄧晨、傅俊、王霸、朱祐，很顯然，劉秀那邊也沒想到他今年第二次南下，進展會如此順利！故而，最驍勇善戰的幾位悍將，此刻都被分散到左右兩路的賊軍之中，劉秀本部，實力卻未必有多強大

「姓蓋，莫非是赤腳大仙蓋延？至於姓萬的，肯定是蟊賊萬修無疑。這倆傢伙本領只能算一般。大帥，末將願意領五千弟兄，一探賊軍虛實！」聰明人不止張參一個，很快，趙漢平虜將軍包毅，也察覺了劉秀本部人馬外強中乾的真相，快步追了上來，大聲請戰。

「不可！」不等張參回話，神威將軍魯顯已經搶先提出了異議，「那劉秀用兵向來狡詐，他的本部兵馬裡頭，沒打起賈復、銚期和鄧晨、傅俊等賊的將旗，那些賊子，卻未必沒跟他在一起！」

「即便真是只有萬修和蓋延二人相隨，劉秀也未必容易招惹。當初十三騎中誰人其實都可以換，唯獨不能缺了他這個主心骨！」護軍楊達斜眼看了看包毅，也迅速提出了反對意見。

他們二人這樣做，倒不是為了跟包毅爭功，而是對劉秀用兵的本事，心中極為忌憚。所以，無論後者身邊帶的是哪個將領，甚至不帶一個將領，他們都不願意自己這邊掉以輕心。

只可惜，他們兩個的這番謹慎，注定要白費。那趙漢平虜將軍包毅性子非常驕傲，聽二人故意長敵將志氣，立刻氣得火冒三丈。「放屁，劉秀若是真像你說得那麼厲害，當初就不至於眼睜睜看著自己的女人死在孫登之手了！要我說，昆陽鐵血十三騎，另外十二人，個個身手非凡。唯獨他，完全靠著別人拚命死戰，才得以跟著大夥一道穿過了莽軍的重重包圍！你們兩個怕他，老子不怕。老子這就殺出去，將他一棍子打回原形！」

「不可，易陽關乃險要之地，易守難攻。我軍若主動出擊，豈不是白白浪費了自己家的優勢？」

「的確，姓包的，你休要以小人之心，度君子之腹。我們兩個之所以主張堅守，絕不是怕了那劉秀，而是不願意捨棄自家優勢，去遷就與他。」

魯顯、楊達兩個，立刻將矛頭對準了包毅，扯開嗓子大聲反駁。

「是啊，包大哥，魯將軍說得對，咱們不能捨自家之長，就敵軍之短！」昭武將軍趙和平素雖然跟包毅關係密切，但是在關鍵時刻，想法卻跟魯顯、楊達一致，也認為，自家這邊還是據關堅守才是上策。

「劉丞相馬上就要帶著人馬趕過來，你如果真的不怕劉秀，也沒必要急在一時！」虎翼將軍王傅更不願意去跟劉秀在關外交手，也跟著走上前大聲補充。「等劉丞相到了，咱們這邊兵力齊整了，再出去收拾他也不遲！」

他口中的劉丞相，乃是趙漢國丞相劉林。原本就是張參的上司，對魯顯、楊達等將領，也有過知遇提拔之恩。如果不是此人聽信方士們的預言，將邯鄲讓給了王朗。現在的他，恐怕位置就要跟王朗掉換了，自己當皇帝，讓後者當丞相！

所以，聽到了他的名字，眾將領立刻就收起了火氣。趙漢冠軍大將軍張參也立刻有了主意。快速停住腳步，他扭頭看向麾下將領，高聲宣布自己的決定，「包將軍忠勇可嘉，然而易陽乃是邯鄲的門戶，不容有失。故而，我軍必須選擇憑險據守，待丞相領著……」

話還沒等說完，忽然聽見關背後，傳來一陣淒厲的號角聲響：「嗚嗚嗚，嗚嗚嗚嗚，嗚嗚嗚……」。宛若半夜時分的狼嚎，吹得人頭皮陣陣發乍。

緊跟著，兩隊渾身是血的斥候，從邯鄲方向策馬疾馳兒至。人沒等入關，哭喊聲已經先一步傳遍了城頭，「大將軍，大將軍，快，快回師。正面，正面的劉秀是假的。真的劉秀，劉秀狗賊已經抄小路殺到你邯鄲城下，劉丞相在半路上，被他堵了個正著。丞相，丞相抵擋不住，現在已經退向了草頭山。皇上那邊派不出更多兵來，你，你如果不去救丞相，他肯定死無葬身之地！」

「王傅，你留下守關。其他人，跟我去救丞相！」心中僅剩的幾分定力，瞬間消失得無影無蹤。冠軍大將軍張參想都不想，果斷調整了對策。

眾將領大多數都是王朗從四下收攏來的土匪流寇頭子，讀過的書很少，硬仗也沒打過幾場。聽到敵軍出現在自己背後，哪還能保持頭腦冷靜？亂哄哄地答應一聲，立刻下去收拾各自的嫡系部屬。不多時，就跟在張參身後，浩浩蕩蕩朝著邯鄲殺了過去。

一上午，人不歇腳，馬不停蹄。將士們正走得汗流浹背間，忽然，遠處的地面傳來一陣微微的震動。負責探路的斥候慌慌張張地狂奔而回，「大將軍，敵襲，敵襲！劉秀，劉秀親自殺過來了！」

「呀——」眾將領心裡打了個哆嗦，臉色瞬間慘白如灰。

又上當了，不但從正面殺向易陽關的劉秀是假的！將丞相劉林堵在草頭山上的劉秀也是假的，真正的劉秀，就像一頭猛虎，就臥在他們前去救援劉林的路上，向他們張開了血盆大口。

「列陣，列陣迎敵！」唯一還能保持鎮定的，只有趙漢冠軍大將軍張參。只見此人果斷翻身下馬，從親兵手中搶過帥旗，雙手高高地舉過了頭頂，「列陣，既然是繞路偷襲，劉秀小兒麾下的兵馬就不可能太多。弟兄們紮穩陣腳，不給他任何可乘之機。他攻擊受挫，自然會鎩羽而歸！」

「列陣，列陣，大將軍有命，原地結陣！」張參麾下的親信，也強壓下先後的恐懼，扯開嗓子，將命令快速向全軍傳播。

眾將士將信將疑，卻別無選擇，只能手忙腳亂地在平地上結陣自保。剛剛勉強將隊伍擺出一個方形，就看見一條黑色的「巨蟒」，正以極快的速度向大夥撲將過來。被張參布置在外圍擔任警戒的兩支隊伍，才和巨蟒的頭顱相遇，就立刻粉身碎骨！

「劉秀，真的是劉秀！」張參身後，有人嘴裡發出絕望的呻吟，雙腿再也堅持不住，膝蓋一彎，軟軟跪在了地上。

「騎兵，全是騎兵！」還有人撥轉坐騎，落荒而逃，任身邊將領如何阻攔，都堅決不肯回頭。

傳說中，劉秀當年大破莽軍四十萬，所部不過六千！如今他帶著至少三千鐵騎殺了過來，張參這邊兵馬再多能有何用？還不如隊伍趁沒有徹底崩潰，及早逃之夭夭。

「劉秀——」發現麾下將士未戰先亂，趙漢冠軍大將軍張參欲哭無淚，咬牙放下帥旗，便準備親自上前與對手同歸於盡。他麾下的親信如何肯放他以身犯險？紛紛圍上前，擋住他的去路。

他一手提拔起來的偏將軍韓貴對他最為忠誠，乾脆搶先一步衝了出去，直奔幽州軍的帥旗。

「小兒劉秀，拿命來！」眼看著距離目標越來越近，韓貴頭髮倒豎，雙眼圓睜，手中長槊端得穩穩，借著戰馬衝刺的速度，直奔對方的心窩。

「滾！」劉秀嘴裡發出一聲輕叱，隨手一刀，將槊鋒掃了開去。緊跟著又是一刀揮出，將韓貴的胸口從肩胛骨直切到腰腹。

「啊——」鮮血和慘叫一起飛上天空，趙漢偏將軍身體一歪，像稻穀袋子般，從馬鞍上墜落。劉秀策動的盧馬，從他身邊旋風般衝了過去，所過之處，沒有一合之敵。

跟在韓貴身後倉促出來迎戰的趙漢兵卒，就像是狂風中的野草，紛紛向兩旁歪倒。零星幾個將領試圖繞到側翼，向劉秀發起偷襲。卻被賈復和銚期兩人，用長槊一一刺於馬下。緊緊跟在二人身後的，則是許久未上陣的萬修，手中長刀亮得宛若皓月，凡是試圖從背後向劉秀發起攻擊的敵將，都被他一刀砍翻在地。

第一波幽州騎兵，很快透陣而過，劉秀等人繼續向著趙漢的帥旗處長驅直入。被韓貴帶出來送死的那些趙漢士卒，折損過半，僥倖未死者，也被嚇得個個肝膽俱裂。還沒等他們想好向哪個方向逃命，第二波幽州騎兵，已經如海浪般勇至。朱祐、蓋延、劉隆、寇恂彼此相隔二十步遠，各自帶著一百騎兵左劈右砍，將手足無措的趙漢將士殺死在血泊當中。

「呵呵，土雞瓦狗！」朱祐揮刀砍翻一名對手，放聲大笑。正得意間，卻看到一名比銚期還魁梧的黑臉敵將，在高速靠近劉秀，心中大急，連忙扯開嗓子高聲提醒，「文叔小心——」

「碭——！」一鏃耀眼的白光，在黑色的鐵流和漫天的紅霞中，格外耀眼。劉秀只覺右臂微麻，眉頭輕輕皺了皺，就繼續被的盧馬帶著向前飛奔。而與他對砍一刀的趙漢平虜將軍包毅，半邊身子卻是又疼又麻，再也無力舉刀，只能任由坐騎帶著自己落荒而走。

「受死！」跟過來的萬修才不會管敵將為何發呆，大叫一聲，長刀迅速斜揮，「噗！」地一聲，將趙漢平虜將軍包毅的腦袋掃上了半空。

「包將軍！」雖然與包毅不睦，眼看著他死於非命，魯顯和楊達兩人也心中大痛。撥馬讓過了劉秀，雙雙撲向了萬修，誓要講此人碎屍萬段，給自己的同伴報仇。

打劉秀，他們沒把握。

戰銚期和賈復，他們自問也沒任何勝算。但是，聯手合擊沒參加過昆陽突圍，又在劉秀麾下沒立下多少功勞的萬修，他們卻未必會失手。

只要殺了萬修，就能在幽州軍的第一、第二兩波攻擊中，打下一根楔子。只要能殺了萬修，就能將劉秀等人，與後續的隊伍切斷，然後憑藉人數優勢，群蟻噬象。

一種危險至極的感覺，立時傳遍了萬修全身，讓他將手中的刀握的更緊，注意力也更加集中。這種從屍山血海中修練出來的感覺，已經救了他無數次，這次，也絕不例外！

「嗖！」魯顯一刀揮出，正要砍上萬修的肩膀之時，卻駭然看見，對手連人帶刀都失去了踪影，正在奇怪間，晚他一步來到萬修面前的楊達，卻已驚呼出聲，「小心馬下——」。

哪裡還來得及，就在驚呼聲傳到魯顯耳畔的瞬間，萬修的身體，已經從馬腹下翻出，鋼刀隨著身體由下向上，「噗——」精準無比的劃在了魯顯大腿根兒上。

鎧甲斷了，皮開肉綻，白花花的骨頭暴露在外。魯顯痛得不欲生，慘叫著墜地。隨即，被敵我雙方的戰馬，踩成了一團肉泥。

「狗賊，我要你的命！」被同伴的慘死刺激得失去理智，楊達咆哮著上去，試圖要萬修去給袍澤陪葬，手中長槊還沒等靠近萬修的身體，耳畔卻傳來一聲呼嘯，「嗖——」，緊跟著，他的左胸甲彷彿被衝車撞到一般，四分五裂。他的上半身也在巨大的衝擊下，不由自主轉了半圈，手中長槊被甩得不知去向。

「多謝兄弟！」萬修大叫著揮動鋼刀，將楊達的腦袋砍上了半空。緊跟著，回頭朝發出鐵磚的朱祐微微點頭，再度策動坐騎，緊緊護住了劉秀的後背。

邯鄲城內，趙漢皇宮。

如果用「簡陋」兩字，來形容劉玄在宛城的宮殿，用「古樸」來概括劉揚在真定的王宮，那麼，趙漢皇帝劉子輿，也就是昔日富平幫主王朗的宮殿，則足以當得起「金碧輝煌、恢弘大氣」這八個大字。

趙漢皇宮是在趙繆王宮殿的舊址上擴建而成，占地百畝，五步一樓，十步一閣。廊腰縵回，檐牙高啄。而且布局十分精巧，暗合董仲舒「天人合一」的思想。據說皇宮下方藏有寶穴，內含天子之氣，久居於此，便可得天相助，既壽永昌。

王朗擅長堪輿風水之術，故而這座宮殿是由他親自設計，同時徵召各地能工巧匠近萬名，民伕十萬餘眾，並動用了軍隊，方在趕在登基前完工。

完工之日，天現異象，水中出龍，各類祥瑞，不及細數。王朗當即龍顏大悅，下旨款待群臣。酒席之上，各地山賊草寇競相來賀，宛若昔日大漢萬國來朝。郡縣裡的白衣秀才，也揮動如椽巨筆，將讚頌之詞不要錢般往外潑。其時盛況，不但超過了劉玄當初自立，比起當年王莽代漢，也毫不遜色。

誰料，其興也悖，其亡也乎。才過了一個冬天，形勢竟然就急轉直下。先是劉秀打下了邯鄲軍唾手可得的薊縣，接著，太行山守將竟相繼投了謝躬。不久，上述二人又兩路夾擊，使得趙漢王朝全線告急。再往後，馬武斬了李育，拿下鄴城。另一側的劉秀，娶了真定王劉揚的外甥女後，不顧新婚大喜，就率軍大舉南下，攻城拔寨，勢如破竹，把偌大個趙漢王朝，從高高在上的雲端，轉眼就推向了四面楚歌的絕境！

那王朗已年近五十，哪裡受得了這種刺激？甫一在朝堂上得到劉秀打到家門口的戰報，竟然發了頭痛症，一腦袋從龍床上滾下丹墀，摔得血流如注，昏死過去。

醒來之後，他不得已，捏著鼻子再度啟用了與他素來不睦的張參，欲拚死一搏。結果就在這時，謝躬那邊忽然有人給他送來了一封沒有署名的書信，告訴他，漢軍主力近日將不會有任何動作，他可以放心大膽去對付劉秀。

喜從天降！王朗的病，立刻就好了大半，當即命人傳令給正在東面防範謝躬的丞相劉林，讓他率領半數軍隊回援張參。

這種戰略部署，實在算不得什麼高明，但王朗賭的就是，只要自己能將劉秀擊敗，或者給了幽州軍重創，就可以憑藉這份功績，向洛陽的劉玄乞降。畢竟從那封沒有署名的書信中看，洛陽朝廷，對幽州軍的快速崛起，已經忍無可忍。劉玄和謝躬兩人眼裡，首先要除掉的應該是劉秀，而不是他王朗！

大丈夫能忍常人所不能，當年勾踐臥薪嘗膽，後來才滅吳復仇，北上爭雄！與勾踐當年給吳王端馬桶比起來，這點屈辱，能算得了什麼？

「劉秀，劉玄！莫讓王某得到機會，否則……」一邊咬牙切齒，王朗一邊在心中暗暗發誓。一句完整的誓言還沒說完，宮門忽然被人推開，緊跟著，二十幾名文武官員，像火燒了屁股一般衝了進來。

「陛下，遷都，趕緊下旨遷都。張參兵敗被俘，劉丞相不知去向，幽州，幽州軍已經兵臨城下！」太常卿甄柯滿臉絕望，不待王朗發怒，就搶先一步高喊，「邯鄲，邯鄲肯定守不住了！再不走，就徹底來不及了！」

「啊？」先前還想著憑著重創劉秀的「功績」，跟劉玄議和的王朗，嚇得激靈靈打兩個冷戰，臉色瞬間一片慘白。

「遷都！往哪遷？」根本不願意等他做出決定，光祿大夫榮源已經大聲反駁，「又不是乞丐，拎著個打狗棍子就能走！」

「不走，就得全死在這裡！」太常卿甄柯迅速扭頭，朝著榮源張牙舞爪，「劉秀這次使了障眼法，神不知，鬼不覺，把麾下幾個凶神全都帶到了城外。眼下癭城又已易手，我軍根本沒辦法抵抗！」

「謝躬，我等可以派人去找謝躬。他既然暗中指使我軍去對付劉秀，這會兒理應給我等一條活路！」光祿大夫榮源想都不想，迅速給出一個全新的選擇。

「謝躬的命令，劉秀會聽？」太常卿甄柯撇了撇嘴，大聲冷笑，「他先前打的注意，不過是讓咱們跟劉秀鷸蚌相爭。如今咱們失去了利用價值，他殺人滅口都嫌來不及，豈肯冒險為我等出頭？」

「那你說往哪遷，往哪遷劉秀才能不追？」光祿大夫榮源說他不過，啞著嗓子質疑。

「太行山，退進山裡去。那麼多寨子，哪裡不能作為都城安身？我就不信，劉秀敢棄身後不顧，對咱們緊追不捨！」

「這……」眾文武先是一喜，隨即全都滿臉蒼涼。

遷到山裡，那還叫什麼遷都？根本就是重新去落草為寇。早知道會這樣，大夥當初何必為了王朗許下的官職，帶領弟兄們下山？而現在，從大將軍、大司馬，又變成了大當家、大寨主，讓人心中如何不沮喪？

正憤懣間，忽然聽一人破口大罵：「放屁，你們這群鼠目寸光之輩，全都是在放屁！去太行山中，你們吃什麼，喝什麼？莫非全都去吸風飲露！就算你們有本事靠喝西北風活著，又拿什麼收攏麾下的弟兄？」

罵罷，又迅速轉過頭，朝著六神無主的王朗躬身施禮：「父皇，兒臣以為，凡言向謝躬求救，皆應問斬！謝躬這次來河北，便是為了滅我大漢。父皇先前同他合作，不啻與虎謀皮！如今大錯既成，邯鄲不保，再去找他幫忙，則等同於主動求死！」

「嗯，也對！」王朗聽自家兒子說的響亮，眼睛中立刻湧起了希望的光芒，「皇兒，莫非你有辦法退敵？」

「沒有！」王朗的兒子王轍毫不猶豫地搖頭，「但是，兒臣卻以為，與其去投靠謝躬，不如現在降了劉秀。他雖然已經殺進了邯鄲，可他與父皇您並無私仇。只要父皇肯放下身架求他，按照他以前的性子，未必會將咱們趕盡殺絕！」

「這……」王昌眼前，立刻又出現了當年在太行七十二拐時的情景。當時自己和兩個兒子，也是末路窮途，但是，劉秀卻以德報怨，放了自己和兩個兒子，主動將官鹽分了一部分給自己，才讓自己有了重新崛起的可能！

可當初是當初，現在是現在。當初劉秀肯放過自己，是因為自己和他有著共同的敵人，大新朝皇帝王莽。而現在，王莽已經死得不能再死，自己和他，卻在爭奪同一座江山！

「不可！」還沒等他權衡出一個輕重，光祿大夫榮源又站了出來，大聲勸阻，「陛下，那劉秀雖然與您有舊，但是他與劉玄卻勢同水火？我等若是歸降與他，即便不被他所殺，也勢必要跟他一道與洛陽為敵。萬一將來他被洛陽所敗，我等全都要追悔莫及！」

話音剛落，朝堂上頓時一片混亂。有人堅持要棄了邯鄲，立刻去投奔謝躬。有人則覺得投降劉秀更為安全，至少不怕他立刻痛下殺手。還有人，覺得其實向西殺出一條血路，直奔太行山也不錯。反正山裡獵物很多，即便不能像現在一樣每天大魚大肉，但是一時半會兒也餓不死人。

王朗原本就不是個有主意的人，聽麾下文武哪個說得好像都有一點兒道理，愈發遲疑不決。很快，就被眾文武吵得頭昏腦脹。雙手按住太陽穴，他正要發怒，就在這時，一名侍衛慌慌張張入內通報，「陛下，劉丞相，劉丞相回來了。就在，就在內城北門口，請求覲見陛下！說是有劉秀的手書，需要向您面呈！」

「他還有臉逃回來！」王朗頭痛欲裂，揮舞著胳膊大吼，「放這個蠢材進來，朕要將他碎屍萬段！」

「陛下且慢！」甄柯被嚇了一大跳，慌忙出聲阻止，「如今外城已破，若再打開內城大門，恐有敵軍趁機偷襲！」

「嗯？」王朗激靈靈打了個哆嗦，立刻改變了主意，皺著眉頭向侍衛核實，「劉林帶了幾人回來？他身後可有劉秀的人跟著？」

「只有，只有十幾個親兵。」侍衛頭目想了想，非常謹慎地回應，「沒，沒看到有劉秀的人跟著。不過，他說他是奉了劉秀之命，前來跟陛下商議大事。」

「放他進來！」王昌當機立斷，「朕倒是要聽聽，他，那劉秀狗賊，有什麼話要跟朕說？」光祿大夫榮源聞言大急，也立刻跳起來勸阻，「陛下，萬萬不可。那劉秀和劉林原本是同宗，萬一他們兩個勾結……」

「那朕就先將他千刀萬剮！」王朗瞪圓了眼睛，大聲打斷，「你不用多說了，朕知道你想去投奔謝躬，你儘管派人去跟謝躬接洽就是。俗話說，手中有貨，價高者得。劉秀也好，謝躬也好，哪個開出的條件能讓朕滿意，朕就歸降於誰。」

「這，這樣也行！」文武官員楞了楞，面面相覷。

幽州軍都殺到邯鄲內城附近了，還想著一手托兩家，這王朗陛下，也忒地心大！然而，鄙夷歸鄙夷，他們卻誰都沒辦法說服其餘同僚，接受自己的選擇。所以，只能跟王朗保持一致，先見了兵敗歸來的劉林，聽聽劉秀那邊的條件再說。

當即，侍衛領了手諭離去，出了大殿，立即翻身上馬，直奔內城的北門。才一靠近，立刻高聲宣布；「陛下有旨，打開城門，宣劉林覲見！」

「果然不出軍師所料，王朗上當了！」北門外，趙漢丞相劉林身後，塗了一臉泥漿的萬修興奮地揮拳。

「別得意太早。」萬修身側，單手按著刀柄的朱祐迅速扭過頭，低聲提醒，「小心露出破綻，王朗生性多疑，其麾下爪牙也毫不遜色！」

「明白！」萬修楞了楞，紅著臉點頭。對比自己小了許多的朱祐，不敢做任何反駁。

「可惜萬大哥沒有參加昆陽突圍！」見到萬修洗耳受教的模樣，劉隆忍不住在心裡偷偷嘆氣。在他心目中，萬修無論武藝、兵略，還是統御能力都遠超朱祐數倍。然而，今天喬裝打扮押著劉林前來詐城，帶隊的主將的卻偏偏是朱祐。原因很簡單，朱祐曾經追隨劉秀一道參加或昆陽突圍，而萬修，卻因為留在太行山中替劉秀發展勢力，錯過了整個東征。

今夜的奪門之戰，雖然看似輕鬆，其危險程度，卻跟昔日昆陽突圍不相上下。首先，為了讓王朗相信劉林進城只是為了給劉秀做說客，參與奪門猛將人數就不能太多。其次，大夥在騙開了城門之後，還需要支撐住足夠長的時間，才能讓遠遠躲在暗處的幽州騎兵，能直接衝進邯鄲內城。

第三，整場戰鬥，包括拿下趙漢皇宮，都必須在天亮之前結束。據馬武那邊派人冒死送回來的密報，得知幽州軍已經打破了巨鹿，隨時都可能殺到邯鄲城下的消息之後，謝躬已經果斷推翻了他跟王朗暗中達成的協議，率部向北猛撲了過來。如果讓此人在幽州軍解決掉王朗之前進了城，劉秀就得將邯鄲拱手相讓。那樣的話，非但會令幽州軍的下一步作戰計劃被打亂，弟兄們在戰鬥中淌出的鮮血也全都變成了白流。

「吱，吱吱，嘎嘎，嘎嘎……！」一陣刺耳的機括聲傳來，打散了劉隆紛亂的思緒。邯鄲城的內城門，被趙漢兵卒緩緩從裡邊推開，無數雕梁畫棟和巍峨的皇宮，在夜幕下顯現了出來。

「帶我去見陛下！」劉林的聲音緊跟著響起，語氣中不帶一絲波瀾，彷彿他已經是個死人。

「是！」他身後的「親兵」們答應一聲，催動坐騎，簇擁著他緩緩而入，先是朱祐，然後是萬修，劉隆、蓋延、銚期、王梁……

城門內，監城將軍肖讓和準備帶劉林上殿晉見的親衛頭目宋盧眉頭緊皺，打馬上前，非常鄙夷地吩咐：「劉丞相，請下馬，解劍，徒步而行。各位兄弟，也請留步。陛下……」

「噗——」一道凜冽的刀光，在劉林身後橫掃而出，將宋盧的腦袋，直接掃上了天空。

「啊……」肖讓嚇得魂飛天外，本能地就去拔自己腰間佩刀。還沒等他的手指碰到刀柄，萬修手中的長槊，已經狠狠扎進了他的心窩。

與此同時，劉隆、蓋延、銚期、王梁等人也紛紛出手，轉瞬間，便將城門附近的趙漢士卒，殺了個乾乾淨淨。距離相對較遠的其他趙漢兵卒，根本不清楚發生了什麼事情，一個個瞪圓了眼睛，直勾勾地看向劉林，試圖從這位丞相嘴裡，聽到一個確切答案。

「王昌詐稱劉子輿，竊據皇位，禍亂河北，人人得而誅之！」事已至此，劉林知道繼續掙扎下去除了搭上自己的性命之外，沒有任何效果。嘆了口氣，啞著嗓子高聲宣布，「大司馬奉旨討逆，只誅首惡。爾等休要自誤，速速放下兵器，站在一旁，等候大司馬處置！」

「啊——」眾兵卒這才明白劉林已經投降了劉秀，一個個呆若木雞。

就在此時，大夥腳下的地面忽然開始戰慄，緊跟著，馬蹄聲宛若湧潮，由遠而近。數以千計的幽州騎兵，在月光的照耀下，風一般撲向了四敞大開的內城北門。

「敵襲！敵襲！」城樓中，一名趙漢都尉如夢初醒，扯著嗓子放聲大喊，同時抄起鼓槌，欲向宮中示警。

「噗！」伴著一聲悶響，劇痛瞬間傳遍他的全身。那都尉丟下鼓槌，憤然回頭。恰看見身邊一位親信愧疚的面孔。

「我，我不想，不想死。」親信一邊哭喊，一邊將刀拔出來，繼續朝著他身體亂捅，「打，打不過。幫主肯定打不過劉秀。我，我不想跟著幫主一起死。我，我殺了你。殺了你，就沒人逼著我再找死。我殺了你，殺了你，殺……」

「劉子輿已敗，爾等再不投降，只有死路一條。」朱祐大聲叫喊著，沿馬道快步走上。雖然只是孤零零一個，卻將沿途遇到的所有趙漢兵卒，嚇得誰也不敢舉刀。

「如果不降，就儘管放手與朱某一戰。男子漢大丈夫，怎麼如此婆婆媽媽？」朱祐鋼刀平端，指著所有人繼續高聲喝問。

「投降，我們投降，我們投降！」殺死了自家都尉的趙漢兵卒，率先扔掉兵器，跪地求饒。其餘人再也不敢猶豫，黑壓壓在敵樓中跪成了一片。

邯鄲皇宮，金鑾殿。

「陛下，城破了，內城破了！」一個中官卻跌跌撞撞衝進殿門，趴倒在地放聲大哭。「劉林，劉林身後跟的是朱祐——」

「啊！」腦袋像被弩箭射中一般，王昌疼得面色慘白，狂噴一口鮮血，從龍床上一頭栽下了臺階。

「陛下，陛下！」

「快叫太醫，快叫太醫！」

「快關上宮門，讓侍衛頂住！」

「不要亂，大家不要亂！」

……

四下裡的太監宮女，亂成了一鍋粥。而金鑾殿上的大部分文武官員，卻迅速將目光看向了太子劉翰[注一]，「殿下，請速做決斷！」。

皇帝昏倒，太子臨朝，天經地義。劉翰也從文武百官的眼神中，看到了自己一直渴望的東西。他心中頓時湧起一陣激動，緊跟著，快步走到王朗的身旁，高聲叫道：「列位臣工勿慌，大司馬並非嗜殺之人，爾等速速隨我前去宮樓，一起向他請降。想必他會念在我等誠心改過的份上，放大夥一條生路！」

說罷，又迅速將目光轉向太監頭目李竟，「我父王就交給你了。趕緊安排郎中給他診治，大司馬，大司馬跟我父王相交莫逆，肯定不願意看到他現在這般模樣！」

「是！」太監頭目李竟沒勇氣斥責他不孝，只能含著淚點頭答應。周圍的大部分文武官員見劉翰沒等跟劉秀接觸，就主動將其父親從皇上變成了王爺，心中感慨之餘，對其的果斷也湧起幾分佩服。紛紛邁開腳步，簇擁著劉翰走向皇宮正門。

注一、王朗冒稱是劉子輿，所以他的兒子也改姓了劉。

只有光祿大夫榮源心裡頭還惦記著謝躬暗中交給自己的任務，然而，劉秀的兵馬已經殺到了皇宮門口，再提去投奔謝躬的茬兒，非但不會得到任何人支持，反而會給他自己帶來無窮的麻煩。所以，他只能狠狠咬了下牙，也邁步跟在了劉轍身後。

這倒不怪趙漢國的文武大臣們天真，常言道：「賊不打三年自招」，當年王朗父子被劉秀義釋而生還的秘密，早就傳得人盡皆知。很多官員都認為，在當年那種情況下，劉秀都能放王朗父子一條生路，如今劉轍先放低身段，苦苦哀求，再量大漢（趙漢）之物力，結與其歡心，那劉秀豈能對大夥趕盡殺絕？

況且以劉秀以往的表現，他即便要殺人，死的也只會是王朗父子，趙漢國的文武官員也不會受到株連。既然說幾句軟話就能活命，大夥又何樂而不為？

一邊在心中各自擺著算籌，大夥一邊快步前行，不多時，就來到了皇宮門口。順著馬道走上敵樓，手扶漢白玉雕欄往下張望，剎那間，所有人都感覺頭暈目眩。

只見皇宮外的空地上，黑壓壓不知站著多少人馬，就像即將決口的洪水一般，隨時都可能將皇宮徹底吞沒。在所有隊伍的最前方，一名身穿銀盔銀甲，騎著白色的盧馬的青年將領，來回馳騁。聽到敵樓中的動靜，竟然不顧城頭上隨時可能射下來的冷箭，帶住坐騎，高聲斷喝：「王朗何在？打開皇宮出降，劉某饒你不死！」

「王朗何在？打開皇宮出降，大司馬饒你不死！」銀甲將軍身後，兩千餘名騎兵手舉兵器，齊聲重複。聲音宛若驚雷，震得敵樓搖搖晃晃。

「投降吧，宮內的弟兄們！」

「投降吧，敗了，咱們敗了！」

「投降吧，大司馬不會濫殺無辜，我們都被他給饒恕了！」

「投降……」

跟在兩千餘名騎兵之後，數不清的步卒，爭前恐後地高聲補充。很顯然，他們原本都是趙漢國的將士，因為兵敗被俘，乾脆投降了劉秀。此刻掉過頭來與幽州軍一道攻打皇城，並且表現得比劉秀的嫡系還要忠心。

皇宮的大門雖然又厚又重，宮牆和敵樓中，還有上千侍衛手持精良的大黃弩嚴陣以待。但趙漢國的文武百官，卻誰都不敢相信，自己方面這些人馬，是否能擋得住劉秀的全力一擊。

「可是叔父來了？小侄願意降，願降，願意帶著文武百官現在就投降！」王朗的兒子劉輸比任何官員都果斷，從敵樓中探出半個身體，大叫著向劉秀拱手。

「你是何人？」劉秀被叔父兩個字，叫得滿頭霧水，豎起眼睛，高聲喝問。

「主公小心有詐！」賈復和銚期，也不敢相信劉秀在邯鄲皇宮內，還有一個年齡和他差不多大的侄兒，立即催動坐騎，護在劉秀身旁，以免有人在確認了自家主公身份之後，亂箭齊下。

事實證明，他們擔心純粹多餘。趙漢國的太子劉輸哪裡有膽子暗算自己這輩子最害怕的對手？先抓過一支火把，照亮了他自己的面孔，然後繼續高聲套近乎，「叔父忘記侄兒了嗎？小侄乃是王輸，當年在太行山中，跟著父親一道受過您活命之恩的那個？小侄一直在勸父親，不要冒認皇親，可父親身邊奸佞太多，讓小侄再怎麼努力，都無法勸得父親回心轉意。」

「你，你是王朗的大兒子？」劉秀的眉頭跳了跳，記憶迅速被拉回自己與當年吳漢對峙的場景。依稀間，想起王朗的兩個兒子，曾經跪地請求自己饒恕他們父親不死。但是，卻無論如何，都想不起二人的面孔。

「叔父果然還記得我！」王輸滿臉歡喜，手舞足蹈，「叔父，我阿爺病了，無法親自前來迎接您。他是交代小侄，先前種種，都是他誤信讒言！只要您當眾承諾，放我們父子一條活路，小侄立刻就可以打開皇宮大門，帶領文武官員夾道相迎！」

「逆子敢爾！」話音剛落，一聲暴喝，忽然從他背後馬道上傳至。緊跟著，王朗瞪著通紅的眼睛衝了上來，也不顧群臣的勸阻，抬起手，左右開弓給了自家兒子幾個大嘴巴，隨即，將頭俯過雕欄，朝著劉秀高聲喊道：「劉文叔，你不要聽這小子胡說！老夫根本沒交代過，讓他向你為我討一條生路。這小子從小就不肯聽老夫的話，長大後更是處處跟老夫對著幹。冒充皇親，自立為帝的事情，乃是老夫自己一意孤行。他和他弟弟從一開始就不願意老夫這麼幹，只是沒辦法阻止老夫而已。事已至此，老夫不敢請求你饒恕，但是，還請你看在他們曾經全力勸阻過老夫的份上，給他們兄弟倆留一條生路！」

「阿爺……」王輸隨便被抽得滿臉是血，卻對自家父親一點兒都恨不起來。流著淚雙膝跪地，放聲嚎啕，「阿爺，不是這樣的，不是這樣的。您也是受了奸佞蒙蔽，您也是……」

「痴兒！」王朗笑了笑，放下手，輕輕撫摸自家兒子的頭頂，「大司馬是朝廷的大司馬，為父不死，他如何向洛陽那邊交代？你求人沒錯，卻不該求那些根本不能做到的事情，給人增添太多麻煩！」

隨即，又迅速抬起頭，朝著劉秀輕輕拱手，「文叔，人之將死，其言也善。實話實說，老夫當年冒充是劉子輿，乃是受王莽那邊指派，意在將天下心懷劉氏者吸引到身邊，一網打盡。後來繼續冒充劉子輿，自立為帝，也不完全是因為貪心不足，而是，而是洛陽那位，實在還不如老夫！謝躬暗地裡都做了什麼事情，想必你已經得知，老夫就不再囉嗦。你要不想被他和劉玄害死，就請早做決斷！」

說罷，一縱身躍過護欄，直墜而下。

「阿爺——」沒想到自家父親求死之心如此強烈，王輸趕緊伸手去抓。手指剛剛碰到自家父親的腳腕，身前的漢白玉護欄，竟然啰嚓一聲，四分五裂。

「皇上！」

「太子殿下！」

「皇……」

趙漢國的文武官員哭喊著伸手去拉，哪裡還來得及。只聽見「轟！」一聲巨響，王朗和王輸父子兩個，同時墜落於地。七竅出血，當場氣絕。

「王朗，唉——！」劉秀也沒想到，王朗一輩子招搖撞騙，面對死亡之時，竟如此剛烈。愣了愣，仰起頭，放聲長嘆。

從王莽被殺，到王朗在河北自立為帝，中間其實隔著很長一段時間。但是，在這段時間裡，身為皇帝的劉玄，卻沒想著如何儘快恢復各地的秩序，任命官員，與民休生養息。而是忙著遷都洛陽，排除異己，給身邊親信封王封侯。

所以，王朗臨死前那句，他之所以自立為帝，不全是因為貪心不足，而是洛陽那位還不如他，其實說得一點都沒錯。

這個事情，錯就錯在，王朗一身本事，全長在了嘴巴上。既不懂如何治國，又不懂如何整頓兵馬，快速增強實力，結果，其興業悖，其亡也乎！

「罪臣恭迎大司馬！」沒等他感慨更多，趙漢國的皇宮大門，被人用力拉開。眾多文武官員，爭先恐後衝出，跪倒在地，邀功一般大喊大叫。

「王朗罪有應得，不能一死了之，請大司馬將其五馬分屍，以儆效尤！」

「王輸剛才在撒謊，他根本沒勸過王朗！」

「大司馬，王朗的小兒子還在宮裡躲著，還有他的眾多老婆。罪臣願意為您領路，將王賊全家捉拿歸案！！」

「大司馬，罪臣熟悉皇宮內的道路，罪民……」

「你們都不要跟咱家爭，咱家才是太監，最熟悉……」

「閉嘴！」劉秀沒來由的心煩意亂，揮動長槊，向前橫掃，「不想死的，就全都閉嘴！」

「是！」趙漢國的文武官員和太監們，低下頭，瞬間噤若寒蟬。

「來人，找幾輛馬車來，送他們去洛陽覲見皇上！」劉秀殺他們，都嫌髒了兵器，深吸一口氣，高聲命令。「就說王朗父子，是他們合力捕殺的。他們個個，都功不可沒！」

「謝大司馬！」眾官員和太監喜出望外，齊齊跪地磕頭。

其中以榮源最為聰明，磕完了頭之後，立即小心翼翼地詢問：「大司馬，可是要我等，把逆賊王朗的腦袋一同帶去長安？如果不是您兵臨皇宮之外，我等，我等即便心向朝廷，想要捕殺王朗父子，也難比登天！」

「不必了。」劉秀笑了笑，果斷謝絕了對方投桃報李，「王朗父子的屍骸，就留在這兒。謝尚書馬上就到了，如何處置，想必謝尚書自有安排。」

「大司馬英明，罪民莽撞了！」趙漢國的文武官員和太監們，猜不出劉秀的葫蘆裡頭，到底賣的什麼藥。只好躬身道歉，然後被朱祐帶人押著，離開皇宮，踏上了前去洛陽邀功領賞的馬車。

劉秀也不跟任何人解釋，直接下令，讓馮異進入皇宮，接管府庫以及所有戶口帳簿。讓劉林帶著趙漢國的降兵，清理街道，安撫百姓。讓嚴光派人去迎接謝躬，請後者前來接收王朗父子的屍骸……

眾將答應著，分頭行動。很快，就將所有事情，處理得井井有條。天亮之後，邯鄲皇城、內城和外城的大門，都全部敞開，王梁、劉隆、蓋延、萬修等將領，帶著各自麾下的嫡系部曲和新分到手裡的趙漢國降兵，分頭駐防，恭迎大漢國的尚書令駕臨。

謝躬早在一天之前，就得知了劉秀攻破易陽關，兵臨邯鄲城下的情報。為了搶攻，一直領著麾下將士星夜兼程往北趕。然而，他卻萬萬沒想到，劉秀居然如此容易，就拿下了整個邯鄲城。並且派人前來傳信，邀他前去會面，還主動提出整個內城和皇宮，劃給他和他麾下的將士駐蹕！

「貴使請回覆劉司馬，說老夫遠來勞累，就不進城了。讓他派人將王朗父子的首級送過來就是。此番討滅王朗，大司馬功勞居首。老夫立刻會奏明聖上，給大司馬及其麾下將士邀功請賞！」明明臉上的血色褪得一乾二淨，聽完了幽州信使的陳述，謝躬依舊強忍著暈眩大聲回應。

「是！」嚴光派來的信使劉江，原本就是個人精。見謝躬選擇了打落牙齒吞進肚，也不敢過分嘲笑。拱手又行了個禮，轉身快速離去。

「該死！」還沒等他的腳步聲去遠，謝躬已經忍耐到了極限。提起腳，一腳就將面前的帥案踹翻在地，「該死，劉秀小兒，老夫不殺你，誓不為人！」

「大人息怒！」馬武在旁看到，心中覺得好生解恨。卻故意躬身下去，高聲勸告，「想殺劉秀，有何困難。我軍只管按他說的，進駐邯鄲內城和皇宮，然後找個藉口，將他騙進皇宮裡頭，一刀就能砍成兩段！」

「胡說！軍國大事，哪有那麼簡單！」謝躬聞聽，立刻大聲反駁。待看清說話之人，乃是素來以缺乏謀略而知名的猛將馬武，又苦笑著解釋，「他得了王朗的全部兵馬和糧草，實力已經跟咱們不相上下。如果咱們按照他說的要求進入邯鄲內城和皇城，他別的不用幹，只需帶兵將內城團團包圍，咱們，咱們就成了那甕中之鱉！」

「這，這廝，真夠歹毒！」馬武裝作似懂非懂，站在一旁努力翻起了白眼兒。

「即便他不派兵將咱們包圍起來，咱們如果按照他的要求做了，也會落下一個搶人功勞的話柄！」謝躬念他一向缺心眼兒，嘆了口氣，繼續低聲補充，「劉秀小兒這樣做，分明，分明是在學高祖打下咸陽後，卻不入駐，而是還軍灞上，把咸陽讓給項羽的故技！他看似吃了大虧，卻落下個好名聲。咱們看似占盡了便宜，卻成了天下豪傑的笑柄！」

「該死！」話音落下，不止馬武一個人勃然大怒，周圍一眾文武，連同平素最為冷靜的吳漢，都氣得破口大罵。

「虎狼之性，早晚落到跟王朗同樣的下場！」

「該死，謝尚書對他推心置腹，他居然絲毫不懂得感激！」

「殺了他，尚書，咱不進邯鄲。現在就向皇上揭發他的狼子野心，然後與他決戰沙場！」

「尚書，下令吧。咱們直接朝邯鄲發起進攻，將他趕出去。內城外城，一起占了！」

……

「胡說！」尚書令謝躬，非常滿意眾將對自己的忠心，卻不會被大夥的怒罵聲，煽動得失去理智。四下看了看，咬著牙呵斥。「河北尚未評定，老夫豈能跟他同室操戈？下去整頓兵馬，邯鄲咱們不去了。回頭去找孫登，先解決了此賊，再……」

「尚書，尚書，大事不好！」一句話沒等吩咐完，驃騎將軍許猛忽然大叫著疾步衝進中軍大帳，躬身道，「尚書，據咱們的密諜所報，劉秀本人，今天早晨就已經帶領一支騎兵離開了邯鄲。看方向，應該是孫登的老巢隆慮縣！」

「啊，他不要命了！」謝躬心裡打了個哆嗦，感慨的話脫口而出。說罷，才又想起了，劉秀乃是自己想要對付的敵人，而不是同僚。於是再也忍耐不住，扯開嗓子大聲咆哮，「賊子，貪心不足。怪不得要將邯鄲拱手想讓，居然殺完了王朗，就想去攻打孫登！」

「小兒好膽！」吳漢等武將，雖然跟劉秀不在同一個陣營，卻也一個個咬著牙驚嘆。

兵法有云，百里爭路，必撅上將。劉秀新婚之後，連五天都沒休息到，就率領大軍高歌猛進。一路從真定打到了巨鹿，又從巨鹿殺進了邯鄲。如此長時間的劇烈戰鬥，縱使是鐵打的身軀，應該也累得筋疲力盡。然而，他昨夜破了邯鄲，今天一早，居然又殺向了隆慮縣！

「這廝，為了爭功，根本不惜手下人性命！」謝躬將牙齒咬了再咬，強迫自己保持冷靜。劉秀快速擊敗王朗，收服了大批趙漢國叛軍之後，實力已經翻倍。如果再讓他將孫登麾下的蟊賊們也全都收歸手下，天下豪傑，還有哪個能制他得下？

想到這兒，謝躬再也不敢耽擱，抬起頭，向許猛厲聲吩咐：「你馬上追過去，親口告訴劉秀，他打下邯鄲，乃是大功一件，陛下讓他好生休養，另有重任安排。至於攻打隆慮縣的事，就不要他插手了，老夫要親手拿下孫登，為聖上洗雪當年的被追殺之恨！」

「大人妙計！」不待許猛回應，馬武已經大聲誇讚。隨即，雙手拱起，主動請纓，「若再任由劉秀擊敗孫登，那麼河北將盡歸他手，我軍形勢危矣！是以，此役必須速戰速決，馬某不才，願為大軍前鋒。」

「馬將軍所言，正合我意。」謝躬心裡，馬武列在了早晚都要除掉之列，卻非常滿意此人眼下的表現，笑了笑，用力點頭。「你儘管去，抓到孫登之後，不必請示，你可以將其隨意處置，以告慰三娘在天之靈。」

「謝謝大人。」馬武眼睛一紅，滿臉感激地躬身。隨即，轉身闊步而出。

「來人，給老夫寫信給聖上。新野那邊的女人，不可再留。必須及早控制起來，以讓劉秀不敢輕舉妄動！」望著他的背影去遠，謝躬咬了咬牙，迅速發出第二道命令。三角形的眼睛裡，寒光閃爍！

「喀嚓——！」

一道粗壯耀眼的金黃色閃電，凌空劈落。緊跟著，狂風怒吼，從九嶷山帶來一股股潮濕之氣，將春陵鄉，乃至整個新野，瞬間橫掃。

雷聲轟轟，暴雨傾盆，天空中像是被撕破了一個口子，水瀑從烏雲上方飛流直下。

「駕！駕！」從新野到舂陵的官道上，幾十騎快馬忽然出現，頂風冒雨，速度宛若閃電。馬背上的騎士雖然視線受阻，卻總是能在最後關頭繞開路上的所有障礙，一路狂飆，直抵柱天莊門口。

「速開大門，我有急事拜見叔母！」為首的一名騎士猛地勒住馬匹，頂著滿身雨水和汗水，高聲向門口的莊丁咆哮。

那莊丁聞聽，慌忙掀開頭上的斗笠，待看清了騎士的面孔，頓時嚇得頭皮發乍，「鄧，鄧將軍。您，您稍等，小的，小的這就開門，這就開門！」

說罷，與同伴趕緊將門門拉除。才開了一條縫，鄧奉已經催動坐騎直衝了進去，隨他而來的其餘人，則手按刀柄，在門前一字排開，無論天空中的暴雨如何猛烈，都巍然不動。

「壞了，怕是有人要對付主母！」先前跟鄧奉打過招呼的莊丁，偷偷低下頭，跟身邊的同伴小聲嘀咕。「否則，也不會讓鄧將軍親自來護駕！」

「不會吧，就這麼點兒人，能護得了誰？」

「怎麼說話呢，這裡四處都是劉玄的眼線，鄧將軍能帶著人來，已經非常不易！」

「我不是那個意思，我是說，我是說，這麼點兒人，如何護著主母去投奔將軍？」

「主母若是走了，咱們怎麼辦？」

「怎麼辦，咱們找地方藏起來唄！劉玄想對付的是咱家將軍，抓咱們這些人有什麼用？」

「藏起來，早晚大將軍會打回來……」

「對，藏起來，劉玄肯定不是咱家將軍的對手！」

……

正忐忑不安地議論著，忽然聽到身後傳來一陣馬蹄聲響。緊跟著，就看到一男一女，騎著快馬從自己身邊衝了出去。男的自然就是先前直闖而入的鄧奉，女子當然就是他們口中的主母，劉秀的妻子陰麗華。

後者走得雖然匆忙，卻未見有多慌亂，在臨出門前，竟扭過頭，對追出來的管家高聲吩咐：「把家裡的財帛全都散了，讓大夥每人分一份去鄉下躲躲。告訴大夥不要怕，用不了太久，夫君跟我就會一起回來。告訴各位叔伯，咱們後會有期！」

說罷，一抖韁繩，跟在鄧奉身後，迅速消失在無邊風雨當中。

「唠嚓！」「唠嚓！」「唠嚓！」

閃電一道接著一道，劈開雨幕，彷彿要將醜陋的人間撕碎。

從新野到洛陽，無數信使頂著暴雨，策馬往來穿梭。

「轟隆隆！」雷聲滾滾，將洛陽城內的金鑾殿，震的簌簌土落。

「什麼？鄧奉救走了陰麗華！」劉玄大吼站起身，一把將書案上的奏摺，全都推到了地上，「狗，養不熟的野狗！朕這些年來，哪裡對不起他？朕，朕給他加官進爵，朕賜他豪宅美田，朕恨不得將他們姓鄧的全族，都像神仙般供起來。他，他居然背叛朕，居然，居然居然背叛朕去投奔劉秀。他……」

「你以為人人都像你，見利忘義？」王匡、陳牧、申屠健等綠林軍將領，以目互視，滿臉漠然。誰都不覺得，鄧奉棄了劉玄賜予的高官厚祿，帶著陰麗華去河北投奔劉秀，有什麼不對。

最近一年多來，他們榮華富貴已經享受過了，對美酒美女，也不再覺得新鮮。漸漸地，就開始回憶起當初大夥起兵反莽之時，那種肝膽相照和義氣相投。雖然大夥心裡頭很清楚，誰都不可能回到過去。但是，卻不妨礙他們在看到有人做出和自己過去一樣的事情時，偷偷地在心裡挑一下大拇指。

「陛下息怒，息怒！鄧奉敢這麼做，肯定是受了劉秀的指使。」剛剛被送到洛陽邀功領賞的王朗麾下重臣，榮源、甄柯等輩，則個個嚇得滿臉煞白，果斷站出來，跟劉秀劃清界線，「劉秀那廝，謀反之心已經昭然若揭，陛下理應早做決斷，以防被他咬個措手不及！」

「請陛下早做決斷，以防不測之變！」同樣恨不得劉秀馬上去死的，還有舞陰王李秩，也快步出列，朝著劉玄大聲催促，「他若是心中無鬼，肯定不會搶先一步，讓鄧奉帶走陰麗華。」

「如今陰麗華一去，劉秀再無牽掛。舉旗謀逆，只在朝夕！」丞相李鬆、大司空趙萌、隋王胡殷等劉玄的嫡系，不敢落入人後，也紛紛出列，指證劉秀圖謀不軌。渾然忘記了，就在鄧奉趕去柱天莊接走陰麗華之前，劉玄已經給綉衣使者傳下的密令，讓他們會同新野地方官府，火速抓了陰麗華押往洛陽。

「眾愛卿說得有理！」劉玄跟他麾下的嫡系爪牙們一樣健忘，迅速收起了怒氣，冷笑著發號施令，「左大司馬朱鮪——」

新朝左大司馬朱鮪立刻出列，躬身施禮，「微臣在。」

「你馬上趕去河北向謝躬傳旨。」劉玄呼哧呼哧喘著粗氣，瞪著一雙血紅的眼睛，一字一句道，「讓他先不要去打孫登，立即回軍，去消滅劉秀！」

「微臣遵旨！」朱鮪雖然沒有參與先前對劉秀的指控，卻也不反對劉玄防患於未然，想都不想，果斷躬身領命。

「陛下且慢！」宜城王王鳳，心中卻始終念著跟劉秀曾經的袍澤之情，見劉玄竟然不經廷議，就決定對幽州軍發起偷襲，連忙挺身出來勸阻，「河北距離新野路途遙遠，鄧奉所為，劉秀未必知情。況且陰麗華乃是劉秀的結髮妻子，先前……」

「宜城王，你要包庇劉秀嗎？」劉玄立刻豎起了眼睛，雙目之中，寒光四射，「朕倒是忘了，當初在東征軍中，劉秀一直與你配合默契！」

「陛下，微臣並非，微臣不敢因私廢公！」王鳳被嚇得心裡打了個哆嗦，阻攔的聲音，立刻變低，「微臣，微臣只是覺得，劉秀如今羽翼已豐，謝尚書，謝尚書未必是他的對手。陛下，陛下如果想要討伐於他，應該先向天下人，宣告他的罪狀。然後，然後再從容調遣大軍……」

「然後，劉秀就有充足時間去做準備，跟朕一決雌雄！」明知道王鳳的話在理，劉玄卻一個字都不打算聽。「你且退下，即便謝尚書實力不敵劉秀，朕也不會再給此賊半點喘息之機。舞陰王聽令！」

「末將在！」李秩心中大喜，扯開嗓子上前接令。「但憑陛下吩咐！」

「你率領本部兵馬，即刻渡過黃河，為謝躬接應。若你抵達河北之時，他已經拿下劉秀，你就跟他合兵一處，捕殺孫登。若你至時，他還沒跟劉秀分出勝負。你就與他、孫登三方聯手，務必將劉秀及其爪牙犁庭掃穴，然後你領軍繼續北上，替朕撫慰河北諸郡！」

「遵命！」李秩越聽越是歡喜，回答得愈發大聲。

「陛下！陛下莫非忘記了赤眉軍。他們可是降而複叛，隨時可能向洛陽發起進攻！」王鳳心中充滿了絕望，提醒聲裡，隱約已經帶上了哭腔。

劉玄對他的淚諫，充耳不聞，扭過頭，朝著李鬆做出最關鍵的一處安排，「丞相，替朕草擬聖旨，封劉秀為蕭王！快馬送達邯鄲，讓劉秀携帶妻子，前來洛陽謝恩。麾下兵馬，暫且交給謝躬掌管。他若肯來，朕自然不會虧待與他。他若是抗旨，朕要謝躬討伐他，也不算兵出無因！」

「喀嚓！」閃電透窗而入，照亮一張張猙獰的面孔。

「亂命，長舒，這是不折不扣的亂命！你，你怎麼不阻止陛下？」河北淇陰，更始朝尚書令謝躬放下聖旨，頂著一張憔悴的臉，向前來傳旨的朱鮪大聲抱怨。

「怎麼，不是你一直提醒陛下要早做決斷嗎？為何陛下做了決斷，你反倒又一改初衷？」更始朝左大司馬朱鮪被謝躬的反應嚇了一跳，皺著眉頭低聲詢問。

「唉，長舒，這道聖旨哪怕早來兩個月，形勢也不至於如此！現在，孫登麾下的心腹，一半兒死在了馬武刀下，他的兩個兒子，前幾天也是我親自下令斬殺。你叫我，叫我拿什麼去交好與他？」謝躬看了朱鮪一眼，無奈地攤手。

「你，你殺了孫登的兒子？還讓馬武殺掉了他一半心腹？這，這才多長時間？」朱鮪越聽越是吃驚，質疑的聲脫口而出。

「唉，一言難盡！」二人都是劉玄的心腹，所以謝躬也不隱瞞，嘆了口氣，快快地回應：「當初因為劉秀拿下了邯鄲，聲震河北。謝某想壓一壓他的勢頭，就決定獨自對付孫登。結果孫登這個蠢材，外強中乾。居然被馬武勢如破竹，一路殺到了隆慮縣老巢。沿途所有前來迎戰的賊將，全都被馬武一刀砍成了兩段。」

「至於孫登的兩個兒子，說起來更是荒唐。他們前來向謝某請降之時，竟懷揣利刃，預行專諸、荊軻之事。虧了吳漢眼神敏銳，才提前攔下了他們。否則，謝某必然血濺中軍！」

「啊——」沒想到短短兩個月內，形勢變化竟如此巨大，朱鮪再度被驚了個瞠目結舌。

「如今陛下讓我去聯合孫登，那孫登豈會輕易放下殺子之仇，接受我的招攬？」謝躬又嘆了口氣，繼續低聲補充。「況且即便孫登不計前嫌，與我聯手。我們兩個，也未必是劉秀的對手。若是為此又逼反了馬武，反倒讓劉秀如虎添翼！」

頓了頓，不待朱鮪發問，他又迅速解釋，「兩個月時間說來不長，可那劉秀麾下，王梁、耿況、寇恂、景丹、劉植等輩，都久居河北，在高門大戶之中交遊廣闊。而那蓋延、萬修、劉隆等賊，又是土匪出身，在山賊草寇之間一呼百應。再加上郭氏的財力和邳彤的一手絕世醫術，河北各地那些待價而沽之輩，豈能不爭先投靠於他？」

「這兩個月，他以邯鄲為根腳，四處招降納叛，幾乎兵不血刃，就將巨鹿以北各郡，全都蠶食鯨吞！緊跟著，他又派出鄧禹、馮異各領一路兵馬，向東、向西耀武揚威。將不肯主動歸降的地方英豪盡數蕩平。不瞞長舒，如今，除了清河、魏郡的官員，還能聽謝某號令。其餘大半個河北，已經全都不歸朝廷所有！」

「啊？」朱鮪嘴巴大張，冷汗從脊背處淋漓而下。

想當初，劉縯、劉秀兩兄弟，憑著剛剛打下來荊北數縣之地，就能組建起兩支大軍，打得新朝江山搖搖欲墜。如今劉秀拿下了大半個河北，麾下雖然兵不算精，將卻遠強於他當年東征。萬一他豎起了反旗，紛爭不斷的洛陽王朝，拿什麼跟他一爭高下？

不行，朝廷絕對不能再以武力對付劉秀。哪怕李秩立刻帶著麾下兵馬趕到也不行。想要拿下劉秀，唯一的辦法只能是智取，先穩住他，然後像當初對付劉縯那樣智取。

彷彿一道閃電忽然劈進了腦袋，朱鮪的眼睛裡瞬間就亮起了寒光。先前的所有謀劃，必須立刻停止。自己必須立刻返回洛陽，面見聖上，從長計議。

想到這兒，他果斷站起身，朝著謝躬鄭重拱手。「尚書，事不宜遲。你迅速給馬武下令，暫時停止對孫登的剿殺。在下馬上返回洛陽，面見聖上，將你今日所言，如實上奏。以陛下的深謀遠慮，肯定會理解你的苦衷，然後另想辦法，智取劉秀。」

「多謝長舒。請代謝某向陛下告知，哪怕是粉身碎骨，謝某也一定會守住清河、魏郡與河內，不給劉秀機會領軍渡河！」謝躬也不挽留，站起身，親自將朱鮪送出了門外。

話說得雖然響亮，但是返回了淇陰縣衙的行轅之後，謝躬卻再度愁眉不展。

以他對劉秀的理解，只要朝廷不過分逼迫，後者在充分消化掉剛剛拿在手裡的那些郡縣之前，絕對不會主動跟朝廷撕破臉皮。所以，短時間內守住清河、魏郡與河內，對他來說，根本不是什麼問題。但滿足朝廷的要求，暫停對孫登的剿滅，卻是橫在他面前的一座大山。

因為麾下缺乏良將，謝躬對馬武雖不信任，卻極為倚重。近期幾乎所有重要戰事，都是馬武擔任主攻。這導致馬武在他帳下的影響力與時俱增，幾乎所有武將，都以能跟馬武並肩作戰為榮。而馬武之所以肯不遺餘力替他賣命，原因也很簡單，此人與孫登有殺妹之仇。能將孫登親手碎屍萬段，乃是其本人心中最大的宏願。

眼下馬武已經兵臨孫登的老巢隆慮，自己卻忽然下令讓他停止攻擊，那馬子張豈會執行？弄得好，他會將信使亂棍打出，從此跟自己關係變得生分。弄不好，此人直接領軍造反，就能直接要了自己的性命。

「大帥可是在想如何說服馬將軍退兵？」正愁得蒸鍋裡的螃蟹一般之時，忽然，護軍吳漢湊上前來，在他耳畔低聲詢問。

「你怎麼知道？」謝躬被嚇了一大跳，本能地伸出手，去抓橫在帥案上的佩劍。

「大帥今早，還在為孫賊即將覆滅，與末將擊掌相慶。朱司馬走了之後，卻又愁得連哺食都忘記了吃。不是愁說服馬將軍退兵，又能為何？」

「唉——」謝躬嘆了一聲，抬頭四顧，這才發現，不知不覺間，天色已經又擦了黑。當即，苦笑著搖了搖頭，低聲道，「子顏猜得沒錯，當初是本帥讓子張去攻打隆慮，並言明抓住孫登，任他處置，如今大勝在即，我本帥卻要他收兵。並且還可能，要替朝廷收服孫登，讓他與這個大仇人共事。這話，這話，你讓本帥怎麼說得出口？」

「大帥宅心仁厚，末將佩服。」吳漢笑了笑，立刻奉上一記馬屁。隨即，又快速說道，「但大帥莫忘了，你領軍在外已有數月，若是不按照陛下的旨意行事，萬一朝中有小人挑撥，哪怕陛下對您再信任，也會引發許多麻煩？況且陛下與孫登亦有大仇，尚能擱置一邊。馬將軍何德何能，可將家仇置於國事之上？」

這話，說得雖然刺耳，卻未必不是金玉良言。

首先，謝躬再受劉玄器重，領兵在外卻不遵從聖旨安排行事，也很會受到政敵的攻擊。更何況，劉玄本來就是個多疑善變之輩，不可能對他「抗命」的舉動一笑了之。

其次，馬武的作用再重要，馬武本人，卻只是一名降將，並且屬於用完之後就要拋棄那種，絕對進入不了洛陽朝堂。而為了顧全一個降將的私仇，卻置洛陽朝廷的大事於不顧，會讓人很是懷疑，謝躬本人的立場。

「嗯——」對於行軍打仗，謝躬非常不在行。對於朝堂傾軋，他卻屬無師自通的天才。瞬間就權衡清楚了其中輕重，沉吟著低聲催促，「子顏這話有理，但具體有何良策，還請如實教我！」

「不敢！」吳漢謙虛地拱了下手，笑著補充，「馬將軍為人驍勇，天下皆知，但他並非是不明事理之人，否則，豈會背離劉秀小兒，歸順於大帥您？您只需要以軍情緊急為由，將他招到身邊，曉諭利害，他應該能明白大人的苦衷！」

「馬將軍當然明白事理，可若是他一時轉不過彎來，也很麻煩！」謝躬看了吳漢一眼，輕輕搖頭。「若是他不肯聽從，老夫又該如何？」

都是千年老狐狸，就別互相兜圈子。馬武若是三言兩語就能夠說服之人，當初就不會跟王匡和王鳳兄弟分道揚鑣。所以，場面話就別說了，直接上乾貨才是正經。

「大帥別忘了，附近還有尤來賊，與孫登淵源極深！」吳漢頓時心領神會，笑著給出真正的答案，「尤來賊之所以無法趕往隆慮，皆是因為大帥親自領軍在此地坐鎮。如果馬武不肯領命，大帥只要率軍離開淇陰，尤來賊就能星夜殺到孫登身側，與此人並肩而戰！」

「這……」謝躬聞聽，臉色頓時變了又變。尤來軍是不是因為忌憚他的存在，才沒去救援孫登，他不清楚。可他率領大軍所占據的淇陰，卻正卡在了尤來軍前去隆慮的最短道路上。如果他忽然帶領兵馬撤離淇陰，等同於告訴尤來軍以及河內郡的各路蟊賊，馬武已經被朝廷拋棄。屆時，眾蟊賊極有可能一擁而上，給馬武來個群蟻噬象。

這一招，不可謂不毒。只是，如此一來，非但他先前拉攏馬武的所有努力，都化作東流。馬武若是戰死，他謝躬派到馬武身邊的武將，也全都要一起殉葬。無形之間，等同於他謝某人自斷手臂。不划算，非常不划算！

謝某人對朝廷忠心耿耿不假，卻絕不願意自斷臂膀，以顧全大局。況且擊敗劉秀之後，下一步，他還是要對付孫登。身邊沒有足夠的精兵強將，他拿什麼，跟此人在沙場爭雄？

「大帥可是擔心，有太多弟兄為此無辜枉死？」吳漢彷彿是謝躬肚子裡的蛔蟲，忽然笑了笑，繼續詢問。

「都是陪老夫出生入死多年的兄弟，包括馬武，在老夫眼中，也遠超過孫登！唉——」謝躬被問得臉皮發紅，立即裝出一副慈悲模樣，唉聲嘆氣。

「那就只能採用第三條計策，囚籠困虎！」吳漢的聲音，忽然變得像臘月天的寒風一樣冷，吹得人頭皮陣陣發乍。

「囚籠困虎？子顏，此話何意？」謝躬激靈靈打了個哆嗦，後退半步，皺著眉頭詢問。

「古語有云：才可用者，非大害而隱忍；其不可治，果大才亦必誅！」吳漢又笑了笑，面孔看上去宛若籠罩著一團青煙，「馬將軍雖強，若不服從號令，大帥豈可一味聽之任之？當初陛下為了大業，連劉縯都能誅殺。大帥若是將馬子張招到中軍，趁其不備，以武士群起而擒之。然後監禁起來，對外聲稱病重。到那時，他麾下的兵馬是進是退，還不由著您一句話？」

「這……」謝躬眼睛瞬間一亮，手掌再度探向佩劍。

他明白，吳漢所獻之計，完全是參照了當初劉玄擒殺劉縯。只是，手段稍微柔和了一些，只想將馬武抓住之後監禁起來，而不是當場斬殺。這樣做的好處有兩個，第一，可以將軍隊中那些與馬武交好的將士，蒙在鼓裡，不會輕舉妄動。第二，待對付了劉秀之後，若是想要對付孫登，還可以再把馬武放出來，好言安慰之後委以重任。

屆時，孫登的命，還是可以交給馬武處置。從這方面說，只是時間推遲了幾個月而已，自己並不算言而無信。到那時，如果馬武仍舊沒被磨平稜角，依舊跟自己糾纏不清。自己下令殺了他，也算教後而誅，仁至義盡！

想清楚了其中關鍵，謝躬忍不住嘆息著高聲誇讚：「不愧是昔日青雲榜魁首，子顏一席話，令老夫茅塞頓開。你馬上去給馬武傳令，讓他趕過來，商議緊急軍情。他若是深明大義，老夫定然不會虧待與他。他若是放不下私仇，老夫就讓他在軍中休息數月，你去替他擔任先鋒！」

「大帥英明！」吳漢喜出望外，趕緊躬身領命。隨即，又抬起頭，大聲補充道：「馬子張身手非凡，大帥向他曉明大義之時，請讓末將站在大帥身側。有末將在，他休想碰到大帥一根寒毛！」

「子顏果然有俠士之風！」對吳漢的表態極為感動，謝躬大笑著挑起拇指，「一切都交於你去準備，老夫與你一道行這囚籠困虎之計！」

「謝大帥信任！」吳漢眼神亮得像刀，再度躬身長揖。

還沒等他將身體再度挺直，臨時行轅外，忽然傳來一陣急促的腳步聲響。緊跟著，驃騎將軍許猛，像旋風一般從外面直衝而入，也不仔細打量屋內兩人的神情，扯開嗓子高聲報喜，「大帥，捷報，捷報。馬將軍攻破隆慮縣，孫登棄城而走，去向不知！」

「什麼！」謝躬與吳漢聞聽，身體雙雙僵直，臉上的顏色，紅一陣兒，白一陣兒，藍一陣兒，綠一陣兒，瞬息萬變。

剛剛絞盡腦汁想出來的陰謀詭計，沒等付諸實施，就徹底落空。那滋味，豈能好受得了？而他們兩個，卻偏偏誰也不能抱怨，馬武動作不該如此迅速。畢竟，先前派馬武攻打隆慮的，正是謝躬本人。而劉玄的聖旨今天才到，根本沒來得及傳達給馬武這個先鋒。

「大帥，護軍！」驃騎將軍許猛，打破腦袋也想不明白，謝躬和吳漢兩個二人為何聽到隆慮縣被馬武攻破，臉上竟然沒有露出絲毫的歡喜，斟酌了一下，小心翼翼地詢問，「大帥，我等接下來去哪？可是要去隆慮跟馬將軍匯合？孫登丟失了老巢，已經是喪家之犬，我軍可否分成數路，對其展開搜索追殺？」

「先不急，馬子張雖然大獲全勝，想必也付出了不小的代價。讓將士們稍安勿躁，待馬子張那邊休整差不多了，大夥再相互配合，一致行動！」謝躬苦笑一聲，無可奈何地吩咐。

既然隆慮縣已經被馬武攻破，此刻就不用再想著什麼囚籠困虎了。先想好了，如何跟洛陽那邊解釋，自己並非蓄意違背聖旨，才是要緊。至於孫登，即便再能跑，還能跑到哪裡去？沒有了可供安身的城池，也沒有足夠的糧草和輜重，此人被殺也就是最近半個月內的事情，弄不好，甚至會被其心腹將其砍了腦袋，前來向朝廷邀功。

「恭喜大帥！」吳漢的反應也不算慢，迅速從打擊中恢復過來，向著謝躬深深施禮。「孫登既滅，尤來軍孤掌難鳴。河北恢復太平，指日可待！」

「嗯！子顏所言甚是！」嗓子眼裡彷彿吃了蒼蠅般難受，謝躬卻只能強笑著點頭。

「隆慮易守難攻，馬將軍卻可輕鬆破之，此戰，足以與昆陽大捷相提並論。若稍加利用，便可以威懾尤來，令其主動歸降，兵不血刃。」彷彿忘記了自己剛剛還準備用毒計對付馬武，吳漢直起腰，繼續侃侃而談，從頭到腳，都看不到半分尴尬，「然後，大帥帶著馬武與剛剛歸順的尤來軍，全力向北，看冀州那邊，誰人能夠抵擋大帥兵鋒！」

「嗯！子顏此語，甚合老夫之心！」謝躬如同醍醐灌頂，興奮的滿臉通紅，抬手一指許猛，大聲吩咐，「你馬上去找子張，傳我命令，讓他立刻率兵前來淇陰與老夫匯合，不得有誤。」

「是，大人。」許猛一躬身，剛要轉身離去，卻聽謝躬又高聲補充道，「慢著。孫登以隆慮縣為老巢，想必囤積了大量糧草輜重，你務必要叮囑子張，讓他把糧草輜重全都押送過來。然後將隆慮縣付之一炬！」

「是，大人。」許猛弄不懂謝躬為何要燒毀弟兄們拚死血戰才拿下來的隆慮縣，黑著臉躬身領命。謝躬卻懶得管他理解不理解，將頭又迅速轉向吳漢，快速安排，「子顏，主意是你出的，接下來，就靠你了。你替老夫寫一封信，帶著去宣召尤來群雄。告訴他們，孫登乃是前車之鑑，若是還想保全性命，或者想要獲取榮華富貴，就該早做定奪，切莫繼續自誤下去，以免將來追悔莫及！」

「請大帥靜候末將的佳音！」吳漢終於找到了施展才華的機會，回應聲裡頭充滿了感激。

謝躬笑了笑，示意他自行離去。然後提起筆，字斟句酌地開始給劉玄寫奏摺。唯恐哪一句話解釋不到位，讓君臣之間生了嫌隙，耽誤了自家日後加官進爵。

信送出之後，他就盼星星，盼月亮般，盼著洛陽那邊，給自己一個回應。同時，不停地派人去催促馬武，儘快押送著繳獲物資，前來跟自己會師。結果，整整盼了四天四夜，他卻既沒盼到朝廷的最新指示，也沒盼到馬武的身影，只有吳漢耷拉著腦袋從尤來軍那邊悻然而回，告訴他，尤來軍已經傾巢出動，正浩浩蕩蕩朝著淇陰這邊殺來，要跟他拚個玉石俱焚！

「大膽！」謝躬勃然大怒，手將帥案拍得啪啪作響，「來人……」

「報，大帥，緊急軍情！」話音未落，鎮遠將軍蒲布已經快步闖入，氣急敗壞地稟告，「大帥，孫登，斥候發現孫登，已經殺到了距離淇陰不足三十里處，規模超過兩萬！」

「啊？馬武呢，馬子張在哪？他為何不尾隨追殺孫登？」謝躬被嚇得寒毛倒豎，瞪圓了眼睛大聲追問。

「大帥，大事不好。馬子張，馬子張不肯放火燒毀隆慮縣，給大帥您寫了一封信，然後，然後帶著麾下弟兄們走了！」驃騎將軍許猛，帶著三名有家眷在洛陽的將領，踩著話音衝了進來，一張張憔悴的面孔上，寫滿了屈辱與無奈。

「啊——」謝躬眼前一黑，剎那間，天旋地轉！

「主公，主公！吳漢態度傲慢，激起了尤來群雄的眾怒。尤來軍先將他亂棍打出了門外，然後直接殺向了淇陰！孫登得知消息，也從藏身處殺出，準備與尤來軍一道，向謝躬討還殺子之仇！」朱祐策馬衝到劉秀身邊，胖胖的臉上，寫滿了疲憊。

「仲先，多虧了你！」劉秀聽得先是一楞，隨即，笑著向朱祐拱手。

能在短短兩個月時間內，拿下大半個河北，還一步步將謝躬送入了絕境。固然離不開嚴光、鄧禹等人的運籌帷幄，也離不開賈復、銚期等人的奮力廝殺，同樣，更離不開朱祐長期以來，冒死四處奔波，在群雄之間穿針引線。

可以說，河北很多州縣能夠兵不血刃就被幽州軍拿下，朱祐在背後，起到了至關重要的作用。各地江湖豪傑紛紛領著人馬前來投奔，也跟朱祐的縱橫捭闔息息相關。至於尤來軍忽然向謝躬發難，表面上是被吳漢的傲慢態度所激怒，事實上，卻是朱祐帶人偷偷在暗中推動。若現在領軍駐紮在淇陰的人，換成了劉秀，大部分尤來軍頭領，才不會在乎吳漢態度如何，不管此人說什麼，都會帶著嫡系部曲，直接前來投奔。

「當初在太學時，我總覺得縱橫之術聽起來神乎其神，卻未必管用。現在才知道，不是縱橫之術沒用，而是看要由誰來施展！仲先師兄，小弟佩服，佩服！」作為幽州軍中能接觸最核心機密的重要人物之一，鄧禹也對朱祐佩服有加。笑著策馬上前，跟在劉秀身後向朱祐拱手。

「嗯，仲先一張嘴，能敵十萬兵！此言著實不虛。」同樣是誇讚，嚴光的話，卻聽起來更像調侃。帶著笑聲從側面傳過來，迅速傳遍周圍眾將的耳朵。

「仲先高明！」

「仲先，厲害！」

「仲先，等將來我有了兒子，一定讓他拜你為師！」

「佩服，佩服……」

萬修、王霸、蓋延、劉隆等人，也紛紛側轉身，朝著朱祐笑著拱手。

平素看起來沒皮沒臉的朱祐，卻被大夥誇得有些不好意思，連忙拱起手，大聲強調：「各位兄弟過獎了，真的過獎了。若不是你們跟著主公所向披靡，我這張嘴巴再能說，有誰會肯聽？弄不好就會被人亂棍打出去，像吳漢那樣成為笑柄。」

「吳漢，他活該挨揍！居然替謝躬去做說客，沒被當場宰掉，算撿了大便宜。」

「他又挨揍了，有趣，有趣。想當年，他可是王莽的女婿，青雲榜首！」

「呵呵，他也有今天！」

「當初他帶著驍騎營追著我們打的時候，可真叫一個威風！」

「這就叫惡有惡報，哈哈哈，哈哈哈哈！」

大多數將領都出身寒微，對皇帝的女婿被尤來軍用亂棍打得抱頭鼠竄之事，甚感興趣。立刻被朱祐帶著，轉換了話頭。

「仲先這縱橫術用得，真的是出神入化了！」向來不愛說話的馮異在旁邊看得有趣，忍不住笑著低語。

「公孫兄，看破不要說破。仲先已經很久，沒這麼開心過了！」嚴光耳朵敏銳，趕緊小聲叮囑。

「嗯！」馮異楞了楞，將目光開始轉向朱祐。果然，在後者的笑容裡，看到了幾分落寞。年齡足以做後者父親的他，豈能猜不到朱祐依舊為誰而傷心，輕輕嘆了口氣，訕訕地向嚴光拱手，「子陵，馮某並非有意……」

「沒事兒，仲先沒聽見！」嚴光笑著搖頭，然後拱手相還，「難得他開心，就讓他多開心一會兒。」

「嗯！」馮異鄭重點頭，看向朱祐的目光裡，愈發充滿了同情。

馬三娘的亡故，影響且改變了許多人。其中受影響最大，改變最多的，恐怕就是朱祐。

在那之前，朱祐哪怕遇到天大的麻煩，臉上也很少失去笑容。像堆火焰般，溫暖著自己，也溫暖這同伴。而在那之後，卻很少有人，再能聽見朱祐發自內心的笑聲。

那堆火熄滅了，變成了晚年寒冰。即便偶爾有影子跳躍，也不帶絲毫的溫度。沒心沒肺的朱祐，變得機智，變得狡猾，變得殺伐果斷，變得詭計多端。誰也猜不到他心裡頭在想什麼，更猜不透他下一步會怎麼做。

唯一一件事，不用猜，大夥就知道朱祐一定會去做。那就是殺死孫登，給馬三娘報仇。現在，這個時機終於來到了，他絕對不會錯過。

果然，跟大夥描述了幾句吳漢的倒楣模樣之後，朱祐很快就收起了笑容，快步回到了劉秀面前，拱起手，大聲提醒，「主公，收網的時候到了。馬大哥，忍了這麼久，也該洗脫身上的污名了！」

「仲先之言有理！」劉秀眉毛上挑，雙目之中，精光閃爍，「公孫，馬大哥現在在什麼位置？」

「還在隆慮，他只是撤離了縣城，讓外界知道自己已經跟謝躬分道揚鑣，其實沒走多遠。」馮異立即也收起了笑容，快速給出答案，「孫登的多年劫掠所得，也都在他手裡。短時間內，他那邊算得上兵精糧足！」

「讓他繼續後撤，以免嚇到孫登。」劉秀想了想，眼前迅速勾勒出一幅完整的輿圖，「然後取道中牟，堵住孫登東竄之路！」

「是！」馮異取出令箭，迅速將命令記錄於上，然後轉身遞給背後的傳令兵。

劉秀朝著他輕輕點了下頭，隨即，挺直身體，在馬背上環視諸將，高聲吩咐：「伯先、諸公，你們兩個，帶領步卒和輜重，緩緩向南而行。做出我軍仍在邯鄲附近徘徊的假象。仲先，你和其餘人，整頓各自麾下騎兵，隨我出發！咱們去給謝躬和孫登兩人收屍！」

「是！」眾將抖擻精神，齊聲回應，立刻撥轉坐騎，奔向各自的嫡系部曲。

布了這麼久的局，收網時候終於到了。大夥都恨不得，能親手宰了孫登和謝躬，為幽州軍的南下之戰，贏得一個開門紅。

「主公……」鄧禹知道劉秀又準備親自帶隊衝殺，本能地想要勸諫。他從來都沒懷疑劉秀的身手，但冒著箭雨策馬衝鋒，終究不該是一名統帥所為。更何況，更何況這位統帥，還必將成為大漢朝的帝王！

「仲華，這一天，主公已經等了太久！」好像猜到了鄧禹想要說什麼，嚴光拉了他一把，紅著眼睛打斷。

鄧禹的話，全都卡在了嗓子裡，再也說不出半個字。

嚴光衝著他笑了笑，也抽刀在手，快速追向了劉秀身後。

這一天，他同樣也等了，太久，太久。

「嗚！嗚！嗚！」

「嗚！嗚！嗚！」

「嗚！嗚！嗚！」

殘陽如血，濃煙漫天，催命魔音般的號角聲裡，數以萬計的山賊草寇，潮水般撲向淇陰城頭，彷彿立刻就要將整座城池徹底吞沒。

「頂住，給老夫頂住，孫登殘暴，若是城破，爾等誰都活不了！」更始朝尚書令謝躬頂著發黑的眼圈兒，揮舞著寶劍，站在敵樓中大喊大叫。

數支冷箭飛來，擊中敵樓上的橫梁，震得屋頂簌簌土落。謝躬一個驢打滾兒趴在地上，嘴裡的督戰聲戛然而止。

已經打了五天五夜了，趕過來撿現成便宜的賊軍，越來越多。而舞陰王李秩所帶的援軍，卻遙遙無期。再打下去，謝躬儘管不願意接受，卻不得不承認，今夜日落之時，恐怕就是城破之際。

「尚書，蒲將軍，蒲將軍陣亡了！」一名親信頂著滿臉的血污衝上敵樓，躬身大聲彙報。「西牆，西牆岌岌可危！」

「告訴弟兄們，每人賞五千錢，咬牙堅持一下，吳漢，吳漢馬上就帶著援兵趕回來！」謝躬被嚇得激靈靈打了個冷戰，卻沒時間替已經陣亡的鎮遠將軍蒲布悲哀，瞪圓了猩紅色的眼睛，大聲宣布。

「這，這……遵命！」親信目瞪口呆，好半晌，才躬身行禮。

他需要的是兵，不是錢。如果命都沒了，錢還有什麼用？可謝躬眼下能拿出來的，卻只剩下的錢，還是口頭承諾，過後是否會兌現很難預料。

「吳漢已經走了五天，今天肯定能從鄴城帶著援軍趕回來！」謝躬也知道光憑藉空頭賞金無法再鼓舞士氣，從懷中摸出兩顆金光閃閃的北珠，狠狠塞在了親信手裡，「帶著它，給弟兄們看。打贏了這仗，每人一顆，絕不欺騙！」

北珠產於遼東，據說乃是從天鵝嗉子裡所挖，顆顆價值都在百金之上。原本已經決定回去後就帶著麾下弟兄投降的親信，眼睛立刻亮了起來。狠狠點了下頭，轉身就走。

「來人，把這些給弟兄們散下去！」謝躬得到啟發，一個軲轆爬起來，從懷裡掏出一隻綉著金線的口袋，狠狠丟在了地上，「南城，北城，還有東城這邊，人人有份！告訴弟兄們堅持住。

吳漢帶著援兵馬上就到，舞陰王帶著援兵馬上就到，老夫已經給劉秀發了求救信，最遲不過今晚，幽州軍馬上就到！」

「嗖——」一支兩丈長的弩箭，凌空而至，正中他身邊的樓柱。

「大帥小心！」兩名家丁毫不猶豫撲了上去，將謝躬壓在了身下。同一瞬間，千百支寒光凜冽的箭矢射入敵樓，「噗！噗！噗！噗！噗！」將兩名忠心耿耿的家丁，直接變成了兩隻刺猬。

謝躬的頭盔、臉龐和衣甲，全都被染成血紅色。努力推開身上的屍體，他正準備爬起來繼續鼓舞士氣，耳畔忽然又傳來「釘」「釘」幾聲脆響。數張帶著鐵鈎的雲梯架上了城頭，緊跟著，十餘名山賊凶神惡煞般撲上，揮刀直奔他的頭頂。

「不要——」謝躬抓起地上的金絲口袋，狠狠擲向當先一名賊軍的面孔。後者本能地揮刀格擋，「刷」地一聲，將口袋切成了兩瓣兒。裡邊的珍珠、金錠等物，劈里啪啦落了滿地。

「保護大人！」原本已經準備逃走的親兵們，大喊從左右兩側甬道衝了回來，將衝上敵樓的山賊們砍成一堆肉醬。然而，沒等他們彎腰去撿珍珠和金錠，更多的山賊沿著雲梯爬上，咆哮著跟他們戰做了一團。

「完了，全完了！」身邊的金戈交鳴聲和慘叫聲，幾乎要震破耳膜。更始朝尚書令謝躬背靠著樓柱，萬念俱灰。

「城破了，城破了！」城上城下，歡呼聲宛若湧潮。

「殺謝躬，殺謝躬！」數不清的山賊草寇，揮舞著刀矛大喊大叫。

然而，就在謝躬將手伸向寶劍，準備一死了之的時候。四下裡的歡呼聲和吶喊聲，卻忽然停滯。緊跟著，雷鳴般的馬蹄聲，碾碎了所有喧囂。

「援軍！」謝躬將橫在脖子上的寶劍高舉在手裡，叫得聲嘶力竭，「援軍，援軍來了！」

「援軍來了！」已經陷入絕望的守軍，如同吃了人參果，瞬間變得生龍活虎。吶喊著撲向城頭上的山賊們，銳不可當。

而城頭上的山賊們，卻失去了來自後方的支援。只好一邊苦苦支撐，一邊驚慌失措扭頭張望。

他們看到，一道漆黑色的鐵流，突然闖進了沸騰的戰場。宛若熱刀子切牛油，轉眼間，就將孫登部一分為二。

他們看到，原本還跟孫登部並肩而戰的尤來軍隊伍裡，竟然有一大半人，忽然調轉刀矛，惡狠狠地撲向了身邊的友軍，令原本就混亂不堪的局勢，瞬間雪上加霜。

他們看到，小倉山的認旗倒了下去，棋盤山的認旗倒了下去，抱犢寨的認旗倒了下去，虎咆寨的認旗倒了下去，一面接一面的山寨旗幟，被砍到在地，轉眼踏了個稀爛。

而那道漆黑色的鐵流，卻絲毫沒有停滯，猛地一個轉頭，從戰場另外一側，再度殺了回來。兵鋒所指，無人敢擋。

鐵流最前方，一面猩紅色的旗幟迎風招展。旗面上，浮動著一個斗大的金字，劉！

「快走……」一名絡腮鬍子山賊頭目，朝著面前狠劈兩刀，轉身跳回了雲梯，「來的是劉秀，再不走，就來不及了！」

「劉秀，來的是劉秀！」城頭上，其餘山賊徹底失去了勇氣，紛紛撒腿逃命。儘管，他們想要誅殺的目標謝躬，近在咫尺。

「劉秀，劉秀來了，帶著昆陽十三騎來殺孫大當家了！」

「劉秀來了，劉秀來了！劉秀來找孫大當家報仇了！」

城上城下，驚呼聲取代了馬蹄聲，響徹天地。孫登和他麾下的嘍囉們不敢抵擋，撒開雙腿，倉皇逃命。

「劉秀來了，劉秀來救老夫了！」這輩子從沒有一刻，如現在這般欣賞劉秀，謝躬含著淚舉起寶劍，大聲向身邊招呼，「劉秀來了，孫登死定了。跟老夫出城，追上去，將賊人犁庭掃穴！」

「劉秀來了，劉秀來了。殺孫登，殺孫登！」淇陰城中，成千上萬的更始朝將士，從藏身處衝出來，打開城門，撲向外邊面的敵軍，一個個爭先恐後。

「殺孫登！」謝躬高舉寶劍，跌跌撞撞衝下馬道，搶了匹坐騎，與麾下弟兄一道衝出城門。「想殺老夫，你姓孫的也配！連劉秀都不敢對老夫見死不救，你在淇陰城下頓兵五日有餘，豈不是自尋死路？老夫這就成全你，讓你跟你家兩個兒子湊成一路。」

恨孫登先前差點兒嚇得自己自殺，他將坐騎催得極快。不多時，就超過了麾下所有弟兄，然後又超過了劉秀的黑甲鐵騎。麾下的親信怕他萬一戰死，耽誤了給大夥兌現賞格，強忍疲憊策馬跟上，一邊疾馳，一邊高聲勸阻，「大帥，大帥，您老乃萬金之軀，犯不著身先士卒，身先士卒！」

「老夫今，今日，必，必須親手將孫登抓回來，以慰戰死將士在天之靈！」謝躬跑到上氣不接下氣，卻不肯放慢速度，繼續用雙腿拚命磕打坐騎小腹。

可憐的坐騎不堪虐待，嘴裡發出一聲淒厲的咆哮，四蹄騰空，快如閃電。然而，儘管如此，卻依舊跟不上孫登的腳步。

論逃命的本事，太行山孫大當家若甘居第二，沒人敢稱第一。自從發現來的是劉秀，他就果斷選擇了逃走，並且身邊還帶著早已備好的空鞍子坐騎。沿途像雜耍般，隨時更換，帶著百餘名鐵桿心腹，將自己跟追兵之間的距離，拉得越來越遠。

「來人，給老夫放箭，放箭射他們！放箭射死他們的戰馬！」一心想要雪恥的謝躬，氣急敗壞，扭頭朝著親信們發出一個絕對聰明的命令。

沒有人回應，他的親信們忽然放緩了速度，收起了兵器，笑呵呵地看著孫登等人的背影，彷彿在看著一群野鹿自投陷阱。

「爾等為何要抗命？」謝躬被氣得臉色鐵青，手按寶劍，就準備殺一儆百。就在此時，前方的道路上，突然響起了震天的號角之聲，另外一隊騎兵蜂擁而至，剎那間，將孫登的去路，堵了個結結實實。

「馬將軍，是馬將軍！」一個視力很好的親兵，指著遠方，興奮地向謝躬彙報。「馬將軍來了，孫登插翅難飛！」

「誰，馬武？」謝躬簡直無法相信自己的耳朵，急忙凝神看去，果然，看到新趕來的隊伍前，有名身材高大的武將，手持鋸齒飛鐮三星刀，直撲孫登。沿途遇到敢於擋路的山賊，皆一刀一個，砍成了兩段。

「子張，子張竟然來了！」剎那間，謝躬再度潸然淚下。

派人去通知馬武停止對孫登的追殺，趕到淇陰縣跟自己匯合，是他這輩子做得最後悔的事情。如果不是馬武賭氣率部離去，孫登根本沒膽子領著殘兵敗將向他報仇。如果馬武還是他的左膀右臂，他也不用坐困孤城，苦苦期盼別人的支援。

現在好了，馬武回來了，而孫登卻在劫難逃。

只要他再向馬武主動說一些好話，後者報完了家仇之後，未必就不肯回頭。畢竟，追隨他這個尚書令，遠比追隨劉秀更有前途。況且，劉秀先娶了陰麗華，又娶了郭聖通，唯獨對馬武的妹妹馬三娘，負情薄倖！

而只要孫登死在了馬武之手，剿滅孫登的功勞，就得算在他謝躬頭上。畢竟，所有與孫登之間的戰事，都是他謝某人在運籌帷幄。包括最後一戰，也是他謝某人率部擋了孫登五天五夜，才給劉秀創造了出手之機！

「子張將軍來了！」

「子張將軍來了，殺孫登，幫子張將軍報仇！」

「殺孫登……」

謝躬身後，數名原本就心存愧疚的將領，高呼著策馬超過他，從背後向孫登的親信，發起了總攻。

跟著馬武打仗，勢如破竹。而離開馬武身邊，卻被賊人壓得無法抬頭。兩相比較，讓他們深刻地感覺到，追隨謝躬根本沒有出路。即便謝躬本人能夠飛黃騰達，大夥的最後結局，恐怕也是一堆枯骨。

「馬子張，你妹妹不是我殺的，孫某跟你無冤無仇！」與謝躬等人的振奮截然相反，此時此刻，山賊孫登渾身上下的鮮血都幾乎凝結成冰。慘叫一聲，撥轉剛剛換上的青花驄，掉頭向南。

馬武哪裡肯放他離去？策馬掄刀，緊追不捨。孫登身邊最後的十幾個鐵桿親信，橫住坐騎，用自己的性命，給此人爭取逃走時間。然而，擋得住馬武，他們卻擋不住劉秀、朱祐和嚴光。三兄弟各帶一百幽州鐵騎，脫離大隊，如同三支利箭般，向孫登包抄過去，將沿途所有膽敢迎戰者，全砍成了肉泥。

「保護主公！」銚期和賈復怕劉秀出事，策馬從後面急追而上。雖然只要張弓搭箭，二人都有把握將孫登射於馬下。但是，他們兩個，卻默契地跟在了劉秀身後半丈遠的位置，將手刃仇人的機會，悄然留給了自家主公！

「三娘，三娘不是我殺的！劉秀，你當時親眼看到的，親眼看到的。我沒想殺三娘，我只是想拿下你們，向，向劉玄邀功！」聽到來自背後的馬蹄聲越來越近，越來越近，孫登扯開嗓子，繼續大聲哭嚎。

如果早知道劉玄言而無信，對自己用後就扔，他當初絕對不會聽從此人的命令。然而，後悔藥從來無處可買，他喊得再淒涼，也掩蓋不了，三娘因為他的偷襲而死的事實！

「去死！」朱祐從側面衝到近前，抬手就是一槊，正砸中孫登後腰。

「呀——！」有股痛徹心扉的感覺，霎時傳遍全身，孫登雙手一鬆，無力地從馬背上墜落，瞬間摔得頭皮血流。

他卻根本顧不上呼痛，一翻身跪了起來，朝著圍攏上前的戰馬不停地叩頭，「饒命，饒命，我沒想過殺你們，我在太行山中，還存著大筆的錢糧，可以，可以全部交出來，交出來贖罪，贖罪！」

「孫大當家，你想得美！」一張滿是淚痕的臉，從馬背上俯身下來。朱祐槊鋒斜指，咆哮聲宛若悶雷，「那年，我跟文叔，還有三姐，押著十多輛鹽車去冀州賑災，在太行山中，險些被你殺掉，後來，好容易捉住了你，卻又不小心，把你放跑了。」

說到這裡，一連串懊悔的淚珠，從他眼眶中滾出，滴滴帶血，「這是我這輩子做的最錯的一件事，這是，這是我輩子做的，最後悔的一件事！」

「朱將軍，朱將軍有話好說，有話好說……」孫登強擠出幾絲乾笑，用手擋住槊鋒，「在下，在下一直佩服朱將軍您有情有義……」

「噗！」槊鋒前刺，正中孫登肩窩，剎那間，血流如注。

「啊——」孫登疼得淒聲慘叫，扭動著腰桿向後仰身。肩膀剛剛掙脫了槊鋒，嚴光卻默默上前，縱馬從他大腿上疾馳而過。

「哢嚓、哢嚓」兩聲脆響過後，紅的血肉，白的碎骨，相繼從斷腿處露了出來。太行山孫大當家疼得眼前發黑，卻在求生的本能驅動下，雙手拚命的摳著草地，向人群外爬動，「饒命，饒命，我有錢，我有錢。我有很多錢，很多很多錢，很多很多糧食。我願意全交給你們，全交給……」

「馬某不要你的錢糧。」一個渾厚的聲音，再度打斷了孫登的幻想，他茫然抬頭，看到又一張滿是血淚的臉。

「馬，馬王爺！」驚呼聲，從孫登嘴中脫口而出。緊跟著，就是一陣無法取信於任何人的說辭，「令妹，令妹真的不是我殺的。真的不是啊。他們，他們當初都看到了，是周況，是劉玄，替劉玄傳令的，是，是謝躬……」

「馬某知道！」馬武笑了笑，手起刀落，將孫登的雙腿齊根切下，「所以，馬某也不殺你！」

「啊——」孫登慘叫著在地上扭動，雙眼泛白，萬念俱灰。「馬子張，孫某，孫某做鬼也不會放過你！有本事你去殺謝躬，有本事你去殺劉玄，有本事……」

「噗！」一把陳舊的鋼刀，凌空劈下，正中他的脖頸。

劉秀收刀，下馬，拎著孫登的頭顱，朝著太行山方向，深深俯首，「三娘，吾妻，魂兮歸來！第一個仇人的腦袋，為夫給妳送來了！」

「三姐，魂兮歸來！」朱祐和嚴光，相繼跳下坐騎，站在劉秀身後，流著淚向太行山躬身。

「魂兮歸來！」賈復、銚期、劉隆、萬修等將士，也默默地在馬背上舉起兵器，向巍峨太行，致以武將之禮。

「劉司馬，劉司馬，恭喜你大仇得報！」一個突兀的聲音，忽然打破了瀰漫在天地間的悲壯，更始朝尚書令謝躬，帶著七八個親信湊上前，涎著臉向劉秀表示祝賀。

還不到翻臉的時候，此刻，他必須為朝廷穩住劉秀。然後按照當初對付劉縯的手段，以詭計圖之。為此，他願意付出一些代價，哪怕將誅殺孫登的首功，拱手相讓。

「謝尚書錯了，劉某仇人，尚未殺完！」劉秀放下孫登的首級，再度舉起馬三娘曾經用過的鋼刀。

「啊！誤會，誤會……」無邊的恐懼，瞬間籠罩了謝躬的心臟。果斷轉過身，他撒腿就跑，「劉秀，我是當朝尚書令，你殺我等同於謀反！」

「沒錯！劉某就是要謀反。劉某早就該反了，如今已經太遲！」劉秀邁步跟上，一刀將謝躬的頭顱掃上了半空。

「三姐，魂兮歸來！」悲愴的喊聲，隨著血光響起。

天地間，一片殷紅，宛若火焰。有一朵鳳凰模樣的流雲，在夕陽下，緩緩張開了翅膀。

「嘭！」半空中落下一個精緻的木匣，重重摔在金鑾殿華美的丹墀上，四分五裂。

一個被生石灰醃的有些發脹的頭顱，骨碌骨碌滾到大殿中央，雖沒有血跡流出，但那股撲鼻的惡臭卻從摔破的皮肉裡迸射而出，瞬間傳遍整個陰寒的朝堂。

更始朝的文武百官，被惡臭味道，熏得五臟六腑不停地翻滾。然而，卻誰也沒勇氣俯身嘔吐，只好努力屏住呼吸，眼觀鼻，鼻觀心，做泥塑木雕狀。

人頭的原主，他們其實都認識。正是跟隨尚書令謝躬前往河北平叛的大將井汶。到底是誰殺了井汶，他們也清清楚楚，但是，他們誰都不願意率先說出那個人的名姓。

時機不對，非常非常不對。若是腳下這顆頭顱來自一個月之前，他們當中絕大多數人，肯定會紛紛咆哮而前，要求朝廷立刻派遣重兵，過河討逆。若是頭顱來自半個月之前，他們也會獻計獻策，幫助皇帝劉玄全力揪出害死井汶和尚書令謝躬的真凶。而今天，他們卻誰都不願開口，讓劉玄去做那件根本不可能完成的事情。他們只能，捏著鼻子默認，跟隨井汶頭顱一道送到朝堂上的那封奏摺上，每個字說得都是「事實」。

按照那封來自河北的奏摺所描述，逆賊井汶勾結孫登，裡應外合，謀害了大漢尚書令謝躬，並準備引領賊兵南下，向洛陽發起襲擊。虧得蕭王劉秀及時率部趕至，才一舉擊潰了孫登的賊軍，陣斬此人，力挽狂瀾。

但那孫登奸詐狡猾，兵敗之後，立刻逃向了魏郡。蕭王劉秀攜謝躬的愛將馬武和吳漢，正在大肆追捕此人，故而無暇前來長安領旨謝恩，只能先派人送來了「大奸大惡之徒」井汶的首級，以及為國盡忠的尚書令謝躬的屍骸！

「說話啊，爾等都啞巴了！」見滿朝文武全都默不作聲，更始皇帝劉玄，氣得火冒三丈。拍打著面前的御書案，連聲催促，「爾等不是說，劉秀對鄧奉的所作所為未必知情嗎？爾等不是說，朕可以借著劉秀回朝謝恩之際，將其一舉拿下嗎？爾等不是說，舞陰王和謝尚書、孫登三個聯手，就能擊敗劉秀，直搗幽州嗎？說話，爾等怎麼都不說話啦，都啞巴啦？」

「這些話，大部分不都是陛下您說的嗎？」群臣心裡頭偷偷嘀咕，卻依舊繼續保持沉默。誰也不願意率先開口，去觸劉玄的楣頭。

「不知道替朕分憂，朕還要爾等做什麼？爾等，爾等一個個尸位素餐。爾等，爾等真是氣死，氣死朕了……呼——」近日因為酒色過度，劉玄面容本來有些蒼白，此刻卻因怒急攻心，很快就變得赤紅如火。呼吸也越來越為沉重，不得不重新坐回龍椅，閉目養神。

大殿之內，頓時靜得落針可聞，大臣們趁機以目互視，然後苦笑著搖頭。

話，當然誰都會說，甚至可以坦誠地告訴劉玄，謝躬肯定是劉秀所殺，井汶將軍肯定是無辜妄死。劉秀之所以不肯來長安謝恩，是因為他心懷鬼胎。幽州軍之所以急匆匆撲向魏郡，不是為了追捕孫登，而是為了趁機一舉拿下魏郡與清河，將整個河北，都收歸掌控。

但是，此時此刻，說這些話，除了給劉玄火上澆油之外，根本不具備其他任何意義。原因很簡單，赤眉軍連破數郡，一路打到了潁川。距離都城洛陽，路程不足十日。扶風豪傑方望趁著當地人心惶惶，居然率領族人驅逐了官吏，擁立孺子嬰為帝。益州公孫述殺掉了朝廷派去征討他的大將宗成，趁機進逼西川。此外，荊南、揚州、司隸等地，也有豪傑降而複叛。整個大漢國境內，幾乎處處都是烽煙。這種時刻，再拿出傾國之力去討伐劉秀，無異於自己找死！

「來人，替，替朕擬旨！」就在群臣愁眉不展之際，金鑾殿內，忽然又響起了皇帝劉玄上氣不接下氣的聲音，「命舞陰王李秩、左司馬朱鮪、平氏王申屠建、陰平王陳牧、淮陽王張卯、隨王胡殷、平氏王成丹，各領本部兵馬渡河，合力誅滅反賊劉秀！」

「啊——」眾文武聞聽，皆臉色大變，知道劉玄這是準備孤注一擲，替尚書令謝躬復仇。此戰若是打贏了也罷，即便洛陽被赤眉軍將領樊崇趁機拿下，大夥好歹也能在鄴城立足。若是戰敗，前有劉秀，後有樊崇，大夥就只能集體去跳黃河。

當即，丞相李鬆硬著頭皮出列，躬下身體大聲奉勸，「陛下，請三思。尚書令與井將軍雖然死得蹊蹺，現在卻不是給他們二人報仇的時候！」

「住口！李鬆，已經到了此時，莫非你還想包庇劉秀？」劉玄勃然大怒，指著李鬆的鼻子尖，厲聲咆哮。

「陛下息怒，陛下息怒。」李鬆被嚇得兩股戰戰，卻不得不繼續大聲奉勸，「陛下，臣何時包庇過劉秀？臣早就在勸陛下小心劉秀趁機做大，可，可陛下卻不肯聽！如今，劉秀坐擁河北之地，麾下兵馬超過十萬，陛下怎可再因怒興兵？您若是以傾國之力去討伐河北，萬一樊崇、徐宣兩賊，趁虛而入。誰來替陛下抵擋他們，誰來替陛下守衛洛陽？」

「住口！朕幾時要以傾國之力討伐河北了？朕，朕總計才派出了七路大軍，三十來萬兵卒而已！」被氣暈了頭的劉玄哪裡肯聽，瞪圓了眼睛，厲聲反駁，「舞陰王他們走後，朕，朕身邊還有泚陽王、宜城王、鄧王和陰平王，朕就不信，他們四個聯手，還擋不住徐宣和樊崇！」

「泚陽王、宜城王、鄧王和陰平王，當然個個英雄了得！」豆大的汗珠，在丞相李鬆臉上亂滾。他卻顧不上擦，一邊扭頭向王匡、王鳳、王常和陳牧四人，送去歉意的眼神，一邊啞著嗓子補充，「可，凡是不怕一萬，就怕萬一。洛陽是我大漢國都，若是有個閃失，前線軍心豈會安穩？屆時，縱使舞陰王他們個個都拚了性命，麾下弟兄提不起士氣，也奈何不了劉秀分毫！」

熟悉劉玄的秉性，他將話說得儘量婉轉，卻極力道明了一個不容否定的事實。即，洛陽朝廷，根本不具備兩線作戰的能力。在討伐劉秀和討伐赤眉之間，只能先選其一。

「這……？」一陣陣暈眩的感覺傳來，劉玄雙手扶著御案，身體微微顫抖。

按照他最初的想法，當然該先去將劉秀碎屍萬段，然後掉過頭來，再收拾赤眉軍。但是，劉秀雖然殺了謝躬，卻至今沒豎起反旗。而赤眉軍那邊，卻不管不顧，兵鋒直指洛陽！

「陛下，臣以為，丞相的話很有道理！」唯恐劉玄固執己見，平素從沒說過劉秀半句好話的隨王胡殷，咬著牙上前補充，「臣願意為陛下赴湯蹈火，但萬一洛陽傳來警訊，臣在軍中肯定寢食難安！」

「陛下，劉秀雖然暗藏禍心，在我軍去討伐赤軍之時，卻不會率兵渡過黃河。而樊崇、徐宣，必定會趁著陛下討伐劉秀的機會，坐收漁人之利！」淮陽王張卬比胡殷膽大，說出來的話，也更加直接。

「樊崇、徐宣！」劉玄咬牙切齒，大聲重複兩個赤眉軍將領的名姓。

胡殷和張卬兩人的話，都說在了關鍵處，讓他不得不慎重考慮。劉秀將謝躬之死，栽贓給井汶，手段雖然卑鄙，卻從側面證明了此人，還沒做好跟朝廷徹底開戰的準備。所以只要朝廷不主動派兵去打他，他也不會派兵呼應赤眉軍。

而赤眉軍，卻不管朝廷會不會派兵去討伐，都會惡狠狠地撲向洛陽。為了確保不兩線作戰，應該先集中兵力對付誰，答案當然不問自知！

此外，還有一個更要命的問題，他先前差點忘了，現在，卻忽然想了起來。那就是，王匡、王鳳、王常和陳牧四人，雖然個個擁有嫡系部曲近萬，卻全都跟他這個當皇帝的不是一條心。萬一在大軍派往河北之時，這四人在洛陽忽然發難，他這個皇帝，恐怕就要步當年劉縯的後塵！

「不，朕絕不給他們這個機會！」猛然在肚子裡發起了狠，劉玄咬著牙，向李鬆等人擺手，「丞相、陰平王、淮陽王，若非你們三人提醒，朕差點犯下大錯。朕明白了，越是生死存亡之秋，越是要戒急用忍。朕就讓那劉秀先得意幾天，待朕剿滅了赤眉賊，再替尚書令和井將軍報仇！」

「陛下英明！」眾文武如蒙大赦，齊齊躬身讚頌。

「眾愛卿不必多禮！」劉玄忽然又恢復了剛登基時那副謙虛睿智模樣，笑著向大夥擺手，「赤眉軍屢降屢叛，朕也不知道需要多長時間，才能將他們徹底剿滅。而那劉秀在河北，卻早晚都會豎起反旗。所以，朕必須未雨綢繆。朕決定，從明日起，與眾卿擬出一個章程，儘快將國都遷回長安。」

「遷都？」眾文武實在跟不上劉玄跳躍的思路，不由自主地齊聲驚呼。

「遷都！」劉玄笑了笑，好像將都城從洛陽遷往長安，就跟吃飯喝水一樣簡單。「朕不能等著劉秀和樊崇兩個前後夾擊，乾脆給他們來個釜底抽薪！」

「陛下聖明！」大多數文武躬下身，齊聲贊頌。少數幾個無法體會「聖意」者，也閉上了嘴巴，不再說任何反對或者質疑之詞。

劉秀拿下了河北，樊崇兵臨潁川，洛陽的確時刻處在兩者的威脅之下，不適合再做都城。而將都城遷回長安，卻可以巧妙地避開這兩支隊伍的威脅。並且今後朝廷兵馬無論去攻擊哪家，都不用再擔心另外一家趁機抄自己的後路。

只是，計策雖然為好計策，想把機構臃腫的朝廷搬往長安，卻不像尋常百姓搬一次家那樣簡單。即便群臣都拿出了全力配合，赤眉軍也因為內部紛爭，沒有顧得上過來添亂。待劉玄重新於長安城的金鑾殿內坐穩的屁股，時間也到了更始三年。

春風由南向北，將大地再度染綠。鄗縣內外，鳥鳴陣陣，花香幽幽。

大漢朝蕭王劉秀，放下毛筆，對著無盡的春光，輕輕伸了個懶腰，神思不知不覺間，就飛到了雲霄之外。

最近幾個月來，洛陽朝廷那邊忙得焦頭爛額，他在河北，卻按照嚴光、馮異兩個的謀劃，果斷停止了擴張腳步，一邊整頓吏治，一邊重新劃分田地，調整稅賦，讓治下百姓休生養息。

大亂之後，任何微小的善政，都會收到令人無法相信的巨大成果。動蕩的郡縣，迅速恢復安定。流民成群結隊返回老家。土匪山賊們失去了兵源，不得不選擇向官府屈服。極少數規模龐大，或者冥頑不靈的匪幫，在銚期、馬武、賈復、吳漢的聯手打擊下，也紛紛灰飛煙滅。

而就在河北全部平定，青犢、尤來和銅馬義軍，全都成為過往之時，劉秀又通過特別的途徑，接到了岑彭派人快馬加鞭送來的密報，更是喜不自勝。

原來，開春之後，赤眉軍居然放棄了對洛陽的進攻，掉頭西進，逆著當初綠林軍東征路線，一路打進了宛城。更始帝劉玄先後派出二十幾萬大軍圍追堵截，卻被那樊崇和徐宣，或智取，或強突，打了個丟盔卸甲。

拿下了宛城之後，樊崇和徐宣食髓知味，竟然再度依葫蘆畫瓢，沿著當年申屠健和李鬆走過的道路，長驅直入，進逼三輔。

平氏王申屠建、淮陽王張卯、隨王胡殷、襄邑王成丹等人，先後戰敗，泚陽王王匡、宜城王王鳳兩人臨危受命，披甲上陣，也只是勉強能夠守住城池而已。如今，長安一日三驚，文武百官坐立不安。當初劉玄看似聰明無比的遷都之策，竟然因為赤眉軍的「不肯配合」，徹底變成了一個笑話。

除了剽悍的赤眉軍外，名不見經傳的蜀地豪強公孫述，竟也連續擊敗了益州牧張忠和前來支援的柱功侯李寶，將綿竹據為己有。從此，西川失去屏障，公孫述進可攻、退可守，志滿意得，自立為蜀王。

這時候，劉玄再想將都城搬回洛陽，已經不可能了。首先，國庫空虛，大漢朝再也沒有家底，供他繼續折騰。其次，誰也無法確保，將都城遷回洛陽之後，赤眉軍會不會如跗骨之蛆般跟上來，再度讓朝廷面臨腹背受敵的尷尬境地。

在對更始朝諸般不利的消息中，丞相李鬆親自率兵剿滅了臨涇方望，殺了偽帝孺子嬰，顯得格外光鮮。但是在劉秀看來，這並不算什麼戰績，方望只是個妄人而已，手下連一萬士卒都沒有，就敢學呂不韋奇貨可居，簡直是自尋死路。在大浪淘沙風起雲湧的時刻，他的崛起和覆滅，注定不過是朵小小的浪花罷了。

如今能讓劉秀稍稍心煩的，只有兩件事。第一是自己名義上的正妻，蕭王妃郭聖通屢次派人送信過來，催促他回邯鄲相聚。

莫說陰麗華已經在鄧奉的護送下，有驚無險地來到了河北。即便沒有陰麗華在身邊，劉秀也不想跟郭聖通那種精力旺盛的小姑娘朝夕相對。新婚之夜，他喝得酩酊大醉，一廂情願地將郭聖通當成了馬三娘的影子。然而，短暫的自我欺騙過後，他卻終於明白了一件事，郭聖通就是郭聖通，永遠不是馬三娘。所謂浴火重生，不過是當年揚雄為了緩解師父的病情所編造的一個善意的謊言罷了。

經歷了這麼多風雨之後，劉秀甚至隱約感覺到，師父在去世前的那幾年裡，其實早就發現了，三姐根本不是他的女兒。只是，只是，老人家卻不想面對冷酷的現實，寧願活在虛幻當中而已。

劉秀還年輕，還做不到像師父晚年時那樣，把虛幻當做現實。所以，他隱約竟有些畏懼，去面對郭聖通的熱情。更不消說，在跟陰麗華重逢這幾個月裡，後者已懷上了他的骨肉。以郭聖通的強勢，他真的不敢想像，陰麗華跟著自己回到邯鄲之後，二人之間會發生什麼事情。

另一個讓劉秀心煩的事情，則是究竟何時揮師渡河南下。若是早了，自己跟劉玄拚個兩敗俱傷，肯定會白白便宜了赤眉軍。若是晚了，萬一劉玄這個軟骨頭支持不住，直接選擇了向赤眉投降，自己即將面臨的形勢，將更加嚴酷。

畢竟如今的赤眉軍，堪比當年剛剛起事的舂陵兵，那樊崇跟自己的大哥劉縯當年比起來，也不遑多讓。至於現在還在名義上坐擁天下的劉玄，已經跟當年昆陽大戰之後的王莽，沒有太大區別了！

「主公，今天好生悠閒！」朱祐沿著臺階快步走上，圓圓的臉上，滿是春光。「不認真讀書，當心被先生打板子！」

擊殺了孫登和謝躬之後，朱祐的心境，明顯改善了許多。眼睛裡的仇恨一天天變淡，言談舉止，也恢復了早年的幽默與詼諧。

「先生何在？」劉秀笑著站起來，用同樣的語言大聲回應。「近日讀書，正有許多不解之處，需要向先生求教！」

「先生昨夜被師母罰跪，站不起來了，站不起來了也！」朱祐搖搖頭，放聲大笑。聲音震得門外的桃花，如飄雪般簌簌而落。

劉秀被逗得哈哈大笑，許久之後，才擦了擦眼睛，正色問道：「仲先，你今日來這裡所為何事？莫非南岸那邊，又有異常動靜？」

「動靜沒有，但今天有個名叫強華的書生，求見於我，向我獻上了一個有趣的東西！」朱祐收起笑容，從拎在手裡的牛皮袋子中，掏出了一卷看上去非常古舊的書簡，緩緩擺放在了書案上。「說是來自上古，名為《赤伏符》，與河圖洛書同代，呵呵，你快來鑒賞鑒賞！」

「上古？」劉秀敏銳聽出了朱祐話語裡的不屑味道，沉吟一聲，信手打開了書簡。

有股霉味，撲鼻而至。緊跟著，幾排蹩腳的秦篆，映入他的眼底：劉秀發兵捕不道，四夷雲集龍鬥野，四七之際火為主，六九之間水龍吟……

這種圖讖預言，劉秀當年在太學便已見的太多。「聖人皇帝」王莽，國師大儒劉歆（秀），包括自己的妹夫李通，都是個中翹楚。李通更曾一語道破天機，跟他明言「天意即是民心」的道理。沒想到，如今這種裝神弄鬼的東西，被人呈到了他自己眼前！

《赤伏符》這前四句中，前三句是很通俗易懂，講的是他興兵替天行道，各路英雄競相歸附，四海臣服，從而按照劉歆（秀）的五德始終說，應繼承大漢的火德。不過最後一句，卻寫得有些雲山霧罩，令人百思不得其解。

「看不懂吧，還有這個！」見劉秀的目光停留在了第四句上，鄧奉又笑著拿出了一塊似金非金，似玉非玉的薄片，如碗口大小，輕輕放在了《赤伏符》旁邊。「前幾天，據說有人在太行山中聽到龍吟，循聲而去，竟找到一塊『龍鱗』，就是這個東西。」

「這廝，這廝想當官，想瘋了吧！」時至此刻，劉秀如果還想不明白那個名叫強華的書生想幹什麼，他的四年太學，等同於白讀。立即撇著嘴，連連搖頭。「打了出去，亂棍打了出去。你我兄弟，有昆陽血戰之功，有重整河北，與百姓休生養息之德，何須這東西來蠱惑人心？」

「你我不信，問題是有人信！」朱祐嘆了口氣，苦笑著道，「據密諜送來的最新情報，樊崇在挖井之時，挖到了一整隊帝王儀杖。當晚，又有儒生親眼看到祥龍當空而舞，河中金蓮盛開。然後，樊崇就擁立了一個皇帝，正式與劉玄分庭抗禮了！」

「無恥！」劉秀一聽，就知道樊崇是借著祥瑞的由頭，效仿當年王匡和王鳳，擁立了一個劉姓子弟做傀儡，然後自己躲在椅子後當太上皇。氣得雙眉倒豎，胸口上下起伏。

「他擁立的那個皇帝，也是你曾經跟我說起過的故人，姓劉，名盆子！」彷彿唯恐劉秀的怒火還不夠旺盛，朱祐笑了笑，果斷又澆上了一盆熱油。

「無恥，劉盆子才多大！」劉秀果然愈發憤懣，用手將桌案拍得啪啪作響。

與八面玲瓏的劉玄不一樣，劉盆子則性情耿直，心地善良。根本沒有任何可能，擺脫樊崇的控制，反客為主。等他成年之後，要麼繼續任人擺布。要麼，就會被樊崇等人殘酷地殺死，成為一具無人收葬的屍骸。

「據我故意派到赤眉軍的眼線彙報，擁立劉盆子登基之後，樊崇立刻以劉盆子的名義，改元建世。並且向四周發下了數百道聖旨，大肆封官許願。相信用不了太久，對你、我，還有馬大哥、吳漢他們的封賞，就會送到大夥的家門口！」偷偷看了看劉秀的臉色，朱祐將第二盆熱油，迅速澆了下來。

「嘶——」劉秀聽得倒吸一口冷氣，臉上的怒火，瞬間消失得無影無踪。

如果憤怒能解決問題，當年他的怒火，就可以將宛城燒成一片白地，將劉玄、朱鮪、李秩等賊，全都燒成飛灰。然而，眼下他再憤怒，也救不了曾經將他當做親叔叔對待的劉盆子，更拿遠在黃河南岸的樊崇無可奈何。

更關鍵的一點是，樊崇這招封官許願，看著好似愚蠢，卻早已被事實證明，非常有效。當年王匡就是靠著封官許願，獲取了舂陵劉家幾個長輩的支持，給大哥劉縯來了一記釜底抽薪。隨後劉玄也同樣靠著封官許願，拉攏了李秩、劉嘉等柱天都部大將，不著痕跡地將大哥劉縯推進了萬劫不復的深淵！

吃一塹，長一智。劉秀當年因為不夠老練，所以幾乎是眼睜睜地看著自家哥哥被謀殺，卻無能為力。如今，樊崇居然又準備拿同樣的招數瓦解他的軍心，他豈能再聽之任之？

「仲先，這不是你的主意吧？我可是從你穿開襠褲時，就知道你有多聰明！」想到這兒，他忽然笑了笑，盯著朱祐的眼睛詢問。

「當然不是！」朱祐臉色微紅，後退半步，做理所當然狀，「只是我臉皮比所有人都厚而已。」

「所以，你就替他們出頭，變著法子上勸進表？」劉秀狠狠瞪了他一眼，繼續低聲追問。

什麼《赤伏符》，什麼想當官想瘋了的愚蠢書生，根本就是朱祐等人拿出來的幌子！以朱祐、嚴光、鄧禹等人的本事，應該第一眼就看出來書生強華在裝神弄鬼，然後直接將此人亂棍逐出。他們之所以沒那麼做，並且故意將此事跟樊崇立劉盆子為皇帝，用封官許願的招數來對付河北的舉動，放在一起說給自己聽，為的就是催自己儘快向上邁出那最後一步！

「文叔，我、子陵、仲華、君文，都是你的生死兄弟。馬大哥、二姐夫、馮公孫、銚次匡，還有王元伯、萬君游他們，也不會將別人許諾的高官厚祿當一回事兒。」朱祐的臉色，迅速變得鄭重，嘆了口氣，緩緩補充，「可除了我們這些人，如今說你身邊，還有劉揚的兩個兒子，耿氏父子、王梁、寇恂，甚至還有捲了謝躬的鄴城前來相投的吳漢。你如何保證，他們中間所有人，也都對樊崇開出高官厚祿毫不動心？當年大哥正因為自己遲遲不願意取劉玄而代之，才給了劉玄可乘之機！」

「住口！」彷彿被一把匕首戳中的心臟，劉秀疼得臉色煞白，猛地揮掌拍了下桌案，將上面的木簡、帛書，震得四下亂飛。

朱祐卻彷彿根本沒看到他臉上的痛楚，一邊彎下腰撿拾竹簡和帛書，一邊緩緩補充，「咱們家鄉有一句老話，擋人財路，如同殺人父母。大哥當年對李秩推心置腹，但是大哥不做皇帝，李秩的官職和爵位就無法繼續高升。所以，他跟劉玄一拍即合。」

「不要說了，不要說了！」劉秀的身體，又晃了晃，怒吼聲已經變成了祈求。「出去，你給我出去！」

「唉——」朱祐終於完成了使命，又長長嘆了口氣，轉身快步走出門外

劉秀雙手扶住桌案，顫抖得宛若風中落葉。

向上再走一步，就是自立為帝。

國無二主，接下來，河北與長安之間，必然爆發戰爭，許多當年曾經並肩反抗王莽的兄弟，必然會站在各自的旗幟下，刀劍相向。

殺謝躬，劉秀心裡毫無負擔。殺那些當初跟自己一起將腦袋別在褲腰帶上抵抗新朝官兵的兄弟，劉秀卻做不到無動於衷。

憑著重整秩序，與民休息的功勞，劉秀可以做皇帝做得心安理得。

憑藉什麼符命、祥瑞，他卻無法不對自己心生鄙夷。

他在太學時，最看不起的，就是王莽及其麾下臣子們一道裝神弄鬼。

而現在，他卻要做那些當年最看不起的事，甚至，將來有可能還會變成那些自己曾經看不起的人！

如果換了大哥，該怎麼做？

一個念頭，在劉秀的心底快速閃過。然後，他抖得更厲害，額頭上冷汗滾滾而下。

如果換了大哥劉縯，與他易位而處，肯定不會聽從朱祐的勸告。

大哥從沒懷疑過他麾下弟兄們的忠誠。

大哥劉縯寧願受一些委屈，也不肯跟昔日的夥伴同室操戈。

所以，大哥死了！

死於他的好兄弟李秩刀下！

死不瞑目！

更始三年六月己未，劉秀於河北鄗縣千秋亭，接受百官朝拜，燒柴祭天，祝告上蒼，登基稱帝。禮畢，年號為建武，改鄗縣為鄗邑，冊封群臣，大赦天下，立郭聖通為后。

「豎子，豎子！竟如此欺朕，如此欺朕，朕必將你碎屍萬段，碎屍萬段！」暴怒的吼聲，在未央宮上空回蕩。中興聖主皇帝劉玄滿臉漆黑，額頭上青筋根根亂蹦。

金鑾殿內，文武大臣鴉雀無聲，誰也不敢勸劉玄且熄雷霆之怒。

從早上到現在，已經有四個說話不過腦子的傢伙，先後被推出轅門斬首示眾。他們的下場雖然一樣，罪名卻各不相同。有的是「為亂臣賊子進言」，有的是「妖言惑眾，擾亂軍心」，有的則是「剿匪不力，貽誤軍機」，還有的則是「勾連反賊，大逆不道」。

大夥誰都不想做第五個，更不想在這個節骨眼上，替劉玄殉葬。

一個月前，赤眉軍再度打到了三輔外，長安城內人心惶惶。半個月前，泚陽王王匡、宜城王王鳳、淮陽王張卬三人，在新豐大營擁兵自重，拒絕出戰，令局勢雪上加霜。十天前，劉玄忽然生病，群臣結伴趕赴皇宮探望，剛一進門，立刻有伏兵四下殺出，當場以謀反罪，將平氏王申屠建、陰平王陳牧、襄邑王成丹三個砍成了肉醬。五天前，前丞相曹竟的兒子、尚書令曹詡，因為當年力主放劉秀宣慰河北的事被翻了舊賬，滿門盡誅。今天，劉秀自立為帝的消息，又傳了過來，讓劉玄徹底陷入了瘋狂。

頭腦正常的人，都不會跟瘋子講道理。更何況，這個瘋子手裡還握著刀，隨時都會大開殺戒。所以，此刻金鑾殿上的文武雖然數量頗眾，卻沒人再去接劉玄的話茬兒。大傢伙都低下頭，看著腳下的影子，默默地等待早朝的結束。有些心思格外機靈者，甚至已經開始在肚子裡盤算，該如何跟朱祐派進長安城的細作搭上關係，為自己在建武皇帝劉秀那邊，謀取進身之階。

非親非故，想要在劉秀那邊謀取官職，當然不會太容易。可對於足夠聰明的人來說，想要討好劉秀，卻也不會太難。更始朝廷這條爛船，雖然隨時都可能沉沒，卻依舊有幾斤釘子可拆。將長安城內的情況，以及其他受更始朝廷掌控地區的消息，還有各路兵馬的具體人數等，收集匯總，賣給朱祐，以後者的性格，肯定會給大夥開一個合適的價錢。

要拆，就得動作快。

要賣，也一定得投買主所需。

於是乎，就在劉玄氣得像個瘋子般，滿長安城裡誅殺亂臣賊子的時候。一道道密信，就如長了腳般，飛到了河北，飛到了劉秀的軍營。

劉秀接到這些密信之後，當然喜出望外，很快，就在嚴光和鄧禹兩人的幫助下，制定出了完整的作戰計劃。

建武元年七月初，漢建武皇帝劉秀注二派孟津將軍馮異、破虜將軍鄧奉、虎牙大將軍銚期，率領大軍三萬，出太行山南麓天井關，奪孟津渡，隨時準備渡河南征。

河南郡守武勃聞訊，十分驚恐，火速派人向長安告急，同時，硬起頭皮率領多次被赤眉軍擊敗的五萬部眾，匆匆趕往黃河渡口。途中，還不忘派人向駐守洛陽的舞陰王李秩和左司馬朱鮪求救。

然而，直到他抵達黃河渡口，也沒等到朝廷派來的任何援軍。舞陰王李秩和左司馬朱鮪兩人，也好像聾了般，沒有給他任何回音。

「紮營，貼著黃河紮營。老夫就不信，劉秀還能插翅飛過來！」儘管心中充滿了絕望和恐懼，對劉玄忠心耿耿的武勃，依舊咬著牙，發布了備戰命令。

話音剛落，親兵隊正袁嵩，忽然慌裡慌張前來稟報，說以上游下游百里之內，船夫和漁夫們，不知受了何人蠱惑，在昨天上午，將所有渡船和漁船，都駛向了北岸。如今，得到馮異重金賞賜的船夫和漁夫們，已經開始架設過河的浮橋。按照正常速度，用不了半個月，叛軍就能踩著浮橋殺過來！

「該死，見利忘義的匹夫，統統罪該萬死！」武勃氣得兩眼發黑，但不得不強打精神，親自到河畔探查。行不多時，忽然聽到濤聲如雷，蒼茫的水霧中，竟有一頭數丈長短的怪物，朝著自己張開了白亮亮的牙齒。

「龍！龍！」事發突然，武勃根本來不及細想，嘴裡發出一聲慘叫，憑藉沙場上養成的本能撥轉戰馬，落荒而逃。

「大人勿慌，大人勿慌！」親兵隊正袁嵩見狀，趕緊策馬追了上去，一邊替武勃拉住馬繮繩，一邊大聲解釋，「那不是龍，是巨鼉的骨架，據說，據說當年，劉秀等人在此渡河，遇到，遇到……」

話說到一半兒，他的臉皮忽然漲得通紅，嘴巴大張，再也說不下去。

武勃身為河南太守，當然也曾聽聞過劉秀當年渡河斬龍的傳說。楞了楞，紅著臉回頭再看。果然，發現剛才差點將自己嚇丟了魂魄的怪物，只是一個巨大的骨架。所處位置也不是水中，而

注二、光武是為諡號，不是年號。

是黃河岸邊。

憤怒地抽出鐵鐧，他策馬而回，準備將魚骨砸碎，洗雪前恥。才來到骨架近前，卻又赫然發現，在那骨架的正中部位，竟然樹立著一塊三尺見方的木板，上面歪歪斜斜寫著一句話：「高祖斬蛇，蕭王屠蛟，若想活命，望風而逃！」

「剛才，剛才沒有這塊木板！」唯恐武勃怪罪，親兵隊正袁嵩，搶先大聲自辯，「太守，剛才屬下帶人前來探查時，真的沒有看見，並沒有看見這塊木板……」

「有愚民受了劉秀的好處，替他造勢而已！」武勃雖然被氣得渾身發抖，卻還分得清楚好歹。跳下坐騎，怒喝一聲，手中鐵鐧狠狠砸向了木板。

「碭！」鐵鐧在半途中碰到了怪鼉的骨架，火星四濺。木板晃了晃，啪地一聲，掉進了骨架下的水坑，泥漿瞬間迸起，迸了武勃滿頭滿臉。

「該死，該死！」他惱羞成怒，抬起腳，一腳將木板從泥坑裡踢上了半空，又是一鐧下去，砸出了數丈遠。

木板在半空中四分五裂，碎片餘勢未衰，打著鏇子落入了黃河。緊跟著，河面上狂風大作，雷鳴般的戰鼓聲，剎那間傳遍了兩岸。

「咚！咚！咚！」

「咚！咚！咚！」

「咚！咚！咚！咚……」

「敵軍要渡河，保護太守，保護太守！」跟在武勃身後的親兵們，嚇得頭皮發乍，大喊著圍攏上前，簇擁起武勃就往自家正在紮營的軍隊處跑。

「列陣，吹角，吹角，召集弟兄們列陣！」武勃畢竟是個身經百戰的將軍，雖然也緊張得心臟幾乎跳出嗓子眼兒，卻強迫自己保持鎮定，揮舞著手臂，調兵遣將，「賀定，你帶著弓箭手，封鎖河面！柳奇，你帶五千刀盾兵，堵住渡口。張寶，你帶領長矛兵，跟在柳奇身後，一道列陣，不准敵船靠近碼頭。杜若……」

「嗚嗚，嗚嗚嗚，嗚嗚嗚……」淒厲的號角聲，迅速響起，瞬間響徹鉛灰色的天空。

武勃麾下的將士伴著號角聲，倉促列陣。不多時，就將偌大的黃河渡口堵了個結結實實。弓箭手屏住呼吸，張弓搭箭，刀盾兵咬緊牙關，豎起巨盾。長矛手一邊喘著粗氣，一邊將長矛探過刀盾兵的頭頂，五萬雙眼睛，死死盯著水面，等待敵船的出現，等待與河北漢軍決一死戰。

然而，足足等了約半個時辰，他們也沒看到敵軍的船隻。河對面，鼓聲依舊連綿不絕，狂風背後，還有綿羊的叫聲時隱約時現。

「該死！懸羊擊鼓！」武勃這才知道自己上了當，卻拿對岸的敵軍，無可奈何。盛怒之下，乾脆將手中鐵鐧再度指向了怪鼉的骨架，「來人，給我砸，砸爛了它，丟進黃河餵魚！」

「太守，太守且慢！這，這怪鼉，有，有用！」一名幕僚趕緊上前，將嘴巴貼在了他的耳畔勸阻，「河畔百姓傳言，怪鼉死前已經化龍在即。所以，不能碰骨架，碰了必有暴雨！」

「砸，老夫巴不得天降暴雨！」武勃哪裡肯聽，咬著牙，繼續大聲吩咐。「下了暴雨，看那對岸的賊軍如何繼續搭建浮橋！」

「遵命！」眾親兵恍然大悟，舉起兵器上前，朝著怪鼉的骨架亂砍亂剁。

足足折騰了一整天，終於憑藉人多勢眾，將那骨架變成了一堆殘渣，用簸箕撮起來，揚進了滾滾黃河。

說來也怪，當夜，老天爺就降下了暴雨。黃河水面大漲，寬度變成了原來的三倍有餘。巨大的漩渦，一個接著一個，就像怪獸的嘴巴般，隨時都可能將遇到的獵物吞落肚內。

武勃見此，哈哈大笑！心道對面的將領即便有天大的本事，也不敢在這個時候渡河。遂命兩曲人馬駐守河邊，其餘人等抓緊去高處搭建營寨避雨。

雨一下，就是兩天兩夜，第三天，水面已經寬得看不到邊兒。武勃麾下的將士們，雖然全身上下也被水氣濕透，卻歡聲雷動。都道自家太守智珠在握，竟然想出了砸爛黿龍骨架，召喚風雨的辦法。不費一兵一卒，就將敵軍給擋在黃河對岸。

武勃聞聽，心中也好生得意。當晚特地命廚子給自己做了一頓全魚宴，又喝了幾杯酒，以緩解連日來的疲憊和緊張。喝完酒之後，他便摟著強搶來的美人，昏昏睡去。正夢著自己一路加官進爵，位列三公之事，耳畔忽然傳來了一陣急促的馬蹄聲。

「嗯？」他推開美人，翻身坐起，就準備出門查驗動靜。寢帳外，卻迅速傳來了親兵隊正袁嵩的彙報聲：「稟太守，剛剛接到斥候傳信。舞陰王已親率大軍，星夜兼程向這邊趕來，最多明日傍晚即可抵達。他要您一定守住渡口，莫給敵軍登岸之機！」

「知道了！」武勃被馬蹄聲嚇得心臟「乒乓」亂跳，本以為有敵軍前來襲營，卻沒想到竟是個喜訊，頓時如釋重負，「替我回稟舞陰王，本太守一定不會辜負他的期待！」

「是！」親兵隊正袁嵩答應一聲，快步離去。腳步聲還沒等被風雨聲吞沒，武隆將軍賀定的身影，卻忽然出現在了寢帳門口兒，不避任何嫌疑，推開帳門，朝著裡邊大聲叫喊：「太守，大事不好。河面，河面上有燈籠，好像，好像敵軍正在冒雨渡河！」

「轟隆！」

帳外滾過一個炸雷，武勃被嚇得臉色煞白，跳起來，失聲質問：「這麼大的雨，怎麼渡河？他們，他們不要命了？」

「轟隆！」「轟隆！」「轟隆！」連續數聲驚雷炸響，劈得寢帳搖搖欲墜。

閃電劃過天空，照亮河面上起伏的船影。

「弟兄們，有進無退，殺！」鄧奉拿著四丈長的竹篙，從船上跳下，揮臂猛地一掃，立刻將靠近的七八個敵卒打倒在地。隨即，將竹篙一扔，拔出環首刀，向前殺去，所過之處，血流成河。他的身後，一船船士卒競相跳入黃河淌著齊膝的河水，揮動利刃，撲向岸上的敵軍。將驚慌失措的對手，砍得抱頭鼠竄

「上岸，上岸！快，快！」虎牙大將軍銚期，將長槊在甲板上猛地一撐，整個人騰空而起，飛過三丈遠的河面，穩穩地落在了鄧奉開出來的落腳點處。緊跟著，他向前狂奔數步，超過鄧奉，手中長槊帶出一道絢麗的閃電，「噗」鮮血肆意瀰漫，對面的敵將哼都沒來得及哼，當場氣絕。

更多的河北漢軍，用竹篙做支撐，學著銚期先前的動作，跳上泥濘不堪的河岸。然後迅速組織起陣型，跟在鄧奉與銚期兩個身後，將落腳處不斷擴大，將敵軍殺得屍橫遍地。

沒有火把照明，他們也不需要火把，頭頂上的閃電，早就照亮了敵軍驚慌的面孔。

沒有弓箭掩護，他們也不需要弓箭。狂風暴雨，已經將敵軍打得士氣低迷，只有招架之功，沒有還手之力。

他們早已得到命令，向前，向前，向前！

他們要一路殺進洛陽，殺進長安，給昏君劉玄最後一擊。

「頂住，頂住！不要後退！不要後退！」河南郡守武勃站在部卒身後，喊得聲嘶力竭。「舞陰王的大軍就在來援的路上，武陰王馬上就到。只要咱們堅持到天亮，堅持到天亮！」

雷聲陣陣，暴雨傾盆。半夜被他強拉上戰場的兵卒們，根本聽不見他在喊什麼，被殺上岸來的河北漢軍壓得節節敗退。

「後退者斬！後退者斬！」眼見自己的「好言相勸」，絲毫不起作用，武勃一發狠，拔出腰刀，狠狠的剁在了兩名兵卒的後背上。

「啊——」兩名兵卒慘叫著倒下，鮮血將地面上的雨水迅速染紅。周圍的其他士兵被嚇得寒毛倒豎，終於意識到自家郡守比敵軍還要危險，紛紛側著身體，盡可能遠離武勃的馬頭。

「賀定，賀定，帶著你的人，給老夫殺上去，頂住敵軍，頂住敵軍。老夫絕不會忘記今夜你的所作所為！」武勃寶劍所及範圍內，再也找不到立威目標，只好扯開嗓子大聲點將。

「弟兄們，跟我來！」武隆將軍賀定乃是他一手提拔，不敢辜負他的恩情。虎吼一聲，狀如瘋魔般，向前衝去。手中鋼刀高舉，直奔鄧奉頭頂。

他的選擇非常正確，鄧奉乃是殺上岸來兩路兵馬當中一路的核心。只要殺掉這個領軍人物，就會極大地打擊河北漢軍的士氣，甚至有可能逆轉乾坤！

然而，理想總是很豐滿，現實卻非常無奈。

看到有人向著自己撲來，鄧奉竟然不閃不避，舉著長槊，大笑著迎戰。

「碭——！」二人的兵器在半空中相遇，火星四濺，令空中的雨水都為之沸騰。

一股大力，迅速傳回賀定的手臂，震得他全身發麻，雙腿不受控制地踉蹌後退。「保護將軍！」眼見自家將軍有難，兩名親兵一左一右，捨命撲向鄧奉，意欲給後者來個雙鬼拍門。好鄧奉，撇嘴微微冷笑，長槊一撥，一掃，將兩名不要命的親兵，全都掃進了泥坑。緊跟著，跨步上前，飛起一腳，正中賀定肋骨。

「啅嚓！」閃電落下，照亮變了形的胸甲。

賀定的胸甲向下凹出一個大坑，右排肋骨全部斷裂，口中狂噴鮮血，仰面朝天摔倒。周圍的雨水，迅速被鮮血染紅，隨即就淹沒了他的屍體。

「不想死的讓開！」朝著其餘目瞪口呆的敵軍兵卒發出一聲大吼，鄧奉手持長槊，再次率領自家弟兄撲向太守武勃，宛若虎豹撲向了羔羊。

「柳奇，柳奇！替賀將軍報仇，替賀將軍報仇！」武勃自己沒本事抵擋，只好繼續向手下人求助。

被他點了將的明威將軍柳奇無奈，只好硬著頭皮上前迎戰。才靠近鄧奉身前，就被後者一槊刺穿了小腹。

「匹夫，欺人太甚！」輔國將軍張寶，自知無處閃避。主動上前，堵住鄧奉去路。他的武藝比柳奇高出許多，作戰經驗也頗為豐富，短時間內，竟然跟鄧奉殺了個不分勝敗。

太守武勃大喜，趕緊繼續叫人上前幫忙。還沒等幫忙的將領湊近，鄧奉身後，忽然有親兵探出左手，朝著張寶眼前猛地一揮，「招！」

「啊！」張寶躲閃不及，竟然被親兵揚過來的泥巴，將眼睛糊了個結結實實。經驗豐富的鄧奉，見到戰機，豈會不去把握？挺起長槊，直奔張寶胸口。

「噗！」血柱如噴泉般湧出，張寶當場斃命。趕過來的替他助戰的將領被嚇了一大跳，竟不敢再跟鄧奉交手，轉過頭，落荒而逃。

這個動作，如同壓在駱駝身上的最後一根稻草，瞬間就令守軍的隊伍，徹底崩潰。

儘管武勃還在努力督戰，儘管武勃手下的親信，不斷殺人立威。防守方的士卒卻再也不肯白白送死，狼奔豕突，各自奔命。而河北漢軍則依然按照上船前的命令，穩穩地保持著陣型，由鄧奉和銚期開路，馮異殿後，有條不紊的向前衝去，目標，乃是離渡口最近的土鄉縣。

「大帥，快走，快走！留得青山在，不怕沒柴燒！」親兵袁嵩痛哭流涕，持刀護在武勃面前，不停地勸告。

「走，往哪裡走？」武勃只覺渾身發冷，呆坐在馬背上，遲遲無法對袁嵩做出正常回應。

「先離開這裡再說！您只是個郡守而已，誰當皇上，關您什麼事情！」袁嵩見其一副失魂落魄模樣，知道自己說再多也沒用，一咬牙，拉起他胯下的韁繩，轉身就朝西南方向拖去。

「保護太守，保護太守！」其餘親兵，早就盼著這一刻，紛紛策馬上前，挾裹住武勃和袁嵩，迅速消失在了風雨之中。

「喀嚓！」「喀嚓！」「喀嚓！」

一連三道閃電，將漆黑的戰場照得亮如白晝。

河北漢軍，繼續登上南岸。

南岸的守軍，誰也不敢再頑抗，調轉身影，四散奔逃。

「俺老胡早就說過，早就說過！」帶領鄉親們駕船接應大軍過河的胡掌櫃，志得意滿，一邊冒著雨向碼頭纏繞纜繩，一邊大聲向周圍人炫耀，「皇上當年斬了鐵蛟，就如同高祖爺爺斬了白蛇一般，注定要改朝換代。故而連河伯和老天爺，都幫著他！」

「就是，就是，當年皇上拖著鐵蛟上岸，我們就知道，他是真龍降世！什麼蛇啊，蛟啊，在他面前都是送死的貨！」

「可不是麼，連蛟龍都擋不住皇上。姓武的帶再多人馬，不也是給馮將軍送菜！」

「嗯，鄧將軍當年可是跟皇上一起斬了惡蛟的。跟他動手，豈不是找死？」

……

眾船夫和漁夫們七嘴八舌，紛紛表現自己的「遠見卓識」！

馮異和鄧奉兩人聽了，也不阻止，相視一笑，然後各自去整頓隊伍，準備擴大戰果。

就在這時，雨幕後，忽然傳來一陣急促的蹄聲，旋即，一名身穿更始朝校尉鎧甲的人，快步出現在了馮異面前，跳下坐騎，躬身大聲彙報：「大帥，李秩的兵馬在半路上，被人攔住，掉頭返回了洛陽！」

「誰？」馮異吃驚不小，質問的話脫口而出。

自家軍隊剛剛渡過黃河，赤眉軍也遠在三輔，河南諸郡之中，還有哪個，能與李秩為敵？

「還能有誰，馮將軍莫忘了，陛下曾派仲先渡河，為的就是此人！」鄧奉卻絲毫不覺得消息突兀，快步折返回來，笑著提醒。

「唠嚓！」

一道閃電劈落，喚醒了馮異的記憶，他看向鄧奉，欣喜若狂，「朱護軍說反了西平王李通？」

鄧奉卻又搖了搖頭，帶著滿臉的自豪回應，「倒也未必是仲先說反了他，李次元娶了小姨（劉伯姬）為妻，跟陛下本就是一家人。他又向來看不起劉玄，聽聞陛下準備派兵渡河，豈能不早做準備？」

「這廝，為何不派人知會我一聲。害得我一直在擔心李秩會不惜代價，阻擋我軍去路！」馮異楞了楞，不領情地抱怨。

鄧奉抬手抹了一把臉上的雨水，輕輕搖頭，「應該是李次元想送份大禮獻給陛下，討陛下歡心吧。畢竟，畢竟他哥哥李秩，當年那件事做得太歹毒了。」

「轟！」

一道炸雷在眾人耳畔響起，閃電，照亮眾人腳下的水坑。

不知不覺，整個南岸渡口，竟然全被血染成了紅色，無邊無際。

鄗邑，臨時皇宮。

劉秀身著帝服，低頭看著奏摺，揮筆批閱，不多時，身邊的奏摺就已經堆積成山。

嚴光坐在他的身側，將批閱好的奏摺，附署上自己的意見，然後整理歸類，安排小吏分發處理。雖然不說話，卻跟劉秀配合的相得益彰。

「子陵，對於次元信中所言之事，你如何以為？」忽然，劉秀放下筆，將手指向擺在硯臺旁的一封帛書。

「陛下，李次元放著玄漢朝的西平王不做，來我朝甘居衛尉一職，足可見其忠心！」嚴光也迅速停住筆，抬起頭，鄭重做出回應。

「子陵，你什麼時候也學會了敷衍朕？」劉秀心中很是不滿，皺著眉頭，大聲抱怨，「朕又幾時，因言罪人了？李次元是朕的妹夫，又與朕是舊識，他的為人，朕自然曉得。可他終究放不下他的堂兄。朕讓他速來，他卻定要繞道洛陽，去見李秩，並寫信懇求朕寬容李秩的罪愆，是何居心？難道朕不赦免李秩，他就要跟朕一拍兩散嗎？」

事關重大，嚴光先又在心中斟酌了一番，然後才緩緩表態，「陛下，李衛尉雖有私心，卻也是為了我大漢社稷著想。陛下若是能饒李秩不死……」

「殺兄之仇，不共戴天。」劉秀想都不想，咬牙切齒地否決。但緊跟著，仍舊強壓怒氣，和顏悅色地問道：「子陵是擔憂馮公孫會敗給李秩？還是覺得沒有李秩幫忙，我軍就拿不下洛陽？」

雖然聽出了劉秀的話裡包含著怒意，嚴光依舊雙手按膝，挺直身體，坦率地回應：「陛下，如今天下形勢，已經十分明朗。赤眉不日必會攻破長安，屆時劉玄降也是死，不降也是死，對您已經無關緊要。但玄漢朝一旦分崩離析，天下必定亂上加亂。朱鮪、李秩兩人，麾下兵馬加在一起有二十幾萬，洛陽城又以險固而著稱。若他二人齊心協力，縱使我軍能攻破洛陽，也必定會損兵折將。所以，微臣認為，因一己私仇，置上萬將士的生死於不顧，絕非明君所為！」

「他害死的是我大哥！」劉秀無法反駁嚴光所說的道理，卻不願意接受對方的觀點，皺著眉頭，大聲強調。「我如果饒恕了他，當然有可能兵不血刃拿下洛陽，可事情過後，你，你讓我如何面對大嫂和兩個侄兒？」

「大嫂深明大義，定然不會讓你為難。」嚴光被撲面而來的怒氣壓得雙眉緊蹙，卻依舊固執地看著劉秀的眼睛，「陛下，自王莽篡漢以來，天下糜爛，民不聊生。能早一日結束戰火，就能早一日與百姓修生養息。若是洛陽能夠不戰而克，我軍實力非但無損，還能平白再得數萬精銳。然後合力西向，平赤眉，取西蜀，重建太平！而若是陛下放不下心中仇恨，令我軍在洛陽城下損兵折將，以殘破之師，如何與赤眉爭雄沙場？萬一戰敗，非但河南之地盡會落入樊崇之手，河北各郡，恐怕也會風雨飄搖！屆時，陛下拿什麼去面對捨命追隨你的弟兄，拿什麼去面對自組船隊，送大軍渡河的父老鄉親？」

「你……」劉秀氣得渾身哆嗦，一句完整的話都說不出來。

對面是他的兄弟，他的頭號心腹謀臣，再憤怒，他也必須克制，必須給予對方足夠的尊敬。將牙齒咬了又咬，他紅著眼睛站起身，掉頭就往後堂走去。

「主公，文叔！」嚴光也站起身，緊追不捨，「長安雖是大漢故都，但當初曾遭申屠健屠戮，馬上又將被赤眉洗劫，即便我軍他日能從樊崇手中奪回，恐怕沒有五年之功，也難令其恢復原貌。況且民生疲敝，大肆修建宮室實屬不智！而東都洛陽，卻屢次躲過戰火，又曾被劉玄重金修葺，若陛下可兵不血刃將其拿下，為我大漢中興之都……！」

「以洛陽為都？」劉秀愕然回頭，兩行熱淚滾滾而下，「然後告訴大哥在天之靈，為了省事兒，我放過了仇人，我把他賣了，賣了個好價錢！子陵，你好狠的心！」

「文叔！」沒想到劉秀憤怒到了極點，連如此不理智的話都說了出來。嚴光被傷得心如刀絞，楞了楞，踉蹌後退。

劉秀迅速意識到了自己口不擇言，抬手摸了一把臉，強笑著跟嚴光商量，「子陵，若要我依你，也可以。咱們先接受了李軼的投降，待收編了他麾下將士之後，你替我尋個由頭，立刻除了他！」

「不可，陛下萬萬不可。」嚴光大急，雙手擺得如同風車，「天下未定，你必須待人以誠。若是答應了李軼的投降，又殺了他，試問那些曾入仕偽朝，或者割據一方的豪傑，誰還敢率部來歸？」

「這……」劉秀也楞了楞，年輕的臉上烏雲翻滾，「既然不行，那我就殺了他。子陵，別的事，我都可依你，唯獨李軼，我必誅之！否則，我縱然不做這皇帝！」

說罷，轉過身，繼續快步走向後堂。

話說到這個份上，嚴光知道無法改變劉秀的心意，只好嘆息著轉身離去。

劉秀心亂如麻，默默停住腳步，朝著嚴光的背影緩緩搖頭，「子陵，你今日所言，句句在理。可不殺了李秩，我要這江山，還有何用？」

說罷，又長長嘆了口氣，反身折回屋內，俯身將地上的奏摺一一拾起。待一切收拾停當之後，他臉上的眼淚也乾了，整個人也變成了一個氣度威嚴的帝王。

「來人！」緩緩走到桌案後正襟危坐，劉秀沉聲吩咐，舉手投足之間，不怒自威。「讓大司馬吳漢，前來見朕！」

「遵命！」門外傳來侍衛的大聲回應，劉秀忽然又嘆了口氣，年輕的臉上，平添幾分蒼涼。

大司馬吳漢，原本是謝躬的心腹。在謝躬與孫登血戰之時，此人奉命前往鄴城搬兵，卻將鄴城拿下來，獻給了幽州軍。憑此，一舉擠入幽州軍的核心，並且在劉秀登基之後，被授予了大司馬之職。

但從始至終，劉秀只是論功行賞，在他心裡，始終無法再把吳漢當做太學門外那個鐵骨錚錚，義薄雲天的吳師兄。而今天，在與嚴光爭執之後，不知為何，他心中居然立刻浮現了吳漢的身影，並堅信，此人能幫助自己，達成所願。

古語云，智不拒賢，明不遠惡，善惡咸用也！

第三次對著空蕩蕩的屋子嘆氣，他身影，忽然顯得好生孤獨。

日落時分，洛陽皇宮外，有一隊人從街道上疾馳而過。為首將領身穿金盔金甲，跨騎大宛名駒，威風不可一世。

此人正是舞陰王李秩。早在一個多月前，他就得知了赤眉軍打到了三輔外，都城長安岌岌可危的消息，卻果斷選擇了按兵不動。七日之前，又接到了河南郡守武勃的求告文書，也是只帶著人馬出去象徵性地晃了兩圈兒，然後便以黃河渡口告破，武勃下落不明為由，大搖大擺返回了洛陽。

「王爺，王爺，救命，救命！」一個滿身是泥漿的男子，忽然從路邊竄了出來，跪在地上，大聲哀求。

「誰？蠢貨，你不想活了？」坐騎前蹄高高抬起，馬鞍上的李秩，迅速抽刀在手，對著攔路者橫眉怒目。

「王爺，王爺，末將，是沈煒啊。末將跟隨您打過赤眉，末將的職位，還是王爺您賜給的，您賜給的！王爺，救救谷城，求您救救谷城啊。」來人顯然跟他非常熟悉，抬起頭來，放聲嚎啕。

「沈子義？」李秩楞了楞，記憶中迅速閃過一個年輕的面孔。與眼前這個鬍子拉碴的傢伙相比，彼此至少有二十歲的差距。」你不是在平縣做縣令嗎，怎麼弄得如此狼狽？

「王爺！」沈煒聞聽，立刻哭得更為大聲，「幽州軍渡河南下，末將奉武郡守之命去協防谷城。卻不料在谷城附近與敵軍相遇，末將，末將寡不敵眾，只自己一個人逃了回來。眼下，眼下谷城，谷城已經被賊軍團團圍困，危在旦夕！」

「啊？」街道兩旁，幾名奉命維持治安的差役臉色大變，齊齊將目光轉向李秩，期盼著此人能力挽狂瀾。

谷城就在東北四十里處，乃是洛陽的北方門戶。如果谷城丟了，敵軍的騎兵只需要一個時辰，就能殺到洛陽城下。

然而，令他們非常失望的是，掌握了洛陽七成以上兵馬的的李秩，卻絲毫沒有意識到危險的臨近。隨口丟下了一句，「嗯，本王知道了。」便策馬繞過沈煒，繼續朝著不遠處的皇宮走去。

「王爺，救救谷城，求您救救谷城啊！」沈煒好不容易才殺出重圍跑回洛陽搬救兵，豈肯輕易放棄，冒著激怒李秩的風險，爬起來，追趕他胯下的戰馬，「劉秀的大哥是您親手殺掉的。如果他打下了洛陽，您，您肯定……」

「嘭！」李秩胯下的大宛馬抬起後腿，一個蹶子，正中沈煒的胸口。

「哇！」沈煒仰面朝天栽倒，大口大口地吐血。李秩卻連頭都懶得回，繼續策動坐騎朝著皇宮走去，彷彿飛蛾撲火般心急。

「王爺，您，您想一想啊。王爺，您……」沈煒打了個兒滾，艱難地抬起頭，朝著李秩的背影苦苦哀求。「劉秀即便現在不殺您……

「閉嘴！」跟在李秩身後的親信丁肅拉住坐騎，用馬鞭指著沈煒，大聲呵斥，「你作戰不力，喪師辱國，王爺不治你的罪，已經是念了舊情。如今長安都快被赤眉軍打下了，你卻還想拉著王爺去跟劉秀鬥個兩敗俱傷，你，你真是愚蠢至極！」

「愚蠢至極？」沈煒無法相信自己的耳朵，兩隻眼睛瞬間瞪得滾圓。隨即，手捂胸口，艱難地從地上爬起來，淚流滿面，「你說我愚蠢？當年，是誰帶著我，背叛了柱天大將軍？是誰告訴我，劉玄才是真命天子，勸我認清形勢？是誰，命令我去追殺劉秀，不給他活著前往河北之機？如今，劉秀都打到家門口了，你們卻說我蠢，你們莫非真的以為劉秀跟你們一樣健忘，會記不起這些，把你們……」

「嗖——」李秩手中的鋼刀，忽然倒飛而回，將正在哭訴的沈煒刺了個對穿。

「你，你……」沈煒本能地用手捂住胸口，嘴裡，再也說不出一句完整的話。殷紅色的血漿，從他的手指縫隙和刀刃邊緣滑落，在夕陽的照射下，就像一團團跳動的火焰。

「亂我軍心者，殺無赦。」李秩依舊沒有回頭，策動坐騎，繼續快步前行。彷彿剛才隨手拍死了一隻煩人的蒼蠅。

沈煒的身體晃了晃，再也支撐不住，圓睜著眼睛緩緩栽倒。丁肅、張然、李梁等曾經跟他並肩作戰過的將領，兔死狐悲，心中一片淒涼，卻誰也不敢停下來替他收斂屍體。紛紛策動坐騎，繞開血泊，繼續追隨李秩，奔向已經被劉玄遺棄多時的大漢皇宮。

才走出二十幾步遠，忽然間，身後傳來了一陣急促的馬蹄聲，「的的的，的的的……」，宛若催命的戰鼓，讓人不寒而慄。

「保護王爺！」丁肅毫不猶豫地拔出長劍，將正要走進宮門的李秩護在了身後。身邊的將領和侍衛們也紛紛撥轉坐騎，背靠著他，迅速組成了一個防禦陣型。

洛陽與長安之間的聯繫已經被切斷，形勢萬分複雜，即便是洛陽城中，大夥也不敢掉以輕心。事實證明，他們的防備純屬多餘。騎著戰馬追過來的人，只有一個。那便是，李秩的搭檔，更始皇帝劉玄素來器重的大司馬朱鮪。

只見此人，身穿青衣小帽，騎著一匹白馬，快速向大夥靠近。隔著二十步遠，就主動拉住了坐騎，於馬背上鄭重拱手，「舞陰王且莫急著進宮休息，朱某有幾句肺腑之言要當面訴說！」

「大司馬找在下有事？」李秩眉頭輕皺，沉著臉拱手還禮。「請講，在下只要力所能及，絕不會推三阻四！」

「河南郡守武勃兵敗，生死不知，敢問王爺可曾聽聞？」雖然只是單人獨騎，朱鮪臉上卻絲毫沒有畏懼之色，緊盯著李秩的眼睛，大聲追問。

李秩聞聽，臉上立刻浮現了一絲冷笑，點點頭，很是不屑地回應：「我還以為是什麼事！原來是為了武勃！本王不是派人對你解釋過了嗎？非本王見死不救，而是那馮異陰險狡詐，明著針對武勃，暗地裡，卻準備圍點打援。本王既然已經看破了他的詭計，當然不會再主動帶著弟兄們往陷阱裡頭跳。」

「那，那舞陰王為何不在谷城一帶布置防線，卻直接返回了洛陽？」早就料定李秩會找藉口，朱鮪果斷放棄前一個問題，退而求其次。

「谷城並非同往洛陽的唯一門戶！」李秩想都不想，繼續冷笑著回應，「若是劉秀趁本王領大軍在外，繞路偷襲，你一個人，如何能支撐得住？所以，本王不得不搶先一步將大軍帶回城內，以免將來腹背受敵！」

「朱某麾下，也有四萬弟兄！」從沒被人如此小瞧過，朱鮪氣得直打哆嗦，卻強壓下怒火，大聲提醒，「不至於一天之內，就將洛陽拱手相讓？而谷城距離洛陽只有一天的路程，舞陰王隨時可以帶兵殺回來，殺逆賊一個首尾不能相顧！」

「大司馬有信心守住洛陽，可李某對大司馬，卻沒多少信心。」李秩撇了撇嘴，對朱鮪的觀點好生不屑，「那劉秀勇武過人，又狡詐多端。即便是本王，都沒膽子說，用區區四萬兵馬就能守住洛陽！卻不知道，大司馬以前有何戰績，居然能夠如此自傲？」

「你——！」朱鮪忍無可忍，抬起手，指著李秩的鼻子，高聲提醒，「你，你居然如此瞧不起朱某！論戰績，朱某也曾……」

「剿滅幾夥土匪，算什麼本事！」李秩看了他一眼，快速打斷，「持槊躍馬，一蕩一決，才是真英雄。李某當年曾經跟劉秀一道，十三騎殺穿重圍。隨即又以六千弟兄，大破莽軍四十萬！

朱司馬若是有一仗能跟此戰相比，李某就聽從你的安排，立刻率軍去救谷城！」

「你——」朱鮪楞了楞，抬起的手臂，瞬間僵在了半空之中。

十三騎突圍，六千大破四十萬。整個大漢朝的武將，包括不受大漢管轄的赤眉軍頭領，誰有臉皮說，自己戰績能比昆陽大捷輝煌？而李秩在其中起到的作用再小，也是十三騎之一！沒有幸列入十三騎之中者，誰敢吹噓自己的本事能與此人比肩？

「大敵當前，朱司馬還是安守本分，不要干擾本王的指揮為好！」見對方被自己駁得無言以對，李秩心中好生得意。抬起雙臂，抱拳在胸，頗具玩味的看著朱鮪，緩緩補充，「若是守不住洛陽，本王自然以死向陛下謝罪。可如果有人在敵軍攻城之時，故意掣肘，本王絕對不會對他客氣！」

「嘎！嘎！」紅霞當空，幾隻黑色的烏鴉飛過，發出大聲的嘲笑。朱鮪被氣得兩眼冒火，手掌在劍柄處不停地開開合合。

此時此刻，他恨不得立刻衝上去，將李秩碎屍萬段。然而，想想即將殺到洛陽城下的數萬大軍，他又只能咬著牙，強迫自己忍辱負重。

大敵當前，內訌只會便宜了對手。

更何況，李秩的本領，遠在他之上。即便雙方都不帶親信，單打獨鬥，他也不可能是李秩的一合之敵！

「朱司馬還有別的話嗎？如果沒有，李某可是要去休息了！」李秩的話，再度從對面傳來，每個字，都如耳光般，讓朱鮪感覺屈辱。

「有！」朱鮪深呼吸了一口氣，紅著眼睛拱手，「當年誅殺劉縯，乃是陛下、你、我三人合謀。如果劉秀打下洛陽，朱某固然難逃一死，舞陰王也別指望劉秀能忘記了殺兄之仇！」

「這話不用你來提醒！」李秩此刻最後悔的，就是當年背叛劉縯，丟下一句話，撥馬便走。

「劉秀麾下的大將鄧禹，前天被樊崇所敗，所部五萬弟兄十不存一！」朱鮪果斷策馬向前追了數步，大聲補充，「河北疲敝，劉秀又喜歡沽名釣譽。他麾下總計兵馬，也不過十萬出頭。鄧禹一戰丟了大半兒，剩下的，已經不足以供他掃蕩群雄。如果舞陰王全力迎戰，你我二人非但能夠守住洛陽，並且可以趁機殺向長安，擊敗赤眉，重振大漢聲威！如果舞陰王去投靠了劉秀，即便他假仁假義不殺你，將來萬一讓赤眉軍得了勢，你也在劫難逃！」

「一派胡言！」李秩猛地回過頭，灰黑色的面孔，在夕陽下顯得格外猙獰，「本王再蠢，也用不到你來提醒！」

說罷，策馬加速，瞬間消失於宮門之後。

「舞陰王，鄧禹是否吃了敗仗，你一探便知！」朱鮪熟悉李秩的心性，也不再追，隔著宮牆，高聲補充。

宮牆內，李秩的身體僵了僵，右手再度伸向刀鞘，卻握了一個空。

以朱鮪的精明，這當口，肯定不能拿一個假消息來騙他。而如果鄧禹兵敗於赤眉的消息為真，劉秀麾下的兵馬，頂天還能剩下八萬人，還不如他麾下規模的一半兒。

帶著十五萬大軍去投奔實力只有自己一半兒人，腦袋被驢子踢了，才會這麼幹。可若是不向劉秀投誠，萬一等對方回復了實力，再度殺向洛陽……

「王爺，是需要刀嗎？」一個陰測測的聲音，忽然傳入他的耳朵。緊跟著，他的手掌心處，多了一個紅銅打造的刀柄。

「啊？」李秩本能地握緊手掌，橫刀扭頭。

化妝成親兵跟在他身邊的吳漢，躲都懶得躲，用胸口對著刀刃，笑呵呵地補充，「王爺殺了吳某，就可以化解朱鮪對您的懷疑。與他齊心協力，死守洛陽。吳某願意效仿當年伍子胥，懸頭顱於敵樓之上，看劉玄日後還都洛陽，如何回報王爺這個大漢棟梁！」

「恭迎聖上，揮師南渡，重建大漢江山！」孟津渡口前，數百船工在船老大打扮的胡驛將帶領下，扯開嗓子，將提前幾天就背熟了的口號，一遍遍高聲重複。

浮橋上，一輛雙馬牽引的高車，緩緩駛近。在車前開路的侍衛們，早就知道船工們事先經過嚴格篩選，故而並沒有做出任何驅趕動作，而是迅速散做左右兩排，空出一條筆直的道路，馬車上的劉秀，能親眼看到當年送他過河北上的故人。

「這老胡，倒是越來越懂得做官了！」劉秀將車簾外的一切盡數收入眼底，忍不住搖頭苦笑。

「早知道這樣，咱們還不如換個地方過河，免得讓我渾身上下都不自在！」

「應該是別人安排的吧，胡驛將開了那麼多年飯館，怎麼會懂得官場上這些門道？」坐在劉秀身邊的陰麗華秀目閃動，笑著搖頭，「不過這樣也好，傳揚開去，至少會讓其他百姓和綠林軍將士知道，你是個念舊之人。」

「是啊，然後，朱仲先就可以繼續去勸別人早日投降，準備加官進爵了。」劉秀想了想，嘆息著點頭。隨即撩開車簾，一個箭步跳了下去，快步走向胡驛將，「老胡，快快請起。你我之間，何必這些虛禮？有給我磕頭這力氣，不如去燉一條黃河大鯉魚，然後再命人燙上一壺好酒。」

「陛下，陛下……」沒想到劉秀居然叫自己老胡，胡驛將楞了楞，渾身上下瞬間如喝了藥酒般溫暖，「陛下還想吃小人做的魚，小人，小人……」

「別囉嗦，趕緊去打魚！」劉秀迅速將胡驛將拉起來，順手將他推向岸邊的漁船，「今晚不走了，就吃你的魚，但願你還沒忘了當年的本事！」

「不會，不會，小人，小人這輩子都忘不了！」胡朝宗先是踉蹌幾步，隨即一縱身跳上了漁船甲板，「鄉親們，打魚去啊，陛下，陛下要嘗個新鮮！」

「打魚去，打魚去！」眾接駕的百姓，忽然發現高高在上的皇帝，與自己其實沒啥兩樣，頓時忘記了緊張，爭先恐後地從地上爬起來，衝向岸邊的漁船。

當晚，眾將士就在孟津渡口紮營休息。第二天，護送著劉秀繼續向南而行。沿途不斷有當初目睹劉秀等人斬殺鼉魚的百姓，帶著米糧和剛剛摘下來的蔬菜水果，前來相贈。雖然遠遠供不上大軍的消耗，卻讓弟兄們的士氣一增再增。

而前線傳回來的消息，也令人極為振奮。馮異、銚期和鄧奉三人率領大軍，已經攻破了谷城，直接抵達了洛陽城下。更始皇帝劉玄手下的大司馬朱鮪率軍出城迎戰，被鄧奉陣斬五員大將，打了個落花流水。如今，洛陽守軍已經緊閉了所有城門，輕易不敢再露頭。而銚期、王梁、萬修等人，則帶著少量弟兄，掃蕩洛陽周圍，將那些沒剩下多少兵馬的縣城，逐一納入掌控。

「吳子顏不愧當年的青雲榜首，單人獨騎，就拖住了李秩的十萬大軍！」知道勝利不僅僅是馮異等人的功勞，參軍馬成，在總結完了近期戰報之後，笑著向所有文武提醒。

「陛下知人善任，臣等佩服！」王霸、耿況等人心領神會，齊齊笑著躬身。

洛陽城內，號稱有守軍三十萬。即便扣除虛假的水分，也應該有十五萬可戰之兵。而現在，朱鮪帶著本部人馬出來打了一場敗仗，就只能緊閉城門死守了。很顯然，李秩的心思，已經動搖，所以果斷選擇袖手旁觀。

而造成這一局面的，並非有著張儀轉世之稱的朱祐，卻是忽然被劉秀啟用的降將吳漢。此人渡河南下之時，也沒像劉秀索要任何金銀細軟。身邊只帶了區區二十幾名弟兄，和一把長劍。

「諸位，莫非在爾等心中，朕居然如此不堪，只能跟王莽和劉玄之流同列？」被突如其來的阿諛之詞，拍得渾身彆扭，劉秀看了大夥一眼，笑著抗議。「還有你，君遷，你替朕管的是糧草。只要能確保弟兄們都有飯吃，就用不到如此浪費心思！」

「末將不敢！」馬成聞聽，頓時心裡開始發虛，連忙笑著拱手謝罪。「末將只是覺得，只是覺得，仗如果都這麼打，我軍重整大漢山河，指日……」

一句解釋的話還沒等說完，中軍帳外，忽然傳來了一陣急促的腳步聲。緊跟著，嚴光大步闖了進來，滿臉凝重地向劉秀躬身，「陛下，西征軍在栒邑遭到赤眉軍偷襲，傷亡近萬。」

「啊？」劉秀雖然性子沉穩，也被嚇了一跳，立刻收起笑容，大聲追問：「赤眉軍不是在攻打長安嗎？怎會突然對咱們的西征軍動手？」

「樊崇老謀深算，怕咱們取了洛陽之後，實力暴漲。所以，暫時放棄了對長安的圍攻！」嚴光想了想，沉聲解釋，「目的就是，打亂我軍的部署，為他自己爭取更多時間。」

「這廝好陰險！」劉秀和他麾下的眾將恍然大悟，一個個氣得咬牙切齒。

河北漢軍的當下主要目標是洛陽，派鄧禹帶領一支兵馬向西前進，只是為了切斷洛陽和長安之間的聯繫，並沒打算現在就跟赤眉軍一決雌雄。而赤眉軍卻不願意眼睜睜地看著洛陽被河北漢軍順利拿下，果斷主動挑起了雙方的戰火，從外圍給洛陽守軍化解壓力，避免城內有人支撐不住，起了主動向劉秀投降的念頭。

這一招，不可不謂高明。即便不能逼著劉秀分兵去支援鄧禹，至少在消息傳進洛陽城內之後，會令局勢增添許多變數。特別是對於李秩這種做事毫無底線的傢伙，當其發現，劉秀的實力並不比自己強多少，肯定會出爾反爾。

「陛下，當務之急，是讓鄧將軍放棄西征，率部來洛陽跟您匯合。」傅俊做事素求穩妥，第一個站出來向劉秀高聲提議。

「事不宜遲，遲必生變。我軍的實力，原本不足以支持兩線作戰。眼下樊崇的主要目標還是長安，只要鄧將軍東撤，他未必願意分兵來追。」邳彤的觀點，與傅俊差不多，也建議鄧禹火速與赤眉軍脫離接觸。

他們兩個年紀最長，說出來的，極有影響力。很快，許多文武就紛紛加入進來，力主劉秀集中兵力，先取洛陽。

「諸君差矣！哪有打輸了一仗，撒腿就跑的道理！」馬武越聽越煩躁，扯開嗓子，高聲打斷，「俗話說，仗能輸，卻不能輸了精氣神兒。鄧禹兵少，原本也沒打算跟赤眉軍交手。突然遭到樊崇的偷襲，當然會輸。可輸了一仗就跑，下次再遇到赤眉軍怎麼辦？弟兄們沒等開打，心裡先怕了三分！」

「這……？」眾文武被問得楞了楞，苦笑頓時湧了滿臉。

兩軍交戰，又不是江湖上打群架，哪有後撤一次，就會輸了心氣的道理？可馬武說得那種情況，也未必就不存在。一旦助長了敵軍的氣焰，下次河北漢軍與赤眉軍相遇，後者肯定奮勇爭先。

「馬將軍的話說對了一半兒。」半晌之後，嚴光皺著眉點頭，「仲華在告急文書中說，他的確是突然遭到了赤眉軍的偷襲，麾下部將馮愔、宗歆被樊崇收買，臨陣倒戈，才使得我軍損失慘重。

他也的確不願意撤兵，還希望能重整旗鼓，與赤眉軍再決雌雄。只是，我軍在洛陽城下只有五萬兵馬，陛下身邊也只帶了兩萬弟兄……」

「可不是嗎，我軍哪來的兵馬給他？」傅俊想了想，皺著眉頭打斷。

「是啊，我軍以五萬對二十萬，野戰肯定不會輸，想要攻城，卻是力有不逮！」蓋延雖然平素行事慷慨豪邁，此刻卻果斷地站在了傅俊的一邊。

其餘諸將，或者支持馬武，或者支持傅俊，各執一詞。短時間內，誰都無法說服對方。眼看著再爭執下去，就要天黑。大夥乾脆又將目光轉向劉秀，請他做出最後的裁決。

劉秀心中其實早就有了主意，當即站起身，大笑著說道：「勝敗乃兵家常事，更何況，赤眉軍是無恥偷襲！馬大哥說得好，咱們可以吃敗仗，卻不能輸了心氣！子陵，替我擬旨，擢前將軍鄧禹為大司徒，自行決定西線戰事。另外，讓捕虜將軍馬子張，提兵兩萬，前去援應！」

「陛下？」傅俊被嚇了一大跳，趕緊出言勸阻，「我軍在洛陽這邊，總計只有七萬兵馬，城內敵軍，卻接近二十萬！」

「野戰，三萬就夠了。攻城，縱使十萬也未必攻得下來，多兩萬少兩萬，沒啥分別！」劉秀微微一笑，大聲補充。「至於李秩，朕若是急著將西征軍也調過來，他心裡反而會小瞧了朕。朕就拿著五萬人去堵洛陽的大門，他卻未必有膽子出頭！」

「萬一，萬一他，他與朱鮪聯手殺出來……」傅俊猶豫了一下，繼續小聲提醒。

「朕腰間長劍，未飲敵將之血久矣！他如出城來戰，朕定會親自策馬相迎！」劉秀手按劍柄，笑容當中，充滿了對戰鬥的渴望！

洛陽城內，被劉玄丟棄的皇宮。

「王爺，王爺！」朱鮪麾下的右將軍柳鬱，匆匆衝進門，朝著端坐於書案後的李秩，躬身行禮，「我家大司馬，想請一道出兵，殺退敵軍，確保洛陽安寧！」

同朱鮪一樣，他也是綠林軍中的老資格，只是當年地位不高。這些年來，親眼看著李秩從己方的政敵，變成了盟友，然後靠著出賣安國公劉縯，一躍成為了劉玄面前的紅人，最後，又赫然變成了如今的舞陰王，心中豈能痛快得了！

然而，儘管打心眼裡看不起李秩，柳鬱卻又不得不硬著頭皮，來到已被李秩改為舞陰王府的洛陽皇宮中，對其好言相求。

朱鮪剛剛吃了一場大敗仗，麾下弟兄士氣低落，無力再戰。想要擊退城外的敵軍，必須李秩出馬不可。而後者，態度卻一直非常曖昧，彷彿眼前的戰事，與他半點兒關係都沒有。又彷彿巴不得馮異等人殺進城內，彼此之間早做一個了結。

「有何事？」李秩聲音忽然響起，在昏暗空曠的大堂中，像寒冬臘月的風聲一樣，讓他渾身發冷。

「我家大司馬，想跟王爺聯袂退敵！」柳鬱被問得心中濃煙翻滾，卻再度躬身下去，低聲重複，「王爺，大司馬讓末將前來，懇請大人發兵出城，跟他一道擊敗馮異，確保洛陽安全。」

「聯袂？」李秩身體向下探了探，彷彿在看一個說錯了話的幼兒，「你家大司馬，手裡還有多少可戰之兵？何人願意為將，與鄧奉、銚期馬上一決生死？」

「這……」柳鬱沒有辦法如實回答，臉色氣得一片鐵青。

俗話說，打人別打臉。論韜略和臨陣機變，柳鬱認為自家大司馬朱鮪不差馮異半點兒。可上一次戰鬥，他們卻一敗塗地。究其原因，就是由於朱鮪這邊，沒有任何一名武將，能擋得住鄧奉和銚期兩人的瘋狂進攻。

「上次朱大司馬不聽本王勸阻，執意領兵出戰，結果大敗虧輸。虧得本王手中兵馬完整，才令賊軍有所忌憚，未能趁機殺進城裡來。如今他那邊要兵沒兵，要將沒將，卻非要催著本王出去跟敵軍拚命，他到底意欲何為？」彷彿唯恐柳鬱受到的打擊不夠，李秩撇了撇嘴，故意問得特別大聲。

「這，這，舞陰王與我家大司馬，都是，都是陛下的臣子。理應，理應為，為君分憂！」柳鬱被他問得心裡頭發虛，低著頭，用很小的聲音回應。

「是啊，理應為君分憂！」李秩忽然將身體向後仰了仰，大聲感慨，「把洛陽丟了，陛下就不用擔心洛陽了！然後你家司馬和本王，就像喪家的野狗般，帶著殘兵敗將逃向長安。然後被那赤眉軍一網打盡，徹底一了百了！」

不等柳鬱說話，他撇了撇嘴，繼續冷笑著補充，「洛陽城內糧草充足，本王這邊兵力也算得上雄厚。如果不出戰，守上一年半載，耗，也能將敵軍耗垮。可如果出戰卻又吃了敗仗，洛陽還能守多久，就不好說了。以你家大司馬的本事，不會算不清這筆賬。明明可以不戰而勝，他卻一而再，再而三地堅持出去冒險，本王很是懷疑，他究竟想為誰分憂？」

「舞陰王，大司馬對皇上的忠心，日月可鑒！」柳鬱忍無可忍，大聲抗辯。「他當年可是連王位都不肯要，就是為了……」

「王莽為篡位之前，也謙恭得很！」李秩打嘴架可從沒輸過，翻了翻眼皮，迅速回敬。

「你，你，你……」柳鬱氣得直哆嗦，卻一句完整的反駁話語也說不出來。

「本王累了，出戰的事情，以後再說！」李秩懶得跟他再廢話，打了個哈欠，高聲吩咐，「來人，送柳將軍！」

「送柳將軍！」親兵們扯開嗓子回應了一聲，隨即快速擁上，半推半拉，將柳鬱趕出了皇宮。聽著宮門合攏的沉重聲音，李秩的臉上，又迅速被陰雲所籠罩。略顯肥胖的手掌，不停地在書案邊緣處反覆摩擦。

書案就是劉玄曾經用過的御案，背後的胡床，也是劉玄曾經用過的龍床。身外這所宮殿，周圍的一切物事，除了不能再用原來的名字之外，與先前其實沒任何差別。他李秩，當初花了多少力氣，下了多大的決心，才冒著跟朱鮪火併的危險，將自己的家搬進了皇宮？如今，他卻馬上就要重新搬出去，試問他如何能夠心甘？

「要不，就跟朱鮪聯手一次？」忽然間，有個念頭從李秩的心裡冒了出來，讓他渾身上下的熱血都為之沸騰。「一旦打贏了，恰好劉玄又死在了赤眉軍之手。這天下……」

然而，白日夢剛剛開了個頭兒，一股冷風，就忽然吹到了他的胸口。皇宮窗子，被人從外邊輕輕推開。前朝駙馬吳漢，像個幽靈般飄然而入。「舞陰王，何不答應了他？趁著城外漢軍人心浮動，殺我家主公一個措手不及！說不定，將來這天下還能姓李！」

「你，你是怎麼進來的？」李秩的心思被吳漢戳破，嚇得接連後退兩步，大聲喝問。

「王爺派我去給我家主公送信，要裂土封茅，我得到了我家主公的答覆，當然要回來面見王爺！」吳漢笑了笑，答非所問。

「答覆？」李秩又後退了兩步，手按刀柄，「我沒問你答覆，我是問，誰讓你進來的？」

「這塊通行令牌，不是王爺給的嗎？莫非王爺忘了！」雖然赤手空拳，吳漢臉上卻毫無懼色，笑呵呵地掏出一塊金牌，緩緩挑在了李秩面前。

「哦——」李秩這才想起來，自己為了跟劉秀及時討價還價，特地賜給了吳漢一塊通行令牌的事情。長出了一口氣，右手緩緩鬆開刀柄。「那你也不能翻窗，堂堂大漢國的將軍，翻窗而入，成何體統？」

「從正門進，怕被那姓柳的遇見。」吳漢笑了笑，收起令牌，解釋的理直氣壯。

「你，嗯——」先前能將柳鬱氣得直打哆嗦，此時此刻，李秩卻拿吳漢一點兒辦法都沒有。又長長地吐了口氣，咬著牙詢問，「你家主公的書信在哪？他可答應了本王的條件？」

「我家主公說，王爺如果信他，就不需要手書。若是不信，儘管出城來戰！他兩日之內，就會抵達洛陽城下。」吳漢忽然收起笑容，正色回應，「至於裂土封茅，麾下弟兄仍歸自己掌控等要求，他說絕無答應的可能。我大漢國自立國以來，就沒封過一個異性王。哪怕是劉氏子弟，凡是擁有封國和軍隊者，三代之後，要麼自行交出，要麼，皆死於武帝刀下，未見誰能例外！」

「你……」雙目之中，瞬間騰起熊熊火光，李秩的右手，再度握住了刀柄。然而，足足過了一刻鐘時間，他都沒有勇氣將刀身抽出來，更沒勇氣，將吳漢手刃於窗下。

非劉氏子弟不得封王，乃是漢高祖劉邦在幹掉了韓信、彭越等人之後，親自定下的規矩。有漢一朝，任何皇帝都沒膽子違背。而開國初期所封的同姓王，經過了幾代皇帝的連續打擊，到了武帝末年，要麼全家被殺，要麼老老實實地領一份錢糧做土財主，誰也沒資格再繼續掌控封國和軍隊，自行任命官員。

所以，劉秀給他的回應，每一句都是實話。雖然讓他羞怒欲狂，卻無法去懷疑，對方招攬自己的誠意。相反，如果劉秀現在什麼都答應，才更可怕。那說明從一開始，劉秀就沒打算兌現承諾，只想騙他李秩交出洛陽，然後找機會殺了他，血祭其兄！

「舞陰王，吳某出身寒微，在市井間學會了一句話，肯討價還價者，才是真正的買家！」彷彿早就料到李秩沒膽子跟自己翻臉，吳漢緩緩向前走了一步，居高臨下地補充。

「這，這，這話倒是很有道理！」李秩個頭跟吳漢差不多，卻被壓得踉蹌後退，「吳將軍莫急，讓本王再想一想，再想一想！」

「想什麼，男子漢大丈夫，當斷不斷反受其亂！」吳漢停住腳步，聲音宛若洪鐘大呂，「等我家主公打進城來，王爺再想去迎接他，可就遲了！」

「這，這……」李秩的額頭上，汗珠不受控制地往外冒。臉色青一陣，白一陣，瞬息萬變。

就在此刻，窗外，忽然傳來了一陣山崩海嘯般的歡呼，「萬勝，萬勝，萬勝！」剎那間，震得皇宮的房頂簌簌土落。

「怎麼回事？」一個箭步竄到窗口，李秩探出半個身子，四下張望。

皇宮內，他的嫡系爪牙們瘋狂地跑來跑去，卻誰也無法對他的提問做出回應。而皇宮外，歡呼聲卻一浪高過一浪，「萬勝，萬勝，萬勝，陛下萬勝！萬萬勝！」

「舞陰王勿慌，應該是陛下抵達了城外，弟兄們士氣倍受鼓舞，所以歡呼相迎！」吳漢的聲音，從他背後傳了過來，每一個字，都格外清晰。

「呼——」李秩直起腰，長長地吐氣。

沒錯，應該是劉秀來了。所以城外的河北漢軍，才會如此興奮。一個馮異，已經壓得洛陽守軍無法出城。如果劉秀親自帶著馬武、賈復等人趕到，自己和朱鮪這邊，更是毫無勝算。

「陛下胸襟廣闊，世人皆知。當年末將差一點兒就將他與朱祐、鄧奉、嚴光等人，殺死在太行山中。他橫掃河北之後，卻依舊將吳某視為左膀右臂。」吳漢快步走到他身邊，與他並肩而立，

「王爺當年殺柱天大將軍，乃是奉命行事，並非存心相害，陛下又如何能出爾反爾，在接受了王爺的輸誠之後，又以白刃相加？」

「萬勝，萬勝，萬勝……」城外的歡呼聲繼續傳來，像潮水般拍打著李秩的心臟。

他不知道該如何回答吳漢，他也不相信，自己真的能守住洛陽。他忽然發現，自己不知道從什麼時候起，已經變成了一頭走在懸崖邊緣的山羊，只要一步邁錯，就會掉下去，摔得粉身碎骨。

「放眼天下，像王爺這樣統率十萬大軍者，能有幾個？如果陛下對王爺出爾反爾，今後誰還敢投奔於他？怕是連劉揚、彭寵、劉植等輩，都會對其心寒，進而棄之而去！」歡呼聲的縫隙裡，吳漢的話語，又響了起來，句句無法反駁。

李秩的面部肌肉不停抽搐，雙手和雙腿，也忽然開始顫抖。猛地轉過頭，他用猩紅色的眼睛瞪著吳漢，大聲詢問：「我欲將洛陽獻給陛下，但城內卻有許多人執迷不悟，該如何除之？」

「成大事者，需殺伐果斷！」吳漢想都不想，就給出了一個確切答案。「以幾千人之性命，換洛陽城內三十萬百姓不受兵火之害，此乃大善。縱使太史公在世，都無法指責李將軍做得有何不妥。」

「那朱鮪狡詐多疑，且在綠林軍中，人脈極廣……」

「請他前來赴宴，商議如何出城與主公決戰就是！」吳漢依舊想都不想，就直接大聲回應。

這是當初劉玄對付劉縯的辦法，李秩就是執行人之一。所以，聽起來絕對不會陌生。當即，後者的面孔就又變得扭曲，咬著牙，一字一頓，「也罷，李某就賭一回，陛下言而有信！吳子顏，今晚你帶著我給你的金牌出城，告訴陛下，明天午時，看到城中火起，立刻揮師來攻。李某，李某將持朱鮪等賊的首級，親自相迎於洛陽城的北門！」

「那吳某就跟陛下一道，恭候李將軍佳音！」吳漢俯身向李秩做了一個長揖，然後一個倒縱翻窗而出。

望著他的背影消失於宮牆轉彎處，李秩又回過頭來，召集心腹，開始布置陷阱。雖然是輕車熟路，但想要讓朱鮪毫無防備的前來赴死，也沒有那麼容易。因此，足足忙了大半個晚上，他才將一切安排妥當。然後喝了幾碗老酒緩和了一下緊張的心情，摟著新納的美妾，沉沉睡去。

捧杯為號，甲士蜂擁而出。朱鮪、柳鬱等人毫無反抗之力，相繼被剁翻在地。岑彭舉刀反抗，卻寡不敵眾。李秩悄然湊過去，一劍刺穿此人的後心。

「你……」岑彭憤怒地扭過頭，露出的，卻是一張熟悉的面孔。

不是岑彭，是劉縯。他居然又活過來了，活在岑彭的身體裡。他，他是劉秀的大哥。剎那間，李秩被無邊無際的悔恨籠罩。握著血淋淋的寶劍踉蹌後退，「不要怪我，不要怪我，是……」

「嗖——」一支火箭射了過來，照亮周圍更多熟悉的面孔。

他的父親、他的孩子、他的妻子、他的家人，還有，還有那些被他利用完了又捨棄的家丁。每個人，都痴痴地看著他，向他伸出乾枯的雙手。

「別怪我，別怪我。別怪我！」李秩嚇得丟掉寶劍，轉身就跑。腳下忽然踩空，整個人掉下了萬丈深淵。

「啊——」他慘叫著從龍床上坐起，渾身上下，冷汗滾滾。正欲喊奴僕給自己倒一杯酒來壓驚，卻愕然發現，幾支火箭，從窗外射了進來。

「來人——」一腳踹開被嚇醒的美妾，憑著武將的本能跳下床，抬手抓向掛在牆上的寶劍。還沒等手指與劍柄接觸，親兵隊正李忠，已經帶著滿身的血污，氣急敗壞地衝了進來。

「大人，走，快走！朱鮪，朱鮪帶著岑彭、柳鬱等人殺進來了。您快走，再不走，就來不及了！」一把拉住李秩的衣袖，李忠轉身再度奔向門口。還沒等雙腳邁下臺階，數支弩箭已經凌空而至，剎那間，將他射成了一面篩子。

「啊——」被心腹隊正的鮮血濺了滿臉，李秩果斷後退，先一腳踢關寢宮的門，隨即俯身撿起從李忠手裡掉下來的鋼刀。

更多的弩箭，凌空而至。將屋門砸得啪啪作響。被嚇傻了的美妾，本能地伸出雙手，試圖去抱李秩的大腿。卻被他反手一刀，直接砍成了兩半兒。

「朱司馬，你，你為何要謀害老夫！」將桌子、床榻、綉墩等物，一股腦堵向門口，李秩扯開嗓子，厲聲向外邊發出質問，沒有人回答他的話，數十支火箭，從窗子射進來，照亮地上血淋淋的屍體。

絲綢幔帳上，很快跳起了火苗，緊跟著，木製的房梁上，也冒出了滾滾濃煙。李秩被濃煙熏得無法呼吸，先抓起一只綉墩，狠狠砸向了窗外。隨即，一個鷂子翻身，跟在綉墩後穿窗而出。

窗外衝過來的敵軍措不及防，揮刀朝著綉墩亂剁。他大笑著跳了起來，一刀一個，將幾名敵軍全都砍翻在地。緊跟著，三步兩步衝向宮牆下的柳樹，雙腳踩著樹幹高高地躍起。

只要能跳出牆外，他就有機會殺去軍營那邊，跟自己的嫡系配合。朱鮪麾下的爪牙，遠少於他。即便今夜突然發難，打了他一個猝不及防，他也有足夠的把握，將此人擊敗，然後碎屍萬段。

一支長槊，悄無聲息地從半空中砸下，正中他的肩膀。李秩的身體在半空中頓了頓，轟然落地。咬著牙爬起來，他再度撲上皇宮側門。準備憑藉武藝，殺出一條血路。才跑出十幾步，數支弩箭，已經從背後射穿了他的身體。

「呃，呃，呃……」李秩痛苦地轉過身，試圖看清凶手的面孔。卻看到大司馬朱鮪帶著周玨、張寶等人，高舉著火把，從門口蜂擁而入。而白天時在自己面前忍氣吞聲的柳鬱，則與另外幾名熟悉的身影一道，熟練地將箭矢推入大黃弩的弩槽。

「姓李的，你也有今天！」最後一名出現在他視野裡的，是大將岑彭。先縱身從牆頭跳下，然後舉起長槊，遙遙地指向了他的胸口。

「李某，李某……」猛地吐出一口血，他背靠著牆壁，努力讓自己不要立刻倒下，「李某是想為了你們大家謀一條活路，才，才不得已出，出此下策。劉秀已經殺到了洛陽城外，爾等，爾等執迷不悟，早晚死無葬身之地！」

「那就不勞舞陰王費心了！」朱鮪從柳鬱手裡接過大黃弩，近距離對準李秩的眼睛，「吞併了你的部屬，朱某憑藉城牆，足夠耗到劉秀糧盡而退的那一天。」

「你，你……」李秩無法反駁對方的話，掙扎著側轉頭，避開閃著寒光的弩鋒，「你，你休要得意。那，那劉玄，絕，絕不會念你的功勞！」

「劉秀就會念你的功勞嗎？舞陰王，莫非你到了現在，還不明白，朱某為何會搶先一步，殺進你的老巢裡來？」朱鮪笑了笑，輕輕搖頭，「同樣是帝王，誰會比誰善良多少？」

「你，你胡，你胡……」身體內最後一絲力氣，忽然消失殆盡。李秩圓睜著雙眼，緩緩栽倒。

「砍下他的腦袋，號令全軍。有不服號令者，殺無赦！」朱鮪沒有機會射出最後一矢，遺憾地將大黃弩丟還給柳鬱，高聲吩咐。

「遵命！」柳鬱終於揚眉吐氣，將大黃弩丟給身邊的弟兄，快步上前，一刀砍下了李秩的頭顱。

「大司馬，長安被圍，陛下那邊音信皆無。」岑彭手持長槊，緩緩走近。看著朱鮪的眼睛高聲提醒，「我等與其……」

「君然，你心裡念著劉伯升的情，朱某非常清楚。」朱鮪扭過頭，看著他的眼睛，迅速打斷。「但朱某心裡，卻忘不了陛下的相待之恩。今夜之事，多虧了你提醒，朱某才能搶先一步發難，誅殺此賊。你若是現在想要去投奔劉秀，朱某絕不阻攔。可是朱某，只要陛下還活著一天，就絕不會主動獻出洛陽。」

「大司馬……」岑彭還想再勸，眼角的餘光裡，卻看到有人在暗處悄悄地又舉起了弩弓。無奈之下，只好一轉身，倒拖著長槊快速走出了宮門。

柳鬱手裡拎著一顆血淋淋的人頭，卻不滿足，湊到朱鮪身側，用極低的聲音詢問。「大司馬，要不然我帶著弟兄們偷偷跟上去，用弩箭……」

「讓他走！」朱鮪狠狠瞪了他一眼，厲聲打斷。「如果不是他送來消息，李秩明天準備在宴席上動手，你我肯定死無葬身之地。」

「可他如果去了劉秀那邊，將城內虛實盡數告知，咱們守城肯定又要平添幾分艱辛。」柳鬱對朱鮪的婦人之仁好生不解，紅著臉喃喃地提醒。

「他不說，你以為劉秀就不知道城內的虛實嗎？李秩已經跟外邊暗地裡勾搭了那麼久！」朱鮪又瞪了他一眼，恨恨地搖頭，「況且岑君然做事向來謹慎，你又如何判斷，他沒有留著後手？真正雙方在城內衝突起來，再加上劉秩的爪牙趁機鬧事，這洛陽城，哪還用得著劉秀來攻？」

「這……」沒想到，剛才朱鮪和岑彭兩人之間看似簡單平和的對話背後，居然暗藏著如此多殺機，柳鬱頓時額頭上冷汗滾滾。

正後怕間，卻聽到朱鮪再度幽幽地嘆氣，「岑君然重情重義，又生性孤高，你不去害他，他也不屑拿著咱們的人頭，去劉秀那邊邀功。他走了，再帶走城裡那些劉縯的舊部，洛陽城守起來反而更會容易許多。唉——，算了，不說這些了，還是那句話，人各有志，勉強不得。帶著李秩的人頭，跟老夫去震懾他麾下的弟兄，劉秀得知李秩事敗被誅，接下來，肯定裝模作樣替他報仇。」

「劉秀，他為何要給李秩報仇？按道理，李秩是他的殺兄仇人。岑彭將李秩的企圖告知我等，甚有可能，是他在背後暗中指使？」柳鬱越聽越糊塗，忍不住大聲追問。

朱鮪卻沒心情替他解惑，帶著麾下親信們，直奔城內的軍營。憑藉其本人的威望，倉庫裡的銅錢和李秩那顆血淋淋的首級，倒也沒費太多力氣，就徹底接管了後者麾下那十多萬大軍。

也不怪那些弟兄們有奶便是娘，李秩這個人名聲實在太差，平素對麾下弟兄又過於刻薄。他若是活著，憑藉舞陰王的封號，以及麾下一批嫡系爪牙，還能勉強控制住大軍。而他既然已經身首異處，身邊的爪牙大多數被朱鮪、柳鬱等人聯手斬殺，其麾下的弟兄們，自然也沒心情替他報仇，更不可能自發組織起來，對抗朱鮪的收編。

於是乎，經歷了一場火併，洛陽守軍的實力，非但沒有被削弱，反倒因為統一了號令，約略有所增強。第二天，面對河北漢軍的瘋狂進攻，居然防得有模有樣。

朱鮪見狀大喜，立刻又派人抄了李秩的家，把全部所得，都換成了銅錢和布匹，賞給了作戰賣力的將士。如此一來，守軍的軍心更為凝聚，憑藉高大的城牆和寬闊的護城河，以及完備的防禦設施，竟然持續數月，都沒讓進攻方踏上城頭半步。

劉秀眼見此，心中追悔莫及。可李秩已經身首異處，暗地裡跟他早有往來的岑彭，也被朱鮪「禮送」出了城外。他想要拿下洛陽，唯一的辦法，就是繼續強攻。看自己麾下的將士，和城內的守軍，哪一方先挺不住，哪一方能笑到最後。

強攻就意味著拿命去填，《孫子兵法》中說的清清楚楚：殺士三分之一而城不拔者，此攻之災也！河北漢軍雖然訓練有素，士氣也遠遠高於城內守軍，可數量卻只有守軍的四分之一。萬一傷亡過大，實力下降過快，肯定會被朱鮪抓到可趁之機。

更為致命的是，到了此刻，他還不能放棄。他之所以能憑藉區區數萬兵馬，就橫掃河北，並且壓得周圍群雄不敢主動領兵來犯，憑的就是百戰百勝的威名。萬一他露出敗相，那些眼下選擇袖手旁觀的傢伙，肯定會像聞見血腥味道的鯊魚般撲將過來。

唯一的選擇，好像只有死磕到底。哪怕抽空整個河北的青壯，也要將洛陽踏在腳下。然而，河北各地，剛剛才開始恢復生機。此時此刻，將大批的青壯強征入伍，送往洛陽，無異於自掘墳墓。更何況，河北大地上，自從他親征之後，也是暗流洶湧。郭聖通的舅舅，真定王劉揚一直在跟樊崇那邊暗通款曲；被他留在漁陽坐鎮的彭寵，據說也在偷偷招兵買馬……

「主公，鄧禹將軍，派人從澠池送來急信！」就在劉秀愁得鬢染秋霜之時，中堅將軍杜茂忽然舉著一個牛皮做的公文口袋，急匆匆地衝到了他的面前。

「打開，讀給我聽！」劉秀心中煩躁，皺著眉頭，大聲吩咐。

「遵命！」素有文武雙全之名的杜茂答應一聲，快速掰斷公文口袋正面的蠟封，解開皮繩，從裡邊取出一張絹書，大聲朗讀，「長安被赤眉所破，劉玄坦胸負利刃請降，受封為畏威侯！」

「啊——」彷彿走到路上，忽然一腳踏入了鼠洞，劉秀的身體晃了晃，差點沒當場摔倒。

劉玄投降了，這個窩裡橫的蠢貨，居然厚著臉皮，投降了赤眉軍！樊崇輕鬆的拿下長安之後，兵力和名聲都必定大漲，糧草、輜重方面，也瞬間補齊了短板。毫無疑問，接下來，此人就會帶領赤眉軍挾大勝之威，直接撲向洛陽！

鄧禹和馬武那邊，兵力只有六萬出頭，未必擋得住樊崇以傾國之力來攻。而自己這邊，又頓兵於堅城之下，根本無暇抽身。

當初為了報殺兄之仇，借刀殺人的後果，徹底顯現了出來。原本對自己有利的局面，徹底翻轉。萬一被樊崇所敗，含恨退回河北，自己如何對得起那些戰死在城下的弟兄，自己又如何面對鄧奉、朱祐、馮異等人責備的目光？

「恭喜陛下，即將如願以償！」見劉秀聽了消息之後，忽然變得神不守舍，杜茂果斷躬身下去，高聲道賀。

「諸公，朕知道當日不該固執己見，一心給兄長報仇。」劉秀的臉，迅速漲成了紫黑色。咬著牙，向杜茂躬身謝罪。「所有過錯，皆由朕一人承擔。你去把將士們都召集到中軍來，朕先下詔罪己，然後想辦法率軍返回河北，以圖將來！」

「陛下，陛下，末將，末將真的是在向您道賀！」被劉秀的舉措，嚇了一大跳，杜茂趕緊側開身體，高聲補充，「劉玄投降了赤眉，我軍攻取長安，天經地義。道義方面，再也沒有任何缺失！」

「你剛才真心向朕道賀？不是在借機諷諫！」劉秀也楞了楞，帶著幾分狐疑反問。隨即，搖了搖頭，悵然而嘆，「道義上，的確再也沒有缺失。可如今朕被拖在洛陽，四周強敵環伺。哪還有力氣，再增派兵力給仲華，讓他去收復長安？」

「陛下，莫非忘記了，岑將軍率部歸來時，曾經跟您說過的那句話？」杜茂終於明白了，劉秀為何神不守舍，笑了笑，用非常小的聲音提醒。

「岑君然？他，他說過什麼話？」劉秀猜不出杜茂究竟想表達什麼，強壓下心中的憂慮，側頭追問。

「岑將軍那天夜裡，率部出城投奔陛下。曾經說過，朱鮪有誓，只要劉玄活在世上一天，他就不會交出洛陽！」杜茂笑了笑，緩緩給出答案。

「啊？對，他的確曾經說過！」劉秀心中大喜，隨即，又苦笑著搖頭，「問題是，劉玄那廝，豁得出去臉皮。樊崇一時半會兒，怎麼找得到合適理由殺他？」

「陛下恕罪，末將曾經聽人說，在起兵反莽的諸位劉姓將領之中，以劉玄的血脈，最為純正。無論是誰擁立他為帝，都可號令天下諸侯。」杜茂又笑了笑，迅速給出了第二個答案。

「嗚嗚，嗚嗚，嗚嗚嗚……」號角聲宛若龍吟，已經連續多日未曾發起進攻的河北漢軍，推著千百具攻城器械，黑壓壓殺向洛陽。彷彿在發誓，今日要一戰以竟全功。

而洛陽城頭，柳鬱、張寶、周玨等將領，卻誰都提不起抵抗的精神，齊齊將目光轉向朱鮪，請他做最後的決斷。

長安城被赤眉軍攻破了，天子劉玄投降了樊崇，被封為畏威侯。洛陽，徹底成了一座孤城。而敵軍，卻絲毫沒有疲憊的跡象，再度振作精神殺上前來，準備給守軍最後一擊。

「大黃弩準備……」彷彿對周圍的目光毫無察覺，朱鮪將長劍從劍鞘中緩緩而出，緩緩指向蜂擁而來的漢軍，「城下一百二十步……」

「慢！」他的心腹愛將柳鬱舉起的手臂，指著城外大聲叫喊，「大司馬，敵軍，敵軍停下了！」

話音未落，龍吟般的號角聲，突然消失。緊跟著，密集的軍陣背後，有一騎飄然而出，馬背上的銀甲武將雙手抱拳，朝著城頭高聲問候，「大司馬別來無恙？岑某奉主公之命，有要事前來相告！」

「是岑彭！」柳鬱聽聲辨人，認出來者身份，綳緊的心中，沒來由的就是一鬆。

「床弩準備，給老夫射死他！」朱鮪卻怕岑彭亂了自己軍心，果斷下達命令。

「大人且慢！」

「弩手後退！」

「不許轉動床弩！」

「兩國交兵，不斬來使！」

……

四下裡，恐慌的叫嚷聲，轟然而起。跟朱鮪並肩作戰了數月的將領們，不約而同扯開嗓子阻止。緊跟著，你看看我，我看看你，滿臉尷尬。

朱鮪卻在一刹那間，汗透背襟。迅速將寶劍指向距離自己最近，又是第一個出聲阻止自己的將領，「柳鬱，你意欲何為？」

「大司馬，末將不敢。」柳鬱低垂著頭，沒勇氣去面對朱鮪的憤怒，「末將，末將記得，您曾經說過，岑將軍重情重義，生性孤高，斷然不會拿我等的首級前去邀功。」

「大司馬不妨聽聽，聽聽岑將軍說什麼！」

「大司馬，岑將軍連續數月來，從沒領軍向洛陽發起過進攻！」

「大司馬，岑將軍曾經追隨您多年，與我等也是相交莫逆！」

「大司馬……」

勸阻聲，又紛紛響起，轉眼覆蓋了整個敵樓。

「你們，你們都怕了？」朱鮪聽得心中發涼，紅著眼睛，低聲追問。

眾將誰也不肯回應，也不肯抬起頭，與他對視。一個個，瞬間又變成了泥塑木雕。

朱鮪心中，頓時越發覺得悲涼，咬著牙將目光轉向城下，只見敵軍陣型齊整，盔明甲亮，威風凜凜，殺氣騰騰。再將目光轉向自己身邊，卻看到每一名弟兄，臉上都寫滿了疲憊。身上的盔甲，也滿是塵土，根本沒人想過去擦拭。

就在此時，岑彭已縱馬來到城下，仰起頭，再度高聲喊道：「大司馬，可否放末將進城一敘，或者，你派心腹下來交談，岑某都可保證他的人身安全。」

「不必了。」朱鮪收攝心神，揮刀砍斷一架釘拍上的繩索，親手抓起，奮力甩出了城外。「若要交談，你就沿此繩攀爬上來。」

他心中堅信，在即將大獲全勝之時，岑彭絕不會以身犯險。而如果自己判斷失誤，也不會任對方胡言亂語。只要在關鍵時刻裝作忽然手滑，就可以將此人摔成肉泥。

「謝大人賜繩！」彷彿對他的人品極有信心，岑彭哈哈一笑，人如鷹隼般直接飛下馬鞍，剛好抓住下落的繩頭，然後，雙足輕點牆壁，沿著筆直的繩索，急掠而上。

「大司馬小心！」柳鬱一個箭步上前，幫助朱鮪拉住了繩索另外一端。

「大司馬，讓末將來。末將力氣大！」

「大司馬，這種粗活，豈是您該幹的。末將來，末將來！」

「大司馬……」

張寶、周玨等人，爭先恐後。相繼上前，拉緊繩索。彷彿朱鮪是個手無縛雞之力的書呆子般，雙臂根本承受不住岑彭的體重。

「你們在幹什麼？」朱鮪終於忍無可忍，咆哮著鬆開握著繩索的左手，右手高高地舉起了寶劍。

「大司馬，你我無冤無仇，充其量是各為其主，你又何必非要置岑某於死地？」還沒等他決定先殺誰立威，岑彭已經攀上了城頭。冒著被寶劍砍中的風險，向他躬身施禮，「末將見過大司馬，我家主公……」

「住口！」朱鮪手中的長劍迅速下壓，直接抵住了岑彭胸膛，「岑彭，今日就叫你死個明白！朱某乃是大漢大司馬，絕對不會向亂臣賊子俯首！」

「大人息怒！」

「大人有話好說，先將劍放下來！」

「兩國交兵……」

周圍將領被嚇得臉色煞白，果斷上前，抱腰的抱腰，拉胳膊的拉胳膊，將他拉離岑彭面前。

「放手，放手，你們，你們這群貪生怕死的鼠輩！」朱鮪一個人，同時對付不了七八雙手，掙扎著大聲叫喊，「陛下待爾等恩重如山，如今，他身陷赤眉軍中，爾等不思前去相救，卻迫不及待向劉秀示好，爾等，爾等就不怕在史書上，留下千秋罵名？」

眾將被他罵得面如豬肝，卻不肯鬆手，唯恐他再次向岑彭發起偷襲，斷送了大夥所有人的性命。

「大司馬此言，恐怕大錯特錯！」唯獨岑彭，絲毫不覺得他能對自己構成威脅。竟然從眾將的保護下繞了過來，再度將胸膛暴露在了寶劍之下，「您口中的皇上，已經被樊崇所害！弟兄們只有歸順了我家主公，才能有機會，為他報仇雪恨。而如果繼續執迷不悟與我軍為敵，反倒是為虎作倀。」

「你胡說！」朱鮪哪裡肯相信岑彭話，抬手又是一劍，刺向此人的梗嗓。「陛下文不成，武不就，身邊還沒有半個心腹，他既然主動請降，樊崇怎麼可能殺他？」

「大司馬！」早就在暗中做準備的柳鬱果斷伸出右手，死死抓住劍刃。殷紅的鮮血，頓時從此人的掌心汩汩而出，迅速染紅了劍身。「聽，聽岑將軍把話說完。聽他把話說完啊！都這時候了，他，他又何必欺騙咱們？

朱鮪一個字都聽不進去，怒視柳鬱，高聲斷喝：「撒手！否則，休怪老夫不念舊情。」

柳鬱卻好似沒有任何感覺，手握著滿是血跡的劍刃，泣不成聲：「大司馬，皇上對您有知遇之恩。我等，我等對您，也從無虧欠啊。您今日殺了岑將軍，我等，我等就再無活路了！」

「大司馬，樊崇狼子野心，怎麼可能不殺陛下！」

「赤眉軍乃是一群土匪，哪裡懂得什麼道義！」

「是啊，大司馬，想要給陛下報仇，我等別無選擇！」

「大司馬，先前您是為了陛下，我等則是為了您。如今，如今陛下已經死了，您，您又何必帶著我等一起為他殉葬？」

……

張寶、周玨，以及周圍所有將士，全都跪倒在城頭上，苦苦哀求。

「大司馬，有你這種忠臣在，劉玄怎麼可能不死？」見朱鮪依舊不為所動，岑彭突然換了一副表情，冷笑著高聲斷喝，「留著他，樊崇得時刻提防有人救了他去，或者再度擁立他為帝，讓自己的圖謀毀於一旦！那不如殺了他，徹底一了百了！」

「啊！」朱鮪被喝得身體晃了晃，心中最後一絲僥倖，也瞬間消失殆盡。

「劉玄已被樊崇所害，爾等究竟為誰死守洛陽？」岑彭知道他心思已經動搖，果斷將頭轉向周圍所有人，大聲發問。

「我家主公願意當眾立誓，此生此世，絕不會動朱大司馬一根寒毛！」不待眾人回應，他又迅速補充。隨即，又高聲說出第三句承諾，「我家主公，既然連殺兄之仇都放得下，又怎麼會出爾反爾，殘害爾等。」

「我等願意獻城！」最後的顧慮瞬間也被掃清，張寶站起身，快步走向控制吊橋的搖櫓，指揮著數名茫然無措的弟兄，緩緩放下吊橋。

「我等願意獻城！」周玨也跟著站了起來，快步走下馬道，直奔城門。

「獻城！」

「獻城！」

「獻城！」

……

城頭上，叫喊聲響成了一片。所有將士，都失去了繼續跟劉秀為敵的心思，紛紛做出自己認為最合適的選擇。

朱鮪聞聽，手中寶劍，再無力握住。「噹啷」一聲，墜落於地。隨即，他張嘴吐出一口血，也對著城下，緩緩屈下了雙膝。

建武元年十月癸丑，朱鮪獻城投降，劉秀率軍入洛陽，宣告定都於此。後世稱其國為，東漢。

數日後，洛陽皇宮，御書房。

一身便服的劉秀，繞過書案，輕輕拉住了陰麗華的素手，柔聲道謝：「這裡的擺設，甚合朕意，也只有妳，才能為朕設計出這樣的書房。」

陰麗華見夫君如此誇耀自己，心中喜不自勝，笑了笑，小聲回應：「臣妾知道陛下在太學讀書時，常於藏書樓修繕古籍，並與士載他們並稱為書樓四秀。便突發奇想，著人將御書房依藏書樓模樣布置，稍稍簡陋了些，還望陛下恕罪。」

「朕謝妳還來不及，怎會降罪於妳？」劉秀握緊了陰麗華的柔荑，望向四周，只見全無奢華之物，唯有簡牘古籍，以及從窗戶照射進來的瀲灩秋光。

此情此景，讓他突然想起王莽那間極盡奢華，而又死氣沉沉的御書房。以及緊閉的窗戶，銅鶴嘴裡的幽幽青煙，水晶琉璃燈發出盈盈光亮，還有，還有王莽那張忽明忽暗、僵硬、慘白的面孔。

剎那間，他心中波濤翻滾，又搖了搖頭，低聲感慨：「這樣甚好，正合朕的脾氣。當年王莽的書房，倒是充滿了珠光寶氣，可他治下，卻是遍地餓殍！」

「王莽從小就沒受過任何苦，根本不知道韭菜和麥子的分別。」陰麗華善解人意，立刻從劉秀的表情上，看出他是有感而發，一邊替他輕輕磨墨，一邊低聲附和，「在他看來，珍珠玉石，都是唾手可得之物。卻不知道，一粒珍珠，已經抵得上普通人家三年的開銷。」

「是啊，所以他的政令，每一條聽起來都很有道理。每一條，都害人無數。」

「虧得陛下與大哥起兵，跟那些綠林豪傑一道，及時推翻了他！」

「醜奴兒！」聽陰麗華居然學會了恭維自己，劉秀忍不住低聲抱怨，「若是連妳學會了拍馬屁，朕豈非在宮中再也聽不到半句真話？」

「臣妾句句屬實，絕非故意恭維。殺入長安的，雖然是申屠將軍，但真正結束了大新朝的一戰，卻發生於昆陽。」陰麗華俏臉漲紅，連忙擺著手分辯，「那年消息傳來，臣妾雖然為你擔心，卻同時覺得無比驕傲。臣妾從十二歲時，就沒看錯，自己喜歡的人，是個蓋世英雄。如今陛下雖貴為天子，但在臣妾，在臣妾心中，陛下與當年策動馬車前來相救的白衣少年，別無二致！」
說到最後，聲音小如蚊蚋，卻透出不盡的纏綿。
「醜奴兒……」劉秀心中一暖，將陰麗華輕輕攬入懷中，低聲道，「在朕心中，也是一樣。朕第一眼見到妳，就心中發誓，此生非妳不娶。」
話音落下，他的記憶中，卻迅速閃過一團紅色的火焰，身體僵了僵，心臟剎那間宛若被人用手攥住了般疼。
這種變化雖然輕微，又如何瞞得過聰明細緻的陰麗華？後者立刻知道他又想起了誰，笑了笑，柔聲安慰：「陛下當年那句話，可是傳遍了長安。臣妾聽了，雖然覺得害羞，卻滿心歡喜。還有三姐，她不止一次跟臣妾約定，要同時嫁給你。我們兩個，誰都不欺負誰。」
「妳們兩個倒是和氣，也不問問我是怎麼想？」心臟處的痛楚，緩緩消散，劉秀笑著向陰麗華低聲抱怨。
「陛下莫非不願意？」陰麗華柔聲調侃了一句，隨即，收起笑容，緩緩補充，「若說當時心裡頭一點都不酸，那肯定是撒謊。但想想有三姐在旁邊，你就多一份安全，心裡的酸味，也就淡了。細算下來，三姐和皇后，都能幫你做許多事情。倒是臣妾……」
「醜奴兒，不能這麼說，朕不准許妳妄自菲薄！」劉秀聽了，渾身又是一震，趕緊將她輕輕推開，正色強調，「雖然妳沒練過武，卻一樣可以替朕分憂。」
「臣妾……」陰麗華哪裡肯信，紅著臉搖頭。
「醜奴兒，朕今天找妳，真的有大事，需要妳替朕出謀劃策！」劉秀卻不像是在哄她開心，走到書案旁，信手拿起幾份奏摺。

陰麗華見他滿臉鄭重，連忙收起女兒心事，皺著眉頭提醒，「陛下若要問計，應該找士載、子陵、仲先他們……」

「別的事都可以找他們，唯獨此事不可。」劉秀忽然嘆了口氣，快速將奏摺遞向她，「醜奴兒，妳先看了再說。」

陰麗華狐疑的接過去，一目十行，旋即掩住朱唇，兩隻眼睛，也瞪了個滾圓。

「這是大鴻臚郭僓上的密摺，除了朕，只有妳知曉其中的內容。」劉秀緊盯著陰麗華，沉聲說道。

「臣妾定會守口如瓶，絕不向別人吐露半字。」陰麗華趕忙回答，緊跟著，又猶猶豫豫問道：「陛下，郭鴻臚所言當真？」

「字字屬實，而且觸目驚心！」劉秀重重一點頭，雙眉緊蹙，「最近幾日，朕論功行賞，大封群臣，然而事畢後向下一看，卻赫然發現，滿朝要麼是朕的親戚，要麼是朕的鄉黨，幾乎找不到一個外人！」

陰麗華倒吸一口涼氣，又將目光投向奏章，剎那間，就明白了劉秀找自己來御書房的真正原因。

這件事，的確無法跟其他任何人商量。

首先，是不能找朱祐與鄧奉，他倆都是南陽人。如果不照顧鄉黨，今後就會落個涼薄的名聲。如果照顧鄉黨，則對不起劉秀這個皇帝。注定要左右為難。

其次，郭僓密摺中所言，還反應出一件事，那就是「南陽系」之所以變得如此龐大，恐怕與陰家和鄧家都有脫不開的關係。

陰家，當初在劉秀落魄之時，曾經舍家相助。而鄧家，除了鄧晨、鄧奉叔侄倆戰功赫赫之外，還有數十名晚輩，包括劉秀的三個外甥女，都為國捐軀。

第三，朝堂中不是出身於南陽的文武官員雖然能找得到，功績、地位，卻都很難與朱祐等人比肩。此外，一旦讓群臣知道，郭儹的奏摺得到了重視，很容易在朝野引發動蕩。

第四，就是大鴻臚郭儹上本的動機了。雖然此人在奏摺上，口口聲聲說是為國而謀。在話裡話外，卻露出了河北真定國人才眾多，理應大力從中選賢任能的意思。

陰麗華秀外慧中，馬上就想到，劉秀找自己商談此事，而非是找皇后郭聖通，除了因為對自己格外寵愛之外，還有兩個原因。

第一，自己與陰家長輩關係並不好，陰家在暗地裡做的那些事情，跟自己很難扯上關係。

第二，郭聖通的娘家人與其舅父劉揚都太強勢。而郭皇后也是從小任性慣了，對族人還極為照顧，根本不懂得把握其中分寸。

「除了南陽派與河北派，朝堂之上，是否還有其他勢力？」又陸續抓起其他幾分奏摺，陰麗華一邊看，一邊在心中飛速盤算。

有人提議，不計前嫌，啟用王莽時代的功臣。

有人提議，當年太學人才濟濟，理應受到重視，提拔起來，填補地方官吏的缺口。

還有人提議，鑒於鄧禹那邊，久戰兵疲。應該換一名將領取而代之。而最好的備選者，就是素有大樹將軍稱號的馮異……

突然想起攻打洛陽，最初是誰領軍，她眼前馬上豁然開朗。朝廷上，第三股成氣候的勢力，自然是最為弱小的潁川派，故而劉秀決定揮師渡河之後，特意派馮異領兵。

而第四股，就是王莽時代的那些老前輩們。他們為了家族的富貴，迫不及待地想要來洛陽，替自家夫君分憂。

第五股，其實很大部分，與南陽系重疊。那就是，當初夫君在太學時，曾經關係密切的一眾師兄師弟。除了嚴光、鄧奉、朱祐、賈復和鄧禹，還有沈定、牛同、蘇著、廖旭……，甚至，甚至還包括自家哥哥陰虛！雖然他其實一度曾經與夫君為敵，此刻，卻整個人都綁在了夫君的戰車上，根本不可能彼此將界線劃清。

……

迅速將心中的脈絡梳理了一番，陰麗華放下奏摺，輕聲說道：「南陽乃龍興之地，文武官員中以南陽人居多，不足為怪。但陛下若要圖謀天下，重振漢室，朝堂上一家獨大，就非常不妙了。可如果無緣無故，就出手打壓，卻會令滿朝文武離心。此事干係重大，陛下定當慎而又慎！」

「醜奴兒，妳所言極是。」劉秀抬起雙拳，使勁揉著太陽穴，苦惱的說道，「南陽父老對我恩重如山，朝中文武多半出自南陽，士載、仲先、子張、鄧禹、賈復、岑彭、劉隆……若要削弱南陽派的實力，必然要拿他們中的一些人開刀，可是，他們個個戰功卓絕，又與朕親如兄弟，怎好處置？至於河北派和潁川派，上面已經位高權重，下面卻青黃不接，強行提拔，無補於事，更會招致他人非議……唉，左右掣肘，徒之奈何？」

眼見劉秀愁眉不展，雙鬢似乎又白了不少，陰麗華心疼不已，皺著眉頭猶豫了片刻，忽然橫下心來，低聲提議：「陛下，兩條腿的凳子容易倒，只要裝上三條腿兒，卻立刻變得無比安穩！南陽系已經過於龐大，河北系和潁川系，合在一起才能與其平衡。如果將前朝留下來的可用之才，陛下的太學同窗，還有陛下招納的那些地方豪傑，再捏合成第三股力量。」

「捏合，如何捏合？」劉秀楞了楞，臉上迅速湧現了幾分驚喜。

「聯姻，結伴做事，或者讓他們一起領軍，去為陛下東征西討。特別是最後一種，能在戰場上交託性命了，自然就成了一夥！」能給丈夫幫上忙，陰麗華非常開心，想了想，繼續低聲提議。

「有道理。」劉秀越聽越覺得對自己口味，忍不住連連點頭。

「陛下雖然拿下了洛陽，還有河北作為依托，可四周圍，敵人卻依舊不少。」陰麗華秀目射出兩道熱芒，不復平素柔美模樣，卻更像當年那個意欲行刺賊酋，以保家人平安的女娃兒，又或是在陰家小樓上持刀護身，寧死不屈的勇悍佳人。「赤眉占據長安，隨時可能發起東征。蜀地公孫述，隴右有隗囂，河西有竇融，青徐有張步，漢中有延岑，壽春有李憲，還有其他大小勢力的頭目，個個野心勃勃。像赤眉軍這樣的大敵，陛下當然要以全力去應對。像其餘那些勢力，把武將和文官們分成組，輪番出戰，就能將其逐個剪除。如此，一方面可以安定天下，另外一方面，也能打破地域壁壘，讓百官全心全意為國出力。」

隔日朝會，劉秀當眾宣旨，以大將軍朱祐為使者，帶鴻臚卿蘇著，去隴右與河西交好隗囂和竇融。同時，擢升蓋延為虎牙大將軍，耿弇為建威大將軍，擢升真定王劉揚的外甥，巨鹿耿純為高陽侯。

除此之外，給漢軍造成慘重損失的降將朱鮪，被封為扶溝侯，官拜平狄將軍。朱鮪的嫡系下屬，柳鬱、張寶等人，皆封為將軍，率部前往澠池支援鄧禹。

緊跟著，劉秀又以奪取洛陽之功，封馮異為定南大將軍，食邑擴至六縣，銚期、馬成等潁川將領，也跟著加官進爵。

洛陽已定，身邊無須再留太多兵馬。萬修、杜茂、王梁等人，被委以重任，各自領著弟兄們對洛陽周圍的地方勢力發起征討。

……

一系列的政令，令滿朝文武眼花繚亂，細細品過，卻是幾家歡喜幾家愁。

然而，還沒等大夥來得及去想，劉秀此舉到底有何深意。西征軍那邊，卻又傳來了一個令人震撼的消息。鄧禹、馬武兩個再度兵敗，退保澠池。

殿內文武，全都悚然而驚，誰都沒料到，樊崇的動作這麼快，居然才打下長安，就立刻殺了過來。大將軍朱祐則驚訝的張大嘴巴，直接驚呼出了聲音：「怎麼可能仲華謀略過人，馬大哥武藝天下無雙，他們兩個聯手，怎麼可能還會輸給樊崇？」

「諸位勿慌，勝敗乃是兵家常事！」劉秀心中，也是雷聲大作，雖然強裝鎮定安慰麾下眾文武，自己的臉色卻一片鐵青。

鄧禹與馬武皆為他的鐵桿嫡系，一個足智多謀，一個勇冠三軍，並肩作戰卻依然不是樊崇的對手，足見敵軍來勢之凶猛！

而自己這邊，雖然剛剛接收了朱鮪麾下的十萬洛陽軍。卻根本沒來得及重新整編。在兵不知將，將不知兵的情況下，即便全都派上去，也未必能擋住赤眉軍的兵鋒。

更何況，洛陽周圍，還有許多勢力蠢蠢欲動。萬修、杜茂等人，剛剛被自己指定了任務，聖旨上的墨痕還沒乾掉，自己有何面目改弦易轍！

「陛下，老臣以為，我軍，我軍初下洛陽，立，立足未穩，不宜與赤眉軍過早決戰。」正急得火燒火燎間，耳畔卻傳來了一個斷斷續續的聲音，低頭看去，正是白髮蒼蒼的老尚書令伏湛。

那伏湛年近六十，是傳下《尚書》的大儒伏生的曾孫，在漢成帝時，已成為大學博士，接著先後被王莽與劉玄征辟，擔任高官。劉秀隨許子威學習《尚書》之時，就知道其大名，所以剛一開國，就命人將他找來，委以重任，以示絕不忘本。

所以，伏湛的話再無價值，劉秀也不能對其發火。反而堆起滿臉笑容，笑著起身請教，「尚書令所言甚是，卻不知道，朕需要怎樣，才能讓赤眉軍罷兵？」

「當然，當然是派朱大將軍出馬，拜見樊崇。以土地、財帛，慢其鬥志。」彷彿心中早有成竹，伏湛笑了笑，大聲提議，「陛下未渡河前，便已定下同時南下和西征的方略。當時已有不少有識之士提出異議，認為我軍雖兵強馬壯，但實不宜兩面開戰。如今，洛陽才勉強拿下，西征軍卻接連戰敗，正說明，當初的戰略過於心急！」

說罷，躬身行了一個禮，緩緩落座。每一個動作，彷彿都貼著忠直賢明標籤兒。

而御書案後的劉秀，卻氣得差點吐血！

伏湛話，聽起來句句在理，對解決眼前困境，卻毫無價值！首先，自己當初決定同時南下和西征，為的根本不是兩線作戰。而是在攻打洛陽的同時，切斷長安和洛陽雙方的聯繫，避免劉玄忽然率領其麾下文武，逃回洛陽跟朱鮪匯合。

其次，即便當初自己有派鄧禹一探赤眉軍虛實的念頭，現在說這些，也無妨改變兩番戰敗的事實。更何況，若不是鄧禹在澠池一帶接連擋住了樊崇的瘋狂進攻，赤眉軍也許早就殺到了洛陽城下。

再次，朱鮪為了守住洛陽，大肆散發財物鼓舞軍心，早就將府庫裡的積蓄揮霍殆盡。自己雖然在入城時，沒有造成任何破壞，卻也沒拿到任何繳獲。如今，連養兵和養將，都拿不出足夠的錢財。怎麼可能拿著救命的錢糧去資敵？

「陛下，臣以為，尚書令的話甚有道理！」見劉秀遲遲不做出回應，另外一位三朝元老周逢站出來，高聲啟奏，「如今赤眉占據長安，兵強馬壯，即便陛下再給鄧將軍派去援兵，也不過是以疲憊之卒，迎戰虎狼之師。根本沒有半分勝算。還不如，暫時向赤眉軍表示退讓，爭取喘息時間，以圖將來。」

「陛下，老臣年事已高，絕非貪生怕死，只是不願讓我漢家兒郎，枉流鮮血。」第三位站出來進諫的，是三朝元老趙德，只見他，手扶胸口，白鬚上下飄舞，「陛下應先避敵鋒芒，讓西征軍退回洛陽。然後派人說服隴右隗囂與河西竇融，三家聯手，合力對抗樊崇！」

「陛下，伏尚書所言極是！」

「陛下，赤眉軍從山東一路打到三輔，勢如破竹。我軍目前的確很難與其爭鋒！」

「陛下，即便我軍偶爾取得一小勝，只要樊崇率軍退入長安，用不了多久，就會再拉出一支兵馬。我軍必將不勝其擾，還不如暫時跟他握手言和！」

「以退為進，遠交近攻，避其鋒芒，合縱連橫，如此才是破敵之上策，還望陛下三思！」

……

受到三位老臣的鼓舞，又有六七人先後起身，提議用金錢來換取和平。劉秀怒到極處，心思反倒恢復了冷靜，雙手在空中虛按，大聲回應：「各位所言，聽起來甚有道理，當初兩線出兵，朕的確考慮不周。爾等若無其他退敵之策，不妨暫且退下，容朕聽聽他人想法，再做決斷。」

「是，陛下。」與伏湛想法相近的，都是文官，性子相對柔和。聽劉秀勇於認錯，立刻決定先暫時放手，免得對皇帝逼迫過甚，適得其反。

「眾位卿家，伏尚書的意思是讓朕退兵避戰，然後派人向赤眉祈和。爾等以為，此計是否可行？」劉秀不信麾下文武全都昏聵至此，遂掃視群臣，緩緩詢問。

話音未落，驃騎大將軍景丹已經挺身而出，「陛下，伏尚書德高望重，令人佩服。但末將以為，退兵求和，上於國無益，下於事無補，並且後患無窮！」

「哦？」劉秀心中，頓時像喝了冰水一樣舒服，帶著幾分鼓勵的語氣，笑著問道，「孫卿可否為朕詳細分說？」

「陛下，伏尚書只看到西征軍兩番敗績，卻沒察覺，鄧將軍和馬將軍，已在重新於澠池站穩了腳跟。赤眉軍雖然來勢凶猛，卻無法繼續向前推進半步。是以馬將軍才會派人向您請求支援，以圖擊敗樊崇，為戰死的將士報仇雪恨！若是陛下不發兵助戰，反倒讓他們退回洛陽，必導致軍心浮動，將士們的所有付出，都功虧一簣！而澠池防線一破，赤眉軍必然直搗洛陽。屆時，陛下恐怕將整個河南都割讓給他，都無法填滿他的虎狼之口」

「胡說！」伏湛聞聽此言，臉色立即大變，再度起身，高聲反駁，「景將軍莫要危言聳聽！洛陽跟澠池之間，還有數道關隘可守。」

「誰去守？錢糧都給赤眉軍了，弟兄們拿什麼去守？既然花錢就能買來赤眉軍止步，將士們又何必豁出性命去守？」景丹一點都不懂得「尊老」，連珠箭般發出質問。

「你，你強詞奪理！」伏湛被問得面紅耳赤，哆嗦著大聲抗議。然而，他的話，卻很快就被淹沒在一片憤怒的斥責聲中。

鄧奉、賈復、銚期、萬修，甚至還有很少跟人爭執的大樹將軍馮異，紛紛開口，大聲反駁他的意見。「我軍渡河而來，強敵環伺，卻無一人敢主動交鋒，是何緣故？」

「陛下起兵至今，從無敗績，所到之處，攻無不克，戰無不勝！正是這種無敵的戰績，才令所有勢力都懼怕陛下，不是避讓，就是臣服！若是陛下向赤眉示弱，還拿什麼來威懾群雄？」

「凡是陛下親自領兵，就從未遭一敗。是以我軍士氣，才遠勝群雄。若是陛下不戰先退，我軍士氣，拿什麼來維繫？將來，陛下又拿什麼去傲視天下豪傑？」

「那就等於告訴旁人，我軍怕了赤眉！勝敗乃是兵家常事，輸了，爬起來再打就是。若是輸了就想求和。有第一次，就會有第二次。還不如，現在就散夥回家！」

一席話，說得伏湛無言以對。

然而，大鴻臚郭儕卻還執迷不悟，快速站出來，高聲爭辯道：「諸位將軍切勿危言聳聽！樊崇那邊，也有許多麻煩。能暫時跟我軍議和，他也是求之不得。」

隨即，轉身看向朱祐，繼續大聲補充：「借此時機，朱將軍繞路到赤眉身後，說服隗囂、竇融，待隴右兵與河西兵聯袂攻向長安，樊崇自顧尚不暇，哪有力氣再咬住我軍不放？」

「郭鴻臚此言，未免有些過於一廂情願了！」朱祐心思剔透，才不會給此人當擋箭牌，笑了笑，大聲反駁，「那隗囂、竇融等輩，跟其他草莽流寇乃是一丘之貉。我軍勝，他們自然躲的躲，降的降，但我軍一敗，或者僅僅是露出一絲敗相，他們的嘴臉，絕不會比樊崇好看！」

「這……」沒想到朱祐直接拆了自己的臺，郭儕的臉色，好生尷尬。連忙扭過頭，向伏湛，周逢等人求援，卻見一眾老前輩們眼觀鼻，鼻觀心，全都修練起了〈逍遙遊〉，誰也不肯再看他一眼。

「郭鴻臚所言，未嘗不可一試。」劉秀當即心中雪亮，不忍郭儕太下不了臺，笑著向他揮手。「只是，得我軍先挫了赤眉的銳氣之後。否則，拿出再大的誠意，也不可能換得隗囂、竇融等人的支持！」

「是，微臣願聽陛下聖裁！」郭儕又恨恨地向周圍的老前輩們看了一眼，緩緩後退。

「朕隨兄長起兵以來，不是沒吃過敗仗，只是，沒向對手求過饒！」劉秀臉上依舊帶著笑，但目光卻變得十分冰冷，「所以，議和之事，休要再提。朕寧願戰敗後退回河北，也絕不會以將士們的口糧去飼賊！」

「陛下萬勝！」先前已經被伏湛等人氣得臉色鐵青的萬修，立刻站了出來，振臂高呼。

「陛下萬勝！」鄧奉、王霸等將領，紛紛揮舞著胳膊響應，一個個臉上充滿了驕傲。

寧願戰敗退回河北，也不會拿將士們的口糧去飼賊！這，就是他們的大司馬。這，就是他們的皇帝！從宛城、昆陽、新鄭、再到河北，哪怕四周圍強敵環伺，哪怕身邊就是萬丈深淵，也從沒主動認過輸。

而大夥正是憑著這股子不肯認輸之氣，才在柱天大將軍被謀害後，又一步步從血泊裡走出來，一步步從薊縣那種偏僻之地，走回了河南，走回了洛陽。

作為武將，大夥不怕輸，不怕死。卻怕帶頭的首領沒了王者之心。否則，在大夥浴血殺敵之時，他卻忽然決定向對手乞降，誰還敢再手提長槊為他而戰，誰還敢橫刀豎馬為其衝鋒？

「陛下此言甚是，我軍兵強馬壯，的確沒有向赤眉賊低頭的道理！」眼看著與赤眉軍血戰到底已經成了武將們的共識，少府郭況果斷選擇退而求其次，「但鄧將軍已經連續兩敗，威望大損，不宜繼續為帥。還請陛下另遣他人代替鄧將軍，以振軍心！」

「這……」正在振臂高呼的武將們，沒想到身後還有這樣一盆冷水會潑過來，一個個遲疑著回頭。

「依郭卿之見，朕該選誰為將？」劉秀也被郭況的小聰明，打了個措手不及，皺了皺眉，笑著詢問。

「陛下，微臣以為，耿純、耿弇、景丹、寇恂四位將軍皆文武全才，由他們四人領兵，取代鄧、馬兩位將軍，則大局可定！」郭況根本沒聽出劉秀話語裡的厭煩之意，想都不想，高聲回應。

一語畢，滿朝譁然。耿純、耿弇、景丹、寇恂雖然確實有真才實學，但皆是幽冀人士，因此被稱為「河北四大將」，其中高陽侯耿純，更是真定王劉揚的外甥，跟郭況，自然還有一層親戚關係。

「陛下，末將還要征討鐵脛流寇，只怕無暇西征！」還沒等大夥想好該如何表態，高陽侯耿純的聲音，已經響了起來，看向郭況的目光當中，也充滿了憤怒。

「陛下，臣還要回河北押運糧草，恐怕難以成行！」

「陛下，臣才能遠遠不及眼下正在西征軍中浴血奮戰的諸位將軍，不敢前去丟醜！」

「陛下，臣身繫京城衛戍，不能遠行！」

耿弇、景丹、寇恂三個，也相繼站出來，大聲附和耿純。

「你們……」郭況臉色劇變，硬生生將「不識抬舉」四個字，吞回了自家肚子裡。他本以為，通過舉薦河北四將，可以加強郭家與四人之間的聯繫，將此人一步步打上皇后一派的烙印，卻沒想到，四人一個比一個聰明，讓他的圖謀剛開了個頭，就直接撞上了大鐵板。

「陛下，郭少府平素專心為國打理鹽鐵諸事，無暇他顧。根本不知道眼下各位將軍都擔負著何等重任！」中散大夫陰就唯恐郭況不夠尷尬，迅速湊上前，高聲奚落。

「陰大夫，莫非你也有合適人選向朕舉薦？」劉秀的心中對郭況的厭煩，立刻轉移了一大半兒到陰就身上，又笑了笑，沉聲詢問。

陰就才能與郭況不相上下，聽劉秀向自己發問，想了想，高聲啟奏，「陛下、左大將軍，阿陵侯任光，勇武過人，且忠義無雙。若能主宰西征軍，定可為陛下擊潰赤眉，奪取長安！」

「阿陵侯鎮守信都時，曾以八百士卒，力克兩萬尤來兵！」

「任將軍當年曾經追隨齊武王[注三]麾下，戰功赫赫。」「陛下，阿陵侯愛惜士卒，素得軍心！」

「陛下……」

陰虛、鄧啟、趙歆等文官，還有若干昔日曾經追隨過劉縯的武將，紛紛上前表態，支持陰就的主張。

「嗯——」劉秀低聲沉吟，目光掃視群臣，眉頭再度皺了個緊緊。

他萬萬沒想到，陰就，或者說陰家的勢力，已經變得如此龐大，甚至已經得到了大哥當年那些舊部的支持。

「陛下，微臣以為，任將軍雖然忠勇，卻沒有獨自領軍的經歷，不宜取代鄧將軍為帥！」一個熟悉的聲音，忽然從大殿門口處響了起來，迅速吸引了他的目光。

「子安，莫非你也有人選向朕推薦！」劉秀楞了楞，臉上的笑容，隱約有些發苦。太學系，這個剛剛出現的派系，迫不及待地將觸角伸向了兵權。

「楊子安？」正在為任光爭取主帥位置的南陽系文武們，紛紛扭頭，恰看見車府令楊睿那蒼白的面孔。

此人乃是劉秀太學的同窗之一，名聲、本事都不怎麼顯赫。畢業之後，在王莽的大新朝裡，也只做了一個年俸一百石的小官兒。劉秀在河北稱帝之後，他冒著沿途被盜匪殺掉的風險前來投奔，因此，才被授予了車府令的職位，算是終於否極泰來。

注三、齊武王：即劉縯。劉秀做皇帝後，封其去世的大哥為齊武王。

這樣一個沒跟腳，沒名望，全靠著同學之誼才混上六百石俸祿的小官兒，他說出來的話，能有什麼分量。因此，大夥只是為了維持朝堂上的和氣，準備耐著性子聽上一聽，然後就直接忽略了事。

誰料，那楊睿卻絲毫沒有六百石小官兒應有的謙卑，快速向前走了二十幾步，在劉秀面前重新站穩，朗聲說道：「陽夏侯馮異南渡以來，攻城略地，每戰必勝。且勤勉愛民，從不縱容屬下侵擾百姓。我軍能夠被視為仁義之師，陽夏侯居功至偉。如果必須派遣陽夏侯去接替鄧將軍，非但可以遏制赤眉軍的瘋狂東進，長安、三輔等地的百姓，也會慕陽夏侯之名，爭相為我軍提供支持！」

話音落下，非但原本以為他會推舉同學取代鄧禹的郭況、陰就等人目瞪口呆，就連又開始坐在綉墩上背靠著柱子閉目養神的馮異都滿臉愕然。

楊睿前半句話，沒有半點兒問題。河北漢軍南下以來，馮異每戰必勝，功勞和聲望遠在其他諸多將領之上。但是，功高必然震主，如果把打敗赤眉的機會，也給了馮異，此人就徹底成了河北漢軍第一將，在軍中的聲望和影響力，就直追當年昆陽大捷之後的的劉縯和劉秀！

劉縯當年為何讓劉玄感覺芒刺在背，就是因為他在軍中的聲望和影響力太大，如果起了謀反之意，劉玄幾乎沒有任何辦法可能阻止。如今馮異如果威望和影響力追上了劉秀……

「楊卿之言，甚合朕意！」唯一不覺得驚訝的，只有劉秀本人。只見他緊皺的眉頭徹底鬆開，身體後靠，如釋重負，「陽夏侯用兵謹慎，且愛惜百姓，正是最好的領軍人選。來人……

「不可！」尚書令伏湛果斷站出來，大聲勸阻，「陛下恕老臣直言，楊車府的提議，實在有失妥當！」

「為何？」劉秀眉頭再度皺起，強忍著怒氣，沉聲詢問。

「馮將軍南下以來的功勞，有目共睹。但若事事以他為主，豈不是令宵小之輩笑我大漢無他人可用？偌大的江山，只靠馮將軍獨自支撐？」尚書令伏湛身上，終於有了幾分讀書人味道，頂著劉秀的目光，大聲回應。

「陛下，馮將軍身上舊傷未癒，不宜再度領兵出征。」

「陛下，伏尚書所言有理，我朝人才濟濟，豈可事事都依靠馮將軍？」

「陛下，我朝百勝名將，不下二十人，陛下為何獨愛馮將軍？」

……

陰就、郭況等皇親國戚，以及其他一些自認為有遠見的文臣武將，紛紛開口。堅持要求讓馮異暫且在洛陽城內養傷，把領軍出戰的機會讓給別人。

「陛下，末將身上的箭傷發作，最近的確疼得精神恍惚。」無法承受四周圍蜂擁而來的敵意，馮異悄悄嘆了口氣，站起身，學著景丹等人先前的模樣，主動表示不堪重任。「西征軍的主帥人選，末將懇請……」

「公孫，不要說了，你的難處，朕明白！」劉秀臉上的笑容，再度消失了個乾乾淨淨。手扶桌案站起身，高聲打斷，「朕不是劉聖公，也看不起劉聖公！你放心去，朕在洛陽，為確保錢糧補給，樣樣不缺。」

「陛下……」馮異心中一暖，眼睛立刻發紅。

「你放心，朕的大漢，不是大新，更不會是更始朝那個互相傾軋的聚義廳。任何人為朕在軍前浴血奮戰，朕都不准許有人在背後捅他的刀子！」劉秀朝著他笑了笑，取下佩劍，輕輕拍在了御案之上。「從今日起，有敢出言離間你我君臣者，要他敢開口，朕就絕不讓他活著走出皇宮大門！」

「啊——」原本還想再出言勸阻的伏湛、陰就等人，被嚇了一大跳，頓時全都主動三緘其口。

然而，馮異卻紅著眼睛躬身下去，大聲補充：「陛下，請恕末將不敢受命。」

「啊……」眾文武再度面面相覷，誰也不知道，馮異今天為何如此「不識抬舉」。

「昔日秦晉交兵，秦穆公力排眾議，堅持以孟明視為將，最後洗三敗之恥，成五霸之業！」不待劉秀發問，馮異深吸一口氣，高聲補充，「仲華才高志堅，堪做陛下的孟明視！末將，願為其副，全力佐之掃蕩赤眉，為大漢奪回長安。」

「不愧為大樹將軍！」嚴光心中悄然讚了一聲，快步上前，向劉秀啟奏：「陛下，臣以為，馮將軍之言有理。仲華雖然歷經兩次戰敗，卻都敗而不亂。已經熟悉樊崇的路數。換了別人為帥，反不妥當。不如讓馮將軍領兵前去，為他副貳。齊心協力，還赤眉軍以顏色。」

「軍師之言有理！」

「馮將軍之言，老成謀國。」

……

各方力量，都暗暗鬆了一口氣，紛紛改變原本打算，開始支持馮異的主張。

劉秀見狀，也不讓馮異難做，便傳下旨意，讓改封馮異為征西大將軍，帶領賈復、銚期、馬成、蘇著等人，以及五萬大軍，去支援鄧禹。

接下來幾日，洛陽及周遭新打下國土上的官民兵卒，全部動員起來，積極為支援西征軍做準備。三日後，馮異奉劉秀之命，帶足了人馬輜重，浩浩蕩蕩殺向了澠池。

親自將隊伍送出了十里之外，劉秀打馬返回皇宮。坐在龍椅上，望著空落落的大殿，心中不受控制地，又開始盤算起朝中各方的勢力來。

馮異的退讓，使得各方勢力原本激化的矛盾，暫且得到了緩和。但各方勢力，卻絕對不會就此罷手。特別是河北那邊，隨著自己的嫡系力量逐漸調回洛陽，劉家和郭家的子弟，迅速填補了那些空缺。甚至連素受自己器重的祭遵，據說都有一個侄兒，跟郭家結成了姻親。

郭家女兒生得貌美，又是皇后的親侄女。與祭遵的侄兒，倒也般配。只是婚禮之上，有人擺出了皇后賜予的錦扇與珠冠，所做出的暗示，就令人玩味了。

「她終究不是三姐，無論心智，還是性情！」劉秀眼前，迅速閃過郭聖通那英姿勃勃的身影，嘆息著的自言自語。

當年為了拉攏劉揚所答應的親事，惡果原來越明顯。郭聖通只是長得跟馬三娘隱約相似，身手也有馬三娘當初的六成，性情和心智，卻大相徑庭。

如果三娘活著，絕對不會如此明目張膽地支持她的族人。更不會主動出頭替她的族人拉攏軍中大將。

她會知道，自己忌憚什麼。也知道，彼此之間的愛戀，不能成為胡作非為的依仗。她甚至會在哥哥和丈夫之間，主動地選擇後者。因為她知道，只有自己的丈夫地位穩固，才能保證哥哥也富貴平安。而如果丈夫丟了江山，別人給的好處再多，也不會超過當下。

只是，如果終究是如果。

記憶中那團火焰般的紅雲，終究越飄越遠，再也不可能回來。

「陛下！陛下！」一名太監面帶喜色走進殿中，跪在地上大聲稟報，「陛下，皇后娘娘，皇后娘娘即將臨盆！」

「啪」的一聲，手中的狼毫筆落在奏章上，抹得竹簡漆黑一片。劉秀的臉上，且驚且喜，身體不受控制地微微顫抖。

「哇！哇！哇……」

響亮的啼哭聲刺破了夜空的寧靜，令每個人的精神都為之一振。永樂宮中，處處燈火通明，數百名奴婢都做好了徹夜不休的準備，只要皇后娘娘和小皇子一有任何需要，就立刻行動，絕不讓這世間最為尊崇的母子，受到半點委屈。

最大的一間寢宮裡，郭聖通背靠床榻，半倚半坐，額頭鬢角等處，虛汗淋漓。一名宮女小心翼翼地餵她服用參湯，另一名宮女，則在溫水盆裡拎出一條毛巾，擰乾後小心翼翼地替她擦拭。

在她的面前，奶娘抱著剛出生不到一個時辰的小皇子，正在邊哼著歌謠，邊來回走動。剛出生的眉眼孩子還沒長開，但膚色卻非常瑩潤，讓人一看就知道，此子將來注定會洪福齊天。

「陛下，陛下他還沒來嗎？」郭聖通卻根本沒心思看自己的孩子，眼巴巴地望著宮門，低聲詢問。

「啟稟娘娘，奴婢已經派人去請了。」一名女官跪在地上，快速回應，「陛下，陛下今天送馮將軍出征，應該，應該還沒騰出空來。」

「咳，咳！」郭聖通劇烈的咳嗽兩聲，心中充滿悲戚。

她當然知道，手下人必定會以最快的速度去通知劉秀，即便今天沒有通知，那麼昨天，前天，三天前，五天前……肯定也有人去告訴他自己快要生了，然而，劉秀的反應，不過是派人來慰問一下，送些補品而已。

難道，這個孩子不是他的嗎？

難道，他忘記了，當初，是誰替他說服了舅舅，以真定相贈嗎？

難道，他忘記了，自己嫁給他之後，郭家拿出了至少六成財力，輔佐他招兵買馬嗎？

難道……

郭聖通越想，心中越是難過，秀麗的雙眸裡，淚水不受控制地溢了個滿滿。然而，她卻死死咬住嘴唇，不肯讓眼淚滾出來，不肯讓自己在手下人面前，露出普通女人才有的脆弱。

「娘娘，娘娘！」就在郭聖通快要抑制不住，淚水即將決堤的時候，一個女官小跑著衝進宮內，滿臉興奮地彙報，「陛下來了，陛下來看您和小皇子了！」

「陛下！」郭聖通猛地站了起來，隨即，疼得身體踉蹌，差點又一頭栽倒。倔強地用手扶住床稜，她強迫自己站穩，隨即用宮女手中的毛巾，在臉上胡亂抹了兩把，又縱身跳上床榻，迅速躺好，用被子遮住了自己的面孔。

屋內一下子變得很安靜，只有孩子的呼吸聲，在她耳畔時隱時現。

來了，劉秀的腳步聲，超過了孩子的呼吸聲。

來了，劉秀的呼吸聲，已經到了床榻旁。

不能睜眼，她強迫自己不去睜眼。淚水徹底不受控制，將頭上的被子，迅速濕了個透。

「奶娘和孩子留下，你們都出去歇息吧！」劉秀的聲音，忽然響了起來。讓她感覺到了幾分安寧，同時又十分失望。

他只想看看孩子，不想看孩子的娘親。

孩子是他的骨肉，而自己，卻是外人。

手指甲刺入掌心，郭聖通感覺痛徹心扉。然而，她卻沒有勇氣掀開被子，大聲表達自己的憤怒。

她雖然身為皇后，卻不是他的最愛。

他最愛的那個女人，已經死於戰火。再也不會出現，誰也沒本事，讓死去的人重生。

想到馬三娘已經死去多時，而陰麗華雖然受寵，卻至今還沒生下兒子。郭聖通心中的委屈和失望，忽然就變淡了許多。

死去的人，對自己構不成任何威脅。

而陰家缺乏人才，無論如何努力經營，都不可能追上郭家和劉家的聯盟。

……

「這孩子，生下來有幾斤，稱過了嗎？」劉秀的聲音，再度透過被子，傳入了她的耳朵。

「回稟陛下，是七斤半，太醫派女吏剛剛稱過。」乳娘顯然不知道該如何跟皇帝說話，聲音裡帶著明顯的顫抖。

「是七斤九兩，陛下。」將頭蒙在被子裡賭氣的郭聖通，無法忍受別人看輕自己的兒子，用胳膊支撐起身體，大聲糾正。

「皇后，妳醒了。」劉秀被郭聖通的聲音嚇了一跳，趕緊從乳娘手裡接過孩子，快步走到床前，大聲炫耀，「這孩子跟朕很像，頭頂都是三個旋兒。」

郭聖通聞言一怔，旋即，心中的所有委屈，都瞬間消失殆盡。幸福的感覺，迅速湧遍了全身。

果然，有了孩子，什麼都可以改變！

自己的所有委屈，終於有了盡頭。

然而，還沒等她想好如何回應劉秀的話，對方已經將孩子送了過來，「好好照顧自己和孩子，保重身體。朕改日再來看望你們母子。」

說罷，又依依不捨的看了親骨肉一眼，便迅速轉身向外走去。

「陛下！」郭聖通絕望至極，抱著孩子，大聲呼喚。

劉秀站住，回轉，滿臉困惑，「皇后，妳還有事要跟朕說？」

「陛下……」郭聖通雙目通紅，眼淚瞬間淌了滿臉，「您，您不喜歡我們的孩子？」

「怎麼會？」劉秀見她這般模樣，心中也忽然覺得好生不忍，快步回到床邊，笑著搖頭，「怎麼會呢？朕從沒有這般開心過。」

「那您為何，為何剛來就走？」郭聖通滿腹委屈，淚眼婆娑。

「皇后。」劉秀的目光，終於落到了她身上，話語裡，竟然沒一絲溫情，「眼下戰事吃緊，各處烽火不斷，朕每為家事耽擱一會兒，便有許多將士面臨險境，甚至戰死沙場！」說罷，忽又覺得自己語氣有些重，更不該在這喜慶的日子提及生死。想了想，又儘量溫柔地補充，「妳好生休息，朕處理完了手頭上的政事，就會回來看妳，看望你們……！」

「陛下！」郭聖通突然瞪大杏眼，打斷劉秀的話，同時，胸脯急促起伏，像是頭要垂死一搏的母狼。

她在真定王宮長大，深知宮裡的規矩，平時絕不敢如此僭越。然而，她此時剛剛分娩，丈夫才來就要離去，而且，還面不改色心不跳的對她撒謊，這讓她再也忍受不住。

處理完政事？試問一國之君，什麼時候可以處理完政事！

「陛下，臣妾知道自己福薄，配不上陛下的寵愛。」望著滿臉不解的劉秀，她咬緊牙關，用全身的勇氣高聲詢問，「敢問陛下，將來，將來是否會，會依祖制，給這孩子一個，一個說法？」

「說法？」劉秀聞言，面色倏然一沉，掛滿寒霜。

郭聖通所說的「說法」，很明顯，乃是關乎大漢興亡的太子之位！

她之所以這麼問，不外乎是擔心自己不得寵，會連累兒子得不到皇位繼承權。並且，她在言語中，格外強調了「祖制」二字，也即嫡長子繼承制，這幾乎等同於逼自己做選擇。

而這種事，哪可能在孩子剛生下來之時，就做出決定。

這種事，又怎麼可能憑著夫妻情分，就做出最後的選擇。

「陛下，陛下如果不喜歡……」全身的勇氣，瞬間耗了個乾乾淨淨。郭聖通屈身下去，用胸口護住自己的孩子，就像一頭被逼入絕境的母狼。

南來之前，舅舅曾經親口對她說過，最是無情帝王家。如果帝王家的孩子做不成太子，就很難平安一生。

特別是開國帝王。

想當年，大漢高祖劉邦是何等的英武。他死之後，劉肥、劉如意、劉建等人，卻全都不得善終。好不容易熬到呂后身死，文皇帝又向剩下的幾個，亮出了血淋淋的屠刀。

「妳到底……」劉秀被郭聖通的話語和動作，激得勃然大怒。然而，待看到後者那以護犢母鹿般的模樣，忽然又意識到，對方此刻心中的惶恐。

「哇哇，哇哇哇，哇哇……」已進入夢鄉的嬰兒，感覺到外邊的震動，突然睜開眼睛，放聲大哭。

再也顧不上跟孩子的母親生氣，劉秀雙手接過嬰兒，學著印象中長輩的模樣，哼著兒歌在榻前緩緩踱步。

說來也怪，才哼了短短兩句，嬰兒竟然破涕為笑，吮吸著手指，再次甜甜進入了夢鄉。

看到這神奇的一幕，郭聖通簡直驚呆了，她自問自己絕對做不了這件事，而劉秀卻好似輕車熟路。所謂父子連心，恐怕說的就是此事。如果，如果……

「好好照顧他，也照顧好妳自己。不要聽外邊的人瞎說，朕並非絕情之人！」劉秀這次沒有將兒子交給她，而是抱在懷裡，繼續輕輕拍打，同時，頭也不抬地低聲叮囑，「這是朕的兒子，朕答應妳，只要他將來德行無失，朕絕不會，絕不會有違祖制！」

「陛下！」郭聖通簡直不敢相信自己的耳朵，瞪圓了眼睛，低聲驚呼。

不違祖制，就是會依照嫡長子繼承制，冊封自己的兒子為太子。至於「德行無失」這四個字，只要不是他存心刁難，就絕對萬無一失。

看劉秀現在滿臉慈愛的模樣，他又怎會存心刁難自己的親生骨肉？

而以郭家和劉家的實力，只要那個人生得再遲一些，太子的地位，就會穩如泰山！

「養不教，父之過。若他德行有失，朕亦有失，朕到時，自會給你們母子一個交代！」劉秀的聲音，忽然又傳了過來。每個字，都刺激著郭聖通的心臟。

心中剛剛湧起的欣喜，迅速被痛楚所取代。郭聖通的眼睛裡，也再度充滿了淚水。她非常想再問一句，這個「交代」到底指的是什麼。然而，她一生的勇氣，卻在先前那一刻，已經徹底用光。努力再三，竟然沒有辦法讓自己抬頭。

劉秀也沒有抬頭，默默地看了兒子一會兒，戀戀不捨地將其交給乳娘。正準備轉身離開，忽然又想起另外一件事，嘆了口氣，鄭重對郭聖通叮囑，「朕知道，妳私下裡跟真定王有聯繫。但朕希望，從今往後，無論他說什麼，妳都不要再幫他的忙。」

「啊——」郭聖通被嚇了一跳，終於明白，自己最近為何總是遭受冷落。兩隻眼睛裡，瞬間寫滿了驚恐。

「唉！妳既然沒那麼聰明，想要的就別太多！」劉秀看了她一眼，無奈地嘆氣，「有人已經向朕密報，真定王正在悄悄打造兵器鎧甲，並且大力收購糧食和戰馬。朕知道，此事跟妳無關。朕希望，此事永遠不要跟妳扯上任何關係。」

「陛下——」郭聖通又楞了楞，眼淚再度奪眶而出。

她是冤枉的，她肯定是冤枉的。她真的不知道此事，她懷孕以來，心思全放在了即將出生的孩子上，沒時間，也沒精力，再管真定那邊的事情。

然而，這些話，卻找不到任何證據。

她沒管過劉揚的事情，卻幫過劉家其他人很多忙。那些「小忙」看似微不足道，一個個疊加起來，足以將她拉進萬丈深淵。

她沒管過劉揚的事情，卻悄悄地通過影響百官，為劉、郭兩家，謀取了許多職位。任由兩家的力量，在朝堂和地方都快速發展壯大。

她沒管過劉揚的事情，卻將劉揚當做了依仗。並且在幾個呼吸之前，還想要讓劉揚來支持自己的孩子，讓劉得等人，將來成為太子的臂膀。

她……

「如果不是因為娶了妳，朕不會這麼快就打回洛陽！」相信郭聖通還沒笨到非要與劉揚同生共死的地步，劉秀又嘆了口氣，低聲補充，「妳想做皇后，朕立妳做皇后。妳想立這孩子為太子，朕也會答應妳。但是，妳自己需要想清楚，邊界在哪？」

說罷，再度轉身，大步走向門外。

「陛下，妾還有話要說。」見劉秀又要不顧而去，郭聖通咬著牙抬起頭，強迫自己做出決斷。

「妳說。」劉秀的雙腳，停在了門口，卻沒有回頭。

郭聖通心中滿是失望，卻憑著一個母親的本能，努力去為自己和孩子爭取未來，「真定王有梟雄之心，卻無真龍之命。他雖生了反意，但妾可斷言，他的部將、親信，乃至親生兒子，恐怕都不會跟著他自尋死路。任何人都知道，如今能跟陛下作對的，只有赤眉軍，其餘人，都不過是土雞瓦狗，跳樑小丑！」

「哦？」沒想到郭聖通還能有如此見識，劉秀回過頭，笑著鼓勵，「還有呢，妳繼續說。」

「臣妾雖不能替陛下上陣殺敵，但至少可以，可以寫幾封書信。」郭聖通努力坐起來，努力讓自己看上去，不那麼虛弱，「至少，我槁城郭家，邯鄲耿家，甚至妾的表哥劉得，都會聽妾規勸，懸崖勒馬，跟劉揚劃清界線！他日戰火一起，管教劉揚身邊無可用之人，手下無可用之兵！」

女人雖弱，為母則強。

這是她最強大的一面，她希望完全展現給劉秀。

她也許不是個好妻子，卻絕對可以做個好皇后，好母親。

如果需要，她隨時可以披掛上陣，為他持槊而戰。跟他一道，守衛他們的孩子，他們的江山。

然而，令她無比失望的是，劉秀的反應，卻十分平淡。彷彿她的主意，沒有絲毫可取之處。她的謀劃，也全都不值得一提。

「陛下可是不相信妾？」郭聖通看著劉秀的眼睛，強忍住心裡的恐懼詢問。

「不是。」劉秀忽然笑了笑，輕輕搖頭，「妳的辦法很好，簡直跟朕想到了一起去了。只是，妳剛才所說那些，朕已經派耿純著手去做了。」

「啊？」郭聖通本已經有了幾分血色的面孔，突然之間，變得慘白一片。

「不過，妳能想到這些，朕心甚慰。朕會讓尚書令伏湛擔任孩子的老師，伏尚書學識淵博，為人忠直，有他教導，妳大可放心。」劉秀憐惜地看了她一眼，意味深長地補充，「朕當年在太學裡，學的也是《尚書》。」

話音一落，劉秀轉身走了出去，須臾，外面響起了一大片恭送之聲，隨著如水的月光，一同潑入宮內，傳進郭聖通的耳朵。

這是郭聖通一生當中，最漫長，最難熬的一夜，至此，這一夜終於完全落下帷幕。

但她收穫了一個承諾，她的兒子，即將成為太子。然而，她本人，卻徹底一無所有。

她伏在床頭，放聲痛哭！

翌日，聞得宮中添丁的文武百官，早早入朝進賀，不吝溢美之詞。劉秀此刻也已振作起精神，笑呵呵地一一答謝，直至最後，方當眾宣布，擢升尚書令伏湛為陽都侯，日後負責教導皇子劉彊讀書。

此言一出，眾臣皆向伏湛道喜。伏老尚書本人，也是滿臉驚愕，緊跟著，幾乎要喜極而泣。

原本以為，自己會因力主向赤眉求和，而被劉秀閒置，豈料才過了短短幾天，自己就被安排去輔導大漢國的未來天子！

當然，劉秀雖然沒有立刻言明劉彊是太子，暫時也沒封他做太子太傅，但只要不是周幽王、秦始皇這種昏君暴君，誰敢肆意違反嫡長子繼承制！

念及於此，伏湛一揖到地，將滿心的歡喜和感激，全部表達在一句「謝主隆恩」裡。

時間在忙碌中過得飛快，幾乎是一眨眼的功夫，新年就到了。洛陽城內張燈結彩，上自朝臣，下至百姓，尚未走出皇子誕生的喜悅，就又開始慶賀新春的到來。

大年初一，劉秀率領群臣，第一次在南郊祭祖，並向上蒼禱告，希望早日結束戰事，好讓百姓安居樂業。但在心中，劉秀卻知道，這些都是形式，真的想讓天下太平，重現文景之治的盛況，需要的是強悍的武力，以及君臣上下，量入為出，為百姓休生養息。

或許上蒼真的聽到了劉秀的祈禱，過完大年，又陸續有幾個喜訊先後傳來，在振威大將軍馬武和征西大將軍馮異的兩翼強力牽制下，大司徒鄧禹趁樊崇無暇顧及後方，僅帶了兩千人星夜奔馳，竟將赤眉軍的糧草輜重，一把火燒了個精光！

沖天的火光，縱然在百里外亦清晰可見，朱祐聞訊，趁機將隴右的隗囂與河西的竇融說服，二人決定立即出兵，進軍長安！

兩面受敵，樊崇無奈之下，只好大步後退。

漢軍則尾隨追殺，一路追到了長安城外，方才停住了腳步。

劉秀聞聽，心中大喜，立刻命群臣前往卻非殿議事。

「眾位愛卿。」劉秀心情甚好，笑吟吟看向百官，緩緩說道，「相信你們已經有所耳聞，鄧司徒已燒了赤眉的糧草，仲先也說服了隗囂與竇融，隴右兵與河西兵，不日將抵達長安城下！」

「恭喜陛下，賀喜陛下，赤眉破滅，指日可待！」侍中習鬱站出朝列，躬身說道，「眼下天寒地凍，樊崇若不想成為無糧之困獸，甕中之魚鱉，就必須主動出城迎戰。只要他一出城，就會被三路大軍團團包圍，再也插翅難逃！」

「習侍中所言極是。」已被擢升為大司農的李通也站出來，眉飛色舞的說道，「樊崇派謝祿誅殺劉玄，便是他覆滅的開始。如今長安城中，定已人人自危，早不復當日齊心協力的局面，若陛下再派人潛入樊崇身後，說服昔日眾綠林將領倒戈，說不定，可不戰而勝之！」

劉秀聞言，頗覺在理，當即，笑著頷首，「次元言之有理。朕即刻派人傳書給仲華，命他雙管齊下，嚴以待陣的同時，遣人繞路樊崇身後，尋隙離間其爪牙。」

「陛下且慢，臣有本要奏！」左曹侍中邳彤走出隊列，大聲說道。

劉秀知道邳彤向來不喜多言，頗覺奇怪，抬了下手，笑著示意，「邳卿請講。」

「是，陛下。」邳彤躬身行禮，高聲啟奏，「陛下，眼下西征軍已勝券在握，外有強援，內有妙計，是否，是否可以抽調一部分將士，前往和成郡？」

「這是為何？」劉秀詫異問道。

「啟稟陛下。臣剛收到家書。」邳彤雙目泛紅，語帶哽咽道，「家父在家書中說，我軍如今在河北，專注於提防彭寵和劉揚，對後方的匪患卻不予理會，致使刀兵四起，鄉民蒙難，臣的數位家人，被，被……」說到這裡，泣不成聲，老淚縱橫。

劉秀聞聽，頓時恍然大悟。河北諸地，如今皆由大司馬吳漢撫慰，他深諳兵法，知道禍患在於彭劉，其他山賊流寇，都是疥癬之敵，不足為慮。

然而，這種「不足為慮」，卻是戰略層面的，對於升斗小民而言，一旦遇到，便是塌天之禍。邳彤曾任郡守一職，其宗族尚遭如此劫難，尋常百姓境況如何，可想而知。

不過，這也不能怪吳漢的安排有誤，事實上，隨著大漢朝留在河北的兵力非常少，巧婦難為無米之炊，吳漢亦無法面面俱到。

「邳愛卿家人蒙難，朕深表痛心。朕會讓吳子顏派出一隊人馬，護送你的家人來洛陽。」略作斟酌之後，劉秀終於做出了決定。隨即，又快速補充道，「幽冀二州匪患嚴重，朕早有知之，不日便會派兵悉數圍剿。」

「陛下……」邳彤滿目愕然，隨即，躬身道謝，「微臣，替臣的家人，多謝陛下照顧！」

「邳卿不必客氣，細說起來，其實是朕虧欠了你！」劉秀嘆了口氣，苦笑著輕輕擺手。

他突然發現，自己在河北，則河北定，河南亂，在河南，則河南安，河北復亂！

雖然心裡頭明明知道，這種局面短時內，很難扭轉。並非自己做得不夠努力，而是由亂至治，需要時間。然而，他卻感覺好生疲憊。

驀地想起自己曾經評斷王莽不知民間疾苦，光懂得紙上談兵，劉秀臉上，再度苦笑更濃。不當家不知道柴米貴，坐在了洛陽皇宮裡，方知為君之艱難。縱是生就三頭八臂，也有思所不及，力不能逮。

但願，朕所堅持的事，至少比王莽當年所為要正確一些吧！

又看了一眼忐忑不安的群臣，他在心裡默默地給自己鼓勁兒。自己三十剛過，還有時間。自己麾下的文臣武將，都還年輕，遠不像新朝君臣那樣老態龍鍾。

正鬱鬱地想著，耳畔又傳來了一個洪亮的聲音，「啟稟陛下，臣有本要奏。」

劉秀抬頭看去，見是陰麗華的哥哥陰虛，便笑了笑，請他從容道來。

「陛下，偽漢中王劉嘉派心腹前來求救。」陰虛笑了笑，滿臉幸災樂禍，「據其心腹所言，偽漢中王知道劉玄身死後，欲攜漢中之地歸順我朝，豈料部將延岑懷有異心，猝然發難，將其圍困在郡城南鄭！」

劉秀聞言一驚，眼前迅速浮現出族兄劉嘉的模樣。

當年在淯陽縣衙內，若不是此人突然投靠王匡、王鳳，皇位必定是大哥劉縯的，哪有劉玄的份兒？而如今，此人到了窮途末路，忽然又想起了自己這個弟弟，這天底下，哪有如此便宜的事情？

「劉嘉是否想讓朕出兵救他？」迅速收拾起心中的怨念，他笑了笑，低聲詢問。

「正是。」陰虛又拱了下手，大聲補充，「不過，他的心腹說，南鄭守軍堅持不了多久了，現在能救得了他的，就只有如今在長安南側屯兵的馬武將軍！」

劉秀一怔，旋即滿面生寒！

郭家的勢頭，剛剛被打壓下去，這陰家，居然又開始折騰。自己的這幫皇親國戚，真的是沒一刻打算消停。

「啟稟陛下。」不消停的不止是陰虛，很快，五官中郎將李忠也站了出來，大聲說道，「如今西征軍已燒了赤眉軍糧草，樊崇若想據城自守，非派人打下漢中，將糧草據為己有不可。若馬將軍能先一步占領漢中，則我軍又多一份勝算。」

「若馬將軍打下漢中，對赤眉軍而言，不啻於雪上加霜。如此一來，陛下還可以從西征軍抽調出一部分兵力，前去震懾三水地區的盧芳，微臣聽說，他正與匈奴密切往來。」

「若鄧將軍能派人說反長安城中的綠林降將，陛下還可以抽出一部分西征軍人馬，南擊陳倉，讓公孫述的部將程烏打消進犯三輔的念頭。」

「陛下，隴右兵與河西兵趕到長安外後，我軍壓力大減，何不抽調一部分人馬前往夷陵？微臣聽說，田戎那廝自稱掃地大將軍，不日將與秦豐聯手，若不將其扼殺在萌芽狀態，將來必定成為大患！」

「還有劉永……」

剛才還喜氣洋洋的朝堂，迅速亂成了粥鍋。朝臣們以討論政事為由，爭相發言，但所有矛頭，不約而同地都指向西征軍。

就在這時，金殿外，忽然傳來一陣急促的腳步聲，緊跟著，軍師將軍蘇著、偏將軍王霸，並肩而入。「啟稟陛下，王匡、張卯等人棄了赤眉，前來投奔。不料卻在趕來洛陽的路上，遇到山賊劫殺，全都死於非命！」

「啊——」先前還想著趁機從西征功勞中撈一份出來的文臣武將們，大驚失色。誰都沒想到，曾經令王莽頭疼不已，令劉玄寢食難安的王匡，居然落了個如此淒涼下場。

雖然曾經在綠林軍中做過事，偏將軍王霸心中卻對王匡沒半點同情。清了清嗓子，大大咧咧地補充道：「陛下，末將聽聞山中有警，立刻與蘇將軍趕了過去。然而，卻只看到了王匡等人的屍體。臣的副將宗廣，怕他們的屍體被狼蟲虎豹所食，已經將他們全都就地掩埋。」

「入土為安，此舉甚好。」劉秀淡淡道，「王匡、張卯起於草莽，歸於山林，也算死得其所。宗廣辦事穩妥，你將他的功勞報上來，朕著有司記錄在案，以便日後考核安排。」

「末將代宗廣，謝陛下隆恩！」王霸大喜，立刻向劉秀躬身行禮。站在他身旁的蘇著，則將面孔悄悄轉向嚴光，快速眨了幾下眼皮。

站在嚴光身邊的周逢等三朝元老，楞了楞，剎那間，一個個汗流浹背。

以他們宦海沉浮的經驗，到了此刻，怎麼可能還猜不到，是王霸和蘇著兩個，下黑手幹掉了王匡和張卯？而劉秀無論事先知道不知道此事，現在卻揣著明白裝糊塗，很顯然，王霸和蘇著兩個的舉動，甚合他的本意！

轉念想到，自己剛才居然還試圖幫助別人，染指西征的戰功。幾個多朝元老，心臟就不停地抽搐！大夥真的是越活越糊塗了，居然相信，劉秀請大夥回來，是想替他出謀劃策。人家分明是請大夥回來裝點門面而已，事實上，沒打算給予半分信任。如果大夥再執迷不悟，胡亂出頭，呵呵，如今大漢國烽煙處處，洛陽城內出現了刺客或者土匪，也不足為奇！

「眾位愛卿，你們剛才所言，皆是盡忠職守，為國而謀！朕，不勝感謝。」彷彿唯恐他們受到的驚嚇還不夠，劉秀的聲音，又從御書案後傳了下來，每一個字，都充滿了帝王威嚴。

「臣不敢。」周逢等人，齊齊打了個哆嗦，連忙帶頭自謙，「臣等只是想提醒陛下，赤眉覆滅在即。要早做下一步安排。並非，並非希望陛下現在就改變戰略，分兵指向各處！」

「是啊，微臣也是這個意思！」陰虛雖然蠢，卻懂得見風使舵，果斷大聲改口。

「末將也是這個意思！」

「末將願意帶領兵馬，入山剿匪，恢復地方治安！」

「末將……」

先前跳得最歡的幾個武將，也迅速改變了主意，不敢再給自己找麻煩。

劉秀心中暗暗冷笑不止，表面上，卻裝作虛心納諫模樣，輕輕點頭，「公孫述、延岑、田戎之輩，朕必除之，然而卻不是現在。西征軍那邊，仲華雖燒了赤眉軍的糧草，但勝負猶未可分！故而，一日不攻進長安，西征軍便一日不會輕動！倘若放走了樊崇，不僅數萬西征將士白白枉死，朕也必定寢食難安！」

「陛下聖明！」論拍馬屁的功夫，三朝元老們更是獨到，立刻厚著臉皮大聲稱讚。

「聖明不聖明，朕不知道。但是，朕卻知道，為山百仞，功虧一簣！」劉秀笑了笑，將目光再度轉向面前的幾個心腹愛將，「蘇著、王霸、陳俊！」

「末將在！」蘇、王、陳三人同時躬身。

「赤眉軍雖然戰敗，但朕料定，樊崇還有本事再支撐一段時日。」劉秀笑了笑，斬釘截鐵地吩咐，「若換做是朕，必會趁著餘糧還算充足，想辦法轉敗為勝。故而，我軍雖占據優勢，但也將面臨赤眉軍最瘋狂的反撲！朕命你們，即刻領兵三萬，前往三輔，支援西征軍！」

「是，陛下！」三人躬身受命，然後快步離去。

長安城外，白雪皚皚，紅梅怒放，西征軍的主將鄧禹，手按劍柄站在一個土坡上，看著西側的荒原，目光亮得宛若閃電。

「大帥，大帥！」凜冽的寒風中，大喊聲由遠及近。有匹快馬急掠而來，馬背上，信使高高地舉起了一個牛皮包，快速左右晃動。「陛下命人傳來旨意，他又派了三萬人馬支援大帥，不日便至！」

「陛下！」鄧禹雙拳報攏，向西而拜，雙目似有淚光閃爍。

古有秦穆公三用敗將，而劉秀對他，豈止是三用之恩。每次都在他最需要的時候，給他最及時的支持。卻從來不催問他，何時能結束戰事，何時能拿下長安。

「噠噠噠，噠噠噠……」又一陣急促的馬蹄聲從遠處傳來，人未至，聲先到，「大帥，赤眉軍已出了甕城，直撲我軍！」

緊跟著，又有斥候從另一側策馬飛奔趕至，高高地舉起一面聯絡旗，「報，大帥，馬將軍整軍完畢，隨時聽候調遣！」

「報，大帥，馮將軍已整軍完畢！」

「報，大帥，隴右兵已整軍完畢！」
「報，大帥，河西兵已經抵達指定位置，恭候差遣！」
「報……」
一連串的彙報聲中，鄧禹飛身戰馬，劍指長安，「擂鼓，隨我迎戰，滅赤眉，光復長安！」
「滅赤眉，光復長安！」吶喊聲宛若驚雷，各路兵馬按照約定的次序，迎向前來拚命的赤眉軍，宛若數頭猛虎，迎向了狼群。
箭矢如雨，刀光如潮。
熱血在半空中凝結，宛若一朵朵綻放的梅花。
白雪和紅梅在風中繽紛而落，無數生命，在長安城外的荒原上凋零。
兩個時辰之後，赤眉軍無法獲勝，在樊崇所部親兵的掩護下，緩緩退回了長安城內。挫敗了敵人進攻的漢軍各部，也沒有力氣將敵軍一舉全殲，追殺了片刻之後，便按照中軍傳來的號角聲，約束住隊伍，轉身撤回各自的軍營。
兩天之後，雙方再次交手，赤眉軍禁受不住鄧禹、隗囂、竇融三路大軍的圍攻，再次鎩羽而歸。
二十天後，細細春雨中，雙方惡戰一場，赤眉軍小負，樊鬆、趙祿等十餘名大將，戰死。
一個月後……
兩個月後……
三個月後，聯軍推進到了長安城下，赤眉軍不敢再出戰，閉門死守。
鄧禹揮師攻城數次，奈何長安城高大堅固，傷亡頗重。赤眉軍接連獲勝，城頭上，歡聲雷動。
這一日，天朗氣清，溫度回升，樊崇為了鼓舞士氣，更為炫耀軍功，請傀儡天子劉盆子與文武百官來到城頭觀望。

遠眺著城外死一般寂靜的漢軍大營，樊崇整個人顯得容光煥發，揮劍東指，信誓旦旦地說道：「漢軍的糧食很快就會告罄，鄧禹也無法再組織起像之前幾次那樣的攻城，他若真從嚴尤那裡學到點本領，就該立即退軍，否則……」

「大人，大人！」就在這時，一名親兵校尉神色慌張衝上前來，猛然見天子和百官都在，面色立刻變得無比難看。

「慌什麼慌，有話就說！」樊崇此時心情大好，絲毫沒有在意對方的神態和語氣。

「李九從城外潛回來了，他說，他說崤函古道上，駛來了幾百輛裝滿糧食的大車！」那校尉猶豫再三，戰戰兢兢地回應。

「什麼！」樊崇的臉色，瞬間一片黑紫，抬腳將校尉踢出城外，咬著牙向遠處觀望，只看見，已經鬱鬱葱葱的大地上，忽然出現了一條長長的黑線，宛若避雨的蟻群，緩緩駛向漢軍大營，前不見頭，後不見尾。

「完了！」大將軍樊同雙手抱頭，緩緩蹲了下去。憔悴的臉上，寫滿了哀愁，「這麼多糧草，夠他們吃一年的，要是鄧禹圍而不攻，咱們，咱們……」

其餘將領聞言，頓時想到城中糧草斷絕，路人相食的慘狀，皆不寒而慄。然而，卻誰也不敢上去請教樊崇，該如何應對。

只有傀儡皇帝劉盆子，非但不覺得恐慌，反而在臉上忽然露出了笑意，彷彿城外來的才是他的嫡系，而城牆上，站得全是他的仇人。

「陛下為何發笑？」樊崇雖然羞得無地自容，卻敏銳地看到了劉盆子臉上的笑容，頓時手按劍柄，厲聲詢問。

劉盆子只是個孤兒，哪裡敢跟他硬頂？連忙站了起身，結結巴巴地敷衍，「我……朕沒笑，朕只是。只是覺得，敵軍送了這麼多糧草過來，吃，吃都吃不完。萬一……」

猛然間，急中生智，他迅速改口，「萬一被樊大司徒得到，咱們這邊，頃刻就會恢復元氣！」

「陛下此言甚妙，今夜，老夫就親領精銳，出城劫糧！」樊崇眼中精光一閃，迅速想出了一個破敵之策。

「不可！」話音未落，其族弟樊同立刻出聲勸阻，「我軍，我軍將士疲敝，萬一劫糧失敗，被鄧禹尾隨追入城內，長安肯定不保！」

「胡說，我軍疲敝，那漢軍難道不疲敝。趁他們今日得到了軍糧補給，高興得忘乎所以之時，定能打他們一個措手不及！」樊崇哪裡肯聽人勸，皺著眉頭，大聲反駁。

「這……，我等謹遵大司徒號令！」眾將聞聽，只好猶豫著躬身！還沒等把腰直起來，一陣高亢的畫角聲忽然破雲而至，緊跟著，另外一支人馬打著數不清的旌旗，從東方快速趕至，超過先前運糧的車隊，耀武揚威走向漢軍的大營。

「報，大司徒，劉秀，劉秀派了鄧奉，帶領兩萬兵馬為鄧禹助戰！其中一大半兒，都是騎兵！」

一名斥候冒死衝上城頭，向樊崇等人，彙報剛剛傳回城內的緊急軍情。

「這……」眾將領誰也不敢再提劫糧的茬兒，一個個面如土色！

「怕什麼？」樊崇撇了撇嘴，大聲冷笑。「那劉秀前前後後，已經派十七萬大軍給鄧禹。他即便對鄧禹再信任，也不會不做任何提防。我軍只要守住長安，並派遣細作散布鄧禹圖謀造反的謠言，用不了太久，劉秀就會對鄧禹心生懷疑，然後君臣束甲相攻，鬥個兩敗俱傷！」

「大司徒英明！」傀儡皇帝劉盆子主動躬身，向樊崇表達敬意。

「大司徒英明！」恭維聲接連而起，不絕於耳。但是，每一名發出恭維的綠林軍將領，都偷偷地將目光轉向了城外，心裡頭，充滿了苦澀和茫然。

「嗚！嗚！嗚！」

「咚！咚！咚！」

「嗚！嗚！嗚！」

震耳欲聾地鼓角聲再度響起，充滿了炫耀與威脅之意。

長安城頭的赤眉軍士卒聽到，慌忙拾起兵刃，準備迎敵，結果，卻看到無數的龐然大物，如同洪水猛獸般，黑壓壓的出現在城牆外五里遠位置。每一個龐然大物所經過之處，都留下了深深的兩道車轍。

「什麼，劉秀，劉秀小兒又命人送來了，送來了攻城器械！」未央殿中，樊崇不顧君臣之儀，向著前來報信的城門校尉大聲咆哮，緊跟著，只覺得天旋地轉，差點一頭栽倒。

「馬車，馬車是從弘農郡，上郡等地駛來的，負責押運的役夫們，少說，少說也有上萬人……」那校尉被樊崇的模樣嚇得魂不守舍，但礙於職責，只能結結巴巴的繼續彙報。

時間已經到了五月，整座未央殿，卻好像被一個巨大的冰塊包裹，在場每個人，都凍得心尖兒發顫。

良久，丞相徐宣方看向樊崇，啞著嗓子問道：「樊大夫，我軍，我軍這次該如何應對？」

「你問我，我問誰？」樊崇暴怒，很想回敬徐宣一句，但最終還是強自閉上了嘴巴。然而，文武百官們驚慌失措地議論聲，卻如同蒼蠅般在他耳邊聒噪個不停。

「鄧賊有了糧草，有了援軍，可以沒完沒了地與我們久耗，有了器械，可以隨時攻城，我軍形勢恐怕不容樂觀！」

「何止不容樂觀？我早就說過，這長安風水不好，誰得誰倒楣！」

「他們的器械隨時可以送來，咱們的器械用一次少一次，總有一天會用完耗盡！」

「完了，全完了……」

見群臣皆如喪考妣，方寸大亂，一直被人忽視的天子劉盆子，忽然鼓起了勇氣，大聲請示：「諸位愛卿，朕有一言，不知當不當講？」

他的話語裡，沒有絲毫的憋屈之意。殿中群臣聽了，卻忽然覺得渾身上下都不自在。紅著臉將目光看向他，等著他宣布自從登基以來主動發出的第一道「上諭」。

劉盆子見狀，不由得緊張得頭皮發麻，先咽了幾大口唾沫，才小心翼翼地跟眾人商量，「朕，朕與劉三叔……跟劉秀乃是舊識，若是大傢伙兒願意，願意，朕可以替大夥牽個線兒。你們跟他無冤無仇，朕也沒想過做皇帝，咱們不如……」

「陛下休要胡言！」樊崇目露凶光，大聲斷喝，「昔日，西楚霸王帶著八千江東子弟就可破章邯，滅暴秦，如今，我朝尚有八萬將士，個個可以一敵十，城外宵小，不過二十來萬而已，你豈能被他們嚇破膽子？」

話音一落，又往前走了一步，手按劍柄，逼視著劉盆子，森然道：「陛下，臣意已決，不破鄧禹，絕不言和。若敢有人敢擾亂軍心，臣必殺之！」

「你，你……」劉盆子聽出樊崇話中威脅之意，臉色煞白，待強行按下心頭驚恐，強笑道：「樊大夫果然是國之棟梁，朕之股肱。你說怎麼辦，就怎麼辦。朕，朕就賜你虎符……」

「謝陛下。」樊崇不想聽他廢話，直接打斷道，同時心中冷哼，你的虎符頂個屁用，跟你的人一樣只是個擺設？

忽見滿朝文武都驚恐的看向自己，他心中暗道不妙，趕緊將眉頭舒展，大笑著糾正，「諸君莫笑，樊某剛才說錯了，鄧禹手下哪裡有二十萬人馬，頂多十萬出頭。而且某敢斷言，眼下劉秀四面是敵，絕對不可能抽調更多兵馬給鄧禹，否則，為何只送來糧草和器械？」

「是極，是極！」驃騎大將軍樊高醒悟過來，拍著大腿笑道，「大哥真乃神人，一眼就看出了劉秀在虛張聲勢，他要敢派兵前來支援，就等著後院起火吧！」

「知彼知己，百戰不殆，樊大夫果然深諳兵法！」

「既然無兵來援，鄧禹再敢攻城，只是送死，等他的兵力消耗的差不多了，就是我們大舉反擊之日！」

「長安乃是天下第一的風水寶地，誰也打不進來！」

……

其餘眾臣原本已經絕望，但想到樊崇確實數度帶領赤眉反敗為勝，只得努力振作起來，準備在時機成熟之時，跟著樊崇再做垂死一搏。

令他們非常絕望的是，才過了兩天，城外便有新的援軍殺到。這回，又是足足三萬人，由吳漢帶領，個個盔明甲亮，神采飛揚！

「吳漢，他不是被劉秀派去坐鎮河北嗎？怎麼能抽身到長安來？」樊崇的族弟樊同，面如土色，雙手捂住自己的腦袋，喃喃問道。

「恐怕，恐怕劉揚已經死了！」這一回，樊崇沒嫌他多嘴，而是鐵青著臉，大聲回應。

隨即，快步走向坐在御案後看熱鬧的劉盆子，大聲吩咐：「陛下，請傳旨，今夜子時，三軍從南門出發，返回山東！」

不等劉盆子做出回應，他又將面孔快速轉向樊高，大聲命令：「驃騎大將軍，離城之前，你帶領五百士卒，四處放火，我赤眉就算離開長安，也絕不會便宜其他人！」

……

「走水了！走水了！長安城內走水了！」

「走水？」中軍大帳內，鄧禹正在秉燭夜讀，聞聲一楞，急忙挑簾而出，恰看到長安方向的天空，濃煙滾滾，如同鬼怪一般，遮雲蔽月。

還沒等他從震驚中還過神來，忽然感覺地面處傳來微弱的震感，隨即，那種震感便越來越強烈，令身邊的中軍帳，都開始輕輕搖晃。

「樊崇要逃了！」腦中閃過一絲明悟，判斷的話，從鄧禹嘴裡脫口而出。

「正是！」不遠處，有人大聲回應，征西大將軍馮異手持寶劍快速衝上，「樊崇此計甚毒！他欲借焚城拖延我軍追擊，大司徒若不再做決斷，要麼長安將被付諸一炬，要麼赤眉軍將衝破隴右兵的防線，脫困而出。」

「公孫，你去整頓兵馬，立即進城滅火，拯救百姓！」鄧禹當機立斷，立刻朝著趕過來的馮異大聲命令。

「遵命！」馮異拱了下手，快步而去。前腳剛一離開，馬武又拎著大刀策馬而至，隔著老遠，就大聲請纓，「大司徒，請准許末將率部追擊赤眉！」

「我願隨馬將軍前去！」王霸帶著一隊騎兵，在旁邊高聲附和。
「我，我去救火。」蘇著剛好趕來，連忙小聲的說道。他的宗族就在長安，此刻已心急如焚，卻不敢自作主張，干擾了鄧禹調兵遣將。
「馬將軍且慢。」一瞬間，鄧禹便有了決斷，正視馬武道，「樊崇既然決意要逃，必會傾盡全力，我軍雖勝券在握，如果追趕下去，免不了會蒙受損失。如今，長安已破，我軍任務完成，若再一味貪功，只怕會對陛下的大計不利……」
「大司徒的意思是——，」馬武聞言，遲疑地帶住坐騎，眉頭緊鎖。
此番西征，損兵折將甚重，幸而即將大功告成，也算對劉秀的信任有了一個完美的交代。而樊崇雖然元氣大傷，實力究竟還剩下多少，卻無法評估。如果大夥定要窮追不捨，逼得此人起了拚命之心，極有可能得不償失。
正在這時，一名親衛匆匆上前通報，說大將軍朱祐從洛陽趕至，正在營外等候。鄧禹聞言，大喜過望，趕緊命人以最快速度將其請了進來。
「小胖子，你來做什麼，莫非嫌自己升官太慢，前來撈功。那你可快一點兒，樊崇今夜已經跑了！」朱祐才一靠近帥帳，馬武便大聲調侃。
「馬大哥，你，你什麼時候也學會了這些！」朱祐哈哈大笑，隨即，從懷中掏出一個黃色卷軸，高聲說道，「我只帶了一把劍，一道聖旨，裡面說長安必破，樊崇必擒，不惜代價。諸位不必行禮，聖旨的內容，我已經說完了！」
馬武等人俱是一楞，旋即紛紛搖頭笑罵，「你這廝，陛下雖然對我等親厚，你這樣傳旨，未免也太胡鬧！」

「仲先，別胡鬧，該有的禮節……」

「仲先兄，這樣不大妥吧？若被人宣揚出去，恐怕言官會參我等一本……」

「參就參去，陛下才不會聽他們瞎叫喚。」朱祐聳聳肩，滿臉的不在乎地回應，「陛下要的是長安，要的是江山，不在乎那些虛禮！我來之前，陛下還交代了一句。他說，凡事都有他兜著，請諸位將軍放手施為，不破長安，誅樊崇，誓不班師！」

「末將謹遵聖喻！」眾人聞聽此言，個個熱血沸騰，好像劉秀已來到面前，正揮劍鼓舞他們奮勇殺敵。

「眾將聽令！」鄧禹也不再猶豫，手按劍柄，環顧左右，「蘇著、沈定、牛同，你等速帶所部人馬進城協助馮將軍救火安民。馬將軍、鄧將軍、朱將軍，還有諸位將軍，你等隨我，前去追擊樊崇，即便追到青徐二州，也定將他的首級獻於陛下面前！」

「遵命！」眾將挺直腰桿，肅然大聲回應，聲音穿透厚實的帳篷，飄至三輔、長安、弘農，然後伴著漸起的秋風，飛入了洛陽皇宮。

……

「啟稟陛下，征西大將軍派人傳回消息，長安已破！」

「西征大勝，功在千秋，漢室終於回歸正闕！」

「那樊賊可惡之至，竟敢火燒西都，抓到他後，陛下定要將他明正典刑！」

「放心，他跑不了，大司徒陳兵宜陽，抓住樊賊，只是時間問題！」

金殿內人聲鼎沸，熱鬧非凡，群臣個個紅光滿面，喜形於色，好像領軍打下長安的是他們，而不是鄧禹一般。

「眾位卿家，你們辛苦了！」劉秀見狀，又是欣慰，又覺好笑，站起身，向群臣拱手，「若非諸位全力支持，仲華絕對無法如此順利拿下長安。此戰，仲華功居第一，諸位，同樣是功不可沒。」

「臣等，為陛下賀，為大漢賀！」群臣躬身下去，齊聲回應。

「為大漢賀！」劉秀笑著點頭，內心深處，充滿了驕傲。

「陛下聖明！」讚頌聲，宛若潮水，讓劉秀臉上的疲憊，瞬間一掃而空。

自打決定西征之日起，他的耳朵，就無一日聽不到質疑之聲。特別是那些他不得不啟用的「名士」，「能臣」，根本不看好，河北漢軍有兩線作戰的能力，並且還對他不惜代價支持鄧禹的行為，表示了極度的不解。

按那些人的說法，漢軍與赤眉，就該以函谷關為界，然後各自勤修內政。誰家內政修得好了，另外一方自然會束手就擒。而以傾國之力去支持鄧禹和西征軍，非但是窮兵黷武，並且很容易就養虎為患。

如今，所有懷疑的、非議的、責難的、乃至陰陽怪氣的聲音全部消失，全都變成了一句句發自肺腑的「恭喜陛下」，或者「陛下聖明」。

「陛下，老臣糊塗誤事，請陛下責罰！」還沒等劉秀想好，該如何敲打某些人一下，讓他們想想各自當初的嘴臉，尚書令伏湛已經搶先一步站了出來，紅著臉，大聲說道，「當日也是在這大殿之中，老臣一時糊塗，妄請陛下令西征軍班師回朝，如今想來，真乃鼠目寸光。老臣險些誤了陛下大事，請陛下賜罪，以為後來者戒！」

話音剛落，又有幾名臣子站了出來，學著伏湛的樣子，躬身到底，高聲請罪：「微臣糊塗，請陛下責罰！」

「陛下，臣知錯，請陛下責罰！」

「陛下，臣差點誤了陛下的大事，追悔莫及……」

人天性喜歡隨波逐流，見伏湛、周逢等人主動帶頭謝罪，其他曾經攻擊過鄧禹的文臣武將，也紛紛站了出來，有樣學樣。

轉眼間，朝堂上竟然有一半兒人躬下了身，場面頓時「蔚為壯觀」。

劉秀見了，心中忽然又生出一種無力之感。手探向桌案上的銅鎮尺，本能地就想抓起來往下砸。然而，手指感覺到了鎮尺的涼意，他的臉上，又重新湧滿了笑容。

這些文臣武將，個個都是工於心計的人精兒，他們這般做作，根本不是勇於認錯，而是想趁著大勝的喜悅，逼著自己將他們以往那些惡言惡行一筆勾銷！

而自己，還必須遂了他們的意。否則，就是沒有帝王胸懷，就是因言罪人。

自己，甚至連奚落這些人的話，都不能說。只能按照他們的意圖，一笑了之。

「諸位愛卿不必如此！」用左手偷偷掐了自己一下，劉秀努力讓自己的笑容看起來更加完美，「古人云：人誰無過？過而能改，善莫大焉。又云：君之所以明者，兼聽也；其所以暗者，偏信也。朕與諸位愛卿，都是肉體凡胎，孰能無過？朕有過時，若你們不說，就是有悖臣倫。你們有錯時，朕若一味苛責，則難以為君。唯有君臣一心，上下其力，才能匡扶社稷，令四海昇平，百姓安居樂業。此王莽與劉玄之敗亡之根由，朕與諸君應謹慎處之。」

「是，陛下。」百官齊齊躬身，繼續做佩服狀。

「朕昨夜秉燭讀書，忘記了時間。今天有些倦了！」劉秀打了個哈欠，笑著起身。「如果諸君無事，就散朝……」

與其跟這些人虛與委蛇，不如回後宮看看孩子。雖然孩子不會說話，但其純淨的眼神，能讓自己忘記所有疲勞。

正在這時，執金吾陳副匆匆上殿，大聲彙報：「陛下，前將軍耿純、定鄉侯劉得請求覲見。」

「快請。」劉秀果斷放棄回後宮哄孩子的念頭，笑著吩咐。

就在前天晚上，他才得到耿純派人傳來的消息，將帶著真定王的長子劉得前來洛陽謝罪，沒成想竟來得如此之快。當下，心中對耿純的評價，就又高了幾分。

殿中一眾文武，雖然已經聽到了真定王劉揚的死訊，卻都不清楚內情。聽真定王劉揚的兒子劉得居然還活在世上，並且跟著耿純一道前來見駕，心中也覺得頗為好奇。紛紛放下了先前的小心思，歸座的歸座，入列的入列，等待真相的揭開。

須臾，耿、劉二人一前一後進殿，同時向劉秀躬身施禮，「臣耿純、臣劉得，參見陛下！」

「兩位賢卿平身。」劉秀含笑回禮，待二人謝過，笑容斂去，正色說道：「定鄉侯，乃父真定王病故，朕心中深感悲痛。你作為長子，必定諸事繁雜，只須派人向朕報喪即可，又何必親自前來？」

「真定王是病死的？」群臣聽得俱是一楞，然而看到劉得身上的官服，頓時就明白，真定王劉揚的死因並不重要，一個迅速安定下來的河北，才符合眼下朝廷所需。

河北安定，河南安定，再加上剛剛打下來的司隸，大漢國就有了三個支點。有這三個支點為依仗，就可以向四周從容出擊，展開最後的重整河山之戰。

至於劉揚曾經犯下的謀反大罪，有他和他弟弟，以及另外兩個兒子的性命為代價，就可以抵償了。而肯親自前來洛陽報喪的真定王長子劉得，無疑跟他父親走的不是同一條路，甚至極有可能，在其父親謀反的時候，果斷站在了朝廷這邊。

果不其然，只見劉得躬著身子，泣聲不成聲：「微臣，微臣謝，謝陛下關心。微，微臣之所以定要親自前來晉見陛下，乃是，乃是臣父臨終所托，臣不敢不從！」

「遺言？」劉秀故意裝作一副吃驚模樣，瞪圓了眼睛追問，「卻不知真定王臨終有何遺言？」

「臣父告訴臣，他早就病入膏肓！」劉得按照耿純事先教導的說辭，哽咽著回應，「是，是臣的叔父劉讓，和兩個不孝弟弟軟禁了他，冒著他們的名字傳令，才，才導致真定等地的叛亂！他，他無力撥亂反正，覺得愧對陛下。所以，所以，所以臨終之前，特地叮囑微臣，親自前來向陛下謝罪。請陛下收回真定王的封國，將他掘墓鞭屍，以儆後人效尤！」

「真定王，真定王，朕沒想到，他竟是被歹人劫持！」劉秀愕然站起身，滿臉悲傷，「早知道如此，朕，朕就該帶著他一道南下。定鄉侯，既然劉讓等賊已經伏誅，謝罪之語，休要再提。朕，朕許你回去，將真定王以禮厚葬。守孝三年，然後繼承其王位及遺志，為朕繼續鎮守河北，教化百姓！」

「陛下仁慈，微臣粉身碎骨，難報陛下萬一！」劉得心裡一鬆，雙腿軟軟地跪了下去，伏地大哭。

百官在一旁看得真切，心中不由得感慨萬千。

陛下越來越有皇上的模樣了。

無論是殺人，還是賜恩於人，都信手拈來，施展得無比輕鬆。

以後，大夥在做事情時，可是得多掂量掂量了。一個深得軍心、民心，又懂得施展霹靂手段的皇上，比劉玄那種昏君，還要難伺候十倍！

當晚，劉秀專門在雲臺殿設素宴招待劉得與群臣。

次日，劉得便帶著劉秀命人擬的詔書和訃文，匆匆動身趕回真定，將劉揚以王禮，風光大葬。而劉揚用來造反的那些武器、糧草、戰馬和金銀，作為其忠心的見證，全被耿純派人押送到了洛陽。剛結束了長安之戰的漢軍，頓時如同吃了一劑補藥般，再度變得生龍活虎。

「嗚！嗚！嗚！嗚！」

「嗚！嗚！嗚！嗚！」

……

洛陽城外，龍吟般的號角聲穿透厚厚的衣物與鎧甲，使得正在城門處等候西征軍凱旋的文武百官，三軍士卒，以及看熱鬧的黎民百姓，皆熱血沸騰。

劉秀高坐龍車之上，心中更是豪情萬丈。

赤眉覆滅，樊崇投降，他起兵以來最強大的一個對手，徹底灰飛煙滅。九州歸一，河山重整，指日可待。

「啟稟陛下，大司徒已率軍押著囚車，抵達十里外！」

「啟稟陛下，大司徒已來到五里外！」

「啟稟陛下，大司徒已命將士停在三里外，他與破虜大將軍押著囚車，馬上就到！」

「啟稟陛下，大司徒與破虜大將軍求見！」

「宣！」劉秀按捺住心頭的激動，大聲下令。同時，群臣、士卒和百姓也都踮起腳尖，要爭相目睹大漢第一英雄，大司徒鄧禹的神威，以及大漢第一強敵，如今已淪為階下囚的赤眉軍統帥樊崇的模樣。

片刻後，一串兒長長的囚車伍，緩緩進入人們的視線。每一輛囚車四周，都有兩名虎賁威風凜凜地持刀押送。而被俘的赤眉軍將領們，則蓬頭垢面、垂頭喪氣地縮在囚車中，彷彿一隻隻待宰的羔羊。

囚車在離劉秀的龍車還有一百步位置，緩緩停穩。緊跟著，五匹勁馬邁開四蹄，風一般駛向劉秀，馬背上。五名大將齊齊拱手，向著龍車方位，施以武將之禮。

「末將鄧禹！」「末將馮異！」「末將馬武！」「末將鄧奉！」「末將吳漢！」

「押送赤眉俘虜，向陛下交令！我漢軍，擊敗赤眉，凱旋班師！」

說罷，飛身跳下坐騎，站成一排向劉秀躬身，再度施以臣子之禮。

「眾愛卿快快平身！」劉秀大笑著躍下龍車，快步走向五人，最後站在鄧禹面前，雙手拖住他受傷的胳膊，「仲華，你終於回來了！朕，朕就知道，你肯定不會辜負朕的期待！」

鄧禹雙目，頓時開始發紅。緩緩站直身體，哽咽著回應：「陛下，末將，末將幸不辱命！」

「公孫、子張、士載，還有子顏！你，你們也沒有辜負朕的期盼，朕，朕心甚慰！」劉秀鬆開鄧禹，用手將其餘幾人，挨個攙起。聲音中，不知不覺間就帶上了戰慄的味道。

馮異、馬武、鄧奉、吳漢四人，心中溫暖至極，紛紛紅著眼睛回應：「末將，末將幸，幸受陛下信任，縱使粉身碎骨，也心甘情願！」

這些話，一半是奉承，另外一半兒，卻是出自真心。

四人無論讀沒讀過書，都清楚的知道，有史以來，恐怕沒有一個帝王，會像劉秀這般，對領兵出征的武將們如此信任。缺錢給錢，缺糧送糧，缺兵力和武器，就以傾國之力供應兵力和武器。

從沒給他們限定過取勝的時間，也未曾干涉過他們採取什麼戰術。甚至，連他們的家人，都懶得監視，一有機會就主動送到前線，與他們團聚。

追隨這樣的帝王，他們永遠不用擔心功高震主。也沒必要學當年的王翦，故意做出一副貪婪的模樣自毀名聲。他們只需要把全部精力集中在戰事上，去擊敗一個又一個敵人，去爭取一場又一場勝利。而他們的回報，劉秀會主動命人替他們準備好，無須他們去爭搶，也不用他們為這種事分心。

「諸位將軍這是哪裡的話，朕不需要你們粉身碎骨，朕只需要你們繼續披甲持槊，替朕蕩平……嗯？你是？」正跟諸位將軍寒暄，劉秀突然看見馬武身後，有一人沒有被打入囚車的年輕人，踉蹌著向前爬了幾步，跪在地上瑟瑟發抖。

「罪臣，罪臣劉盆子，見過，見過劉……見過陛下！」年輕人磕了個頭，抖若篩糠。

他一直在內心深處將劉秀視為長輩，也認為劉秀會看在自己是被別人劫持，無法自主的份上，不會對自己斧鉞相加。但現在面對著已經多年未見的劉秀，仍然被嚇得說不出一句完整的話來。

「你是劉盆子？」劉秀心中，卻充滿重逢的喜悅，快步上前，親手將對方拉起，「快快請起。你不必如此。朕知道你自己做不了自己的主。」

「陛下，臣有罪。臣本來該拒絕他們的，但是，他們他們拿鞭子抽臣，臣受不了疼……」劉盆子剎那間就又回了魂，裂開嘴巴，放聲大哭。

「朕知道，朕知道，朕不怪你。」劉秀楞了楞，隨即笑著拍打劉盆子肩膀，「你曾經力主赤眉軍向朕請降，還偷偷派人阻止樊崇放火焚城，這都說明，你從沒把自己當成他們的同夥。」

「臣什麼，什麼都沒做成。臣沒用，給，給三叔丟臉了！」劉盆子臉一紅，抽泣著道歉。

一句三叔叫出，他心中又是一鬆。劉秀聽了，也覺得彼此之間的關係更近了不少。搖搖頭，笑著安慰道：「謀事在人，成事在天！你才多大，怎麼鬥得過這群老土匪。你有這份心，就足夠了。朕也有了足夠的理由赦免你。」

說罷，拉著劉盆子的手，向鄧禹等五位大將發出邀請，「諸卿，朕已命人在雲臺殿備下筵席，為諸卿接風。走，咱們這就一道前去。」

「是，陛下！」五位大將齊聲答應，緊跟著，又快速提醒，「那樊崇？」

「先將他們押入大牢，聽候發落。」劉秀一邊拉著劉盆子走向馬車，一邊大聲回應，從始至終，都沒看樊崇等人一眼。

當晚，雲臺殿再次熱鬧起來，洛陽滿城亦充滿喜慶的氣息。

接風宴上，劉秀當眾宣布，停朝兩日，以令西征軍將士好生休息，兩日後，再於卻非殿商議國事。

在這兩日裡，他輪番請各路文臣武將來御書房詢問西征的細節，以及對今後的想法，雖然沒有上朝，但卻比平時還要忙碌數分！

到了第三天，他心中對天下大事有了全盤的計較，才重新展開朝會，當眾宣布對俘虜的處置和近期朝廷的大政方針。

赤眉軍首領樊崇、徐宣等人雖然犯下了謀殺更始帝劉玄，以及縱兵劫掠百姓的大罪，卻因為是主動投降，被依照雙方投降前的約定免除了責罰，各自到偏僻處做了一個縣令。其他放下手中的武器的赤眉將士，願意繼續當兵的，則整編入漢軍之中。不願意繼續作戰的，則盡數遣散回家，分給土地，令其務農為生。所有待遇，與普通百姓等同。

至於赤眉軍所擁立的傀儡皇帝劉盆子，則因為多次制止赤眉軍殘害百姓，並且多次力主赤眉軍放下武器，被冊封為郎中，負責伺候趙王頤養天年。這趙王不是別人，正是劉秀的三叔劉良。此人雖然犯下過出賣劉縯換取利益的大錯，但是在劉縯死後，卻幡然悔悟，暗中給了劉秀許多自持。所以，劉秀在登基之後，也投桃報李，封此人為趙王，賜予豪宅和良田，滿足其當財主的願望。至於朝政，則堅決不准此人再染指分毫。

「謝主隆恩。」劉盆子能夠逃得一死，已經心滿意足。聽自己還有了官職，任務也非常簡單，再一次感動得熱淚盈眶。拜謝過後，就準備起身離去，卻又聽劉秀笑著吩咐，「朕不願多做殺戮。赤眉諸將既已歸降，朕便饒過他們性命。劉盆子，你曾被他們脅迫為帝，但赤眉軍上下，卻從沒拿你當過一回事兒。現在，朕命你去監管他們的營地去傳旨，赦免所有人，看他們以後，還敢不敢再小瞧你。」

「謝陛下！」劉盆子知道劉秀是為自己出氣，心中愈發感激，再三拜謝，這才紅著眼睛告退。

「吳子顏！」劉秀笑著目送此人離開，隨即，就將面孔轉向了吳漢，「兩日前你所上的《度田策》，朕已看過，頗覺有益於國，故命你前赴南陽，總覽當地軍政。一邊剿滅各地殘匪，一邊嘗試推行此策。必使流民儘早返鄉，領取土地種子，自食其力。」

「末將必不負陛下所盼！」吳漢大喜，立刻上前躬身領命。

南陽乃是龍興之地，劉秀命吳漢經略此地，又准許他嘗試他自己所獻的《度田策》，可見對此人的信任和器重。而此人，在西征之戰中，功勞其實遠不如另外四位，甚至還略低於沒列入五大將之一的王霸、劉隆。

促使劉秀做出如此選擇的緣由，其實也很簡單。第一，大戰過後，國家需要休生養息，《度田策》上的恰逢其時。第二，吳漢雖然是南陽人，卻沒有擠入南陽系之內，跟陰、鄧兩族，關係也非常疏遠。第三，則不足為外人所知了。吳漢過去的經歷，注定了他這輩子無法跟任何人結黨，只能做一個孤臣。而對一個帝王來說，孤臣是最好用的刀。可以替他做一切別人不方便做的事情。

「四海將定，但仍有不少人賊心不死，意欲割裂山河，為禍蒼生，朕若不除，上無顏見列祖列宗，下愧對黎民百姓。」擺手讓吳漢先退在一旁，劉秀想了想，又高聲說道：「如今赤眉已滅，朕手握雄兵數十萬，坐擁兩都，無須再繼續隱忍，眾卿聽令！」

「臣在！」

「末將在！」

文武百官一起躬下身去，等待劉秀的決斷。

「山都侯馬武、虎牙將軍蓋延，朕命你們領兵十萬，誅滅劉永！」

「安成侯銚期、中郎將李忠，朕命你二人領兵八萬，經略魏郡！」

「驍騎將軍劉植，朕命你二人領兵五萬，南渡五社津，平叛郾王尹尊！」

「破虜將軍鄧奉，朕命你獨領一軍，火速前往荊州，支援岑彭、賈復！」

……

一道道命令，有條不紊地發出，眾將聞聽，莫不熱血沸騰，知道用不了多久，天下就會恢復太平。若要建功立業，封妻蔭子，此時不奮勇爭先，更待何時？

命令下得很果斷，接令的武將也很踴躍。但清點整編兵馬，安排各級軍官，配置鎧甲武器和糧草等事，卻都不可能一蹴而就。

因此，足足忙活了小半個月，眾將才陸續帶領著人馬，離開了洛陽。

因為是增援部隊，而不是出征的主力。鄧奉帶著隊伍，走在了最後。沿途因為遭遇到了秋汛，又耽擱了大半個月，直到九月中旬，才姍姍來到了新野附近。

見家鄉在側，他暗道好久未曾回來看看，不如趁此機會，與族中長輩告個平安，遂令大軍原地紮營，自己僅帶了五十親衛，向新野縣城呼嘯而去。

新野縣令，是他的一位族兄。雖然沒有上過太學，但是也滿腹經綸。上自郡守，下到尋常差役，都知道鄧家在復國之戰中居功至偉，誰都會給這位族兄幾分薄面。因此，在鄧奉想來，此刻的新野，應該早已被自家那位族兄治理得欣欣向榮。

然而，戰馬剛剛踏上官道，鄧奉卻驀地發現，新野縣城方向，竟然騰起了滾滾濃煙。當即，趕緊提高馬速，直奔南門而去。

南門外，有一座屬鄧氏的莊園，乃為當年劉玄命人專門為他所建。他雖然從未進去居住過，卻將莊子交給了自己的族中長輩打理。在劉秀稱帝後，他一直忙著四下征戰，無暇回家。只是從書信中瞭解到，那鄧氏莊園已經變成了學堂，專門供族中翹楚，在裡邊讀書做學問，以便將來報效國家。

赤眉雖然覆滅，地方上卻還有殘匪作亂。所以，新野縣城起火，鄧奉並不覺得有何奇怪。他現在需要做的，也不是干涉地方官員救火。而是先去莊園那邊，避免有族中晚輩受到土匪傷害，順便保住學堂裡好不容易蒐羅起來的藏書。

「駕，駕！」身後的親信們，知道鄧奉擔心家人，也一個個將馬速催到了極致。作為百戰精銳，尋常土匪，根本擋不住他們一次全力衝殺。所以，他們，也不需要擔心什麼寡不敵眾。

十餘里的距離，只用了一刻鐘就徹底走完。只是，他們依舊來得太遲！

只見，遠近聞名的鄧氏學堂，早已化作火海一片。無數賊人扛著搶來的金銀細軟，揮舞著兵器，對四散逃命的少年讀書人們緊追不捨。

「住手！」鄧奉看得眼眶崩裂，手中長槊奮力擲出，在半空中化作一條巨龍，直撲一名賊人的後背。

那賊人正催馬踩踏一個學堂裡的夫子的屍身，完全沒有留意背後。待聽到風聲，想要閃避，哪裡還來得及？「砰！」地一聲，被長槊直接撞下了馬背。罪惡的鮮血，沿著槊鋒的邊緣噴湧而出。

「救命，救命！」一名渾身是血的少年，臉上寫滿恐懼，驀地從角落裡跳出，揮舞著手臂，向鄧奉高聲求救。

「上馬，快……」倉促之間，鄧奉無暇分辨對方的身份，本能地伸出左手。

「嗖！」一支黑色的羽箭帶著淒厲的風聲，狠狠鑽進少年的後背。少年的身體晃了晃，圓睜著雙眼，緩緩倒地。

「啊——！」鄧奉的眼珠瞬間被怒火燒紅，大吼著由腰間抽出鋼刀。就在這時，又有一支羽箭襲來，直奔他的面門。

「噹啷！」他揮刀砍飛冷箭，借著火光向偷襲者望去，恰看見對方號衣上的大字，「漢」！

「弟兄們，先別光顧著搶東西，點子扎手！」那放箭者，卻認不出鄧奉的身份，迅速將第三支羽箭搭上弓弦，一邊射，一邊高聲喊人前來幫忙。

「點子扎手，大夥一起上！」其餘殺人放火的歹徒，也發現了鄧奉和他麾下的親兵，叫喊著圍攏過來，準備以多為勝。

「住手！你們，是誰的部下，為何害我家人？」鄧奉強壓心中怒火，一邊揮刀格擋射向自己的羽箭，一邊大聲喝問。

「你管老子是誰的部下？」

「老子為大漢征戰多年，出來尋點兒補給，還需要向你請示？」

「你家人？小子，你可別亂認。這家人故意違抗我家將軍的度田令，教唆百姓圍攻縣城……」

「跟他費那麼多話幹什麼，殺了他，殺了他，砍下他的首級回去領功！」

……

眾身穿漢軍服色的歹徒，不知道大禍臨頭。一邊高聲叫囂著，一邊整理隊伍，準備發起衝鋒。

「你們是哪家漢軍？頭領是誰？」鄧奉的心臟，彷彿被凍住了般，又涼又疼。

不光劉秀這邊的隊伍自稱漢軍，赤眉軍打的也是大漢旗幟，劉嘉、劉永，以及其他許多山賊草寇，也自稱為高祖嫡系子孫，組建了無數家漢軍。所以，雖然眼前隊伍的旗幟和鎧甲，他都非常熟悉。他依舊希望，對方不隸屬於洛陽！

然而，對手接下來的話，卻將他心中的希望徹底掐滅。「小子，你怎麼話這般多？今天就讓你死個明白，爺爺乃是左司馬吳漢帳下左路軍……」

「你胡說！」鄧奉兩隻眼睛裡，忽然淌出了一股紅色的淚水，揮刀衝向對手，宛如一頭被激怒了的猛虎。

「拿下他們，找姓吳的問個明白！」親兵頭目鄧厚，也氣得兩眼冒火。帶領著所有弟兄，緊緊跟在了自家主將身後。

對面的亂兵軍紀渙散，又做賊心虛，如何是這群百戰精銳的對手？勉強支撐了幾下，就開始四散奔逃。而鄧奉，卻恨他們傷害自己的族人，堅決不肯放其離開，策馬掄刀，緊追不捨。

「我，我是左司馬吳漢將的嫡系，你，你殺了我，他定殺你全族！」

「我，我家皇上是昆陽突圍的劉秀，他，他肯定會給我們報仇！」

「你不能殺我，不能殺我。我是真正的大漢官軍，我……」

眾歹徒打了敗仗，卻不肯求饒。一邊逃命，一邊囂張地發出威脅。

鄧奉聞聽，心中怒火更盛。揮舞著鋼刀從背後追上他們，將他們挨個砍翻在地。

這些人，不配做大漢官軍。

這些人，也不配與自己為伍。

自己和劉秀所建立的大漢，不該是這般模樣！

自己冒死起兵，與王莽、劉玄、樊崇等人作戰，絕不會為了建立這樣的帝國！

自己要殺光他們！

殺光這些害群之馬。

自己要殺到吳漢面前，問問此人到底安的是什麼居心？

自己要殺光天下奸佞，重塑朗朗乾坤！

新野南城外，是鄧氏宗族聚居之處。

五年前，鄧家不過是新野各股豪強中，實力比較靠後的一股。而隨著鄧晨和鄧奉叔侄在劉秀帳下官職越做越大，鄧家也跟著水漲船高，一躍成為新野第二豪門。

然而，今天的鄧家，卻大難臨頭。

有一夥漢軍打著徵收糧食的旗號，四下劫掠。鄧氏的管家鄧敖氣憤不過，上前攔阻，竟然被對方按在地上，打了個皮開肉綻。三房的二少爺鄧哲帶著家丁去救管家，對方居然不肯放人。隨即，衝突就越鬧越大，最後徹底不可收拾。

「救命，救命！」一個白髮蒼蒼的老者，背著個鼓鼓的包裹，跌跌撞撞地衝出濃煙滾滾的家院，誰料，迎面恰好有兩名兵卒衝了過來，舉著鋼刀朝著他大聲冷笑。

「賊子，休要傷我七叔！」四房小輩鄧九，拎著黑漆漆的鐵矛，咆哮著衝過來，將老者擋在了身後。一邊與兩個手持鋼刀的兵卒交戰，一邊背對著老者大喊，「七叔，你，你先走！」

「哎，哎……！」老者連聲答應者，換了個方向，倉皇逃命。雖然被壓得步履蹣跚，卻始終沒肯將包裹的分量，減輕分毫。

才奔出百十步遠，忽然，斜對面又衝過來一隊士兵，手裡的鋼刀耀眼生寒。

「別，別殺我！」老者雙腿一軟，化作了滾地葫蘆，背上的包裹裂開，金錠、銀錠，還有各種珠寶滾了滿地。對面的士兵頭目大喜，立刻帶著隊伍衝過來，雪亮的環首刀直奔他的脖頸。

「嗖！嗖！嗖！嗖！」

千鈞一髮之際，數支羽箭穿過火光與濃煙，將那頭目與其身後的同伴，盡數射翻在地。老者絕處逢生，驚喜地抬頭，恰看見一個越馬持弓的身影。

「士載，士載回來了！士載，你可回來了啊！」簡直不敢相信自己的眼睛，老者雙手扶著地面，放聲嚎啕，「老天爺，你終於開眼了。士載回來了，士載回來了！」

「士載，咱們家，咱們家被吳漢給搶了！」兩名稍微年輕些的族人，背著細軟從樹叢裡鑽了出來，哭喊著附和老者的控訴，「管家死了，十一叔也死了！小九也戰死了！咱們鄧家，完了，徹底完了！」

「敢帶領家奴襲擊官兵，殺光他們，取了首級去向將軍邀功！」一名校尉打扮的軍官，帶著百餘名弟兄趕到，扯開嗓子，大聲命令。

「殺光他們！」心中的怒火被徹底引燃，鄧奉扭過頭去，用弓臂指著校尉大吼。

「殺！」親兵們要麼是鄧家子弟，要麼是南陽老鄉，一個個紅著眼睛衝向校尉及其麾下的爪牙，就像對方是不共戴天的仇敵。

鄧家倖存的子弟和家丁們，聽聞鄧奉歸來，也頓時有了主心骨。從藏身處拎著各種各樣的兵器衝了出來，吶喊著，向殺入鄧家莊的官兵們發起了反擊。

官兵們作威作福慣了，哪裡會想到，真的有人敢持械抵抗。頓時被殺了個措手不及，很快，就敗下陣去，落荒而逃。

「士載啊，你可回來了。你怎麼不早點兒回來啊！」隨著喊殺聲漸漸消失，一大群族中長輩，從藏身處背著金銀細軟爬了出來，圍在鄧奉身邊放聲大哭。

「二叔爺、七叔爺、三伯、五哥，這到底，到底是怎麼回事？」鄧奉抹了一把臉上的血漿，用嘶啞的聲音追問，「你們到底怎麼得罪了官兵，他們居然要滅我們鄧家滿門？」

「都怨你，都怨你！」二叔爺鄧治突然站出來，指著鄧奉的鼻子，大聲咆哮，「若不是你逞能，非要送陰貴人去河北，哪裡生出這般禍事！」

「怪我？」鄧奉聞聽，登時驚了個目瞪口呆。無論如何也弄不明白自己當年救了陰麗華，跟今日的禍事，到底能扯上什麼干係。

「二哥，二哥，你先消消氣，士載肯定不知情。」七叔鄧和反應的快，先上前一把按住了鄧治的手，然後搖著頭道，「士載，幸好你回來了，否則，咱們鄧家今晚就要，就要被滅門！」

鄧奉越聽越是糊塗，忍不住深吸了一口氣，沉聲詢問，「七叔，官兵為何要滅我鄧家的門。

五哥不是新野縣令麼，他為何不出面攔住官兵？」

「唉……」七叔鄧和嘆了口氣，紅著眼睛解釋，「還不是惹不起陰家，要拿我鄧家立威？你當年救了陰麗華，卻得罪了郭皇后。那姓吳為了討好皇后，處處刁難咱們家。這回，乾脆找了個由頭，派兵殺上門來！」

「你五哥手中沒有兵馬，怎麼敢跟吳漢對著幹？」

「那吳漢奉旨度田，不去荒山野嶺，卻非要將咱們家的好田，分給流民耕種。你五哥不肯，跟他爭論了幾句，就被他懷恨在心！」

「士載，你為了皇上出生入死，他，他們不能如此對待咱們鄧家啊！」

「咱們鄧家，為皇上流了那麼多血……」

眾長輩七嘴八舌，爭相控訴鄧氏所遭受的不公。

鄧奉聽得將信將疑，正準備出言問得更仔細一些。忽然間，耳畔又傳來了數聲悲鳴。卻是心急如焚趕回各自家中查探情況的親兵們，紛紛策馬跑了回來，飛身落地，哭喊著彙報：「將軍，我們單家沒了，全沒了！」

「將軍，您要為我們做主，我們林家，死的一個也不剩！」

「將軍，我爹，我娘，我三妹，全都被燒死了！」

「將軍，吳漢縱兵搶掠，我大哥帶領族人阻止。被，被他手下的爪牙直接剁成了肉泥！」

「將軍，報仇，我要給我二哥報仇……」

「士載，想當年，咱們鄧家雖然不是什麼皇親國戚，但在新野，也是數得上名的名門望族。」唯恐鄧奉的心還不夠亂，七叔鄧和扯開嗓子，繼續大聲說道，「而如今，卻僅僅是因為，被人當作是陰家的附庸，便無端遭此橫禍。早知道這樣，當初咱們何必冒著滅族之禍，助他們劉家哥倆起兵？」

「那小長安聚一戰，若不是我鄧家兒郎捨命阻擋，他們哥倆早就死了，哪有今天的風光？」二叔鄧治，也不甘落後，啞著嗓子高聲補充。

「士載，你叔父伯卿，不比那劉縯差，你文武雙全，更不在劉秀之下！」九叔爺鄧明險些葬身火海，是以脾氣比鄧治還大，跳出來憤然道，「放眼新野，誰不知道。這劉家的天下，本就有咱們鄧家的一半兒。可你看看，那劉秀是怎麼回報咱們鄧家的！鳥盡弓藏，兔死狗烹。」

「士載，別怪九叔爺太僭越，他沒說錯！」大伯鄧林走上前，抱著自家兒子鄧九的屍體，緩緩跪倒，「你二叔伯卿，是劉秀的親姐夫，妻兒老小一家四口，全部慘死於小長安聚，可他現在才不過官至太守，足見劉秀為人之刻薄寡恩。他現在還未坐穩江山，就打了卸磨殺驢的心思，他的女人養的一條狗，就敢來咱家撒野。有朝一日他權傾四海，天下之大，哪裡還有我鄧氏一族容身之地？」

「轟隆！」

不知誰家的房屋，在火龍的撕咬下，轟然倒塌。火星四濺，落了鄧奉滿頭滿臉。

然而他，卻絲毫感覺不到疼。右手握著滾燙的刀柄，手背上，青筋一根根亂跳！

「鄧將軍，鄧將軍，反了！」

「陛下，吳司馬身受重傷。延岑，董訢、秦豐等賊，聯合鄧奉，兵困宛城！」

「陛下，傅將軍領兵去救宛城，被鄧奉射傷，生死難料！」

「陛下……」

數日之後，一道道警訊沿著官道，接連送進了洛陽皇宮

「朕，朕……」劉秀聞聽，心神頓時大亂。他實在無法相信，自己從小一起長大的好友，自己並肩作戰多年，可以將性命互相為依托的鄧奉，居然會起來造自己的反！

他為什麼要反？

一個多月前，形勢還一片大好的南陽，為何會混亂如斯？

如果連鄧奉都不能信任，自己身邊，能信任的，還有誰？

如果連生死兄弟，都去跟仇人聯手，自己這個皇帝，到底還有什麼做頭？

疑問宛若驚雷，震得他臉色發白，身體搖搖晃晃。而金殿中，卻有許多文武，根本不考慮他的心情，拚命催促他早日發兵平叛，將鄧奉殺死，以儆效尤！

「陛下，末將有話要說。」堵陽侯，建義大將軍朱祐忍無可忍，快步走出來，推開那些提議朝廷剿滅鄧奉的文臣武將，大聲提醒，「士載對您一直忠心耿耿，當年劉玄拿高官厚祿相誘惑，他都懶得扭頭。怎會可能，怎麼可能帶頭造大漢反？此間必有委屈……」

「堵陽侯！」綿蠻侯郭況臉色鐵青，立刻側過身來高聲打斷，「事實擺在眼前，你又何必替他開脫？難道是在說吳司馬麾下戰死的那些弟兄都是假的？還是說，其他派遣使者前來告急的地方官員，全都是在撒謊？」

「我當然不是這個意思。」朱祐眉頭上挑，對郭況怒目而視，「我是說，其中或有隱情！」

「隱情，如何能抵得上造反的事實？」郭況仗著自己是皇長子的親舅舅，反駁得格外大聲。

「是啊，什麼隱情也不能造反！」三朝元老伏湛，搖著頭給郭況幫腔。

「什麼隱情不能到陛下面前申訴？需要跟吳司馬同室操戈！」三朝元老周逢，趁機站出來，

落井下石。

「是啊，虧陛下還拿他當手足兄弟！」

「唉，真的打御前官司，陛下還能委屈了他？」

「可不是麼……」

若干平素跟鄧奉關係不睦，或者覺得自己終於有了表現機會的文武，也紛紛開口，向郭況和伏湛表示支持。

「綿蠻侯此言差矣！」眼看著朱祐就要遭到圍攻，中堅將軍杜茂果斷站出來大聲反駁，「古語云：兼聽則明，偏信則暗。鄧大將軍雖然起兵與吳漢交戰，卻沒有宣告自立，更沒有豎起別人家的戰旗。杜某懷疑，他造反之事，必有內情？」

「杜將軍所言極是！」阿陵侯任光緊跟著大聲附和，「鄧將軍為人，性情耿直，大夥有目共睹。他又與陛下交情深厚，怎會無緣無故拔刀相向？極有可能，他是被形勢所迫，或者被麾下人劫持！」

「你們，你們居然為他找理由？」郭況一連被兩位重臣反駁，臉色頓時有些掛不住。手指任光，低聲咆哮，「以他的武藝，若想反抗，誰能輕易近了他的身？」

「阿陵侯與杜將軍此言，恐有失偏頗。古有易牙，近有王莽，哪個在造反前，不是以另一副面孔示人？退一步講，鄧將軍造反一事，即便另有內情，可他沒有前往荊州剿匪，確是板上釘釘的事！兵者，國之大事，豈可擅自行動？就憑這一點，鄧將軍已觸犯了國法！」一個聲音，緊跟著郭況對面響起，彷彿殿外的秋風一般，不帶任何人間感情。

此人正是扶溝將軍朱鮪，雖然跟周圍的文臣武將，都關係處得極差。卻因為總喜歡就事論事，在朝野贏得了公正敢言之名。因此，大夥誰都無法忽視他的看法。

唯獨楊虛侯馬武馬子張，根本不買朱鮪的賬。走上前，冷笑著反駁，「朱將軍，你這話說的可未必對。岑將軍已送來捷報，數日前他已經收復了荊州全境。鄧將軍距離岑將軍很近，聽聞他大獲全勝，所以沒派兵去支援他，也是理所當然！」

「正是，正是！」褒德侯卓茂也從朝列走出，大聲說道，「陛下，臣亦聽聞，鄧將軍之所以返回新野，乃是因為匪盜成災，危及龍興之地。荊南雖然盜匪眾多，卻有岑、賈兩位將軍坐鎮，安如磐石。而如果新野有失，舂陵帝鄉就失去了北面的屏障，隨時會受到反軍和山賊的糟蹋！」

「正是此理，鄧將軍雖亦有錯，但他絕非是出自私心。」強弩大將軍陳俊從一側走出，朗聲說道，「啟稟陛下，臣聞大司馬經略南陽，雖在起初，數敗叛軍，但之後在各地推行度田，卻致使百姓怨聲載道，秦豐、董欣等賊趁機蠱惑人心，這才導致杏聚堵鄉，得而復失……」

「你胡說！」被吳漢派回洛陽告急的武將唐邯氣得目眦欲裂，扯開嗓子大聲辯解，「陛下，事實並非如此，大司馬忠心可鑒日月，但南陽各地，各方勢力之間關係盤根錯節。如果不採取一些非常手段，度田令根本推行不下去。大司馬不得已，不得已……」

「唐邯，你休要胡言亂語欺蒙陛下，南陽乃是陛下故鄉，鄧家怎會不知輕重，反對度田？」

「陛下，臣的家人傳來消息，說他們曾想方設法配合度田，但奈何大司馬卻始終不滿意！」

「陛下，據末將所知，吳漢素來不修軍紀，麾下士兵每次出戰之後，都喜歡四處搶掠！若是他搶到了鄧將軍家門口，鄧將軍豈能坐視不理！」

「陛下……」

劉秀坐在上首，聽見下方紛紛雜雜，亂成一團，心中更是煩躁。不過，他也聽明白了，鄧奉雖然聯合叛軍，大敗吳漢。卻並非因為野心勃勃而造反。導致其起兵很有可能是兩個緣由，第一，吳漢麾下的弟兄軍紀太差，不小心搶到了鄧家身上。第二，則是因為度田推行得過於急躁，得罪了包括鄧氏在內的，所有南陽豪門。

然而度田一事，關係重大，又是他自己答應讓吳漢去南陽放手施為的，即便後者操之過急，他這個皇帝，卻不能出爾反爾。

「臣以為，未必是鄧奉謀反。吳漢的舉動，也透著詭異！」就在此時，劉隆忽然站了出來，冷笑著說道。「否則，他為何在鄧奉剛剛造反時，不派人向陛下示警。非要拖到吃了敗仗，被圍困在宛城，才派人突圍前來洛陽求救？」

「可不是嗎？他先前為何不經向陛下請示，就擅自與鄧將軍束甲相攻？」

「殺人滅口，結果人沒殺成，自己反倒受了傷。呵呵呵，呵呵呵……」

金殿中，立刻響起了一片附和之聲，都故意忽略鄧奉已經造反的事實，將矛頭指向了吳漢。

劉秀即便跟鄧奉關係再親密，卻也聽不得大夥如此顛倒黑白？正準備開口呵斥，目光看到那些替鄧奉說話者的面孔，心頭卻悚然而驚。

剎那間，眼前群臣彷彿都變成了不同的動物，互相張牙舞爪。而南陽派系，赫然成了一隻吊眼白額大老虎，咬得其餘「動物」血肉淋漓。

一個可怕的念頭，在劉秀的心頭迅速湧起：如今的朝議，已不是在討論鄧奉與吳漢孰是孰非，而是南陽派系展示自身實力，肆無忌憚地向周圍其他群臣亮出了爪牙！

鄧奉造反，肯定另有隱情。但杜茂、馬成、卓茂、任光……這麼多南陽派系的朝臣卻不是尋找隱情，而是在努力顛倒黑白！如果繼續縱容下去……

想到這裡，劉秀心中猛地一痛，手扶桌案，緩緩站起。

他不但是鄧奉的好兄弟，他還是大漢的皇上。

作為好兄弟，他可以不顧一切去偏袒鄧奉，作為皇帝，他卻必須將國法和大漢的利益，放在個人友情之上。

「眾位愛卿且慢，不必再多說！」深吸了一口氣，劉秀努力讓自己的聲音，聽起來不帶任何感情波動，「鄧士載縱使有再多的隱情，也沒有勾結賊軍，攻打自家袍澤的理由！朕，必須派兵去征討，絕不能姑息養奸！」

朱祐聞聽，心中一涼，趕緊扭頭向嚴光求救。卻看見後者眼睛直勾勾盯著對面的廊柱，白淨的面孔上，不帶半點人間溫情。

子陵這是怎麼了？朱祐被嚇了一大跳，趕緊抬起手，向嚴光用力搖晃。還沒等吸引到嚴光的注意力，耳畔，卻傳來劉秀的大聲吩咐，「朱祐、蘇著、萬修，上前聽令！」

「末將在！」朱祐趕緊收起手，與另外兩人一道，正色向劉秀躬身。

劉秀凝視著三人，鏗鏘道：「朕命你三人，朱祐為主將，蘇著、牛同、萬修為副將，領兵十萬，征討南陽，不論死活，都要將鄧奉帶到朕的面前！」

「遵命！」朱祐不敢違背，紅著眼睛，緩緩上前接令。

「陛下！」馮異微微一楞，本能地就想上前提醒劉秀，朱祐以前從沒單獨領過軍。然而，待看到劉秀那發紅的眼睛，又將到了嗓子眼的話，憋回了肚子裡。

朱祐未必是鄧奉的對手，但二人也不會真的殺個你死我活。雙方不拚命，就還有緩和的餘地。就還有機會勸得鄧奉回頭。如果換了別人，跟鄧奉拚個兩敗俱傷，即便劉秀再不忍心，也只有殺掉鄧奉以告天下這一條路可走了。

次日，朱祐領了聖旨與虎符，開始挑選將卒，籌備糧草輜重等物，數日後，與萬修、蘇著、牛同三人率軍卷甲開拔，氣勢洶洶地沿著當年王邑、王尋走過的道路，出潁川，經昆陽，克葉縣，所過之處，如同狂風掠地，殺得各處叛軍丟盔棄甲。

朱祐這輩子以前也打過很多勝仗，但每次都是跟在別人身後。像這次的勢如破竹，能夠單獨領軍，並且殺得對手望風而逃還是第一次。因此越打信心越強，越戰越有大將風範，帶領大軍殺入南陽境內，更是每一招都如有神助。

叛將許邯上前挑戰，被他殺了個大敗虧輸。叛將董欣不知死活，被他用連環計，坑得丟盔卸甲。眼看著距離新野越來越近，馬上就要與鄧奉對陣，朱祐在難過之餘，心中倒是也有幾分期盼。看看天色已晚，便命令大軍在唐河西岸紮下營寨，準備明先派使者邀請鄧奉在河上一見，問清楚了對方造反的前因後果，然後再想辦法勸其迷途知返。

「仲先，勝負將分，你現在是否能告訴我們，陛下此舉，到底是何用意？」在弟兄們都去休息之後，蘇著故意找了個由頭返回中軍，偷偷地向朱祐詢問。

「老蘇，你小子是真不懂，還是裝糊塗？」朱祐舉起雙手，正了正頭頂的兜鍪，含笑回應，「陛下如果真的想殺掉士載，幹嘛不派馮公孫和馬子張一同前來？」

「這……」蘇著被問懵了，眨巴著眼睛無言以對。

「你這廝，如果不是當年就抱上了陛下大腿，這輩子，也就是個看倉庫的命兒！」朱祐嫌棄他既愚蠢想法多，手指敲著沙盤旁邊的木板，不耐煩地解釋，「士載至今沒豎起反旗，只是宣告跟吳漢不共戴天。這說明，他造反之事，肯定有隱情。但那天庭議，大半數出身於南陽的文武，卻不顧事實，非要把過錯全推給吳漢，也實在是有些過分。所以，無論士載到底為何要跟吳漢拚命，陛下都必須處置他。否則，諸將一言不合就束甲相攻，咱們大漢豈不分崩離析？或者明明已經違反了國法，還仗著人頭熟，逃脫處罰，今後誰還專心做事，秉公斷案？」

「這……」蘇著的小眼睛眨啊眨，依舊似懂非懂。

「不派兵征討士載，則國法如同兒戲。以後朝堂上，拉幫結夥，也必然成為風氣！」朱祐抬手敲了一下他的腦袋，繼續指點，「但殺了士載，陛下這輩子都無法心安。所以，乾脆就派我來打個前戰，跟士載談談放下武器的條件。當然，如果士載能順手幹掉了許邯、董欣這些爛貨，則功過相抵，君臣兄弟都有始有終。」

「哦——」蘇著點點頭，做恍然大悟狀。

朱祐見此，忍不住又抬起手，狠狠敲了一下他的額頭，「記住，老蘇，你，老牛和老沈，沒跟陛下一道上過戰場，卻依舊能位列四品，靠的就是陛下和你們之前的情分。所以，陛下以後無論派你們做任何事情，你們幾個一定要把『情分』這兩個字，放在第一位。否則，既然你們都不在乎以前的情分了，就別怪陛下忘了你們！」

「明白，明白，仲先。你放心，今後戰場上遇到鄧奉，我把箭朝天上射。不，我放空弦，絕不往弓臂上搭箭！」

「你明白就好，明天早晨準備一艘大船，咱們跟士載到河面上會晤。他現在鑽牛角尖了，我請他到營中相見，他肯定怕我擺的是鴻門宴。我不帶衛士到河上，他自然不用怕，我身手比他還好！」朱祐笑了笑，抬手將蘇著趕出了中軍。

一番話說得雖然輕鬆，但是內心深處，他自己卻明白，想要說服鄧奉迷途知返，並不那麼簡單。鄧奉重情重義不假，可此時此刻，羈絆著鄧奉的，不僅僅有兄弟之間情義，還有一整個新野鄧家！

因為起兵之初，鄧家有大量子弟戰死。所以鄧晨和鄧奉叔侄兩個，內心之中總覺得欠了家族一大筆債。總是想方設法，為家族謀取一些好處，想方設法去補償。

而這時候，吳漢忽然傷害了鄧家的人。哪怕是出於誤會，也足以讓鄧奉怒不可遏。更何況，吳漢跟鄧奉之間的衝突，未必就是完全出於誤會。

嚴光不願意捲入內部紛爭，自己常年以來一直在外邊東奔西走，沒時間跟南陽籍的老鄉交往。南陽出身的文武官員們如果想要抱團兒，鄧奉簡直就是最好的領頭羊。而郭皇后的幾個兄弟，據說一直在給吳漢說親，聯姻對象，肯定是郭皇后最小的那個妹妹，素有轉世昭君之稱的郭奕……

想著這些錯綜複雜的關係，朱祐不知不覺間，兩眼就開始發直。乾脆將書案上的令旗令箭等物推到一邊，趴在上面，閉眼小憩。

迷迷糊糊中，他感覺自己的耳朵被人拎住，擰了足有三圈，直疼的齜牙咧嘴，睜眼剛想怒罵，卻看到一張日思夜想的面孔。

「三娘！」朱祐先是一喜，接著大驚，不顧耳朵傳來的陣陣疼痛，歪著頭瞅向地面，想看看馬三娘有沒有影子。

「死猪油，你看什麼？」馬三娘用力一扯，惡狠狠地質問。

「沒，沒什麼，三姐，妳輕點兒，輕點兒！」朱祐看到地上赫然有個影子，驚喜交加，「影子，有影子！三姐，妳沒死，不不不，妳又涅槃重生了！」

「蠢貨！」馬三娘怒不可遏，大罵道，「我當然已經死了，你正在做夢！」

「如果這是夢，我願不復醒。」朱祐楞了楞。悵然搖頭，「三姐，妳不知道，我早已把妳當成了親人。妳別誤會，這不關男女之情。妳喜歡的是文叔，我知道。我，我只是，希望妳永遠做我的姐姐，永遠不要，不要再離開！」

「傻瓜！」馬三娘雙眸中閃過一絲感動，笑著數落，「我當然是你的姐姐。這根本無需置疑。走，三姐帶你走，咱們馬上離開這裡！」

「走，去哪？我，我還要替文叔領軍逼迫士載投降呢。三姐，妳不知道吧！士載那小子做事一向衝動……」

「領什麼軍，你看看，你周圍哪有什麼弟兄？」馬三娘忽然急躁了起來，拉著他的耳朵，就往外衝。

「啊？」朱祐楞了楞，舉頭四望，哪裡還有什麼軍營。天地之間，全是火焰，如海浪般，隨時都會拍過來，將他徹底燒成飛灰。

「呀！」朱祐慘叫一聲，圓睜雙眼從帥案後跳起。

果然是夢，三姐沒有涅槃。但是，四周圍，卻依舊火光熊熊。

「三姐！」他含著淚大叫一聲，抓起寶劍衝出中軍帳。抬頭再看，只見無數紅色的火苗，在營地內亂竄。自己麾下的將士們，被燒得抱頭鼠竄，潰不成軍。而一隊隊身穿黑衣的敵軍騎兵，則舉著火把，在營地內往來穿插，凡是見到可燃之物，都將其付之一炬。

「狗日的鄧士載！」朱祐又驚又怒，大吼一聲，就要找人拚命。

一根套索從天而降，正套住他的肩膀。緊跟著，一個熟悉的聲音，從背後落入他的耳畔，「猪油，你小子罵誰？」

「我罵你怎麼了，我罵你怎麼了。你有種殺了我，有種現在就殺了我！」朱祐氣得火冒三丈，跳著腳，朝鄧奉怒吼。然後，對方卻不肯再搭理他。朝著身後弟兄擺了擺手，策馬衝向了另外一座帳篷。

「鄧士載，住手，你再這樣下去，就沒有辦法回頭了！」朱祐大叫著上前攔阻，卻被幾個士兵用繩索牢牢捆住，然後不由分說抬了起來，直奔黑漆漆的淯水河。

「我原本就沒打算回頭！」鄧奉看了他一眼，一手持刀，一手持火把，在營地內左衝右突，如入無人之境。

「士載，我求你了，收手，快收手吧！」朱祐流著淚大喊，大叫，苦苦哀求，奮力掙扎。然而，卻沒有任何效果，更多的敵軍，踩著竹筏衝上岸，衝進他的大營，將戰火越燒越旺，越燒越旺。

那一夜的大火和濃煙，十里之外，都能看得見。

警訊再一次以南陽郡為中心，迅速傳遍了九州。各地剛剛開始蟄伏的「英雄好漢」們聞訊，一個個精神大振，迅速殺死地方官吏，重新豎起了反旗。而大漢天子劉秀聞訊，則先將自己關在皇宮內，默默地躲了三天。然後，召開庭議，當眾宣布，御駕親征。

「陛下，你乃九五至尊！」老尚書伏湛被嚇得魂飛天外，趕緊趴在地上高聲勸阻。

「朕，已經許久沒上過馬，沒舉過刀了！」劉秀笑了笑，布滿血絲的眼睛裡，隱約有淚光閃動。

「朕，差點以為，這輩子都不用再上馬而戰了，但是，朕的好兄弟，卻怕朕忘了怎麼用刀！」

「陛下……」伏湛雖然這輩子看盡人間滄桑，卻也清楚地感覺到了來自內心深處的劇痛，抬起頭，勸阻的話，再也無法說出。

伸手將其攙扶起來，領回座位坐好。劉秀大步轉回御案之後，笑著下令，「鄧禹、馬武、蓋延、祭遵、臧宮、劉隆、陳俊，朕給爾等五天時間，整頓兵馬，備好糧草輜重。然後……」深深吸了一口氣，他努力讓自己的脊背挺得更直，「隨朕一同前去南陽平叛！不誅鄧奉，絕不班師！」

「遵命！」眾將沒顏面，也沒勇氣，再給鄧奉說情，紛紛躬身領命。

劉秀努力向大夥又笑了笑，迅速抓起令旗，調兵遣將。

「傳旨給馮異和銚期，讓他們率軍拿下湖陽，不得有誤！」

「傳旨給岑彭和賈復，讓他們率軍從南面向北，拿下蔡陽，不得有誤！」

「傳旨給劉得、耿弇以及耿純，讓他們火速押運糧草輜重前往宛城，不得有誤！」

「傳旨給吳漢，讓他不惜任何代價，守住宛城。否則，提頭來見！」

「傳旨……！」

昔日帶領大軍，衝鋒陷陣的無敵統帥模樣，又回到了他的身上。這一刻，他的身影，顯得格外偉岸。只是雙鬢間隱隱飄起的一縷白髮，卻在清晰地告訴所有人，過去的一切，都已經成為過去，永遠不可能重來。

傾國之力征討一郡，結果幾乎沒有任何懸念。

短短兩個月，劉秀就親自帶領兵馬，殺到了新野附近。沿途遇到的所有阻攔，都是螳臂當車。與鄧奉聯手的所有叛軍，被劉秀輕而易舉地碾得粉身碎骨。

鄧奉作戰經驗豐富，知道繼續再讓劉秀這樣殺下去，自己這邊的軍心肯定就會崩潰。乾脆，搶先一步放棄了新野，將隊伍直接拉到了小長安聚。準備憑藉周圍複雜的地形，與劉秀所帶領的漢軍主力，一決勝負。

小長安聚北，漢軍連營！

自從離開洛陽，御駕親征後，劉秀的表情幾乎沒有變過，直到此刻，聽到了對面熟悉的號角聲，他才約略有些動容。

一時間，疲倦、徬徨、感傷、疑惑……諸多複雜的感情，像大網一般罩向了他，令在短短一夜間，頭髮又白了許多。

當年小長安聚的大敗，導致二姐劉元與三個外甥女，以及數十名舂陵劉氏子弟的慘死，不僅令成年之後，自認為心逾石堅的劉秀，第一次品嘗到失去家人的痛苦，同時，也導致劉縯失去了整個家族的支持，變成了無根之萍。

此後，儘管劉縯每戰必勝，用實際行動，證明了他自己的能力。劉氏的族長們，卻輕易地就接受了王匡的拉攏，與後者一道將劉玄推上了皇位。

被自家長輩捅了一刀的劉縯，只好暫時放下個人野心，更加努力的作戰。卻不料，他的功勞，卻令劉玄背生芒刺。

後者在大新朝即將滅亡的前一刻，終於對劉縯痛下殺手。

劉縯的死，導致了劉秀徹底認清了現實。徹底不再對綠林群雄抱任何希望，下定決心，要自立為帝。重整大漢山河，還天下人以太平。

他差一點就做到了，他幾乎馬上就要達成自己當年的夙願。

好兄弟嚴光多謀善斷，好兄弟朱祐能說會道，好兄弟鄧奉勇冠三軍。

有三位好兄弟相助，哪怕再灰暗的日子，他眼裡始終都能看到陽光。

而現在，勇冠三軍的鄧奉，卻帶著五萬叛軍，與他對陣於小長安聚。

小長安聚，這個曾經讓他腸斷的地方，再一次，讓他痛苦得心如刀割！

二姐劉元和三個外甥女，就長眠在這裡。劉家數十位年輕子弟，也長眠在這裡。還有鄧氏的數十位族中精英，也在這裡血染黃沙。

如果他們當初就知道，最後會有這樣一場戰鬥，他們面對莽軍的刀矛，會不會還像當初那樣義無反顧？

這個問題，劉秀不敢想，也強迫自己不去想。

因為一想起來，他就渾身發冷，身體和靈魂，都一起顫抖。

猛地搖了搖頭，他將所有作為一個帝王不該有的感情和想法，都丟在了九霄雲外。緊跟著，雙目一閃，伸手抓起令旗和令箭，對著輿圖，他開始調兵遣將。

既然鄧奉已經不願回頭，他就只能繼續帶領著大軍向前走。

他的路，沒有任何人能夠阻擋。

哪怕是好兄弟。

哪怕到最後，他會變成形單影隻。

次日酉時，殘陽如血，大軍終於趕至那座小小的荒涼的土城，小長安聚外。

岑彭、馬武、馮異、銚期四大將已經帶著隊伍，在哪裡恭候多時。見到劉秀緩緩走來，一起躬下身去，施以武將之禮，「末將恭迎陛下！願隨陛下蕩平叛逆，還天下太平！」

「各位將軍，辛苦了。」劉秀笑了笑，微微頷首。緊跟著，滿懷希翼的看向岑彭，大聲問道：

「君然，可以仲先的消息？」

「陛下，沒有。」岑彭嘆息了一聲，黯然回應，「據俘虜交代，仲先被抓之後，曾經多次勸說士載回頭，都被士載嚴詞拒絕。後來，為了避免仲先被其他叛將所害，士載乾脆不再召見他，將其關在了新野縣衙內，禁止任何人前去探望。」

「仲先受苦了！」雖然早就預料到，會是這樣的結果。劉秀的心臟，依舊又抽搐了一下，剎那間，痛如針扎。

「以士載的性子，在與陛下分出勝負之前，肯定不會殺了仲先。」馬武知道他心中難過，想了想，低聲安慰。「所以，此戰，咱們必須速戰速決。然後趁勢一舉拿下新野城！」

「馬將軍言之有理！」劉秀深吸一口氣，終於不再對鄧奉抱任何幻想。拔出寶劍，向南斜指，「眾將聽令，擂鼓，吹角，準備發起進攻！」

「嗚！嗚！嗚！嗚！」

「嗚！嗚！嗚！嗚！」

龍吟般的號角聲，忽然從對面響起。小長安聚的大門被推開，黑壓壓的大軍，如潮水般，伴著號角湧出，背靠著土牆和城門，迅速結成一道結實的軍陣。

「劉秀，可願出來與鄧某一決生死？」自立為柱天大將軍的鄧奉，在四百多名騎兵的簇擁下，快速衝向對面的漢軍，隔著老遠，就帶住了坐騎，高聲挑戰。

「陛下，讓末將去會會他！」被鄧奉的囂張態度，激得勃然大怒，虎牙大將軍銚期舉起長槊，就準備上前給此人以教訓。

「且慢！」劉秀卻搶先一步，豎起了右手。隨即，笑著搖頭，「他是我兄弟，喊我出去，我不能不回應。你在這裡，幫助公孫掠陣。我，去去就來！」

說罷，一抖繮繩，策馬而出。從始至終，都沒再提一個「朕」字，更沒對任何勸阻之言做出回應。

賈復和馬武見狀，趕緊各自帶了兩百弟兄，緊跟在了劉秀兩側。以免鄧奉出爾反爾，忽然帶領身邊叛軍騎兵，對劉秀發起圍攻。

二人的騎術，都不再劉秀之下，卻儘量控制住坐騎的速度，努力落後劉秀半個馬身的距離。手中的鐵戟和鋸齒飛鐮三星大刀，則遙遙地指向鄧奉身側的延岑、董訢，隨時準備接受二人的挑釁。

那延岑、董訢兩叛軍頭領，彷彿跟鄧奉早就約好般。無論賈復和馬武兩人的動作有多囂張，都選擇視而不見。

眼看著雙方之間的距離，已經拉近到了一百二十步遠。劉秀緩緩拉住了坐騎，俯身從馬腹處取下長槊。單手舉過頭頂，對著鄧奉默默行禮。

對面的鄧奉，彷彿跟他心有靈犀，也俯身從馬腹同樣的位置，解下同樣長槊，單手舉過頭頂，朝著他，微微頷首。

這是當年兄弟倆，在孔永家比試時的第一個動作。接下來就會各自使出全身的本事，一決高下。只不過，當年他們手中的長槊頂部，都包裹著厚厚的毛氈，而今天，明晃晃的槊鋒卻露在了外邊，被夕陽照得耀眼生寒。

「呼——」劉秀長長地吐了一口氣，彷彿要把所有回憶，都吐出身體之外。然後，策動坐騎，緩緩加速。

「呼——」鄧奉也長長地吐了一口氣，雙腿輕輕磕打馬鐙。

只要他發出邀請，劉秀肯定會出來跟他決戰。這是他們年少時，最喜歡幹的事情之一。他對劉秀熟悉的程度，宛若對自己。

以前，他們總是有輸有贏，然後笑著停下來，總結經驗。這一次，不會再總結了，輸了的人，絕不會有第二次機會。

兩匹戰馬，越來越近，越來越近。鄧奉已經可以看見，劉秀眼睛裡的憤怒與決絕。就在此時，他的身後，忽然傳來兩聲熟悉的弓弦響。

「大黃弩！」他立刻判斷出弓弦聲來自何處。猛地轉身，憑藉本能將長槊迅速橫掃。槊纓捲起一團紅色的火焰，捲住了一根疾飛而來的弩桿，將其迅速捲上了半空。然而，另外一支弩箭，卻貼著他的後背急掠而過，正中劉秀的肩窩！

「卑鄙！」馬武和賈復兩個，只顧著防備鄧奉，卻沒想到延岑、董訢兩個會突然祭出殺招，怒吼著雙雙撲上。

對面的敵軍，卻從背後掏出了至少二十支大黃弩，一邊坐在馬背上快速發射。一邊催動坐騎，開始了決死衝鋒。

「陛下，快撤，快撤！」跟在馬武和賈復兩人身後的親兵們，大叫著衝上，用身體替劉秀阻擋弩箭。

數點血光濺起，劉秀的坐騎悲鳴著摔倒。他本人，則捂著胳膊，搶先一步跳離了戰馬，然後被疾馳而至的賈復，一把拉到了後者的坐騎之上。

這幾下，兔起鶻落，快得令人不及眨眼。當雙方隊伍之中其他人，終於發現情況不對。劉秀和鄧奉各自所帶的四百騎兵，已經面對面撞了個正著。

血光飛濺，不停地有人慘叫著落馬。

「卑鄙！」鄧奉氣得臉色煞白，朝著延岑、董訢兩人的背影，破口大罵。然而，罵過之後，他卻知道，這是自己贏取勝利的最佳時機，咬了咬牙，將長槊遙遙地指向了劉秀和賈復兩人所在位置。

「嗚嗚嗚，嗚嗚嗚，嗚嗚嗚……」龍吟般的號角聲再度吹響，五萬叛軍，吶喊著朝向鄧奉槊鋒所指，如同撲向獵物的獅子。

「陛下，乘我的馬先走！」賈復發現情況不妙，果斷跳下坐騎，徒步揮動鐵戟，將衝過來的三匹戰馬，同時掃斷了前腿。

馬翻，人仰，血光飛濺。

劉秀的身前身後，頓時就空出了一條通道。然而，他卻沒有聽從賈復的安排。先用手拔出了肩窩處的弩箭，然後，抽出腰間環首刀，向遠處的自家大軍晃了晃，又遙遙地指向了潮水般湧來的敵軍。「弟兄們，跟我來！」

「陛下！」賈復、馬武二人急得大聲勸阻，卻沒有起到任何效果。

劉秀肩窩血流如注，卻倔強地舉著刀，再度指向越來越近的敵軍，「弟兄們，跟我來！」說罷，策動坐騎，率先向前衝去，宛若對面是一群土偶木梗。

「跟上陛下！」馬武知道，劉秀為何要做如此選擇。大吼一聲，策馬舞刀，緊追不捨。如果劉秀退回本陣，以邳彤的身手，肯定能確保他性命無憂。但是，今天這一仗，失去了全部先機的漢軍，卻必敗無疑。

而主帥中箭之後，卻繼續揮刀策馬衝陣，則可以最大程度上穩定軍心，鼓舞士氣。讓敵軍先前的所有陰謀詭計，都如烈日下的積雪般，快速融化殆盡。

「跟上陛下！」賈復用鐵戟刺翻一名敵將，搶過戰馬，追向劉秀，不離不棄。

「跟上陛下！」正在與延岑，董訢等輩糾纏的漢軍騎兵，紛紛丟下對手，跟在了賈復和馬武身後，在疾馳中，以劉秀、馬武和賈復三人為鋒，組成了一個單薄卻銳利的長槊形。

「跟上陛下！」馮異果斷放棄了指揮，策動戰馬，衝向對面，手中鋼刀，驕傲地舉起，被夕陽照成了一面絢麗的旗幟。

「跟上陛下！」「跟上陛下！」「跟上……」

銚期、劉隆、蓋延、杜茂、臧宮……，所有漢軍武將，都策動坐騎，帶領著各自親衛，朝著對面的敵軍撲了過去，一個個，驕傲得宛若鳳凰展翅。

「是陛下——」敵軍當中，忽然有人丟掉了武器，轉身逃走。

「陛下來了！」一名校尉打扮的軍官，忽然想起了當年劉秀帶領他們策馬衝向敵軍的場景，身體晃了晃，踉蹌著讓開道路。

「陛下——」更多校尉、隊正，哭喊著轉身，撒開雙腿，逃向暮色中的原野，任由帶兵的將領們如何呼喊，都不肯回頭。

「陛下，陛下，陛下……」叛軍的軍陣迅速分裂，劉秀帶領著馬武等人長驅而入。沿途之中，幾乎沒有遇到任何有效抵抗。

小長安聚的木門，在他眼前迅速變得清晰。敵陣被殺透了，他撥轉坐騎，遙遙地看向鄧奉。恰看見，對方策馬舞槊，在重圍之中縱橫衝突的身影。

「跟我來！」猛地將鋼刀指向鄧奉，他怒吼著，再一次發出了衝鋒的號令。

「嗚嗚，嗚嗚，嗚嗚，嗚嗚……」號角聲，宛若龍吟。

殘陽如血，染紅世間所有戰場。
一半在地上，一半在人心中。

太陽，又一次照亮了原野。
大地春歸，萬物復蘇。
更多的朝臣從洛陽，以及各地趕向新野，慶賀皇帝陛下，親自領軍擊敗了叛匪，再一次將大漢國，從滅亡的邊緣拉了回來。
這一仗，開局極為凶險。但結果，卻沒有任何懸念。
看到劉秀帶傷發起衝鋒，竟然有將近三分之一的叛軍，選擇了避讓或者逃走。導致叛軍的大陣四分五裂，根本發揮不出半點兒作用。
而漢軍則在馮異的果斷指揮下，全軍壓上。以六倍於敵人的兵力和十倍於敵人的士氣和勇氣，一舉鎖定了勝局。
敵將大部分或者被生擒，或者被陣斬。只有寥寥幾個，逃向了山區。等待著他們的，將是無止無休的追捕，哪怕他們最後逃到天涯海角。
勝利的消息傳開，除了原本就不在洛陽朝廷掌控之內的蜀地和西涼之外，其餘各處叛軍，迅速偃旗息鼓。許多綠林豪傑，趕在被剿滅之前，派遣心腹向朝廷輸誠，以保全自家性命。
而洛陽朝廷的文官們，則舞動生花妙筆，將劉秀在此戰中的英勇形象，大書特書。
「這些人，真無趣！」簡陋的行轅內，陰麗華將文官們的歌功頌德之詞，笑呵呵地丟在了一邊。抬起手，迅速從劉秀的頭頂，拔下一根白髮，「錦上添花，乃是人之常情，陛下沒必要跟他們計較。」

劉秀笑了笑，轉身摸向陰麗華隆起的小腹，「朕知道，他們是怕朕翻他們的舊賬。畢竟，當初朕在親征的路上，他們的勸諫文章，也像現在一樣多如雪片。倒是妳，沒有必要替朕擔心，朕早就將他們看穿了，才不會跟他們一樣愚蠢。」

「是啊，陛下胸藏溝壑！」陰麗華笑著誇了一句，隨即，向外小心翼翼地看了看，用極低的聲音繼續說道，「陛下，臣妾最近聽了幾句謠言，不知道當講不當講！」

「講，咱們夫妻之間，還有什麼不當講的！」劉秀笑了笑，再度輕輕拍打妻子的手背。

「臣妾！」陰麗華又迅速朝周圍看了看，聲音小得宛若蚊蚋鳴唱，「臣妾聽外邊謠傳說，您派蘇著和牛同兩人去監斬鄧奉，是別有深意。事實上，鄧奉根本沒有被處死，被他們兩個偷偷掉了包……」

「誰說的！」劉秀眉頭輕皺，臉上泛起一絲薄怒，「國法豈能如同兒戲！」

「臣妾是聽大哥說的，他說這樣的陛下，才有情有義！」陰麗華吐了下舌頭，低聲道歉，「陛下不要生氣，臣妾知道錯了！臣妾以後再也不會以訛傳訛了！」

「妳懷著咱們的第二個孩子呢，不要打聽這些血腥之事！」劉秀笑了笑，臉上的怒容，迅速化解。

「陛下，陛下！」就在此時，一名太監匆匆跑到窗口，啞著嗓子稟告，「大司空，大司空他……」

「大司空他怎麼了？」劉秀眉頭一皺，臉上迅速浮現了一絲陰雲。

那太監嚇得打了個哆嗦，直挺挺地跪在了地上，「大司空，大司空不見了。他，他給您留了一封信，把印信和袍服都留在了寢帳裡，掛印出走了！」

「子陵……」劉秀猛地站起，三步兩步沖出門外。「楞著幹什麼，快去給朕備馬，將大司空追回來！」

「是！」太監打個滾，爬起來，撒腿就往外跑。

劉秀心急如焚，不敢再做任何耽擱，先向陰麗華笑了笑，然後用極低的聲音說道：「醜奴兒，看破不說破，才是真的聰明！」

隨即，快步追出了行轅。

「嗒嗒嗒！嗒嗒嗒！嗒嗒嗒！」

數十匹快馬，在眾騎士的催打下，撒開四蹄狂奔，很快，便來到了淯水河畔。

淯水流經舂陵，新野，淯陽，匯入漢江，然後出河南境內，七轉八繞，據說，最後會抵達會稽餘姚，一個叫富春山的地方。

戰馬不敢下水，嘶鳴著停住四蹄。大漢天子劉秀，縱身躍下馬背，踮起腳尖，努力望向白茫茫的水面，只見一葉扁舟越飄越遠，越飄越來，很快，就在天水相接處，消失不見。

有股難言的滋味，忽然湧上了他的心頭。

嚴光走了，他的好兄弟，又少了一個。

帝王的位置，尊崇無比。

帝王的身影，也注定孤獨。

「沔彼流水，朝宗於海。鴥彼飛隼，載飛載止。嗟我兄弟，邦人諸友。莫肯念亂，誰無父母？」

一艘漁船，順流而下，船上的漁夫，挽著褲腿，將魚網信手灑向水面，邊行邊唱。

「沔彼流水，其流湯湯。
鴥彼飛隼，載飛載揚。
念彼不跡，載起載行。
心之憂矣，不可弭忘。」

兩三艘漁船跟來，漁夫們扯開嗓子相和。渾然不知，今夕是哪朝哪代，何年何月。
劉秀楞了楞，嘴角忽然浮現了一縷微笑。

「鴥彼飛隼，率彼中陵。
民之訛言，寧莫之懲？
我友敬矣，讒言其興……」

歌聲漸去漸遠，漁船上的人也收起網子，漸去漸遠。
劉秀笑著向水面揮了下手，反身躍上馬背，掉頭而回。
滾滾河水，日日東流，一去不返。
逝者亦如斯夫！

大漢光武 全系列 完

題外話

隨著嚴子陵駕輕舟遠去，《大漢光武》這套書，也正式宣告結束了。全書一共一百五十多萬字，不算太長。

結局略微有些遺憾，劉秀終究還是成了一代帝王，鄧奉與他的理想一道消失於江湖，嚴光隱居富春山下，從此不問世事。當年的四個好兄弟，各自星散。他們的友誼，永遠成為傳說。

也許有讀者會覺得意猶未盡，因為接下來，應該還有很多可寫的故事，劉秀還沒一統天下，他本人和他的霸業，還有很多發展空間。但是，在酒徒看來，該寫的，差不多都寫完了。

那個做了皇帝的劉秀，與帶著好兄弟並肩反抗暴政的劉秀，雖然是同一個人，但故事已經不再擁有同樣的主題。

酒徒曾經說過，非常推崇柏楊先生那句寫作信條，「寧為蒼生說人話，不為帝王唱贊歌！」，所以，劉秀一統天下以後如何做皇帝的故事，理應與本書無關。

酒徒想寫的劉秀，是少年時代的劉秀。那個寧願冒上殺頭的危險，也要對馬氏兄妹仗義援手的劉秀；那個面對高官厚祿誘惑，也不肯否認自己祖先的劉秀；那個面對無數冷眼與嘲笑，也直言心聲，「娶妻要娶陰麗華」的劉秀；那個面對四十萬大軍，也敢率十三騎突圍，給所有兄弟爭一線生機的劉秀！

酒徒想寫的是友誼、愛情、勇氣和忠誠。劉秀做了皇帝之後如何削平群雄，一統天下的故事，從最初構思，就不在本書的涉及範圍之內。劉秀最後坐擁多少美人兒，內宮裡有多少狗血爭鬥，也與本書無關。

所以，當兄弟徹底變成了君臣，甚至拔刀相向之時，少年劉秀的故事，就走向了終點。中國歷史上的大帝太多，有關皇帝如何如何英明神武的作品也太多，真的不需要，也不缺酒徒來再多寫一本。

除了少年劉秀之外，酒徒還想寫的，是本書中的失敗者，王莽。雖然在本書中沒有給予王莽太多筆墨，但是在歷史上，如果沒有此人的「新政」，也許劉秀就不會出現。

歷史上的劉秀，正如本書所寫，出身其實非常寒微。雖然屬於大漢高祖皇帝劉邦的後代，但是由於漢高祖劉邦的兒孫實在眾多，到了劉秀這輩人，祖先遺留下來的福澤已經非常淡薄。劉秀本人已經需要親自下地種田來維持生計。

如果不是王莽的大興太學，劉秀很難有機會前往長安，接受當時最完整的教育。劉秀也很難與鄧禹、賈復等人結識，並且得到後者的全力輔佐。劉秀甚至不會遇到陰麗華，一見鍾情。更不會當眾喊出那句：「仕宦當作執金吾，娶妻當得陰麗華」。

可以說，是王莽的一系列「新政」，造就了劉秀。而劉秀隨後又被「新政」逼得拔劍而起，與同伴們一道埋葬了王莽的大新朝。

故事聽起來有些「宿命」論的味道，然而，酒徒想表達的，卻不是有關宿命的主題。

王莽的新政，能普惠於百姓的，真的只是極少極少的一部分，甚至屬於無意而為之。即便以後世眼光去看，他的大多數「改革」也都是胡作非為，變相巧取豪奪。

而自打百餘年前開始，「改革」兩個字，在中文世界時，就變得無比正義。張居正成了毫無缺點的聖人，王安石的形象從負面徹底逆轉。某個歷史上赫赫聞名的暴君，被捧成了千古一帝！近些年，有些歷史學者又從廢墟中找出了王莽的骨灰，開始添加各種香料，準備烹製一道新的「聖餐」。

酒徒不是歷史學者，無法改變學術界的喜好。但是，酒徒真心不認為，所有的改革，都具備天然的正義性。借用書中劉秀的話來說，那就是，「如果改革不以為百姓謀取福祉為目的，就是換了一種旗號的殘民自肥！」花樣再多，口號再響亮，也改變不了其巧取豪奪的事實！

這個觀點並非憑空而生，酒徒的整個少年時代，都與各種「改革」相伴。政治家們經常號召大夥為了將來而忍受改革的陣痛，而非常不幸的是，忍受陣痛的，永遠都是酒徒這種普通人。

所以，在《大漢光武》這本書中，酒徒不敢，也不願意給王莽這個「改革家」任何正面筆墨。這是酒徒夾在書中的一點兒私貨，希望沒影響到讀者的閱讀快感。也希望讀者，像以往一樣，原諒酒徒的任性。

同時，也再次感激我的編輯黃煜智先生，容忍了我的拖沓。

酒徒感謝你們，也祝福你們每天都快樂無憂。

酒徒

二〇一九年七月二十九日燈下

ACP0085

大漢光武・卷五・帝王業（完）

作　者—酒徒
編　輯—黃煜智
校　對—魏秋綢
行銷企劃—王小樨
內頁排版—綠貝殼資訊有限公司

編輯總監—蘇清霖
發 行 人—趙政岷
出 版 者—時報文化出版企業股份有限公司
10803台北市和平西路三段二四〇號七樓
發行專線—（〇二）二三〇六六八四二
讀者服務專線—〇八〇〇二三一七〇五
（〇二）二三〇四七一〇三
讀者服務傳真—（〇二）二三〇四六八五八
郵撥—一九三四四七二四時報文化出版公司
信箱—台北郵政七九～九九信箱
時報悅讀網—http://www.readingtimes.com.tw
思潮線臉書—https://www.facebook.com/trendage
法律顧問—理律法律事務所　陳長文律師、李念祖律師
印　刷—勁達印刷有限公司
初版一刷—二〇一九年九月六日
定　價—新台幣三八〇元

時報文化出版公司成立於一九七五年，
並於一九九九年股票上櫃公開發行，於二〇〇八年脫離中時集團非屬旺中，
以「尊重智慧與創意的文化事業」為信念。

大漢光武・卷五，帝王業／酒徒作. -- 初版. --
臺北市：時報文化，2019.09
400面；14.8×21公分
ISBN 978-957-13-7897-8

857.7　　108011836

本書《大漢光武》繁體中文版　版權提供　網易文學

ISBN 978-957-13-7897-8
Printed in Taiwan